20th

1998-2017

太阳鸟文学年选

2017
中国最佳
短篇
小说

主　编｜王　蒙

分卷主编｜林建法

林　源

辽宁人民出版社

© 林建法　林源　2017

图书在版编目（CIP）数据

2017中国最佳短篇小说 / 林建法，林源主编 . —沈阳：辽宁人民出版社，2018.1
（太阳鸟文学年选 / 王蒙主编）
ISBN 978-7-205-09159-0

Ⅰ . ①2… Ⅱ . ①林… ②林… Ⅲ . ①短篇小说—小说集—中国—当代 Ⅳ . ①I247.7

中国版本图书馆CIP数据核字（2017）第277597号

出版发行：辽宁人民出版社
　　　　　地址：沈阳市和平区十一纬路25号　邮编：110003
　　　　　电话：024-23284321（邮　购）　024-23284324（发行部）
　　　　　传真：024-23284191（发行部）　024-23284304（办公室）
　　　　　http://www.lnpph.com.cn
印　　刷：沈阳航空发动机研究所印刷厂
幅面尺寸：170mm×240mm
印　　张：18
字　　数：310千字
出版时间：2018年1月第1版
印刷时间：2018年1月第1次印刷
责任编辑：艾明秋　高　丹
装帧设计：丁末末
责任校对：吴艳杰　耿　珺　郑　佳
书　　号：ISBN 978-7-205-09159-0

定　　价：56.00元

"小说是灵魂的逆光"

——《二〇一七中国最佳短篇小说》阅读札记

梁 海

苏童在谈论短篇小说时，曾作过这样的描述：短篇小说很像针对成年人的夜间故事。深夜挑灯，在临睡前借助一次轻松的阅读，摸一摸这个世界，让一天的生活始于平庸而终止于辉煌，多好。我想，对于读者而言，与长篇小说相比，短篇小说的确是"轻松的阅读"；但对于作家而言，短篇小说的创作却并不轻松。短篇小说的文体是非常富有内爆力的，作家要在一个极其狭窄的叙事空间里建立起与存在世界对话和思考的方式，要求的"技术含量"相当高，它是要"戴着镣铐舞蹈的"。一部优秀的短篇小说总是能在极其有限的叙述里，表达没有限度的思想和情感，呈现出简洁而浩瀚的艺术魅力。这对作家的叙事功力极具挑战性。或许，正因为如此，尽管短篇小说无论是在文学场域内还是场域外，都没有长篇小说那样宽广的发展空间，但还是有一大批作家痴迷于短篇小说文体，坚守短篇小说的创作阵地。毕竟，每一位优秀的作家都在内心深处有着追求艺术极致的文体的自觉。

本书中收录的17个短篇，都是林建法、林源先生精心撷选的，这些短篇小说文本管窥一豹般地呈现出了2017年短篇小说真实、生动而丰富的面貌。张学昕教授在《〈二〇一五中国最佳短篇小说〉阅读札记》中写道："建法兄每年都要以自己近乎苛刻的判断，兢兢业业地选择出一些好的文本，挑出他认为可能成为未来经典的'另类'文本。我知道，这里面埋藏着他对于文学的真诚和赤子之心，也镶嵌着他'倔强'的美学和情感的伦理，以及有关文学道德力量的承诺。"①本书中的17个短篇，再一次彰显了林建法、林源先生精准、睿智的审美判断力。从总体上看，2017年的短篇小说创作出现了许多新的元素，出现了一些令人欣喜的变化，许多作家找到了新的叙事元素，在文体探索上有了比以往更多的突破。小说家们以更加自信和从容的方式，逐渐找到了自己与现实、存在对话的方式，形成了各自特异的美学风格。

1

我注意到，2017年的优秀短篇创作最突出的特征，就是大胆锐利的文体探索。多线索叠套式的结构、元叙述等多重叙述圈套在同一文本中的交集，使得作家在深度介入生活的同时，以文本探索对时代进行了多元化的思考。在他们充满玄机的叙述道场中，去破解关于生活、关于人性、关于存在的诸多难解的奥义。

苏童的《玛多娜生意》无疑是2017年最优秀的短篇小说之一。苏童在谈《玛多娜生意》的写作时提道："一个好作家对于小说处理，应有强烈的自主意识。他希望在小说的每一处打上某种特殊的烙印，用自己摸索的方法和方式，组织每个细节、每一句对话，然后遵从自己的审美态度，把小说这座房子构建起来。这一切都需要孤僻者的勇气和智慧。作家孤独而自傲地坐在他盖的房子里，而读者怀着好奇心在房子外面围观，我想这就是一种艺术效果，它通过间离达到了进入（吸引）的目的。"②基于如此的叙事策略，《玛多娜生意》的先锋性是显而易见的。文本的开篇，主人公庞德开了一家广告公司，口口声声要与著名歌星玛多娜谈生意，结果忙乎了几个月连一个像样儿的合同也没签上，公司倒闭。庞德跑到深圳，回来后竟摇身一变为热带风暴演出公司的法人、董事长、总经理，策划了一个聋哑人手语辩论大赛，结果又以失败告终。失魂落魄的庞德消沉了没几天，听说歌星玛利亚·凯莉到香港，眼睛一下又放了光，最

---

① 张学昕：《珍视我们勘察生活的眼角——林建法、林源主编〈二〇一五中国最佳短篇小说〉阅读札记》，《东吴学术》，2016年第1期。

② 苏童：《小说是灵魂的逆光》，《纸上的美女》，人民日报出版社1999年版。

后自然还是不了了之。数次失败的庞德绕了半个世界回来，竟成功地将身份置换成一名新西兰葡萄酒酒庄经理。庞德的人生似乎永远是错位的，一次次失败换回的是更加无休止的折腾。我想，现实生活中的庞德并不鲜见，或许还不少。时代的浮躁和焦虑通过庞德的身心传递给我们，令我们环顾周遭，蓦然发现别人或者我们自己深藏的污垢。在整个阅读中，始终困扰我的是，为什么苏童给这部短篇小说的起名为"玛多娜生意"？文本中，玛多娜从未正式出场，她仅仅是一个关于存在的符号，犹如都市广场上飘忽不定的霓虹灯广告。文本中真正出场的女性只有酷似玛多娜的庞德的情人简玛丽和庞德的妻子桃子。庞德的情感生活如同他的生意，同样是虚无缥缈的一片荒芜。他疯狂地追求酷似邓丽君的桃子，等桃子想要嫁给他时，他又转而去追简玛丽，具有反讽意味的是，无论是典型的东方淑女桃子，还是富有西方叛逆气质的简玛丽，最终都抛弃了他。或许，这个时代已经没有什么传统意义上的爱情了，一切都是交易，都是生意。生活和人的灵魂是虚空而荒诞的，其中又填充了许多暧昧不清的东西，正如那个从未现身的玛多娜。如此阐释"玛多娜生意"这篇小说的题目，是否是苏童的本意，我不得而知。但可以肯定的是，苏童在叙述中隐藏了"某种特殊的烙印"，让我们读后，有点酸楚，有点沉重。

与《玛多娜生意》相近，艾玛的《白耳夜鹭》也呈现出文本探索的旨趣，而且在阅读上更加"烧脑"。这个文本包裹着凶杀故事的外壳，讲述的却是有关欲望的恶行膨胀。其实，欲望书写早已如"蝴蝶的尖叫"，一次次刺激着我们的耳膜与神经，如果不在文本形式上做陌生化的处理，很容易产生审美疲劳。所以，一部好的文学作品必须要以惊人的想象力和虚构能力，吸引读者层层剥茧，去咀嚼思想的内核。《白耳夜鹭》正是这样一部在叙事的剥茧抽丝中，读之令人欲罢不能的作品。文本的叙事线索是多重和复调式的，由于其叙事结构的复杂，我只能借助文本中两个主要的叙事空间尝试一次技术解码。一个是偏远小渔村中李照耀家的小酒馆。在这个小酒馆里，"我"与来自C城的秦后来邂逅，交谈中引出了10多年前发生在C城的一起凶杀案。C城先富起来的木歌与一位古筝老师在江边约会后失踪，虽说活不见人，死不见尸，但可怕的传说遍布C城：古筝老师的男友"将木歌用麻袋装了，扔进了沅江"。依照我的阅读惯性，下面应该是一次东野圭吾式的推理与智性的博弈。"我"为什么要在10多年前选择这样一个荒凉的小渔村生活？喜爱拍摄烟囱的摄影家秦后来，为什么也跑到这个没有烟囱的小渔村？为什么与"我"初次相见便提及C城多年前的一起凶杀案？是在试探"我"吗？毕竟，"我"完全具备杀死木歌的动机：木歌的母亲曾经羞辱过"我"的母亲；与木歌约会的古筝老师也是"我"的情人，尽管古筝老师的情人很多。然而，所有的问题与悬念如同一根已经点燃的引线，"嗞嗞"地在忽明忽暗中燃烧，却始终没有燃尽，没有爆发。在此，我不禁为艾玛的叙事功力叫绝！就在我们因迷失略感绝望的时候，艾玛却在另一个叙事空间为我们撩起了真相的一角。那就是蓝泉墅。在那里，"我"与独守空闺的富豪妻子宁兰芬偷情幽会，貌似闲笔处，却是真正的暗流涌动，潜藏着一个又一个抵达真相的伏笔：宁兰芬亲昵地把"我"叫做"疯子"，还多次提出要雇"我"去杀死勾引他丈夫的"小三"；我的疯狂、放肆，甚至暴虐，便在隐隐绰绰间浮上水面。而宁兰芬一句"疯子，说说看，怎样才能杀死她"，更是在瞬间打开了"我"掩藏已久的尘封之门，"我"马上想到的是，"跟木歌一样，她老公也是个大块头……真要硬生生放倒那么个大个子可不是件容易的事"。倏忽间，潜意识便出卖了"我"。那么，"我"是谋害木歌的真凶吗？就在我们极尽"烧脑"之际，艾玛又横刺里插入了一个真实的失踪案：100多年前差一点赶在卢米埃尔兄弟前成为电影发明者的路易斯·普林斯的神秘失踪。于是，历史与当下的互文，再一次增添了解码的难度。直到文本的最后，真相依然模糊不清。毕竟，艾玛不是东野圭吾。悬而未决的失踪案，留给我们的不是惊涛骇浪的追凶，而是掩盖在惊涛骇浪背后回归于无奈与苍凉的平静，还有一丝不易察觉的温情，正像文本中所引的卡夫卡的那首小诗："我触碰什么 / 什么就破碎 / 服丧之年已过去 / 鸟的翅膀耷拉下垂 / 月儿裸露在清冷的夜里 / 杏与橄榄皆熟透 / 岁月的善举。"

除了上述三部作品，万玛才旦的《气球》也富有新鲜的"陌生感"，带给我们耳目一新的阅读体验。作为一名电影人的跨界书写，文本在选材、叙述口吻、结构上具有一定的先锋性，影像感十足，这无疑为当下纯文学的创作注入了新鲜的气息。其实，我始终认为，衡量一个作家的创作生命力在于，他能够克服多少叙述的压力和困窘，能否做到匠心独具，能够为我们时代的审美提供多少新的可贵的因子。真正的短篇小说大师，一定会深深体悟到个中滋味，不断挑战自我创作力的极限。

2

我注意到，这个选本里的多篇作品不约而同地采用了荒诞手法，尽管具体表现有所不同，或写实，或想象，或象征，但它们都在不同程度上描摹了现实生活中的"走调""失序"与不和谐，主体上呈现出荒诞现实主义色彩。王德威教授在《被压抑的现代性——晚清小说新论》中提出"中国牌的荒诞现实主义"的说法，将"荒诞"与"现实主义"联系在一起，指出这是中国当代文学现实主义创作中的一个值得关注的现象。[①] 其实，1990年代以来，荒诞现实主义已经成为"中国小说中最为活跃，也最受关注的一支"。诸如莫言的《酒国》，阎连科的《受活》《日光流年》《坚硬如水》，王小波的《黄金时代》《革命时期的爱情》《我的阴阳两界》，余华的《兄弟》等都是典型的"中国牌的荒诞现实主义"。然而，尽管荒诞现实主义在中国当代文学的发展历程中从未中断，但2017年在短篇小说中如此集中地"爆发"，确实需要我们进一步地探讨与深思。

刘庆邦《红棉袄》讲述的是，农民游聪本曾当过乡镇干部，还差一点当上副乡长，因为想打乡长女儿的主意却误撞到乡长床前而丢了工作。回到游老庄后，无所事事，成天坐在藤椅上，晒太阳，看报纸，给一些游手好闲的村民读无聊的花边新闻。仗着有点文化，他处处卖弄，为了证明自己搞女人的本事，他独出心裁，给村里每个与他相好的女人都买了一模一样的红棉袄，还大言不惭："成绩是用来统计的，没有统计就显不出成绩"。"游聪本的得意之处在于，自从盘古开天地，三皇五帝到如今，谁的本事大，谁搞的女人就多。而像他这样，把他搞过的女人一一标记出来，让别人知道，恐怕是一个前所未有的发明创造吧！" 刘庆邦以反讽的笔调通过游聪本这个人物，揭示出社会风尚腐败到极端时突破人伦底线的可能，正如文本所写的："过去说万恶淫为首，谁要是偷了别人家的女人或男人，那是很丑很丢人的事，捂着藏着唯恐不及。现在却成

① 刘志荣：《近二十年中国文学中的荒诞现实主义》，《东吴学术》，2012年第1期。

了一件可以骄傲、可以炫耀的资本，这是怎么了？人的良心到哪里去了呢？真的可以不要脸面了吗？"与刘庆邦以往的创作一样，《红棉袄》蕴藉着强烈的道德判断力和道德激情，但并没有显示任何救赎的姿态，其平静的、不露声色的叙述夹杂着含蓄的讽刺与批判，从而将一个荒诞的故事进行了富有寓意和吸引力的升华。在文本的最后，游聪本念了一段关于提倡乡贤文化的报纸评论，"游聪本解释说：乡贤文化是乡村的传统文化，乡贤都是有文化、有威望的贤达之人，代表着乡村的思想高地和道德高地。解释完了，游聪本接着问：你们说我是不是咱们游老庄的乡贤？这次有人给出了回答，说那是的，你要不是乡贤，游老庄就没有乡贤了"。对于如此荒诞的无耻，刘庆邦克制着叙述的情感，让我们看不出任何倾向性，他把所有有关道德的判断都交给了读者，正如苏珊·桑塔格所说："严肃的小说家是实实在在地思考道德问题的。他们讲故事。他们叙述。他们在我们可以认同的叙述作品中唤起我们的共同人性，尽管那些生命可能远离我们自己的生命。他们刺激我们的想象力。他们讲的故事扩大并复杂化——因此也改善——我们的同情。他们培养我们的道德判断力。"[1]我想，正是因为有了像刘庆邦这样的严肃的小说家，我们才会对文学致敬。

如果说刘庆邦深入到他熟悉的生活，以浓郁的写实笔法贴近现实，揭示出整个社会近乎荒诞的道德堕落；那么，同样以写实见长的储福金，则以反讽与审视式的态度，突破了日常生活的秩序，把事物的具象逐一撇去，让读者看清了被遮蔽在"现实"背后的人存在的根本。《前面向前，后面向后》开篇的第一句话就呈现出这种形而上的意味，"人生中的一辆车，开着开着就偏了道。"小公务员容一石正是乘坐这辆车随单位同事集体旅游，在一个边远城市的古玩市场上淘得了一块玉石。本来他并未将这块三十块钱的玉石放在心上，谁料大名鼎鼎的收藏家杨大成却"说得那么肯定，似乎还不止五万，也许是十万三十万"。于是，这块身价陡增的"灵通宝玉"便以神秘的姿态悄悄介入到容一石的生活中。容一石突然当了官，这让他对"灵通宝玉"更是爱不释手，如同一块能够通灵的护身符。然而，就在容一石顺风顺水之际，杨大成被揭露原来只是

---

① 苏珊·桑塔格：《同时：小说家与道德考量》，《同时：随笔与演说》，黄灿然译，上海译文出版社2009年版，第218-219页。

个忽悠大师，"灵通宝玉"的身价自然也就一落千丈。而此时，容一石所在的科室撤了。"容一石想他们科室，似乎原来是排着队的，前一个是科长，在他后面是年轻科员。现在前面的往前去了，后一个向后去了。他一个人像是那块遭贬损的玉一样，独自立在床头柜上。"显然，这篇小说中，储福金运用了现实主义的成规和精心构建起来的情节结构，然而，在对这一荒诞事件的思考上却富有明显的哲学取向，将人性中向上的坡度和向下的滑行，人生的错位与诉求，生存缝隙中的艰难挣扎都凝固在一块小小的玉石中。读罢小说，我们不禁掩卷而思：是一块真伪难辨的玉石在冥冥之中左右着我们的内心，还是我们的内心被自我所纠缠？问题的答案或许并不明朗，其实也无需明朗，毕竟，我们在追问的过程中已经听见了寻常生活中某些不寻常的回声。

与刘庆邦、储福金更多地贴近写实不同，范小青的《千姿园》则由现实经验的触及，发而为荒诞恣肆的想象。文本中的"我"在一家房屋中介工作，自认为很有销售经验与技巧，与一位大妈完成了一笔轻松的交易，感觉"钱赚得比较爽"。谁知世上没有免费的午餐，这笔貌似赚到的交易，后患无穷，大妈的售后电话没完没了：热水器坏了、灯泡坏了、电视缴费出了问题，就连淋浴帘烂掉，也要打电话索赔，搞得"我"焦头烂额。更可怕的是，警察忽然找到"我"，说"我"犯了诈骗罪，已被法院定罪，搞得"我"一头雾水。结果发现还真有一个与"我"同名同姓，身份证信息、住址和工作单位的门牌号码都一模一样的人，这个人甚至还有一个与"我"那个难缠的客户一模一样的客户。于是，文本的最后"我"只能自嘲："呵呵，他这是把他当成我了？或者，是我把自己当成他了？"的确，在一个多声部的世界上，可能会发生无数令我们意想不到的事情，正如小说的题目"千姿园"。面对千姿百态的世态万象，我们时常会自我迷失，让想象中的自我压倒生活中的自我，最终在自我求证的过程中，被自己的谎言和制造的幻觉所击倒，甚至迫使自己认同自己的幻觉，把别人的故事当作自己的故事。范小青书写的这个貌似荒诞无稽的故事其实蕴含了最深刻的人性命题：人，到底是简简单单黑白分明一成不变，还是既善亦恶，时善时恶？我想，这正是荒诞背后留给我们的思考。

王祥夫的《怀鱼记》是一篇带有魔幻现实主义色彩的作品。文本的主人公老乔桑"当年可是个打鱼的好手"，但现在这条被称为"胖江"的江里已经没有鱼了，"忙乎一天也只能零零星星搞到几条指头粗细的小鱼"。一天，老乔桑在城里工作的儿子给他带回一条"大得实在让人有点害怕的灰鱼"，并告诉他只要下大雨一泄洪，就能把水库里的大鱼都冲出来，"一条接着一条，让你抓都抓不完"。于是，老乔桑和全村人都翘首企盼即将来临的大雨。然而，盼望的大雨没有来，倒把老乔桑盼疯了，"他见人就说，有一条很大的鱼就在他肚子里，很大一条很大一条，这么大一条"。我认为，如果仅仅把《怀鱼记》看作是一篇讲述环保的作品，就过于简单化了。那样的话，王祥夫完全可以采用更荒诞的手法去写，比如像卡夫卡《变形记》那样，让老乔桑变成一条鱼，以肆意的扭曲变形而发人警醒。实际上，《怀鱼记》中，王祥夫通过老乔桑这个人物关注的是整个社会精神状况的变异。我们看到，引发老乔桑"怀鱼"的症结，不在于河里的鱼没有了，而是一次次叩问河里的鱼哪里去了？无数次没有结果的叩问不仅变成了一个人的精神灾难，而且，其深刻的寓意已经延伸到对人类文明进程的反思，那就是，加速度发展的局部用力过猛而导致根部的深层断裂，这是现代文明必须面对和解决的悖论。在此，我想到了王祥夫的另一个短篇《驶向北斗东路》，一个富有戏剧色彩的故事，提出的同样是断裂的问题：文化之根、精神之根断裂后，人与人之间相处应该遵循什么样的原则？那些最为基本的道德标准是否仍然应该坚持？所以，《怀鱼记》胖江里鱼的枯竭，绝不仅仅是生存资源的枯竭，毕竟不能打鱼，人们还可以种菜，还可以进城，还可以有很多种生存方式，甚至更好的生存方式。但是，对于老乔桑而言，打鱼已经成为他的精神原乡，鱼的枯竭直接导致的是精神的萎缩。可见，精神与文明的断裂与重建，是王祥夫创作中一以贯之的思考，正是在不懈地追溯一个民族的精神源头中，他完成了一个又一个中国故事的讲述。

3

选入最佳短篇小说的这18篇作品，无疑代表着本年度短篇小说创作的"高峰"，尽管我没有能力全方位梳理出它们在创作上的总体趋势，但这并不影响这些作品的审美价值和社会意义，当然，还有我对这些作品的喜爱与欣赏。

鲁敏的《火烧云》再一次暴露了她文学写作的"野心"。鲁敏在谈到新作

《荷尔蒙夜谈》时，坦言"我一直都不隐瞒我有野心，我认为优秀的写作者都是如此。为什么我会不安心于世俗、不能够很从容地应付日常，可能就是因为有这种缥缈的野心。但是这个野心很难具体地说它到底是什么，可能就是希望做到最好和最大"[①]。《火烧云》便是在这样"野心"的驱使下，完成的一个有关灵魂与肉身、俗世与出世的故事。文本中的居士本来是一个年轻有为的副教授，不知受到怎样的精神创伤使他放弃了大好前途，独自来到山顶"几间旧屋"隐居，还给自己所居的小屋起名"云门"。居士每天的生活除了喝茶、抄经，就是接受访客们宣泄出的负能量。他们"掏出那些痛苦，讲述中淌出无助的眼泪，有的放出声音来哭，包括男人、老人。居士耐心地听，极少询问或劝解，他们并不需要。讲完了，情绪就好了一小半。然后会跟着居士四处巡走一番，他们从各个角度询问居士的过往与现在的生活细节"。居士的生活就这样平静地一天天滑过。然而，忽然有一天，平静被一个女子打破，女子咋咋呼呼上山，强行住进"云门"，也以"居士"自称。女子的到来，让"云门"一下子有了红尘的气息，"旧木桌子上突然显得花花绿绿"，而女子每天断断续续、没心没肺地讲述自己的经历：少不更事时被强奸，怀孕，父亲狠心离开了她。她从此自甘堕落，漂泊、打工，被一个个男人蹂躏、抛弃，竟然两次卖掉自己的孩子……女子酣畅淋漓、不动声色的讲述，就像是在讲述一个陌生人的故事。然而，她的讲述却奇迹般地解开了居士尘封的心结。居士把"云门"让给女子，下山回归了世俗的生活。而这个拯救居士的女子，却最终与"云门"一起葬身火海。读罢文本，我隐隐感觉到这个故事与民间传说中红莲柳翠的故事有着隐秘的勾连。修行多年的玉通和尚，被仇家陷害，在一夜间被妓女红莲破了戒，羞愤自尽。转世投胎为仇家女儿柳翠，沦落风尘，伤风败俗，却一经点明，立时顿悟成佛。所以，对肉体的禁锢绝不可能达到道德的完善，就像文本中的居士，时时刻刻都生活在肉体与精神相互博弈的纠结中。他想要远避尘世，却从未真正离开。他住在"四十分钟即可到顶"的"云门"，让自己做一个介于和尚与凡人之间的居士；所抄的经文"一笔一画，一个字一个字。他个个认得，又字字含糊"；就连"云门"二字，也给人模糊不清的含义：法号，斋名，还是山

---

① 鲁敏：《我有一种缥缈的野心》，《扬子晚报》，2017年2月6日。

名？而肉体的"瘙痒症"更是无声地诉说着他内心深处无法遏制的欲望。所以，居士的归隐只是一种象征，甚至是一种自欺欺人。相反，那个天天写着购物清单，仿佛俗不可耐的女子，却最终选择了心如止水，决绝地告别尘世。或许，在经历过人世的沉沦后，反而能领悟人生的真谛，一如传说中那个立地成佛的柳翠。

叶兆言的小说素来有"好读不好懂"的特点。陈思和教授曾指出，叶兆言的文字表达很适合阅读，但读后每每给人以云遮雾罩之感。我在阅读这篇《滞留于屋檐的雨滴》的时候，也有这样的感觉。读罢文本，首先令我最为惊叹的是，文本中那些层层叠叠悬念的铺设。叶兆言无疑是一位讲故事的高手，他能在从容不迫的叙事节奏中讲述扣人心弦的故事。凌蒙初在《拍案惊奇序》中说："今之人但知耳目之外、牛鬼蛇神之为奇，而不知耳目之内、日用起居，其为谲诡幻怪非常理测者固多也"，强调在日常题材、平凡故事中彰显小说的传奇性，也就是所谓的"极摹人情世态之歧，备写悲欢离合之致"。（笑花主人《今古奇观序》）我认为，叶兆言深谙此道，他往往能够给家常的柴米油盐加上几味奇异的香料，让作品呈现出"无奇之所以为奇"。《滞留于屋檐的雨滴》中的陆少林与父亲感情深厚，但就在父亲过世的那一天，他获悉了一个惊天的秘密："这个刚死去的男人，并不是陆少林的亲生父亲"。于是，一连串的问题困扰着陆少林：养父为什么对他最好，反而对自己的亲生女儿要疏淡得多？养父为什么明知妻子出轨，还要对她百依百顺？自己的亲生父亲到底是谁？所有这些问题如同滞留于屋檐下的雨滴，欲滴未滴，悬而未决。在此，叶兆言的"极摹人情世态之歧"，并非是要刻意制造一些无奇之奇，而是通过一个人平凡而又不寻常的人生轨迹，探究一个古老却令人困惑的问题：我是谁？这是每一个个体存在的生命诉求。拉康认为，对完整的自我形象的渴望和迷恋是人之天性，但人恰恰是在以他者为参照物的自我身份确认的过程中，迷失了真实的本我，这是一个无法克服的悖论，这一悖论导致人类不得不永远承受背离真实生命动机的命运。其实，陆少林的命运不也是如此吗？自我身份认同的焦虑化作屋檐下的雨滴，也化作他无法承受的生命之轻。

近年来，温州作家东君的小说受到越来越多的关注。他的不拘一格，他的求异求新，使其作品总是透出勃勃的生机。《好快刀》类似鲁迅的《故事新编》，取材于《聊斋志异》中仅一百余字的同名短篇。原作中的刽子手刀法炉火纯青，手起刀落之际，落下的头颅大赞："好快刀！"一股豪气顿然生起，既是刀法之豪气，亦是头颅之豪气！东君对这颗"说话的头颅"做了全新的演绎，引导我们从理智与情感之外，重新去认识我们肉身的本能。文本中"我"是一个浑身长满鱼鳞的"怪物"，受尽冷眼歧视。"我"最大的愿望是能够像普通人一样，"有个一辈子都属于自己的女人"。所以，当跟"我"娘一样温和、柔弱的静莲师太圆寂后，"我"竟在莫名的冲动下偷走了静莲师太的尸身。静莲师太圆寂时身相如生，被称为肉身菩萨。所以，"我"的行为是对神灵的亵渎，引发了众怒，引来杀身之祸。于是，本是出自对肉身的敬畏，结果却导致自我肉身的毁灭。在我看来，《好快刀》的寓意是多层的。或许，肉身的毁灭恰恰是放飞灵魂的契机，"我心里居然还滋生出一种要跟身体就此诀别的紧迫感"。或许，肉身是空，灵魂也是空，毕竟，"梦这东西，到头来还是随了身体，一并消散。都是空的，都是空的"。或许，肉身与灵魂并非水火不相容，"一念成佛，一念成魔；手上即便有刀，心里也要有佛"。我想，东君的过人之处，正是这样能在卡佛般的极简书写中传递出无限的厚重。与《好快刀》相仿，叶弥的《下一站是天堂》也颇有《聊斋志异》笔记体传奇的味道。四个小故事独立成篇，讲述了形色各异的鬼。有"可以让你毁灭，也可以让你新生"的楼梯鬼；有爱花如痴的鬼大伯；有专门掠夺孩子生命的顽皮鬼；有令人毛骨悚然的钥匙鬼。尽管我不能完全明了叶弥借助这些鬼故事想要如何地抒怀写心，但她貌似轻松而略带恍惚的叙述，却的确引发了我内心的恐惧。当然，鬼故事就是要让人害怕的，但叶弥文本中那种笼罩着江南烟雨的诡异之气，却使得恐惧不是因为恐惧引起，而是为了一种尖锐的孤独和悲伤。或许是因为同为苏州作家，与叶弥一样，王啸峰的小说也时常弥散着潮湿与阴翳。《隐秘花园》中那个隐藏在隐秘花园中的白袍老人槐树精，不是同样裹挟着一股湿漉漉的鬼气吗？所不同的是，《隐秘花园》并不晦涩，文本的最后点明了主旨：是不是每个人内心有了隐秘世界，才会对应出现隐秘花园？其实，文学自身又何尝不是一个隐秘花园呢？让劳累了一天的我们，躲开俗世的纷争，在夜晚的床头灯下自由惬意地栖居。

当然，文学带给我们的不仅仅是对世情"拿起"和"放下"之后的平静，还有对这个时代人性的理解和深刻洞察。我始终认为，短篇小说对现实、生活和存在具有非凡的穿透力，"它对于生活所构成的绝不是普通的压力，而是巨大的压强"①。这种压强不一定非要来自惊心动魄的故事，也不一定非要依赖大的人物形象或能够显示时代力量的宏大命题叙述。那些日常起居中流淌出的"生活流"，一个个平凡生命的记忆与眷恋，都可以建构起最朴素、最实在的精神命意。令我欣喜的是，这部书中的不少作品，都以如此的情怀，在字里行间散发出自然、平易和质朴的气息。葛亮的《暮色》书写一个即将走到生命终点的老者，在一封封邮件里诉说自己的一生。这些未必有人回复的文字，让涌动、涨溢着的生命浆汁从容地流淌出来，平实而绵长，那里面的意义与无意义组成的便是人生的暮色。张惠雯的《梦中的夏天》则截取生活的一个片段，在一个个精心的细部描写中，捕捉一瞬间人物的情感。曾经可望而不可即的女神，面对无情的命运，"像被无情地侵蚀、过早地凋谢了的一朵荒原上的小花"。于是，相遇的故事便注定只能发生在那个梦中的夏天。陈永和的《十三姨》同样也是苍凉而忧伤的，一场褪色的旧时代的爱情为我们留下一个略显沉重的故事。然而，正如陈永和所说，"小说很沉重，但不是当事者的沉重，是咀嚼当事者沉重后的沉重"。这种沉重感同样沉淀在裘山山的《调整呼吸》中。一次意外死亡，牵扯出人与人之间巨大的沟通障碍。在这个"密匝匝蚁排兵，乱纷纷蜂酿蜜，急攘攘蝇争血"的时代，是不是我们每个人都应该重新调整一下生命的呼吸呢？钟求是《街上的耳朵》写的是一次美丽的误会。那个曾经在瞬间打动主人公的女人其实并不美丽，但那个动人的瞬间却改变了两个男人一生的命运。或许，这就是命定的人生。读完这样的故事，会让人渗出丝丝缕缕的忧伤，最温暖的情节或记忆，总是隐藏着无数的慨叹和忧郁。

总体来看，2017年短篇小说"高峰"之作，在文体探索上走得更远，他们的写作有着明晰的方向性，不仅重视小说内在力量与外部形态之间的关系，努力探索小说结构可能产生的弹性和张力，而且在不断摸索、寻找一种短篇小说新的构思、虚构方法，试图在这种新的虚构可能性中，改变短篇小说的面貌。同时，这些优秀的小说家们，在他们的文本中极力去探寻世情、生命、记忆、遗忘和偶然的关系。或许，一个伟大的作家并不需要在他的文本里解决什么问

---

① 张学昕：《穿越叙述的窄门》，复旦大学出版社2013年版，第67页。

题，也无需证实某种人生价值的合理性。他要做的是，依靠小说的智慧来刺激我们庸常的生活，让我们进入文学的世界，穿越世俗的表象，直抵真相背后的荒诞和遮蔽，由此去更加深刻地洞察人性。苏童说，小说是灵魂的逆光。我想，这也是我们这个时代阅读小说的意义。

（梁海，女，哲学博士。现为大连理工大学人文与社会科学学部教授，博士生导师。）

玛多娜生意

◎苏 童

1

那些年，我也做过生意。

我和庞德合伙的鸢尾花广告公司开张了五个多月，人气很旺，庞德每天都在公司接待好几拨客人，咖啡机烧坏了两台，一次性纸杯用掉了好几箱，但我后来得知，并没有一份像样的合同，那些人都是来找庞德谈艺术的。有一个摇滚乐手喝啤酒喝醉了，捏着那玩意儿在公司里跑来跑去，对着每一盆植物撒尿，嘴里高喊，come on! come on! 那些杜鹃、龟背竹、发财树不知所措，没几天，就一盆一盆地枯死了。

必须介绍一下庞德。他是我的朋友，一个业余诗人，一名音乐发烧友，本业则是美术设计，朋友圈公认他为最有艺术才华的人，但现在，他是我们公司的经理，才华不能挣钱，要它何用？大家可以想见我的恐慌，五个月颗粒无收，我对庞德的敬佩已经变成了愤怒。我多次奚落了庞德的无能，也顺带抨击了他所热爱的一切事物，诗歌的酸腐、音乐的无用，甚至诋毁了庞德最崇拜的大师毕加索，说他不过是个色情狂。也许是类似的电话接多了，庞德的抵御非常理智，逻辑性很强，他说，我请问你，失去一点金钱，就有资格诋毁艺术吗？然后我听着他对经营的失败做出流利的辩解：一切都归咎于一个香港天皇巨星的爽约，朋友介绍来的合作伙伴极不可靠，其中一个是诈骗犯，还有一位洽谈户外广告的家具商人，竟然是目不识丁的文盲。后来不知怎么提到了公司的名称，他埋怨我们盲目听从一个女画家的建议，注册了鸢尾花这个倒霉的名字。鸢尾的花季很短很短，知道吗？梵高画了鸢尾花就疯了，知道吗？现在可好，鸢尾的诅咒应验了，我也快被你们逼疯了。说到这里，他旧事重提，我本来是要叫南方草原的，记得吗？庞德大声嚷嚷，南方，草原，多么开阔多么好听的名字，是你们反对的。

那一阵子庞德还坚持续租太平洋酒店裙楼的写字间，悉数保留所有雇用的员工，每天西装革履，开着他的桑塔纳轿车出没在太平洋酒店。他对人心惶惶的员工说，放心吧，苹果树上的最后一只苹果，一定是最红最甜的。有人告诉我，他女朋友桃子生日的那一天，他给桃子送去了九十九朵玫瑰，这让我怀疑他对浪漫与享乐的追求，会把公司账户上最后一点余额挥霍一空。我再一次打电话谴责了庞德，也就是那一次，庞德与我翻脸了。我听见庞德电话里的声音变得傲慢而尖锐，你那点钱，可以撤走，我根本不在乎。然后在一阵蓄意的沉默之后，他向我亮出一张底牌，令人难以置信。玛多娜，玛多娜你知道的吧？庞德清了清喉咙说，我透露一个消息给你，玛多娜要来了，我们的大生意，马上来了。

我在太平洋酒店的咖啡厅里看见了庞德。

他和一个陌生姑娘面对面坐着，喝咖啡，说话，耸肩膀。与以往一样，庞德与姑娘在一起的时候显得格外帅气，意气风发，耸肩的动作会极其频繁。我走过去的时候，他似乎忘了之前的不悦，很大度地向我介绍了身边的姑娘。深圳来的简玛丽小姐，玛多娜生意的合作伙伴。他这么说着，看我猜疑的表情，用胳膊肘捅了我一下，轻声补充道，简老大的侄女啊。

庞德嘴里的简老大，我当然知道是谁。所谓广告界的大鳄和教父，一个传奇的成功人士，白道黑道还有红道，路路皆通。我只是本能地怀疑这笔大生意的真实性，庞德社交生活的浮夸与芜杂，多少让我对这个陌生姑娘心存戒备。我记得很清楚，简玛丽当时没有站起来，似乎是回敬我多疑的眼神，她皱皱眉，将一只手懒懒地伸出来，让我握一下，明显是作为恩赐。她将嘴里的咖啡渣吐在纸巾里，团了团扔在烟灰缸里，愤愤地说，这叫什么咖啡？瞟一眼远处的侍者，又宽宏大量了，说，什么样的地方做什么样的咖啡，不计较了。什么时候我带你去喜来登，那儿的蓝山咖啡，还算不错。

是一个时髦、高贵而且神秘的姑娘，穿皮裙、短靴、白衬衫。肤色微黑，脸形稍显方正，谈不上多么漂亮，但是，有某种说不出的动人之处。当她的面孔朝向庞德，眼神单纯清澈，微笑的时候，那一丝妩媚与羞怯，似乎还属于一个少女，偶尔目光朝我瞥过来，一切都不同，我从她的脸上发现某种明显的骄矜与冷酷之色，我相信那是刻意流露的，对我的多疑，她给予了必要的报复。

我其实插不上什么话。他们在热切地谈论玛多娜。她的音乐、她的舞台、她的造型和头发的颜色，甚至谈及她新婚的丈夫，一个英国导演，他最近拍了一部什么黑帮电影，杀人，杀得很浪漫。我急于打探玛多娜巡演的代理细节，庞德明确阻止了我，称现在我们还没有资格商谈细节，鸢尾花能否承接这笔生意，还要等简玛丽回到深圳再说，一切都要简老大决定。听起来这是可信的。我问简玛丽，简老大是你叔叔还是伯父？她抿了抿嘴唇，用征询的眼神看看庞德，庞德照例耸耸肩。她突然凌厉地看着我，你猜呢？我并没有从她眼睛里发现任何的虚弱，倒是看到一丝孩子气的调皮，我像庞德一样耸了耸肩，这怎么猜？她发出了突兀的一声冷笑，其实你猜得出的。然后她从包包里掏出一支口红，开始修补唇妆，问我，吕先生你听过玛多娜吗？我说我听过，就是一时不记得她唱了什么了。她斜睨我一眼，忽然灿烂地一笑，我知道你们这款男人最喜欢什么，《像一个处女》，你肯定喜欢吧？

玛多娜生意后来不了了之，这在我们很多人的预料之中。好在事情并未能向前推进，除了庞德陪同简玛丽去黄山和杭州的那点旅游费用，鸢尾花公司并没有什么损失。那个简玛丽究竟是不是骗子，暂时成了我们心底的一个悬念，难以追究。

朋友圈内有人在上海遇到过简老大，有幸与他攀谈了几句，自然问起了那笔玛多娜生意，回答是确有其事，只不过中间人太多，演出承包商那边的预付没有谈拢，生意最后黄了。后来问起简玛丽这个人，简老大矢口否认，说他从来没有什么侄女。大家对简老大浪漫的私生活都有所耳闻，身边美女如云，否认是侄女，并不排除是其他什么人，简玛丽与简老大的关系尚待多方查考，那朋友只好自己找台阶下，说，一定是碰巧了，姓简的人不多，那姑娘恰好也姓简。

鸢尾花真的很快凋谢了，广告公司关了门。庞德愤怒了几天，又沮丧了一阵，最后一次去公司的办公室，他枯坐在办公桌前，对着一本画册发呆，手里把玩着一把美工刀。有人注意到那是梵高割耳后的自画像，立刻引起了警惕，告诫他道，庞德你别想不开，公司开开关关很正常的，割了耳朵你怎么泡妞？割了耳朵你怎么听音乐？庞德说，别吵，我离发疯还早呢，我不过是在体会，什么是背叛，什么是悲伤。还好，庞德最后化悲痛为力量，他只是用美工刀在办公桌上刻了四个大字：壮志未酬。刻得缓慢艰难，因为是篆体的。之后他把美工刀扔在纸篓里，扬长而去了。

有一段时间庞德销声匿迹。谁也找不到庞德，包括他的女友桃子。庞德向我们描述过他的好多人生计划，最惊人的莫过于去青海塔尔寺做喇嘛，其中并不包括失踪这一项。有人猜他是设法去美国了，那是他多年的梦想。但桃子说庞德被美国大使馆拒签了，无论是去拉斯维加斯听玛多娜的演唱会，还是去哈佛大学留学的计划，暂时都还是庞德的空想而已。

桃子是少年宫的琵琶老师，也是圈内公认的淑女，容貌酷肖邓丽君。之前庞德狂热地追求她，追了三年，还是个朦胧的恋人。桃子的父母嫌庞德浮夸不可靠，一直反对女儿的爱情。等到桃子终于说服了父母，准备谈婚论嫁，庞德却不告而别了。我们都同情桃子的境遇。她的生活已经习惯了两个内容：被庞德宠爱，孩子和琵琶。庞德不在，孩子和琵琶的陪伴便可有可无，桃子的生活彻底失去了平衡。她憔悴了许多，跑到庞德的所有朋友那里哭诉，言辞之间多少流露出对我们这班朋友的抱怨，是我们把庞德拉上一条贼船，现在船沉了，大家都不管他了。哭到伤心处，桃子要大家设法转告庞德一个限期，如果在六一儿童节之前不回来，她会抱着琵琶从少年宫的塔楼上跳下去。有点危言耸听，但桃子以满眼泪水告诉我们，这不是威胁。看着一个知书达理楚楚动人的淑女形象，转眼成为一堆绝望恐怖的碎片，大家都心痛，也感慨爱情的变幻无常。都说他们的爱情是一坛浓烈的蜂蜜，可是这坛蜂蜜居然就打翻了，打翻之后凝结成一把锋利的刀，连我们都被刺伤了。

寻找庞德，就这样成了一件人命关天的事，当然也成了我们这个朋友圈的义务。证券公司的小辛先找到了一丝线索。是一张用傻瓜相机随意拍下的照片，背景灯光紊乱刺眼，导致影像有点模糊，但还可以分辨出庞德那张意气风发的面孔。倚靠在他身边的那个外国女郎，银发红唇，艳光四射，引起了我们的一片惊叫，玛多娜玛多娜！那分明就是大家错失了的玛多娜。庞德真的去了美国吗，这么快，他就见到玛多娜了吗？

很快就冷静下来，不可能的。定下神来分析那个玛多娜，应该是一次模仿秀，一个替身而已。细看照片的一角，隐约可见庆祝什么股份公司上市的横幅标语。至于庞德身边的那个冒牌玛多娜，她眼神里放出的空茫而妖媚的气息，几可乱真，但仔细甄别容貌，应该是我们的同胞。是谁呢？有人说出了几个当红歌星的名字，而我当时就联想起了简玛丽，只是印象里的简玛丽脸形稍显方正，做玛多娜的替身，她的脸该怎么拉长呢？还有鼻梁和眼窝，是怎么化妆的呢？

后来的消息证实了我的直觉。那个玛多娜，是"蛇口玛多娜"，所谓"蛇口玛多娜"，其实就是简玛丽。我们寻找庞德的义务，就这样演变成对一个外地女孩的暗中调查。

很快就水落石出了。简玛丽的履历背景，不像庞德说的那么神秘，也不像我们猜想的那么简单。她最初是川东一个小城的歌舞团演员，跟着几个朋友南下深圳，成立了一个舞蹈团，专门为晚会伴舞。舞蹈团不久散了，朋友各奔东西，只有她留了下来，拜师学声乐。有很多深圳一带爱泡夜场的朋友，见过她狂放的歌舞，说她唱功一般，经常对口型，但舞台形象令人难忘，劲爆火辣，性感无敌，"蛇口玛多娜"这个艺名，对于简玛丽来说是恰如其分的，她确实住在蛇口。有人了解到的信息属于隐私，说简玛丽曾经被一个香港的中年地产商包养，有一次不知为何拿了一只高跟鞋追打那个香港人，从电梯追到公寓大堂，再追到停车场，邻居们看见她用高跟鞋将香港人的轿车玻璃砸出一个坑，光着脚提着鞋子往回走，对邻居说，这下有点爽了。所以，她在那幢公寓里又有个特殊的绰号，叫作"有点爽"。还有一些人在电视上见过简玛丽。她参加过很多选秀活动，也在几部电视剧里跑过龙套，甚至还经商，是一种韩国美容乳液的代理商。关于简玛丽的种种消息，我们最关心的是她的现状。她的现状简洁明晰，却没有人敢告诉桃子。

听说在深圳，简玛丽与庞德已经同居了。

2

五月将尽的时候，桃子的父母和庞德的兄嫂联袂去了趟深圳，把庞德押回来了。

　　不知道为什么，庞德如此归来，竟仍然给人衣锦还乡的感觉。他约了我们一帮老友见面，不在以前我们的聚点太平洋，而是在喜来登酒店的西餐厅，喝香槟，吃牛排，花销明显要贵很多。桃子也在，她很少说话，只是以一种悲伤的手势握着庞德的手，告知我们爱情失而复得的艰辛。庞德穿了一套奇怪的镶白边的黑色西装，当我们对他的西装表示出好奇，他不以为然，说，你们是穿惯冒牌货了，少见多怪，知道吗？阿玛尼的新款，从来都这么出位。我们又问他"出位"是什么意思，他懒得解释了，耸耸肩，给我们递上了新的名片。公司名字叫"热带风暴演出经纪公司"，他身兼三职，法人、董事长、总经理。有个朋友讽刺地说，庞德你在深圳就这三个职务？不止吧？庞德倒是不介意，自嘲道，别的职务，名片上就不写了。他身边的桃子听出了话音，脸上乍然变色，大家就不忍心再拿庞德开涮了。无论如何，六一的隐患已经消除，他们的复合是一件好事，至少省却了朋友们的烦扰。

　　最初谁也不知道，简玛丽尾随庞德，一起回来了。庞德后来声称他对此毫不知情，那是否是谎言，我们一时无法证实。只是在事情发生之后，我们很多人联想起桃子那天在喜来登西餐厅的奇遇，她不过是去了趟洗手间，白色长裙的裙摆上，居然被人用口红打了一个红色的大叉叉。

　　那天是六月五号了，照理说桃子的通牒已经失效，但她还是上了少年宫的塔楼。学习琵琶的孩子们说，有个金色头发的玛多娜阿姨一直在等桃子老师，后来庞德叔叔也来了，他们在课堂里听见庞德叔叔与玛多娜阿姨在外面争吵，等到孩子们跟随桃子出去，庞德叔叔已经不见了。当天的琵琶课程因此草草结束。孩子们看见桃子和玛多娜阿姨说着话，先是在草坪上，后来桃子老师就拿着琵琶往塔楼上走，那个玛多娜阿姨跟在她身后。

　　她们站在塔楼上，塔楼上有一面鲜艳的少先队队旗迎风飘展，她们就站在那面旗帜下面，为爱情交涉。两个人影，一个是黑色的，一个是蓝色的。孩子们听不清她们在塔楼上的交谈，只是目睹了黑色与蓝色长时间的对峙，突然，他们听见了玛多娜阿姨尖厉的声音，你跳啊，你跳我陪你跳！

　　孩子们看见他们的桃子老师扶着栏杆哭泣，看起来真的有跃身而下的危险。有聪明的孩子叫来了别的老师。书法老师先来了，据说他一直暗恋着桃子，他径直冲向了塔楼，随后少年宫的负责人严老师也来了，严老师不敢上去，她脸色煞白，嘴唇哆嗦着，向着塔楼质问，那位小姐，你从哪儿来？玛多娜阿姨回答，从地球上来。严老师跺了跺脚，又向桃子发出了严正的谴责，这是少年宫！看看你头顶的旗帜吧！桃子你别让爱情冲昏头脑，孩子们都看着你呢，当着孩子们的面，就在少先队队旗下面，你怎么敢？立刻下来！

桃子被书法老师扶下来的时候，一直用琵琶盒子遮着自己的面孔，很明显她不想让孩子们见到她崩溃的样子，但琵琶盒子遮掩不了她颤抖的身体。桃子的身体在颤抖，她不停地对孩子们说，对不起对不起，我太软弱了，不配做你们的老师。有个女孩上去扶住了桃子，出于一颗爱憎分明的心，女孩朝玛多娜阿姨啐了一口，你不是玛多娜，你是女魔鬼！

少年宫的人们都看着玛多娜阿姨。那天她黑衣黑裙，戴着两个硕大的贝壳耳环，脚踝上套了一圈彩色布条，布条上系了一只红色的铃铛。他们看见她皱起眉头，用纸巾擦去了女孩的唾沫。再抬起脸来，她猩红的嘴角出现了一丝宽容的微笑。你那么小，还不懂玛多娜。她用手指在女孩脸上刮了一下，有时候玛多娜是仙女，有时候她就是魔鬼。

3

简玛丽就这样成了一个黑暗的传说。

六月发生的事情，让我们对庞德失望透顶，甚至无法确定他的归来，究竟是为了与桃子复合，还是为了与她做个了断，或者干脆相信，庞德到最后都没有拿定主意，他是需要桃子，还是需要简玛丽。对于庞德残存的友谊，迫使很多朋友向他晓以利害，告诉他简玛丽今天对桃子有多么冷酷，未来对你就有多么冷酷。庞德为简玛丽做出了辩护，你们不了解她。他说，她其实很善良。有人尖刻地问，跟一块石头比，还是跟一头狼比？他说，跟我们大家比。又说，跟我在一起的时候，你们不知道她是多么善良。这是可能的，因为爱情。大家没有反驳，他便来了精神，你们猜猜看，她收留了多少流浪猫？没人理睬，他自己回答，举起一个巴掌说，五只啊，她收留了五只流浪猫，一只叫白玛，还有一只叫花玛，跟我们睡在一起的。又期盼地看着大家，等待谁来提问白玛和花玛是什么意思，偏偏没人配合他，他只好自己解释，白玛是白猫，就是白色玛多娜的意思，花玛是一只花猫，花花玛多娜，懂了吧？看朋友们的表情充满讥讽，他无奈了，整了整领带总结道，我知道你们对她有偏见，你们不懂得爱，爱，是独占性的。告诉你们吧，是爱的独占性，才让她变得那么疯狂。

庞德留在了我们的身边。可以说，是在多种逼迫之下做出的选择，也许算是悬崖勒马，也许是出于对桃子剩余的爱，也许，仅仅是某种畏惧，他害怕桃子的以死相胁。不久之后，庞德与桃子举行了婚礼。桃子那天的打扮，以及她的一颦一笑，都酷似我们众人热爱的邓丽君。有个朋友注视着容光焕发的新娘，忽发感慨，说，毕竟是在我们的地盘上，看，邓丽君打败了玛多娜！

我们挽留了庞德，多少也为自己挽留了一些累赘。庞德的热带风暴公司还在，只是离开了简玛丽，也就离开了玛多娜，离开了玛多娜，他对自己能做什么陷入了空前的迷惘。他与桃子的婚房坐落在聋哑学校附近，有一天路过那里，他看见两个美丽的聋哑女孩在学校门口以手语激烈争论，突发奇想，决定要组织一场聋哑人辩论大赛，让电视转播。必须承认，我们的朋友圈里不再有人愿意与庞德合作，却有人还愿意赞美他的创意和智慧。庞德受到了鼓励，开始为此奔忙。聋哑学校方面倒是有兴趣借此推广他们的品牌，电视台也勉强承诺，可以先录一台节目，看看节目效果再说。关键是赞助商，要找一个愿意赞助聋哑人辩论的商家，很不容易。那一段时间里我们频频接到庞德的电话，记得最清楚的就是庞德沙哑而充满激情的声音，类似宣言，也好像是恫吓。会轰动的，这一次，商业效益跑不掉，社会效益无法估量，一定会轰动的，他说，你们现在敷衍我，到时后悔也来不及！

只剩下桃子陪着庞德，到处游说。那个做大理石生意的郝老板，我们原来都不认识，听说是桃子琵琶班上一个学员的父亲。庞德能够与郝老板签署赞助协议，是琵琶，或者说是弹琵琶的桃子立下了汗马功劳。庞德那一阵子去赴郝老板的饭局，总是带着桃子，或者说，是桃子带着庞德和琵琶，吃完饭，她照例要为满桌客人弹一曲《春江花月夜》。我们知道，那是桃子最擅长的琵琶曲。

电视台录制节目的前夕，我们很多人收到了庞德的邀请。为了见证庞德这次辉煌的起步，我也去了电视台的录播大厅。庞德忙得团团转，无暇顾及我们，只是匆匆地向我们介绍了郝老板。那是个胖胖的黑乎乎的福建男人，笑起来很憨厚，眼神里又透出几许精明。桃子陪着他，不知为什么，看起来并没有多少成功的喜悦，倒是心事重重的样子。

聚光灯下的聋哑孩子们在辩论一个关于爱与怜悯的主题，相信那是庞德的构想，对于孩子们来说有点难了，所以我不断地看到一个美丽的聋哑女孩忘记台词，急得要哭的样子，另一个男孩则情绪激烈，以旋风般的手语向对手发起攻击。我问旁边的人他说了些什么，原来那男孩在控诉对手不配谈爱与怜悯，昨天夜里他还被对手逼迫，喝了一杯尿液。突然，那男孩涨红了脸，以手做枪，扳动扳机，向对手做了个开枪的动作。下面一片哗然，有人不停地哄笑，我隐约听见庞德在摄影机那边大叫，红方红方！二辩住嘴！Cut！Cut！

桃子和郝老板静静地坐在一起，有点混乱的录像场面并没有影响他们的坐姿。他们的腿应该在一起，挨得近一些，无伤大雅。但是我无意中瞥见，他们的手在暗处交流。郝老板抓着桃子的手，尽管很快被桃子推开，但我相信，那不是我的幻觉。在郝老板与桃子之间，似乎已经发生了什么。我所不能确定的是，在桃子与庞德之间，到底发生了什么。这么快，桃子就决定背叛庞德吗？为了庞德，桃子背叛了庞德吗？他们之间那份以命相许的爱情，再一次让我陷入了疑惑之中。

庞德的聋哑学生辩论大赛在电视台播出了一期，紧急叫停了。有关部门认为节目导向不明，又涉及特殊人群，没有任何积极意义。庞德写了洋洋万言的申诉材料，奔波于各个部门，最终徒劳，不得不放弃了他的心血之作。之后他疝气发作，住进了医院。我们到医院去看他的时候，他有点委顿地总结了自己的得失，我跟官僚机构天生打不了交道，我还是适合做音乐。他说，你们知道吗，玛利亚·凯莉要到香港了！大家一下就都不说话了。庞德的眼睛放出光来，我过几天准备飞香港，去见见她的经纪人，我有个同学在纽约，认识那个经纪人。我们看他的眼睛，等着他的下文，果然他的声音开始变得神秘，那个经纪人对中国市场很有兴趣啊，这是个好机会，你们有兴趣吗？

我们因此提前离开了庞德的病房。在走廊上，我们遇见了桃子。桃子一脸倦容地提着她的琵琶，说是刚刚去乐器行给琵琶换了弦。我们问她是否要跟庞德一起去香港。她露出一丝哀婉的微笑，还去香港呢，机票都买不起了。现在都是我在挣钱养家。她突然拨响了琵琶，拨出一声刺耳的杂音，我现在，上门给学生做家教啊！

4

那年冬天多雪。

庞德在一个雪夜不约而至，敲响了我家的门。一定是临时起意，我注意到他只穿着毛衣和睡裤，满身雪花，看见我他的手举起来，亮出一只料酒瓶子，你看，我家里的料酒都喝光了。他说，现在没地方买酒，你借我一瓶酒。

他的眼神是破碎的，走路的脚步已经踉跄。我把他扶进屋子的时候，他很感恩，忽然在我脸上亲了一下，喷出一嘴酒气。他说，还是朋友好，只有友谊，可以天长地久。

其实我猜到发生了什么，桃子去为郝老板的女儿做家教，做出了些意外的插曲，庞德与桃子分居多日，朋友圈里已经有所耳闻。大家没有想到的是，庞德悬崖勒马，桃子变了心。听说郝老板的妻子曾经找到少年宫去，不知为何，最终也跑到了少年宫的塔楼上。桃子跟着那女人，与她并排站在一起，桃子说，你想好要不要跳，要跳就数一二三，我陪你跳。这件事听起来很像谣言，桃子这么快就变成了简玛丽，谁也不敢轻信，但有人认识少年宫那个美术老师，按照他吞吞吐吐的口气来推敲，似乎那是真的。

我不知道该怎么开导庞德。我们坐下喝酒。他不说话，指指喉咙，捂捂胸口，意思是嗓子哑了，心碎了。我害怕他跟我谈论他的婚姻危机，试探道，你喝成这样，我们还是谈谈诗歌、谈谈音乐吧，要不谈谈毕加索也行。

他目光炯炯地审视着我，看透了我的畏惧，忽然发出一声尖锐的冷笑，诗歌，是狗屁。音乐，也是狗屁。顿了一下，打了个嗝，他哑着嗓子说，毕加索算老几？他不过是艺术的男妓。

我几乎要笑，不忍心，打岔道，玛多娜呢？玛利亚·凯莉呢？她们是什么？

他想了想，没有再贸然羞辱他曾经的偶像，只是坚定地摇着头，我现在不听她们了，一个太商业，一个太肤浅了。他说着从毛衣里挖出一张CD来，你可以放一下听听，震撼，震撼，我现在天天听这个，听一下，心情就好多了。

是一张黑色封面的进口CD，银色的骷髅头长了两片鲜艳的红唇。我不认识那一排花哨的洋文。庞德介绍道，骷髅玫瑰乐队，曼哈顿的地下摇滚。我好奇地把CD放进音响，先听见一阵阵呻吟，伴随着玻璃碎裂、汽车奔驰和推土机打桩机的噪声，然后各种电声乐器涌入，夹杂着一个女声疯狂的尖叫。正值夜深人静时分，我赶紧把CD退出来，问庞德，谁给你的CD？吵死人了。他的脸上又出现了我所熟悉的神秘表情，你猜？我照例不猜。他说，是简玛丽给我的，她现在在纽约。又问，你知道那女主唱是谁？我摇头。他说，听不出来？就是简玛丽啊！她的乐队，键盘、吉他、贝斯、鼓手，不是白人就是黑人！他们去过黑暗厨房演出，黑暗厨房你听说过的吧？简玛丽现在不跳舞，做地下摇滚，成功了！

我知道简玛丽去了纽约。我以为她是去寻找玛多娜的，预计她暂时会在一家中餐馆或者服装厂洗衣店打工。庞德嘴里简玛丽的成功，我凭本能觉得可疑。然而，庞德不容我对简玛丽的成功提出任何质疑，他捏着拳头捶了下大腿，我错过了她，我说过只要给我五年时间，我就会把她打造成国际巨星，你们都不相信我。庞德说着说着伤感起来，抱住头说，我错过了她，也错过了我自己的幸福。我不怪你们，怪我自己被绑架了。我一惊，谁绑架你了？他愤愤地看着我，突然吼道，道德！还有你们这帮虚伪的朋友！你们利用了我的善良！然后是他所擅长的自问自答环节，善良是什么东西，你知道吗？他说，告诉你们吧，善良，是个最大最臭的道德狗屁！

窗外大雪飘飞。我想象此刻纽约的街道上说不定也在下雪，此刻的简玛丽会在做什么，我头脑里却一片空白。我与简玛丽匆匆一面的印象已经模糊，说起简玛丽，我眼前浮现的竟然都是玛多娜且歌且舞的样子，有点吵，有点窒息，但某种妖娆的挑逗隔空而来。真的有点奇怪，一个川东姑娘，就这样以玛多娜的形象驻扎在我记忆里了。

那个雪夜庞德留宿在我家里。他酒醉严重，去卫生间吐了两次。第一次呕吐的间隙，他还清醒，向我透露了下一个人生计划，说他在等简玛丽的绿卡，她有了绿卡，他就可以去美国了。第二次呕吐很厉害，庞德抱住马桶，流出了眼泪。他抱着马桶哭泣，有点胡言乱语了，他说他恨不能从马桶里钻到美国去，要是可以钻过去，简玛丽一定会在下水道的出口等他。

5

现在看来，庞德的出国之路，其遥远程度堪比丝绸之路。简玛丽的绿卡遥遥无期，而庞德等不及了。是一个旅行社的朋友替他安排了一条漫长而诡谲的路线。他先去了云南，从云南去了越南，从越南去了澳大利亚。按照他们事先的计划，最终还是要越过太平洋，目的地确定不变，是美国。

大多数朋友都收到过庞德在悉尼歌剧院门口的照片，是与卡拉扬的演出广告合影，他说他听了卡拉扬的音乐会，无比震撼，还将去听瓦格纳的歌剧《尼伯龙根的指环》，必将更加震撼。这如果是真的，当然令人羡慕，只可惜无从证明。悉尼有我们的朋友。最初我们听到他的消息，大抵是找工作找住房之类的琐事，庞德没少去麻烦别人，后来便失去他的音信了。大家以为他是设法去了美国，后来知道，庞德没有去美国，不清楚是他无能，还是简玛丽那边的变故，他瞒着悉尼的朋友，去了新西兰，到一家葡萄园摘葡萄去了。

没有人料到他在新西兰摘葡萄，摘了那么多年。也是葡萄，后来与庞德结下了不解之缘。大约是五年之后的一个夏天，朋友圈里纷纷得知一个消息，庞德回来了，兜里揣着一本新西兰护照。他以一个葡萄酒酒庄经理的名义回来，回来开拓营销市场，顺便邀约了过去的朋友，参加一个品酒会。

五年后的庞德依然相貌堂堂，衣着考究，我们想象的艰辛与沧桑在他的脸上并没有留下多少痕迹，只是白色的紧身西裤夸大了他的肚腩，看起来是发福了。他向我们展示了几款葡萄酒，不停地说着单宁、甜度、果香、黑品诺之类的词汇，我们都听不懂，只是注意到席间有个戴耳环的白人男子，看起来四十岁左右的样子，忙着招呼几个洋人，不时与庞德传递眼神，热烈，多义，还有点诡秘。我们都察觉到他与庞德之间关系亲密，悄悄打听他的身份，庞德说，他是杰克，伟大的酿酒师啊。庞德忽然笑了，笑得有点腼腆，大家都看着他，不明白他笑什么，然后我们就听见庞德压低声音说，他妈的，我明明是一串西拉，被他酿成了一杯夏多内！

我们都对葡萄酒一无所知，也就没有人听得懂庞德隐晦而真诚的告白。庞德的美国梦，他自己已经放下，我却记得清楚。我想起那个雪夜庞德的誓言，忍不住追问他，这些年来，你究竟去没去纽约，见没见过简玛丽？他叹口气说，去了，见了，人家已经是两个孩子的妈妈。我问他简玛丽嫁给了什么人，他说，谁也没嫁，一个女孩，是跟白人的混血，一个男孩，是跟黑人的混血。我一时默然，问，现在呢，她会不会还在等你？他又耸肩，做了个天知道的动作。我试探庞德，你为什么还是单身，你还在等她吗？他发出一种短促而夸张的笑声，不知道是对我的愚蠢表示轻蔑，还是表示感伤。你知道我在等谁吗？他的笑容很快变得狡黠起来，瞥一眼远处杰克的身影，打了个响指，告诉你，我和杰克在等李嘉诚，李嘉诚已经收购了我们隔壁的酒庄，我们在等他收购我的酒庄。又晃了一下手里的酒杯，你看我们的酒，这酒体，这果香！庞德说，都是黑品诺，都在马尔堡，我们不比他们差啊！

庞德与简玛丽依然隔着太平洋，天各一方。他们之间，似乎还刻意保留着朋友关系。两年前的一个春天，我忽然接到庞德打来的电话，说简玛丽要带着孩子回国探亲旅游，会在我们这个城市停留，他要我们几个朋友替他招待一下简玛丽。坦率地说，大家都想看看这个传奇的简玛丽，现在是怎样的一位母亲，朋友们都一口应允，为了纪念大家的相识，也为了向一个破碎的爱情故事致意，我们特意将他们安排在太平洋酒店。

我们请简玛丽一家吃饭。简玛丽带着两个混血孩子，姗姗而来。她那天穿了件白色镶嵌蓝边的旗袍，头发恢复了黑色，盘成一个复古的圆髻，她的脸被很厚的粉底罩住，口红很重，岁月的痕迹被谨慎地涂抹之后，看起来很像是三十年代的烟草广告女郎。有人这么直白地说出自己的感受，她淡然一笑，说，我的打扮很正常啊，现在纽约流行复古风。

我带去的葡萄酒来自庞德的酒庄。她瞥一眼酒瓶就猜到了，说，基佬酿的酒，味道都很复杂，我要多喝一点。果然就喝了不少，人也显得松弛了。席间不知是谁提起了桃子，被人在桌子底下踢了脚。没想到她倒坦然，主动问，听说桃子后来嫁给一个大富翁了？听说有几个亿？大家猜到是庞德夸大其词了，在任何时候，我们都需要掩护庞德的虚荣心，没有人轻率地接茬，简玛丽也没有再追问下去。庞德酿造的葡萄酒在她身上起了奇妙的效用，她勤于回忆往事，又毫无保留地披露她在纽约的生活。是她自己主动提起了少年宫塔楼上的那件往事。说到跳楼，真的没什么大不了的。我在曼哈顿，差点也要跳，三十七层的大厦啊，比少年宫那塔楼高多了。她这么说着，诚恳地看着我们，我不光是为了爱情，也是为了房租，为了，为了——心碎。她艰难地选择了"心碎"这个词汇，眼睛里忽然闪烁出一丝泪光，我都已经写好遗书了，我已经走到楼顶了，知道是谁救了我吗？空气骤然紧绷，大家都紧张地看着她，猜测她要宣布的人选，我记得我当时思维偏向电影化，脑子里跳出的是玛多娜，而我注意到对面小辛的嘴型，他明显轻轻吐出了庞德的名字。简玛丽抿了一口酒，以莞尔一笑，原谅了我们的轻浮或愚昧。别猜了，你们猜不到的。她突然用手指着她的混血女儿，是露西亚，露西亚那年才五岁，她穿着睡衣追到楼顶上来了，她对我说，妈咪你别丢下我，我陪你跳，你抱着我，我们一起跳。

一时满桌静默，谁也不敢说话，大家的目光都聚焦在露西亚脸上。露西亚是一个美丽的混血女孩，腿很长，头发是亚麻色的，眼睛有一点点发蓝。我们很少见到蓝眼睛，难以定义露西亚的眼神，它流露的究竟是纯真还是早熟，是羞怯还是无畏。她正与弟弟一起玩游戏机，这时候抬起头，以一种谴责的目光看了看她母亲，她用英语说，妈咪，你喝多了。我不准你再说话了。

简玛丽吐了下舌头，果然不说话了。为了调节气氛，有人小心地与露西亚搭讪，露西亚，小美人，你喜欢玛多娜吗？

露西亚摇了摇头，说，不喜欢，玛多娜早就过时了。

（原载《作家》2017年第1期）

滞留于屋檐的雨滴

◎叶兆言

1978年12月，首都北京正在召开很重要的三中全会，陆少林的父亲在南京一家医院过世了。对于父亲的离开，陆少林有心理准备，医生跟他谈过。父亲也坦然地说过这事，安慰他，让他不要太难过，让他抓紧时间复习功课，准备再一次参加高考，并祝愿他这次一定会考好。父子间的感情非常好，可以说特别好，陆少林心里难受，流了好几次眼泪，对即将要出现的状况不敢多想，又不能不想。该发生的事终于发生，父亲进入弥留状态，他紧紧捏着父亲的手，渐渐意识到它像黑色的冰块一样，越来越凉越来越黑暗。为什么父亲的手会像黑色冰块，他一时想不明白，这念头在脑海里一闪而过。护士们正在忙乱，母亲和姐姐在帮死者换衣服，然后往太平间里送。

谁也没有号啕大哭，母亲没有，姐姐没有，陆少林也没有。母亲与父亲的关系不是很融洽，姐姐和父亲的关系也不是很融洽，陆少林心里悲伤，非常想哇啦啦哭上一场，母亲和姐姐的冷漠，让他感到为难，只能一边推车，一边静静地流眼泪。太平间管理员显然习惯这样的场面，从一大串钥匙中，找到那把打开太平间的钥匙，将铁门打开，让他们把放着父亲尸体的推车推进去，说搁在墙角就行，接下来填写单子，约好送火葬场时间，什么规格，花多少钱，怎么样怎么样，所有这一切都是陆少林母亲在操办。

父亲去世那天，是陆少林一生中最伤心的一天。这一天，不仅父亲永远离开了，晚上的家庭谈话中，母亲当着姐姐面，说出一个非常惊人的消息。她十分平静，告诉陆少林姐弟，这个刚死去的男人，并不是陆少林的亲生父亲。再也没有什么消息，比这更能打击人，更能折磨人，二十岁的陆少林看着目瞪口呆的姐姐，仿佛让人用生硬的木棍在脑袋上狠狠砸了一下。

姐姐木木地看着母亲，有些想不明白，父亲生前明显偏爱陆少林，她觉得姐弟两人之中，如果有一个不是亲生的，也应该是她。

过去一年中，停止多年的高考恢复了，陆少林参加过两次高考，都失利了。第一次是77级考试，进入了复试，没取。第二次是78级考试，差三分，又没取。说起来很巧，两次考试我都参加了，我们一起报名，一起复习，又走进同一个考场。

陆少林住的地方离我家不远，我们都不是应届生，高考恢复，我已经当了四年工人。他跟我同一届，是一家小饭馆的服务员。我们关系变得密切，与准备参加高考有很大关系，在同一所夜校复习，找了相同的辅导老师，背一样的复习材料。当然也还有一个原因，他母亲与我母亲是同事，虽然不在家属大院住，但经常会到这里来玩。

陆少林父亲逝世不久，我们有过一次难忘的谈话。记得是放寒假前夕，剩下最后一门马克思主义哲学还没考，他突然到学校来找我，告诉我父亲去世了，心里很不痛快，很忧伤，非常想找个人聊聊，说说话。我告诉他明天还有一门考试，他看我有些为难，便不说话。我不忍心，也不好意思，说你既然来了，那就聊聊吧，反正考试都是临时抱佛脚，老师蒙我们，我们再蒙老师，大家都不知道自己在说什么。

陆少林说，其实也没多少话要说，只是想告诉你，我爸爸死了。

隔了很多年，都不能忘了他说这话时的表情，显得很冷淡，一点都不悲伤。不明白为什么要专门跑来跟我说这个，我们坐在学校的某个角落，他从口袋里摸出一包香烟，明知道我不抽烟，递了一根给我，自己再取一根，然后大家一起抽，什么话也不说。很快烟抽完了，他说你去复习功课吧，我们以后再聊。嘴上这么说，还是聊了一个多小时。这一个多小时，我略有些心不在焉，忘不了明天还要考马哲。对于他的谈话，能记住的无非一些要点，他告诉我，过去一直不知道，直到父亲死了，母亲才告诉他，这个男人与他根本没有血缘关系。

陆少林告诉我，父亲死了，两件事让他耿耿于怀。一是小时候尿床，母亲和姐姐讥笑他，威胁要告诉老师，要让所有同学都知道。陆少林说他非常担心，觉得太丢人，一想到就害怕，晚上不敢睡觉，怕睡着了又尿床。为他解开心病的是父亲，他告诉陆少林尿床根本不算什么事，说你姐姐也尿过床，你妈妈有没有不知道，反正爸爸小时候不仅尿床，还在床上拉过屎呢。陆少林说他听到父亲这么说，立刻释怀了。

第二件事耿耿于怀，到了青春期，陆少林开始梦遗。他不知道该怎么办，跟当初尿床一样，很害怕，很难为情。母亲知道了，第一时间告诉姐姐，母女俩一阵讥笑，说不学好，说不要脸。说你以后还这样，自己去洗短裤，脏死了，没人会帮你洗。姐姐比他大五岁，印象中，除了欺负他，没什么可圈可点。陆少林再碰到这样的事，偷偷把短裤洗了，再把湿短裤穿身上焐干。他不知道所有男孩都会这样，终于有一天，父亲告诉他梦遗比尿床更常见，说过去的男孩子，比他再大一点，都可以娶媳妇了。

说老实话，我不明白陆少林为什么要跑来诉说这些。他自顾自说着，重重地叹一口气，沉默了一会儿，说本来准备在我面前大哭一场，现在突然不想哭了，心里有些话，说出来，也就痛快了。看不出他有什么痛快，我看到的只是他的悲哀，是他所经历的双重打击。一个这么好的父亲不在了，这个人还不是他的亲生父亲。第二天考马哲，我情不自禁地会走神，总是想起陆少林，想起他说过的话。戴着老花镜的监考老师十分仁慈，从头到尾都在看报纸，说是闭卷考试，遇上答不出来的题目，大家也就不客气，悄悄把书拿出来，互相讨论和转告，应该抄哪一段。

陆少林又考了一次大学，还是没考上。他有些绝望，不明白为什么总是考不上。确实冤枉，当初一起复习，他成绩一向都比我好，尤其是数学。文章也写得漂亮，在夜校上补习班，他的命题作文不止一次被辅导老师拿出来当作范文。

又过一年，他成了电大学生。因为不脱产，还得上班，觉得这个电大生没意思，干脆不想毕业，没拿到文凭。那年头，年轻人除了考上大学，很少换工作。陆少林在一家集体所有制的小饭馆当厨师，突然开始对书法产生兴趣，天天临字帖，迷上了制作砚台，弄了一些石头，自己加工。有一段时间，常到我所在的学校来蹭课，旁听古代文学史和古汉语。说句老实话，他的古典文学和古汉语水平比我高出许多。

有机会便在一起聊天，他最喜欢说父亲的故事。陆少林告诉我，养父死了以后，他一直在想，为什么这个人会对自己那么好。印象中，姐姐总在抱怨父亲重男轻女，姐弟感情不好，很重要一个原因，是姐姐觉得父亲偏心。陆少林的养父是一所中专学校老师，教什么也不清楚，反正是与无线电发报机有点关系。"文化大革命"中被打成国民党特务，造反派在一张穿国民党军服的集体照上，看到了他。陆少林告诉我，他确实参加过国民党。

陆少林的养父也曾经是名解放军，参加过抗美援朝，加入了共产党，受过伤，他家墙上挂着一张他穿志愿军军服的照片。对于这个父亲，陆少林有很多不能明白的地方，为什么不太喜欢自己的亲生女儿，为什么会原谅妻子的出轨。最后只能得出一个比较荒唐的结论，就是他对陆少林好，只是为了讨好母亲。

"你不知道他对我母亲有多好，那种好，你真的没办法想象。"

一说起养父对母亲的好，对她的百依百顺，陆少林忍不住唉声叹气。小时候，母亲的一位朋友老梁，经常到他家来串门，有一次，无意中撞见母亲与老梁搂抱在一起。一时间也不知道是怎么回事，母亲大声呵斥，让他到外面去玩，让他赶快出去。陆少林不明白她为什么会那么生气，不明白为什么只要养父不在家，这个叫老梁的男人就会过来。有时候养父在家，那个男人也会来，大家有说有笑，一团和气。

陆少林小时候曾听人背后议论，说养父真是好性子，气量也太大，绿帽子一顶又一顶戴，都能够凑成一个班。因为是小孩子，不知道什么叫绿帽子。养父死了以后，有一段时间，一直觉得老梁就是他的生身父亲。对着镜子琢磨，越看，也觉得自己像老梁。姐姐出嫁后，与母亲越来越不融洽，与弟弟关系反而有很大改善。过去并不知道与弟弟同母异父，对父亲始终有怨恨，父亲不在了，她觉得自己很同情父亲，觉得父亲挺无私的。

姐姐结婚不久，又有了一段新恋情，闹得风风雨雨，声名狼藉，最后不了了之。她跟弟弟检讨，说自己性格有问题，女儿像妈，坏毛病可以遗传，她真是对不住陆少林的姐夫。陆少林借此机会打听，问还记不记得那个叫老梁的男人，姐姐便笑，说我怎么会不记得，我太记得了。

"这个人会不会是我的亲爹呢？"

"当然不是。"

"你怎么知道当然不是?"

姐姐告诉他,父亲死后,有个男人来过,就是陆少林的生身父亲。提出来要见一见陆少林,结果母亲一顿臭骂,把他赶走了。陆少林听了很激动,连忙问那男人长什么模样,现在什么地方。姐姐说她也只是匆匆看了一眼,当时并不知道是谁,这个人离开,才听母亲嘀咕了几句,好像是在新疆什么地方,年纪也不小了,五官跟陆少林很像,个子看上去蛮高的,似乎要比他还高一些。

陆少林找了个机会,直截了当询问母亲,问自己生身父亲的情况。母亲大怒,说我这辈子最记恨两个男人,一个是你这爸,明知道你不是他亲生的,非还要做出不在乎的样子,你以为他是真对你好,狗屁,他为什么要对你好,无非是想让我难堪,让我觉得亏欠他,让我抬不起头来。母亲最恨的另一个男人,是陆少林的生身父亲,她说这个没良心的狗东西,只要我还剩一口气,他别想见到你,你也不许找他,绝对不允许,如果敢去找他,我立刻就死给你看,我立刻找一根绳子吊死,你信不信。

陆少林后来与一位女同事好上了,这个女人比他大好几岁。刚知道这消息,我也有些吃惊,因为在他干活的小饭馆见过。是个端盘子的女服务员,眼睛细细的,看起人来,总会让你觉得她是在琢磨什么事,好像你们过去就认识一样。皮肤很白,个子不高,已经结了婚,有一儿一女。

陆少林也不回避与她的关系,问他是来真的,还是闹着玩。他的回答是无所谓,真也行,假也可以,完全看对方态度。他的所作所为完全是被动的,全看女方心情,女方说要离婚跟他,他说行,那你就离吧。女方又改口,说我们的事还是就这样吧,我不想离了,大家混一天是一天。陆少林说,好吧,那就混一天是一天。女的很生气,跟他吵跟他闹,结果分了合,合了又分,分分合合,始终藕断丝连。

那段日子,陆少林住的地方离我很近,一处沿街的老房子。我经常去聊天,有时候,那女的也在。房间不大,一张小钢丝床,一张很大的工作台,拉了几根细绳子,上面荡着很多木头夹子,用来挂他写的篆字。他迷上了刻图章,喜欢在砚台上刻字,那些字都很难认。桌上一本《说文解字》还是跟我借的,借了也不还。就是那段时间,那女人离婚了,他们同居过一段日子,十分平静地分手。陆少林告诉我，她爷爷解放前夕去了台湾，后来又去美国，是个有身份地位的人物，多少年没联系，改革开放，重新接上头。老人家说走就走了，留下一大笔遗产，大家分。

和陆少林一起聊天，还是喜欢谈他养父。他觉得我应该写篇小说，说这个人看上去没什么故事，其实全是故事。他说的那些细节，举的那些例子，别人眼里也许稀松平常，可是在他看来，都有着特殊意义。说着说着，眼泪流了下来，说自己挺对不住他，说他若在，看见现在这样，看见儿子这么不争气，肯定会很伤心。陆少林说养父生前的最大愿望，就是希望儿子能考上大学。如果养父还在，就算是为了他，陆少林也一定会考上大学。

"我知道上大学不是什么事，不过为了他，我肯定要上大学。"

陆少林工作的小饭馆因为沿街，要拆迁，说拆就拆了，他成为最早下岗的一批职工。形势发展谁都想象不到，下岗就是失业，陆少林觉得上不上大学不是什么事，没想到还真不一样。一纸大学文凭本来是块遮羞布，不知道却成了一道护身符。这以后，陆少林开过小馆子，干过保安，当过营业员，没一项活儿做得长久。再后来，隐身在郊区的一间空厂房里，专心制作砚台。

我案头的一块砚台，就是陆少林做的，石料和刻工非常讲究。好东西需要遇到懂行的专家，有一天，一位著名书法家到我家做客，看见那方砚台，爱不释手，说自己收藏了许多名贵的砚台，我的这一块十分了得，非常了不起。一定要拜访陆少林，于是就带着他去了，见面以后，用一个很难让人拒绝的价格，跟陆少林订了十块砚台。现在的书法家都太有钱，钱对他们根本不是什么事。

藏身在偏僻郊区的陆少林，成了一位隐士。他在保姆市场找了个安徽妇女，照顾自己生活。也是小眼睛，白皮肤，陆少林说他就喜欢眼睛小皮肤白的女人，看着顺眼，看着很含蓄。住的地方有些简陋，养了一条草狗，一个小车间，堆了许多石料，到处都是粉尘。说起来手工制作砚台，还是得用机器，真要干活，噪声非常大。

当年的那位相好去找过陆少林，她又结婚了，与一个做生意的大老板走到一起。现在钱更多，是个标准富婆，在他那盘桓了半个月，旧梦重温。陆少林与她说笑话，问自己雇的这位安徽保姆，是不是跟她有几分相像。话让人很不高兴，怎么能拿她与一个来自乡下的保姆相比呢。陆少林后来说起这事很得意，两个女人为了他争风吃醋，都在背后说对方不是，非常有趣，很好玩。你看不上安徽保姆，人家安徽保姆也看不上你，说她卸了妆，难看死了，像个老妖婆。

陆少林后来又送了一方砚台给我，当初领着著名书法家去见他，人家看中这块砚台，出很高的价，他都没肯卖。我不好意思接受，陆少林说这砚台没你想的那么值钱，你就算是代我保管吧。他已经不再做砚台，根本没人愿意买，识货的人实在太少，靠做这玩意儿维持不了生活。郊区也在大拆迁，小车间已不复存在，一个台湾人用非常低廉的白菜价，将这些年来制作的砚台全部打包收购。他如今是在停车场上班，做夜班，陆少林告诉我，自己更喜欢做夜班。夜深人静，停车场的小汽车一辆辆躺在那儿，仿佛一口口棺材，尤其是那些黑色的高档轿车更像。让人感到哭笑不得的是陆少林竟然提出要拜我为师，说自己正在考虑是否要学习写小说。

陆少林说："我想来想去，还是想把父亲的故事写出来。"

不知道他说的是哪个父亲，是养父，还是从未见过面的生父。陆少林经常提起他们，最初是养父多一些，后来说得更多的是生身父亲。往事如烟，父爱如山，虚虚实实的幻想，真真假假的梦境，当然都只是随口说说，从来也没真正地动过笔。母亲快死了，临终前，陆少林又一次追问，她说早跟你说过，死也不会告诉你的，现在都要咽气了，你以为我会改变主意，你就不要做梦吧。

陆少林的母亲叫吕慕贞，她死了，寻找生父的希望更加渺茫。做砚台的那些年，陆少林去过很多次新疆，一方面，为了找可加工的石料，另一方面，也是希望能有生父的消息。当然是没有一点消息，不可能有消息。排空驭气奔如电，升天入地求之遍，为了能够获得生父的线索，陆少林做过许多努力，他曾设想在新疆的报纸上登一则广告，上面写着"吕慕贞的儿子寻找生身父亲"，除了能提供母亲的名字，他想不出还有什么有价值的信息。陆少林幻想自己在新疆出了车祸，确实也有过一次相当危险的翻车，他的生父见到报道，专程赶来跟他见面。或者是得了某种不治之症，生父获得消息立刻赶过来，自己早已离开人世。陆少林很认真地跟我讨论，能不能将他寻父的故事发表在《读者》上面，因为知道这是一份发行量非常大的刊物。

陆少林甚至跟我描述过这样一个虚拟场景，他离开了人世，怎么离开不重要，反正是死了，命丧黄泉。他的生父千里迢迢赶来南京，约我在一家茶馆见面，向我表达了此生未能见到儿子的遗憾。他让我说说那个从未见过面的儿子，说说儿子生前的故事，说说儿子的养父，说说儿子的母亲，说说儿子对生父的思念。茶馆外面下着雨，下下停停，一会儿大一会儿小，屋檐上滞留着雨滴。陆少林的生父白发苍苍，俯首侧耳倾听，突然老泪纵横，哽咽着，一句话也说不出来。

许多乐器，不在尘世演奏已久。不明白陆少林为什么要在这虚拟场景中，让我去扮演这样一个角色。为什么那些故人故事，临了还要让我来为他叙说。

陆少林不是小说家，他不写小说。

2017 年 1 月 23 日　河西

（原载《江南》2017 年第 3 期）

千姿园

◎范小青

那一天我正在和客户扯皮。

客户从网上看到我发布的出租房信息，就打我手机，我加了她微信，我们通过微信聊了几个回合，她就到门店上来找我了。

是个大妈，看起来有点钱，也有点知识，很认真，也还赶得上趟，她把我在网上发布的内容截屏下来，打算举着手机跟我谈呢。

我窃喜，这正是我要钓的鱼，完全符合条件。

她穿一件深红色的羊绒大衣，戴一副深红色边框的眼镜，蛮有风度，一进来就说，我看到你挂出来的四季风华的一套，17楼，三室两厅两卫。

我差一点喷笑出来。

但是我当然不会，肯定不会，这点功夫还是练得出来的。我心情沉重地说，唉，你说的这一套，昨天刚刚被租掉了。

她愣了一愣，说，这么巧？我说，这不算巧，春节过后，现在是租房的高峰时段啊。我说话一向有虚有实。这句是实话。她也认同了。她微微一笑，显出了她的自信，和有备而来，她说，那就另一套，九楼，电梯房，也是三室——哦，对了，我给你的微信中都写明了条件的，你记住没有？我再给你重复一遍，三室，两厅，两卫，电梯，安静，上档次的装修，家具电器齐全，拎包入住……

我听她一口气说了这么多的条件，笑了笑说，我昨天收到你的条件后，一直在帮你找呢。

她说，那么我说的九楼的这一套呢？

我抱歉地摇了摇头，没有。

她开始皱眉头了，似乎还思索了一下，然后说，没有？是根本就没有这一套吗？

我说，怎么会根本没有呢，年前你来的话，房子多的是，任你挑。她说，那就是又巧了，也租掉了？她分明是话中有话。我向她解释说，这套不是租掉的，是房东自己收回了，他们全家春节出去度长假，现在从外面回来了，自住了。

显然她没有想到还有这种情况，否则她会不停地说巧了巧了。那意思就是不相信我吧。我当然是不值得她相信的，但我也不见得就完全相信她呀，她在找我的同时，说不定还找了其他多少个我的同行呢。我们是互相不信任的一对。但是别说是互相不信任，即便是互相怒怼，我们也得做生意呀。现在不都是这样吗？

她调整了一下思路，重新又呈现出胸有成竹的样子，说，幸好我多看了几套，还有这一套——她也不说具体哪一套了，只是把手机塞到我面前让我看，一边抢白我说，这一套也没有吧。

我一看，她还真是做了大量的功课哦，把我发布的所有的信息都拍下来了。

这也太认真了吧，我有点招架不住，关键是我没时间跟她耗了，我说，我实话告诉你吧，四季风华，其实一套也没有。

这回她有点吃惊了，张着嘴呆了半天，脸渐渐涨红了，有点生气了，说，那你们为什么还在网上发布，你们是虚假信息？我坦然地说，这可不是虚假信息，前面是有的，我告诉过你，春节过后，租房高峰，租掉了，生意好得很。

她恼火说，那就是说，你们网上的信息是不准确的，至少是过时的，为什么不及时更新？岂不是误导我们，我忙了几天，在四季风华小区的几十套出租房里挑来选去，原来做的都是无用功？你们这是耍人呢，还是骗人？

我心中窃笑，她真是完全不懂套路，我得安慰住她，否则生意会跑了，我说，对不起对不起，春节期间，有人出门，有人加班，有人玩失踪，整个中介市场又忙又乱又冷又热，没来得及及时更新。

不等她再说什么，我干脆一步到位，露出我的真相，我说，再说了，以你的价格，要想租到这些条件的房子，是不大可能的。

她一听就跳了起来，怎么是以我的价格，我又不知道租房的行情，这个价格是你们在网上发布的，我说的价格，也是受你们误导的。停顿一下又说，价格也不是不好商量，加一点也是可以的，但是你们不能不讲诚信。

经过几个回合，现在我已经知道她是真心要租房，而且着急，而且要档次高的，和我平时碰到的租房客不一样。我得抓住她。成功一次，抵得上那些合租者十次八次了。

但是明显她已经对我很不信任了，我得主动出击，赶紧给点真货，我说，在四季风华附近，还有好几个小区，比如美林苑，比如雅典园，都是高档小区。

她总算搞清楚了一点，不再纠缠四季风华了，但仍有些勉强地说，也可以呀，只要符合我的条件。

我拿出一套美林苑的，我说，你看这一套。她赶紧看了图片，感觉是满意的，她问我，几楼？我说，三楼。她说，有电梯？

这套是没有电梯的，总共六层楼，没安电梯。我婉转地说，才三楼，又不高。

她立刻说，不行，我要有电梯的，不管几楼，都要有电梯。

我稍稍闷了一下，再换一套，我鼓吹说，这一套是电梯房，全新装修，家具电器很快可以到位……

她立刻打断我，说，我说了多少遍，条件，条件，条件，你根本不看我的条件，怎么给我提供我要的房子呢？

她急我不急，我笑了笑说，重要的事情说三遍，你的条件我知道。

她立刻指出我的要害说，可是你怎么抓不住要领呢，关键词关键词！

我心想，你真是有钱人，你那样条件的出租房，我手里实在是太少了嘛，再说了，干我们这一行的，玩的就是圈套，说白了，就算我手里有完全符合她要求的房子，我也不能让她一步到位的。当然我不能如实相告。

现在这个客户我已经渐渐看清楚了，她以为什么？有几个钱，长点年纪，就可以不按套路走吗？

我正在琢磨着再把哪一套推出去，我的手机响了，是个陌生的电话。

干我们这一行的，陌生电话就是商机，不能不接，可同时，干我们这一行的，陌生电话又是吸金机，别以为一个电话算不了什么，多少个电话加起来，那就很厉害了啦。

当然客户他们是不能理解的。

所以我一接电话，听那边问了一句，你是中介的王伟吗？我立刻说，我是，现在我正在谈事情，过一会儿我马上打给您。

其实过后我不会直接打他手机的，我先加他的微信，然后用语音和他通话。

我们这些人，就是这样省钱的。你瞧着觉得很猥琐吧。可我们原本就是猥琐的人呀。

没办法，大手大脚的日子我也愿意，可那是我们的血汗钱，每次不得不用手机打电话的时候，我就心疼肉疼浑身屁股疼。

当然，也有人不尿我们这种省钱法，我语音过去，他就不再搭理我了，这我不愁，我会缠着他的，只要他动作不够快，套路不够深，他会被我缠住，仍然会回到我的手掌心里。

等他加了我的微信，我会发一段语音告诉他，我正在谈事情，请他先告诉我他大致的租房想法，我会尽快回复他。

然后我安心回来对付我面前的客户。

我客户的心绪明显有些乱了，她原来是有十分的把握，租房这事情很简单嘛，网上看中了，到中介一谈，或者直接就约到现场看房了，如果信息准确，网上提供的照片是真实的，就几乎不存在看得中看不中的问题，当场就能签约。但是现在她发现，事情不如她想象的那么简单，她略有些烦躁。这节奏我得掌握好了，我又提供了一套，请她再看。

这一套她挺满意，差不多就要符合她的要求了——我只是说差不多，因为很快她又发现了问题，这个雅典园，好像是靠近东环高架路的吧？

我不得不承认，她真做了功课，或者她对这个城市的这块片区十分熟悉，摆在眼前的事实，我不能骗她，我承认说，是的，是靠近东环高架，但并不是所有的房间都面对高——话没说完，她就直摇手，不行的，不行的，我的条件你又没记住，我要安静，不能面临大马路。

别以为我会嫌烦，才不，我最大的本事就是不嫌烦，甚至是嫌不烦，只有碰到麻烦的人，我们才会有更多的机会。

我特别不怕麻烦，我说，你别着急，我同事手里有一套，你再看看——这时候，刚才的那个陌生电话又来了，我只好又接了，那边又问，你是在南州租房中介的王伟吗？

比第一个电话又详细了一点，但也都是我留在网上的信息嘛，这回我不敢再省钱了，我赶紧说，你要租房吗？对方说，我们要来找你，你在南州吧？

这口气和租房客户不太像，如果不是客户，那会是谁呢？当然我们的客户肯定是各种各样的，经常会有奇葩客户出现，那也没事，无论他有多奇葩，我都有信心把房子租给他，卖给他。

可是我面前的这个客户不高兴了，说，咦，你怎么可以把我丢开，又去和别人谈呢？

我赶紧把我的手机靠近她，让手机那头的人听到她的话，这样我就既有理由赶紧挂断电话，也可以让那边的人对我有个初步的信任。

手机果然就挂断了，看来对方也不想和我在电话里扯皮，挂了电话，他应该正在赶来找我的路上，和他一起来的，应该是一笔买卖。希望是一笔好买卖。

我心情好起来，感觉可以收网了，我说，这里有一套，你看看，千姿园。

她听我说千姿园，有些奇怪，说，什么园？我说，千姿，就是千姿百态的千姿。她听懂了，说，嗬，这个名字。听不出她是赞赏还是觉得不咋的。当然这不关我事。我拿出千姿园的房子，全部符合她条件的房子，我还顺便临时把房价加了百分之十五。她经历了多次的希望和失望，原以为找不到满意的房子了，有些沮丧和灰心，忽然这房子就出现了，大喜过望，也就没再讨价还价，OK，生意就做成了。

接下来的事情就很顺利，看房子，看合同，签合同，付了三加一再押一的房租，我拿到了佣金，她得到了钥匙，皆大欢喜。

在回去的路上，我骨头有点轻，今天的钱赚得比较爽，我总结下来，是因为我先让客户不爽，然后一切就都爽了。我会经常总结经验教训，以利于自己的成长。

如果我一开始就让客户爽了，立刻就把他们中意的房子拿出来，他们一定会讨价还价，砍得我遍体鳞伤。

我正偷着乐呢，那个陌生的电话第三次来了。

我有些奇怪，这似乎不太符合常规，除非他找不到我所在中介公司的那个小门面，其实那个门面虽小，却是沿着街面的，很好找。

我第三次接了电话，声音还是那个人的声音，口气却不一样了，开口就说，你别废话了，我们是派出所。

噢，原来是个固执的骗子，难怪不折不挠地骚扰我。我正酝酿着怎么以牙还牙，那边的剧情表演已经开始了，说，现在我们正式通知你，你必须在今天下班前到山坡镇派出所报到。

山坡镇？

看起来这骗子还真下了点功夫的，因为他说出的这个地名，让我疑惑起来，既有点熟悉，又有点陌生。

我本来完全可以不理睬骗子，可我今天赚到钱了，心情好，有心跟他玩一玩，我说，要我到派出所报到，干什么？我被录取当警察了吗？

那边也不是吃素的，也跟我调侃说，你不是警察，你是被警察追赶的人——你被判了缓刑，要在规定时间内到派出所报到，现在你已经超出了规定时间。

这点知识我还是有的，判刑应该是法院判，应该法院通知，怎么会由派出所出面呢？骗子在照着剧本念，只可惜剧本水平毕竟有限。

我忍不住笑起来，说，没想到你们这么快就露出了马脚。

那边说，什么马脚，法院早已判决了，判决书你也收下了，按照规定，你得到派出所来报到，你还是我们碰到的第一个不来报到的，你这是胆大包天，无视法律。

骗子的口气当真厉害起来，我想戳穿他们，但转而一想，与其正面进攻，不如跟他们玩个阴的，想到有人对付骗子的做法，就是告诉他们，钱已汇出，请他们查收，我也学一招，我说，好吧，我马上去报到。

挂了电话我边走边乐了好一会儿。

其实我高兴得太早了，前面那个客户虽然付了钱，但并不是付了钱就万事大吉的，她继续来找我麻烦了，根本无视我用微信的希求，直接打电话说，不对呀，热水器是坏的。

我就奇了怪，交房的时候，明明试过，是好的，打开一会儿水就热了，怎么一会儿就是坏的了呢？

她不高兴地说，难道是我自己故意弄坏的？我干吗，好玩吗？

我只好说，好吧好吧，我报房管中心，他们会派人来修的。她那边着急，追问什么时候能到，我说，我会催他们加快的，但是目前正是租房高峰时段，师傅们可能很忙。她又着急说，那怎么行，搬家搬得这么脏，没有热水怎么行？

我心想，你真优越，又不是大夏天，还得天天洗澡吗？也不怕冻着。当然我嘴上是应付她的，我说，快的快的。

结果并没有快，到晚上师傅也没有上门，第二天一大早她电话又追来了，说，修热水器的没来，淋浴帘都烂掉了。

天哪，连淋浴帘也找我？

到半上午又打电话说，不对，不像话，灯泡坏了好几个。

我终于觉得她太过分了，忍不住说，怎么，连浴帘、灯泡这样的都找我？

她立刻说，合同上有。

合同上有吗？有写浴帘和灯泡吗？

她说，有写，甲方须按合同规定的时间内，提供功能完备及附属设施完好的房屋给乙方使用，每逾期一天……

哎哟喂，她这是拿着合同在给我念呢，我又是干什么吃的呢，合同就是我的帮凶，不用念，我倒背如流。我说，功能当然完备设施当然完好，这是你自己亲眼看过，仔细检查过，验收后签了字的，合同早已生效。

因为我的理直气壮，她的气势稍稍减弱了一点，她说，我也是讲道理的人，我不是要你帮我买新的浴帘和灯泡，我们可以自己买，但是事情要说清楚，这可不是我们弄坏的，到时候别说他家的旧浴帘给我们弄坏了，要赔偿什么的。

她一边说着，就把那个旧浴帘的照片发到我微信上，我也算是服了她。心想连浴帘都牵涉到了，该罢休了吧，不料过了一会儿，她又来电了，我真急了，我说，你怎么有事无事老喜欢打电话，为什么就不能用微信呢？

她说，你这话不对，第一，不是有事无事，是有事，第二，打电话更直接明了方便，一说一答，事情就解决了，微信来微信去的，你烦不烦哪，我跟你说，他家的小厨宝，漏水，不安全。

我气得说，你真是不懂家务事，还装懂，你还不如我呢，小厨宝里有压力，阀门那里过一段时间会渗出一点水来的，正常的。

我就跟她拜拜了。

可是她不跟我拜拜，她的电话又追来了，我本来好好的心情，被她一纠缠，变得有些烦，我果断地用"您拨打的电话正在通话中"拒听了。

我上了地铁，赶往下一个接头地点，那里新的客户正等着我呢，在地铁上我得空瞄了一眼微信，发现这女客户居然把出租屋的几张图片发在朋友圈里吐槽，不知道我偶尔也会看一眼的吗？

　　我气得忘记了不打电话只用微信的习惯，即刻打电话去责问她，她却一口否认说，你搞错了，不是我，我从来不发什么朋友圈，好无聊的东西。她发了还抵赖。我也懒得和她计较，好在她的朋友圈，跟我的朋友圈，隔着半个地球呢，擦枪走火也擦不到我。

　　出了地铁站，迎面就来了两个警官，挡住了我。我十分惊讶，我产生联想了，我说，难道是那个客户报的警吗，她连这种事情都要找警察，你们警察连这种事情都要为人民服务？

　　两个警官你看看我，我看看你，听不懂我在说什么，愣了片刻，其中的一个说，什么什么？你说什么？我们是从山坡镇来的。

　　山坡镇？

　　我嘀咕说，咦，山坡镇，山坡镇，那是什么地方呢，咋这么耳熟呢……

　　一个警官打断了我的喃喃自语，笑着说，你忘性蛮大啊，你自己从哪里来的你都忘记了，你不会认为自己是从纽约来的吧？

　　另一个警官也笑道，你不会是从外星球来的吧？

　　他们虽然在笑我，但我听得出他们不是嘲笑，是友好的笑，所以我也跟他们开玩笑，我说，这不能怪我呀，这么多年我走南闯北，跑了多少个地方，今天我在南州，说不定明天我去北州，反正我的人生生涯，肯定是在外乡待得更多，要不是你们来找我，我真的快把自己的老家给忘了。

　　警官满意地点头说，那说明你还是记得的，山坡镇是你老家嘛，我们是从你的老家来的嘛。

　　另一个警官友善地看着我说，你对老家感情也蛮深的嘛，人一直在外面，户籍地还一直是老家，这些年我们办案，看到很多人早把户籍地改掉了。

　　我下意识地掏出身份证看了看，住址居然还真是小时候的那个老家，我说，这有什么好改的，改了人家也不会忘记你是谁。

　　两个警官一同笑了起来，他们不笑的时候已经够难看的，笑起来就更加惨不忍睹了。我说，难怪，看你们长得也不像城里的警官，皮这么黑，还歪瓜裂枣，穿着警服就像是假警察。

这个警官又说，唉哟，你别装蒜，别瞎扯了，事情我们在电话里都跟你说清楚了。

这个一边说着，那个就拿出一张纸，递到我面前，我一看，那是法院的通知，有大红的公章，我不敢相信这是假的。

但我也不敢相信这就是真的呀。

不过我总算是知道了，先前那三个陌生电话，还真不是骗子，我碰上真警察了。

我赶紧说，一定是你们搞错了，那不是我。

他们两个抢着说，咦，怎么不是你，你叫王伟，现在在南州从事房屋中介工作，户籍所在地山洞县山坡镇，这么多的信息都对上了，难道还不是你吗？

因为不是我，所以我才不害怕，我还有意跟他们捣乱，我说，那真是奇怪，我和你们从来没有任何联系，你们怎么会知道我呢？

警官得意地笑了，一个说，咦，你都被判刑了，难道还不知道你是谁？

另一个说，就算不知道你是谁，现在很方便，从网上一查，你的信息全在上面，呵呵，我们就来了啦。

这一个又说，信息果然很准确，哈哈，现在办案，比过去方便多啦。

我继续调戏他们，我说，那我是犯了什么罪给判缓刑的呢？

一个说，你明知故问噢。

另一个就老老实实地告诉我，你犯的是诈骗罪嘛，你骗了人家的定金，就逃走了嘛。

他们两个说着说着，自己产生了疑虑，这一个怀疑说，那他既然逃走了，怎么又能判了呢，难道是缺席审判吗？但那个判决书怎么能交到他手上呢？

另一个说，听说他逃走了，又到别的地方去行骗，后来是抓了现行的。

他们两个人一直在研究我的案情，不过他们并不凶，一点也不凶，反而他们态度很好，甚至还有点低声下气低三下四的，哀求我说，先别说那么多了，你先签个到，我们又不抓你，只要你在这里签一下名字，我们的工作就算走程序了，否则我们不好交代。

我说，什么意思？

他们说，没什么意思，就是报个到。

我没那么好骗，我说，我才不到派出所报到，那可不是好地方。

他们说，这是法律规定的，你就签吧，我们不是骗子，不会骗你的，你签了，我们还有点多余时间，我们返回的票是明天的，我们可以到你们南州转转，早就听说南州好风光，都没机会过来，当是公费旅游了。

我当然不干，我签了名，不等于我承认我就是王伟吗？

这话一说出口，我自己就觉得奇怪，我立刻反省了，难道我不是王伟吗？

果然，我的话立刻被警官抓住了，他说，难道你不是王伟吗？

他们越来越像真的了，我才渐渐感觉不太对头呀，我正想跟他们严肃起来，这时候我的客户又打我电话了，说，不行不行，电视也开不了，问了，是欠费了，难道还要我替房东补缴吗？笑话，笑话，他看电视我缴费？这是什么人家啦？

她哇啦哇啦不仅吵得我耳朵嗡嗡响，连脑袋也嗡嗡响，我简直有一种灵魂出窍的感觉，那一瞬间只觉得脑袋里一片空白，好清爽。

我两眼空洞地看着两个警官，他们两个施展出全部的肢体语言，朝我做手势、挤眼睛、皱眉头、晃脑袋，好半天我才明白过来，赶紧对着电话说，阿姨你稍等一下哦，我这里就要进派出所啦。

那客户尖叫起来，这怎么可以，这怎么可以，你进派出所，我找谁去？这房子问题太多啦，简直，简直……

我朝警官使眼色，向他们求助，警官果然乐于助人，帮我接了电话，跟我客户说，这位，这位，你过段时间再找他吧……

不料那客户火气更大了，尖利的嗓音把警官都吓着了，赶紧把手机塞还给我，我就听她说，还有，还有，他家的这个院子，简直是个垃圾场。

我简直给她搞成白痴了，她是那个她吗，她租的那套房子，又不是一楼，怎么会有院子？我小心试探着说，阿姨，你是千姿吗？她立刻生气说，我不千姿，我还百态呢，我算是彻底服了你，现在的年轻人，套路真是深啊。

她嫌我套路深，我还嫌她不懂规矩呢，我忍不住想喷她几句，但是我还是忍住了，我们虽然年轻，和气生财的道理早已经懂了。

可是那套房子怎么和院子扯上关系了呢？

我得改口了，我说，姑奶奶，你不会是找错人了吧？

那姑奶奶大声道，王伟，我找的就是你，你别想推脱掉！

警官幸灾乐祸地看着我，一个说，你让人盯上了吧。

另一个说，看你无处可逃，不如到派出所去躲一躲吧。

我气得说，别说是盯上，就是被人追杀也好过自投罗网呀，我已经告诉你们了，我有不在场——不，我有没逃走的证明，那一段时间，我一直在这里工作，我有足够的人证物证等等等等证。

警官们又互相使眼色了，一个说，如果真是搞错了，那也不是我们的责任，我们只是按照法律规定，来让你报个到，这还是千年头一回，人家被判了的，没有一个不是乖乖地主动到派出所报到的，只有你，我们专程上门来求你，你还搭架子。

我说，我怎么是搭架子，明明不是我。

他们也不跟我争辩，只是求我说，如果真不是你，那也是法院搞错了，跟我们没关系，但是你如果不签到，我们要被追查责任的，我们可冤了。

什么话，你们冤，难道我不冤？

他们绕来绕去就那一个目的，也不嫌烦，又反复说，这样吧，你先签到，然后再到法院去平反。

我没那么傻，我说，不如倒过来，我先到法院去讲理。

警官又嘲笑了，一个说，嘿嘿，去法院讲理，法院那是讲理的地方吗？

这话说得有点那个什么了，另一个赶紧替他找补说，法院那是讲法的地方。

我喷了他们一句，那你们的意思就是说，讲法不讲理？

他们被我钉住了，两个商量了一下，竟然愿意陪着我到审判我的南州一个区法院去讲法。到了那里把事情一说，一问，几个法官都不知道此事，说因为不是自己办的案不太清楚。最后问到一个年轻的女法官，说，王伟诈骗案？噢，是我的。一边朝我看了看，说，什么？你说什么？当天来接判决书的不是你？

我说，当然不是我。

老乡帮老乡，山坡镇的警官也帮着我说话，说，肯定不是他，我们还没有碰到过被判了缓刑死活不肯来报到的人，没见过那么大胆的。

女法官皱起好看的眉毛，说，肯定？现在外面这样的乱象，你都敢随便用"肯定"两个字？她分明是不想承认自己搞错了，所以赶紧又说，好在有录像。

然后就把庭审的录像放出来，女法官立刻高声喊了起来，看，看，怎么不是你，就是你！

我上前猛一看，似乎是有点像我，但再仔细看，又觉得不像，到底像不像，搞得我也有点吃不准了。

再试试两个警官的眼力，一个犹犹豫豫，说，好像，是有一点像哎。另一个却毫不犹豫说，不像，一点也不像。

女法官搞不定了，喊来一个同事，这同事一看，就果断干脆地说，肯定不是他！

这下好了，哦不，这下坏了，五个人，总共倒有四种半意见：一、太像了，肯定是他；二、很像；三、有点像；四、一点不像，肯定不是；最后的半种意见是我自己的，我看着录像里这个人，感觉他和我又像又不像。

最后他们把法医都请来了，我感觉有点怪异，平时我们但凡有点这方面基础知识的，一般都知道，法医是验尸用的，我又没死，法医来干吗？

果然法医来了也没有啥用，多余，法医说，你们明明知道我是干什么的，你们拿一个活人和一段录像给我，我是没有办法的，我无法给他们两个做DNA检测。

连法医也没办法，法官有点着急了，皱着她好看的眉毛，想来想去想不明白。倒是山坡镇的警察虽然来自小地方，却比她见多识广，提醒她说，这会不会是一起冒充事件，是另一个人冒用了王伟的身份证，顶替了王伟，罪名就这样栽到他头上了。

女法官爽快地接受了这样的判断，也许觉得对我有愧，她叮嘱我，以后身份证以及身份证的复印件都不能随便交给别人哦。

哦，结果还是我自己的责任，谁让我的身份证被人冒用了呢。

我心里很不爽，不过我可不敢对法官有什么想法，我只能对那个冒充我的人怀恨在心，我上网去，我想把他挖出来，可惜我不知道他叫什么名字，我无聊地瞎想想，随手输入了我自己的名字，王伟。

我开始以为我是把自己找出来了，但仔细一看，才发现留的联系电话不一样，我受惊了，在南州中介，竟然真的有另一个王伟。

除了联系电话，其他几乎和我是一模一样的信息。

既然如此，法院判的是他王伟，派出所找的是我王伟，我们两个王伟谁也没有错，也不能算是他冒充了我，但是想到他给我带来的麻烦，我总该报复或捉弄他一下哈。

我客户又打电话给我了，我说，我跟你说过多少遍，咱们用微信吧。她果断地拒绝我说，该用的时候我会用的，但我有急事找你，我不微信，那不方便，你可能根本就不答复我，我们电话直接说话，不会拖泥带水。

我真来气，灵机一动，跟她恶作剧，我说我换手机了，我让她以后有事找我，打另一个手机，就是那个王伟在网上留的手机。

我以为她很快就会戳穿了来责问我，却一直没有动静，那个王伟也没来找我麻烦，估计是心虚不敢来吧。过了几天，我到城东的一家小门店去找老乡，刚进去就听到有人喊王伟，我应了一声，同时也有另一个人应了一声，我立刻警觉起来，一步挺到他面前说，哟，你就是那个骗子王伟呀，你冒充我干什么？

他朝我看看，说，噢，你也叫王伟？我可没有冒充你，我就是王伟，我就在中介工作，我干吗要冒充你？

虽然他说得也没错，但他毕竟有案在身，我好心提醒他说，你还不知道呢吧，派出所找你几天了，你快去报到吧，不然就要改为实刑了。

王伟看起来完全摸不着头脑，我说，你别装蒜了，你都被判决了，判决书是你亲手接的——这都不说了，主要因为你和我同名又是同事，害得警察跑来找我的麻烦。

王伟简直蒙了，挠着脑袋说，什么什么什么，你叫王伟，我也叫王伟，你在南州中介工作，我也在南州中介工作，凭什么说警察找的就不是你呢？

我理直气壮，有录像为证呀，开庭时录下来的，不是我呀。

他说，那是我吗？

我仔细看他，左看右看，说实在的，我看不出来，不知道是法庭的录像不真切，还是这个王伟长得含糊，或是我的记忆功能缺失，反正我无法确定到底是不是他。

但是我不服呀，我说，你以为只要你坚持不承认，那就是我了？不可能的，事实就是事实，我和你还是有区别的，至少，有一点你和我不一样，你肯定不是山坡镇的。

王伟呵呵一笑，他掏出身份证递给了我，我一看，蒙了，从身份证上看，简直、简直——他就是我，我就是他，别说他的住址也是在山坡镇，连地址门牌号都是一样的。

我觉得我抓住他的把柄了，名字可以一样，工作也可以一样，但是老家的门牌号不可能是一样的，他窃取了我的身份证信息，伪造了一张假身份证，但是看他坦然的样子，我实在无法相信他伪造了身份证，但我也实在是无法解释这样的事情，我试探着说，难道，我们两个人，是人生的AB角、正反面？

他说，你想多了，唱戏才有AB角。

我又试探说，那难道你是我失散的亲兄弟？

他说，你又想多了，你照照镜子，看看我们像不像。

我再说，那么，我难道是在做梦吗？

他说，你还是想多了——无论是梦着还是醒着，你先想一想，你去过山坡镇吗？

我说，你开玩笑，我就是从那里出来的。

他说，我是问你近些年去过吗？

这个问题难到我了，我想了半天，我已经出来多长时间了，我记不清了，我只记得出来之后，我就没有回去过。

他点了点头说，哦，那你就是不了解情况，当然我也并不太清楚，但是我想想，你也想想，现在发展这么快，你的那个山坡镇，恐怕早就不存在了。

我顿时惊出一身冷汗，我说，如果山坡镇不存在了，那来自山坡镇派出所的警察是谁？难道他们是已经牺牲了的警察？

王伟说，你真是想太多了，你还人鬼情未了呢，我说的是你的山坡镇不存在了，很可能我的山坡镇就出现了，现在不是有许多地方把多个乡镇合并成一个，老的名字还被继续沿用，不过它已经不是从前的你的山坡镇了。就像现在的南州市，狮山区没有狮山，里湖镇不在里湖，这都很正常嘛，不就是一个名字吗，名字有啥了不起呢。

他说得蛮清楚，但我还是不能认同，我说，这样说起来，我这个王伟倒不如你这个王伟正宗了？

王伟还挺谦虚，笑说，不存在谁正宗谁冒充，我们都是来自山坡镇嘛。

可我还是疑惑呀，我还是不服呀，我担心说，可是人家派出所还在找王伟哪，法院录像里的那个王伟到底是谁呢？

王伟说，既然不是你，也不是我，爱谁谁吧，才不用你操心，让法院自己去判断，他们不是最会判断吗？

话说到这儿，王伟的手机响了，他接起来说，是，我是王伟，哦，阿姨你好，好的，好的，你慢慢说——他捂住手机朝我笑了笑，轻声说，一个客户，租了千姿园一个三室，蛮有钱，但是很难缠。

一听"千姿园"几个字，我头皮顿时一麻，客户又来了，正是我恶作剧扔给王伟的那一个，我以为王伟会毫不客气把球踢回给我，可奇怪的是，王伟好像并没有意识到这一点，他似乎已经进入角色，他劝慰那个焦虑的女客户说，阿姨，你别着急，这事情不麻烦，很好解决，我马上安排。

女客户的焦虑并没有因为王伟的好声好气而有所缓解，她尖厉的声音从王伟的手机里钻出来，钻进我的耳朵里，我赶紧躲远一点，小心翼翼地问道，她是你的客户吗？

王伟警觉起来，盯着我看了看，说，你什么意思，你对我的客户有兴趣？

真是千姿，还很百态，不仅有一个和我一样的王伟，还有一个和我的客户一样的客户？

其实再想想，有什么可奇怪的呢，两个人都叫王伟，这算不了什么呀，一样租住千姿园又有什么不可以呢？

我怕王伟多心，赶紧说，我没有兴趣，我只是听着她的声音，很像我的一个客户。

王伟说，嗬，你这是要和我抢人呢。

我说，呸，我才不要抢人，烦都烦死人，我那客户，low啦，电视遥控器没电池也找我，我也是醉了。

王伟笑了起来，说，哎，你别说，还真的很像，我那一位，淋浴帘坏了也找我，灯泡灭了也找我，小厨宝漏水也找我，我真服了她，我不敢喊她阿姨了，我得喊她姑奶奶。

呵呵，他这是把他当成我了？

或者，是我把自己当成他了？

（原载《作家》2017年第8期）

红棉袄

◎刘庆邦

秋天来了，天气凉了，芦花白了，树叶黄了，再也看不见大雁往南飞。生产队那会儿，不知从哪里来的那么多大雁，天空中一会儿飞过一队，一会儿又飞过一队。生产队的社员们成群结队在地里干活，大雁在天上飞过时，他们难免仰脸朝大雁看一看。在蓝得不能再蓝的晴空下，他们看见了，大雁向前伸直了一根脖子，往后伸直了两条腿，张开的翅膀飞得呼扇呼扇，都是一去不复返的样子。大雁不像小燕子，天凉时小燕子虽然也往南方飞，但它们是以各家各户为单位，在某天早上，人不知狗不觉，不声不响就飞走了。也许大雁的集体主义精神比较强，也愿意造出一些声势，它们以蓝天作纸，以身体作笔作墨，以变化的队形，不断在辽阔的天空书写着一些大字。它们通常只写两个字，一个是一字，一个是人字。它们写的一字有时是一横，有时是一竖，还有时是斜的。它们写的人字呢，一撇和一捺往往不那么对称，有时是一撇长一些，也有时是一捺长一些。单独飞行的大雁还是有的，那必是因身体有恙或体力不支的掉队者，它一面在奋力追赶前面的队伍，一面啊啊地叫着，听来有些可怜。

不管如何，那时的天空还算有的可看。现在不行了，人们朝天空看一眼，看一眼，都看不到什么，天空是空的，人的眼睛也是空的。据说现在空中的东西比以前多，有飞机、火箭、卫星，还有宇宙飞船什么的，可惜那些东西飞得太高了，人的肉眼看不见。或许因为天上人造的东西太多了，挤占了大雁的空间，大雁就没法在天上飞了。或许大雁喜欢观看人们排着队在田里干活，人们排队，它们也排队。现如今人们不排队了，东一个，西一个，分散得零零落落。大雁觉得没什么可看的，就不来了。

人长了眼睛，总得看点什么；人长了耳朵，总得听点儿什么；人长了鼻子，总得闻点儿什么；人长了手，总得摸点儿什么。一个大活人，如果整天价什么都不看，不听，不闻，不摸，恐怕谁都受不了。棒子掰完了，玉米秆子砍去了，小麦种上了，麦苗出来了。没有刮风，也没有下雨，金色的阳光暖暖的，天气空气都不错。游老庄的人出了家门，在庄里转来转去，转到游聪本家的院子门口，不知不觉间，脚步便停下了。游聪本家的房子坐北朝南，在春联上被写成"向阳门第"。他家院子门口，是一条东西走向、贯穿整个庄子的街道，庄子里的人只要出庄，必须经过他家院子的大门口。如今不少人家的院子大门是紧闭的，门口长满了荒草，落满了树叶。那是因为全家人都到外地谋生去了，院子里是人去房空。而游聪本家院子的大门是敞开的，自从早晨的第一缕阳光照进院子，他就把院子的大门打开了，之后一整天都是开放的状态。他在大门口一侧放了一张小方桌，还摆了几个小板凳，供庄里的人在那里打扑克。按游聪本的话说，是给大家提供一个休闲、娱乐和说话的场所。一副扑克牌有些旧，打法也是那种简单的、过时的打法，说是"争上游"，还说是"交公粮"，一听就是"大跃进"年代和人民公社时期的说法。所谓"争上游"，就是争取把手中的牌先出完，走在最前面，当赢家。而"交公粮"的人是把牌砸在手里的输家。到下轮重新洗牌，起牌，输家把自己抓到的最大的一张牌交给上一轮的赢家，名曰"交公粮"。

什么"争上游""交公粮"，游聪本对这样的说法有些抵触，对此种游戏也不是很热衷。人手不够的时候，他可以凑一个数。人一多，他就退出牌局，让别人玩。那么，天高云淡，天上看不见南飞雁，游聪本干什么呢？门口放的还有一把用塑料皮子编成的仿真藤椅，那才是游聪本的专座，他坐到藤椅上看报纸去了。上头派给游老庄村民委员会的有两份报纸，都是日报，每日都有几十张。村主任爱喝酒，爱看电视，不爱看报，每日的报纸送来，他连翻都不翻。村主任也姓游，是游聪本的本家侄子。游聪本说过，出报纸不像打秫叶，可不是一件容易的事。报纸也不是秫叶，秫叶上不印字，报纸上印字，拿到报纸不看不是浪费吗！他让侄子把报纸拿给他，他看。他仰靠在藤椅上，一会儿大腿压在二腿上，一会儿二腿压到大腿上，在一张一张看报纸。暖暖的秋阳慢慢地照着，他看得也慢慢的。一堆人在吵吵嚷嚷地打扑克，对他看报纸没什么影响。而相比之下，他和那堆人的差别就显现出来了，他的优势也显现出来了。谁都看得出来，游聪本是一个肚子里装有墨水的人，看样子装的墨水还不少，说不定黑墨水、蓝墨水、红墨水都有。不然的话，报纸上那些密密麻麻、五颜六色的字他怎么都认识呢！游聪本对自己的价值也有认识，他读过高中，差一点儿就成了大学生；他在乡政府当过干部，差一点儿就成了副乡长。说他是准大学生，或准副乡长，大约也可以。他在乡里当管全乡中小学教育工作专职干部时，有人叫他游乡长，他就答应过。那些打扑克的人呢，大都一个瞎字皮都不认识，能从牌面上分出方块梅花就算不错，更别说当乡干部了，有人连乡政府的门口都没进去过。游聪本认为，他旁边的那堆人跟他根本不在一个层级，如果他是一只鹤的话，那堆人充其量也就是一群鸡。鸡是干什么的，母鸡是用来下蛋的，公鸡是用来杀吃的。刚刚过去的中秋节，差不多家家都在过节期间杀了小鸡儿。可披羽长腿的鹤是干什么的呢，鹤是用来作画的，是准备成仙的。君不见，不少人家堂屋当门的后墙上挂的中堂画不就是仙鹤吗！

一个正在打扑克的人问游聪本，报纸上有没有什么好玩的事，让游聪本跟大伙说一说。

报纸上登的大都是呆板的事，不好玩的事，但也有个别好玩的事，听来比打扑克更有趣的事。看到比较好玩的事，游聪本有时会跟旁边的人说一说。说印度有个老头子，九十岁了又娶了一个年轻老婆，老婆又给他生了一个女儿。说黑种人在那件事情上能力强大，干起来不分白天黑夜、屋里屋外，平均下来，每天都要干两到三次。说某市有一个管公安的贪官，爱搞钱，也爱搞女人。搞了多少个女人，连他自己都记不清了，反正比过去的皇帝搞的女人还要多。他搞了年轻漂亮的女人不算完，还让人家私下里给他生孩子。这些事情都是游聪本从报纸上看到，摘要讲给别人听的。那些打扑克的人每听这些事情，都情绪高涨，眼气得直吧唧嘴。可这天游聪本也许没看到什么好玩的信息，也许不想让问话的人分享信息，他说：好好打你的牌吧，别老当落后的乌龟。

老打牌不好玩，没有报纸上的事儿好玩。

当脚猪子好玩，打圈子的母猪都可以当你的老婆，你有那个本事吗？

我没那个本事，我也不想当脚猪子。要说当脚猪子，在咱们庄，我看只有你还差不多。说这话的人私下里听庄里人说，游聪本跟庄里好几个女人相好，而且游聪本不是拣到篮里就是菜，摘茄子挑圆的，摘黄瓜拣嫩的，如果是歪瓜裂枣儿质量不高的女人，他不会出手。只要他一出手，被他看中的女人便十拿九稳。话说出来，说话的人脸上寒了一下，也傻了一下，赶紧看游聪本的脸色。游聪本是有文化的人，也是当过干部的人，他跟游聪本犟嘴，差点说出了游聪本在庄里干的好事，不知游聪本会不会生气。脚猪子搞再多母猪也是猪，游聪本把他比成脚猪子没什么，他反过来说游聪本差不多能当脚猪子，恐怕就犯了游聪本的忌讳。

果然，游聪本推开了手里的报纸，脸子也拉了下来，严肃地说：你再说一遍，你真的这么认为吗？

聪本哥，你别生气，我瞎说呢，跟你说着玩呢！咱庄的人谁不知道，聪本哥都是吃自家碗里的饭，别人家锅里的饭连看一眼都不看。他连连向游聪本赔不是，紧张得鼻子不是鼻子，脸不是脸。他手里虽然还拿着扑克牌，早已分不清哪是黑桃，哪是红桃。

打嘴仗历来比打扑克好看。扑克牌上虽说也是花花绿绿，有男有女，但那些男女都不是真人，互相也不发生关系。而嘴仗后面涉及到的男女都是活人，男女之间发生的关系都是生动的关系，要好看许多。那些打扑克的人暂时都不看牌了，眼睛都看着游聪本。还有一些站在旁边看打扑克的人，也都把视线转移到游聪本身上，看他接下来会如何表现。

让人失望的是，游聪本没有发脾气，他不但没有发脾气，还露出了笑容，说：这有什么？没什么。女人是一种产品，也是按劳分配，能者多劳，多劳多得。

关于按劳分配和多劳多得的说法，庄上的人并不陌生，生产队那会儿，谁挖坑多，栽红薯多，挣的工分和分得的粮食就多，那才叫按劳分配。他们第一次听说，搞女人也像挖坑栽红薯一样，也可以按劳分配，这真是高树站高鸟，高人有高论，游聪本的确不是一般人。他们难免想到自身，想算一下自己在搞女人方面是否做到了按劳分配，多劳多得。暗算的结果，他们一时有些走神儿，没有对游聪本的高论作出应有的回应，场面显得有些沉闷。

太阳越升越高，这时有一个年轻女人从庄子里走了出来，总算把沉闷的场面稍稍打破了一点。年轻女人的名字叫红桃，跟扑克牌上红桃的叫法是一样的。红桃的男人到很远的地方打工去了，一年到头难得回家一次，只有红桃带一个孩子在家里。有人看见，游聪本在镇上的餐馆里和红桃在一块儿吃饭，吃的是羊肉烩面。有人看见，天很晚了，游聪本还在红桃家里看电视。还有人看见，都后半夜了，游聪本才踩着月光从红桃家的大门里走出来。从这些迹象判断，游聪本很可能跟红桃打到一块儿去了，用游聪本的话说，红桃应该是游聪本多劳多得的其中一个。可是，因为谁都没看见游聪本和红桃在床上做动作，也没看见游聪本在红桃身上留下什么记号，不敢断定他们两个一定有那种关系。红桃的头发梳得光光溜溜，衣服穿得周周正正，手里什么东西都没拿。红桃仰着脸，目不斜视，对那些打扑克的人连看一眼都不看。红桃走在庄街的街边，眼看着就要走过去。打扑克的人似乎不大甘心，有人大叫了一声红桃。

红桃站下了，问干什么？

叫红桃的人没说干什么，又补充了一句：我出红桃七。

红桃不高兴了，说瞎叫什么，吞半截儿，吐半截儿，烦人！

我又没叫你，我叫的是扑克牌，不信你过来看看，我出的是不是红桃七。又说：你起了名字就是让人叫的，叫叫你的名字怎么了！

我的名字就是不让你叫。

那你让谁叫？

你管不着！

这时游聪本出来打圆场，他叫了红桃，问红桃，这是准备去哪儿？

游聪本叫了红桃，红桃一点儿都不生气，红桃说，她去地里，看看她家的麦苗出得齐不齐，要是不齐的话，她准备再补种一些。

游聪本建议，麦苗没出齐也没关系，不要再补种了。补种的麦子熟得晚，等明年麦子打下来时，有的熟，有的生，不好看。

对于是否听从游聪本的建议，红桃像是有些犹豫。在红桃犹豫之际，游聪本对红桃招招手说：红桃你过来一下，我跟你说句话。

这事情有些意思了，打扑克和看打扑克的那堆人，眼神儿乱交流，乱看，意思是，看看看看，好戏说来就来，这下应该有好戏看了。交流过眼神儿，他们的视线又在游聪本和红桃之间牵来牵去，要看看他们两个下一步在大家眼皮子底下有何表现。在红桃方面，只听说她私下里跟游聪本好，大家要看看，红桃是不是真的听从游聪本的指挥。在游聪本方面，只听说他是玩女人的高手，大家要看看，今天这一手他会怎么玩。两方面加起来，如果红桃不拒绝过来跟游聪本说话，他们两个下面的私事情差不多就坐实了。

说啥？红桃问。

你来嘛，咱们去屋里说。

有话不在当面说，非要到屋里背人的地方去说，这表明游聪本要跟红桃说的是私密话。私密就私密吧，游聪本却要让众人都知道，有些话他只能跟红桃一个人说。如此一来，几乎等于游聪本把他和红桃的私密公开化了，也就是人们通常说的公开的秘密。众目睽睽之下，红桃像是有些为难，她的脸一下子红了，红得恐怕跟扑克牌上红桃的颜色差不多。脸红过之后，红桃像是鼓了一下勇气，朝游聪本身边走去。

众人想笑，想通过笑声喧哗一下。但他们都没有笑出声来，只把嘴咧了一下就完了。他们不知道接下来还会发生什么事儿，心里都有些紧张了。要发生事儿，也是在游聪本和红桃之间发生，与他们没什么关系，可他们感觉，仿佛事情要发生在他们身上一样。这叫什么事儿呢？过去男女之间倘若有点儿私情，都是千方百计掖着藏着，包一层又一层，生怕走漏半点儿风声。现在可好，男女有了私情，你拉我唱，弄得跟在戏台上演戏一样。

当红桃跟着游聪本往游聪本家的堂屋里走时，游聪本知道院子门口的那堆人都在目送他，他的头高昂得像一只鹤的头一样，那是相当的骄傲，似乎在说：看看朕的魅力如何，这才叫真正的男人！

在游聪本和红桃去堂屋之前，不知游聪本的妻子在屋里干什么，而游红二人一进屋，游妻就从屋里走了出来。怪事，这是为什么？游妻是游聪本明媒正娶的老婆，为游聪本生了两个孩子，难道还要给第三者腾地方吗！有人把游妻叫嫂子，问嫂子怎么出来了？

屋里有点凉，我出来晒晒太阳。游妻说着，仰脸朝着天上的太阳看了看，阳光即刻把她的圆脸照成了一盘向日葵。

不是吧，为啥早不晒太阳，晚不晒太阳，她男人领着别的女人一进屋，她就出来晒太阳呢？恐怕这里头另有文章吧。庄里人也是听说，游妻对游聪本很是放手，曾声称：他有本事，想跟谁好就跟谁好去，我才不管他的闲事呢！在过去，庄里的女人可不是这样，她们都把自家的男人看得紧紧的，管得严严的，男人的肥水一点儿都不许往别的女人田里流，一旦发现肥水进了外人田，女人都是闹得鸡飞狗跳，甚至连投水上吊的都有。现在怎么了，难道水都不是水了，田都不是田了！还是那个把游妻叫嫂子的人，说嫂子，我看你的肚子快赶上宰相的肚子了。你的肚量这么大，难道就不怕别人占你的位置吗？

游妻说：你不要瞎说，红桃跟你聪本哥不是一辈儿，红桃该管你哥叫叔呢！

嘿，现在还讲什么辈儿不辈儿的，过去说隔辈儿如隔山，现在的辈儿早就踩成了平地，别说隔一辈儿两辈儿，隔三辈儿四辈儿都不算一回事儿。

辈儿还是有用的。

游聪本家的堂屋是两扇门，游聪本带红桃进屋后没有关门。红桃小声说：你喊我过来干什么，门口那么多人，每个人的眼瞪得都跟乌鸡眼一样，你不怕人家看笑话吗？

这有什么笑话可看的，再好的笑话他们也看不出好来。秋凉了，一天凉似一天，我想给你买件小棉袄穿。我喊你过来，是想问问你，你喜欢什么颜色的？

一说小棉袄，红桃心里像是暖了一下，但她说：我不要。说着，扭头向门外看了一眼。

为啥不要，霜降过罢是立冬，冻着你怎么办！我给你买，你就得要，不要也得要，不许犯傻！

红桃从游聪本的话里大概听出了一种粗暴的亲切，她没有再说不要，但也没说要什么颜色的棉袄。她又向门外看了一眼，说：人家都在看我们呢！

谁爱看谁看，我就是要眼气他们，眼气死他们才好呢！你老看他们干什么，你不看他们，就等于他们没看见你。你要学会忽视他们。

你的话我不明白。

不明白没关系，只要听话就行了。明天镇上逢集，我到集上卖衣服的地方等你。

镇上一逢集日，四面八方村庄里的人们都愿意到镇上集合。有人到镇上卖东西，有人到镇上买东西，还有的不卖不买，只是到镇上闲逛，赶热闹。人说农村日渐衰落，村庄成了空壳子。其实现在农村的人口基数比过去大，去掉到城里务工的青壮男人，剩余的人口还是不少。集日到镇上一看就知道了，街筒子里熙熙攘攘，摩肩接踵，市声鼎沸，人潮涌动。加上不少人都是骑着电动三轮车去赶集，每个人所占的单位面积更大，使整个街面能容身的空间更小，以至于街筒子常常被堵塞，成了又黏又稠的一锅粥。尽管如此，人们还是愿意去赶集，愿意把自己变成大锅粥里面的一分子。

当然的，每逢集日，游聪本就不在门口布置牌桌了，游老庄的人也不再去游聪本那里打扑克，有事无事，他们都愿意到集镇上走一遭。红桃听了游聪本的话，收拾打扮一番，便来到了镇上。镇上卖衣服的店铺和摊位很多，红桃正不知到哪个卖衣服的地方和游聪本碰头，一抬头却在乡政府门口看见了游聪本。游聪本表扬了红桃，说桃子表现不错。

红桃说：我敢不听话吗，你那么厉害。

我厉害吗？游聪本颇有深意地笑了一下，肯定地说：我是挺厉害的。

这厉害不是那厉害，红桃知道游聪本所说的厉害指的是什么，脸上有那么一点儿不好意思。

游聪本向政府大院里指了一下，对红桃说：我原来就在这里上班。

红桃说知道。红桃还知道，游聪本在乡里当干部没有当到头，因犯了作风方面的错误，乡里就让他提前退休了。他犯的错误是什么呢？乡长的女儿暑假期间在乡政府大院练习拉手风琴，他看见乡长的女儿长得好，夜里翻窗而入，并钻进人家睡的蚊帐里，对人家欲行不轨。不料当晚蚊帐里睡的并不是乡长的女儿，而是乡长。当他压在乡长身上时，乡长骂了他狗东西，一脚就把他蹬开了。红桃嫁到游老庄，刚听说这样的事情时，对游聪本的印象不是很好，认为游聪本的手太长了，伸到了不该伸的地方。天底下的花儿多的是，不是哪一朵花儿都能采，弄不好就会抓得满手是刺。及至跟游聪本好上之后，她对游聪本的印象有所转变。自己的男人常年不在家，亏得游聪本时常跟她说说话，对她进行一些抚慰，不然的话，她的日子可怎么过，她会多么寂寞。还有，天底下有好花儿，还得有识花儿的人。如果只有好花儿，没有识花儿的人，一朝春尽花落，好花儿就白开了。

他们一块儿来到一家招牌上写着外贸精品服装的店铺，游聪本让红桃自己挑，挑好了他付钱。店铺的营业面积不算大，里面却布置成了超市的样子，几排挂衣竿上挂满了衣服。随着天气转凉，店里卖的大多是毛衣、绒衣、皮衣、棉袄等冬令时装。游聪本说的是要给红桃买棉袄，红桃就在挂棉袄的挂衣竿上挑。或许因为棉袄的款式太多样了，花色太丰富了，红桃取下一件看看，放下了；又取下一件看看，又放下了。游聪本过来把她的手捏了捏，问她挑好了吗？她说没有，她都挑花眼了。游聪本随手取下一件，提在红桃眼前，说我看这件就挺好的。红桃一看，那是一件橘红色的中式棉袄，上面印着一些金色的、黑色的和绿色的图案。那些图案不是很分明，像是牡丹、莲花、桃花、杏花，又说不出是哪一种花。花瓣和花叶互相缠绕，你中有我，我中有你，使整件棉袄仿佛变成了一座花园。

眼观六路的推销员过来了，指了指旁边的落地穿衣镜，让红桃穿上试试吧。红桃犹豫了一下，还是脱掉自己的外衣，把红棉袄穿上了身。她站在穿衣镜前照照前身，照照后身，红棉袄不肥不瘦，不长不短，穿上挺合适的。还有，棉袄里套的不是笨棉花，像是丝绵，或是太空棉，穿在身上虽然很轻，保暖性能却很好，暖得红桃的脑门儿几乎出了细汗。红桃看着游聪本，意思是想再听听游聪本的看法。

游聪本称赞说：你穿上这件红棉袄美极了，简直就像刚下花轿的新娘子！

有新娘子，必有新郎官，红桃向游聪本媚了一下鼻子。

游聪本注意到了红桃表情丰富的鼻子，倘若在红桃家里，他会把红桃饱满的鼻头捏住，捏得红桃张开嘴，往红桃嘴里塞点儿东西。店铺毕竟不是红桃的家，游聪本所有的动作都没有出手，只是笑了一下。他为红桃的棉袄付了钱，让红桃只管把红棉袄穿着吧，别脱下来了。

现买现穿，是不是显得太烧包了。红桃还是把红棉袄脱了下来，让推销员替她把新衣服装进一个手提塑料袋子里。红桃对游聪本说出了她的顾虑：你给我买衣服，要是让别人知道了怎么办？

你傻吗？游聪本问红桃。

红桃被问住了，她不知道怎样区分傻与不傻，不知道自己是傻，还是不傻。

游聪本说：你不说，我不说，谁会知道呢？有人问起来，你说是你自己买的不就得了？

过了立冬是小雪，这年的第一场雪落下时，游老庄有好几个女人都穿上了红棉袄，不管是款式，还是花色，她们穿的红棉袄和红桃穿的红棉袄一模一样。白雪映红袄，如同雪地里盛开的女人花，那是很好看的。这是怎么回事呢，难道是巧合吗？不是的，人世间没有那么多的巧合，很多巧合都是人为制造出来的。游聪本悄悄跟庄里的一个号称嘴严的人透露，全庄凡是穿同样红棉袄的女人，都是跟他相好的女人，红棉袄都是他买的。透露时他对那个人交代：这个事儿你自己知道就行了，不要再跟别人说了，我知道你嘴严，我相信你能保密。跟嘴严的人如此交代时，游聪本心里明白，对于这样有着鲜艳色彩的信息，谁听到在肚子里都憋不住，都会说出去。他真正想给嘴严的人说的是：借你的嘴用一下，你想对谁说就说去吧！

嘴严的人没有辜负游聪本的期望，很快，一传十，十传百，不少人都获得了这个不错的信息。他们都在数穿红棉袄的女人，一个，两个，三个……他们一共数到了八个和红桃穿同样棉袄的女人。嘴严的人悄悄向游聪本汇报，说他一共发现了八个穿红棉袄的女人。他向游聪本表示祝贺，夸游聪本大大的厉害。

成绩是用来统计的，没有统计就显不出成绩。但是，游聪本对嘴严的人所作的统计并不是很满意，他说：你认为你数全了吗？

数全了，这几天我一个一个地数了三遍，横数竖数都是八个。怎么，我数得不准确吗？

游聪本的回答是模糊的，似乎有些深不可测，他说：你数她们干什么，无所谓。

雪过天晴，阳光照得雪地明晃晃的。这天镇上不逢集，庄子里的一些人又集中到游聪本家大门口打扑克。他们的注意力不是很集中，只要旁边走过一个穿红棉袄的女人，他们的目光就从扑克牌的画面上移开，转向盯着穿红棉袄的女人。他们心里说，这个女人被游聪本用过之后打上记号了，所打的记号就是红棉袄。看过被打过记号的女人，他们又看打记号的人游聪本。游聪本正坐在旁边的椅子上看报纸，他或许看到了什么好消息，或许也瞥见了被他打了记号的女人，反正他的眼睛和嘴角里都写满了得意。一群鸡在庄街上跑，如果不在自家的小鸡身上涂上一些红颜色，哪里分得清是自己家的小鸡还是别人家的小鸡呢！一群鸭子在水塘里游，如果不给自家的鸭子翅膀上拴上红布条，哪里能保证鸭子晚上回家下蛋呢！同样的道理，你说庄子里有不少女人跟你相好，口说无凭，谁会相信你的话呢！现在好了，在那些傻女人互相不知情的情况下，他一个两个分别给她们套上了红棉袄，等于给她们打上了红色的标记，她们再也跑不掉了。游聪本的得意之处在于，自从盘古开天地，三皇五帝到如今，谁的本事大，谁搞的女人就多。而像他这样，把他搞过的女人一一标记出来，让别人知道，恐怕是一个前所未有的发明创造吧！

游老庄的人惊奇之余，对游聪本的所作所为看法并不是很一致。有人认为，游聪本确实有本事，有艳福，对游聪本很是羡慕，甚至嫉妒。也有人认为，游聪本道德败坏，坏到家了，游老庄祖祖辈辈多少代，都没出过像游聪本这么坏的坏家伙。不管看法如何，他们都有不明白的地方。过去说万恶淫为首，谁要是偷了别人家的女人或男人，那是很丑很丢人的事，掖着藏着唯恐不及。现在却成了一件可以骄傲、可以炫耀的资本，这是怎么了？人的良心到哪里去了呢？真的可以不要脸面了吗？

这里人打扑克，把最大的牌说成是大鬼，把第二大的牌说成是小鬼。从画面上看，大鬼小鬼都是鬼头鬼脑，的确不是人的样子，是传说中鬼的样子。一个人抓到了一张小鬼，正要高兴，见红桃走了过来。红桃上身发红，穿的正是那件红棉袄。他把红桃喊住了，说红桃，你穿的这件红棉袄真漂亮！你在哪儿买的？

在集上。

是你自己买的吗？

不是我自己买的，难道是你给我买的吗！

抓到小鬼的人笑了，笑得有些不自然，说：我倒是想给你买呢，我怕你不要。你要不要？你要是要，我明天就去给你买，你想要什么样的衣服我都可以给你买。

那些打牌和看打牌的人都盯着红桃，像是看红桃怎样"出牌"。游聪本也不看报纸上的黑字了，看着被推到风口浪尖的红桃，想听听红桃怎样回答。

红桃的回答是：八竿子打不着，我干吗让你给我买衣服！

八竿子打不着，我就打九竿子，你看怎么样？

别说打九竿子，打一百竿子也轮不到你。你算老几！

这地方说一个人算老几，意思是说你什么都不算，带有贬低人和羞辱人的意思。抓到小鬼的人恼了，把手中抓到的牌，连小鬼，一下子摔在牌桌上了，指着红桃说：你你你，你是个猴子，人家给你穿上了人穿的衣服，是拿你要着玩呢，你的尾巴还在外边露着呢……

别说了！游聪本打断了抓到小鬼的人的话，要大家安静，安静，他要念一段报纸给大家听。他念的是一篇关于提倡乡贤文化的评论，念过一段后，他向众人发出提问：知道不知道什么是乡贤？

那些人你看我，我看你，无人回答游聪本提出的问题。

游聪本解释说：乡贤文化是乡村的传统文化，乡贤都是有文化、有威望的贤达之人，代表着乡村的思想高地和道德高地。解释完了，游聪本接着问：你们说我是不是咱们游老庄的乡贤？

这次有人给出了回答，说那是的，你要不是乡贤，游老庄就没有乡贤了。

许多重要的信息一般都是男人先得到。既然男人能得到，女人随后也会得到。得到信息后，那些穿红棉袄的女人稍稍有些气恼，都把红棉袄脱了下来。红棉袄脱下后，不知红桃她们是怎么处理的。反正在过春节期间，游老庄连一个穿红棉袄的女人都没有。

（原载《作家》2017年第3期）

前面向前，后面向后

◎储福金

　　人生中的一辆车，开着开着就偏了道。集体旅游团的旅行线路有变化是随时的。也许是到了最后一站，人心随精力有点涣散，关键还是没有威势的领导在，带队的代理工会主席方团长一句民主，接下去七嘴八舌，不同的人出不同的主意，议论一旦开动了头，便成惯性。突然有人提出来：还是去购物吧，前面的几个旅行点都没什么好玩的。经过几天的奔波，一天一个地方地赶，大家都有点累了。本是打着集体受教育旗号的行程，其实谁没受教育过？不过以此为名旅游的，该走的也走过了。方团长明白最后一站无所谓了，不想得罪人，但确定一个方针：不能走散了，只能有一个目的地，便是对众议必须取最大公约数。最后购物的提议得到一致同意，于是车开到城市的中心，并停在了古玩一条街。

　　团里的好多人在这个偏远省的一路上，买了不少古旧物品，似乎有了瘾头，也引动了同团人的念头，都想淘几件回去吹嘘吹嘘。而今落脚的这个边远城市，当代物品都是从沿海大城市批发过来的，价比旅行团员生活的大城市要贵。只有当地的特产还可以一买，虽然价钱便宜，但重。现在运输方便，各地的土特产品，在大城市都能买到，最多贵上那么一点，贵也贵不到哪儿去。当然，古旧文物就不同了，只有边远所在才有未开垦的处女地。

　　有需要便有市场，这个古玩街很大，一个旅行团队入内仿佛条条小舟流进了海河中，很快难见踪影，偶尔有人转了几圈，会遇上两三团友，个个夸耀般地展示了一下自己买了什么。四围都是摊子，有门面店的，也有搁长桌上的，身后便有摊贩招手招呼推销，搬出相同的东西，开价却便宜不少。

　　容一石独自在市场上转悠。容一石在团里很少发表意见，似乎是随大流，都说他是老夫子，他却自以为有想法，确实，他喜欢什么都有自己的想法，习惯反向思维。常人往往对于习惯的事情就习惯了，对有的新想法偏偏因不习惯而反对。容一石是对所有习惯了的，还有并不习惯的都会存一个不同的想法，他觉得自己能有这种不同，而比别人高了一点，这想法在心里，不用说出来，有时候说出来，别人根本也不听他的，他也就自得其乐。他只想而不行动，于是，注定他不可能是风云人物。他有时会觉得身边的人，脑子都不太好使，只会跟风。他是搭顺风，而不是跟风。

容一石不急不慢地在市场里转。一个经济落后的边远城市居然有那么大个市场，中间有几排楼，围着楼有一间间铺面，街面上又摆有一圈圈的摊，店里摊上都摆满着各种挂件、各种摆件、各种把件、各种饰品、各种雕品、各种器品。容一石转到哪座门楼下，会遇到团队里的人，三两个人，手里拿着塑料购物袋，见了面便会将袋里的物品，拿出来给容一石看，嘴里说着物品的名称，容一石认真地看了，点着头。对方收了物品，又赶着再向前去转。容一石觉得有点好笑，这些人平常不是好这个的，也根本不懂什么叫文物。要说起来，容一石看过些旧书的，对什么叫玉石，什么叫翡翠，什么叫琥珀，什么叫蜜蜡，起码还懂一些。

三个小时，还早着呢，慢慢转，大致都转到了，但还有好多摊铺没有细看。走累了，想在茶座的凳子上歇一歇，可那是要付茶钱的。正好遇上此次车上的同座唐皓，提着一个塑料袋，从中掏出一块旧暗绿的牌牌，指给容一石看那上面红锈般的点点，说是玉上的沁色，又说到此省汉唐古墓葬较多，所以散落在民众手里的古物也就多，淘到就是百倍的获利。

容一石拿过细看看，如说这是一块玉，成色并不好，也许是从墓里出土的。只是他内心觉得那根本是假玉，他也不是这方面的行家，也说不出来个评判的道道，只是想着一句话：如真是价值连城的古物，怎么可能摆在摊上等着他来买？不过他不想说出来，明显对方会应一句：怎么就不可能拣了漏？其实再细想想，这里这么大的一个古玩街，这么多的游客来逛，不都是抱着要来拣个漏？又有几个懂古玩的？

这么想着，他心里就想笑了。他把那小片的"玉"交还唐皓，也许唐皓不满意他的神情，便问容一石怎么不买一点东西，容一石只是摇摇头。

唐皓便问："你是不是觉得在这里买东西的都是睁眼吃亏的傻瓜？"

"哪能这么说？"

"到这里有几个真能拣到漏？只是买个高兴吧。自以为是便是了。又花不了几个钱。其实人生到处盘算着、精明着，不知哪儿就亏大了还不自知的。"

唐皓说了，便又自去转了，容一石却突然怔住了，没想到同座一路都表现着是个俗人，跟着叫跟着附和的，都是毫无意义的话与毫无意义的事，却能说出如此大明白的话，再想自己满以为花所有的钱都是值得的，而紧抓在手里的钱，其实在多少年的贬值中不知损耗了多少，真还不如当时买个高兴买个痛快，也许还买到了一点实物。

容一石再转悠时，便用着了心，既然来了，也就从众参与一下，不管是不是古玩，当做工艺品买吧。就开始注意旁边的摊子，不想买什么贵的，也不想买太便宜的次货，让人觉得没眼光。按工艺品的价位去看，看着看着，觉得所看到的有些东西很让人疑惑的，旧东西不少，仿佛真是文物，有铜器皿，有铜镜，有出土的偶人，有出土的陶罐，好多都在电视见过，一问，开价数千元。容一石摇头。摊主便问：你能出多少？容一石知道不能出价，一出价非得买了，要不就被缠上了，类似事件他也听说过。摊主接着问：你出多少么？容一石说：距离太大了。说着赶快地往前走去。

到拐角的一个摊前，见两张长凳上搭着一块板，摆着一些东西。他停下来随便地看一下，主要是看着摊主顺眼，边区农民黑红的脸，一副憨厚老实模样。摊上摆着十几件物品，小铜壶、小香炉什么的，边上有几块如玉般的石，造型个个不同。他一眼看上了一块色泽较鲜明的绿玉。人说购物要有眼缘的，容一石拿过一看，见此石有着一种造型，如马如虎，一时看不明白。他想问一下究竟，但见摊主只顾自己发呆似的坐着，也不理会人，大概也很少有人光顾他的摊子。容一石不由地想：这个广场里有那么多摊子，有那么多店家，一天中会有几个顾客光临摊子？又能卖出去几件物品？

容一石知道就是问摊主，也说不清个所以然，他并没准备买，只是随便地问了一下价钱。摊主用含糊不清的当地口音，懒洋洋地回答："三十块。"容一石似乎听清了，还是不怎么相信地问："多少？"

三十。这一次是听清了。容一石心里在笑，这就是工艺品了，根本不可能是玉，如果是石头吧，将一块石头刻成有点意味的造型也算是值了。虽准备买了，依然有点犹豫。就怕买个废物，让人笑话。

这时旁边有人走过来，也站停翻看东西。那是个小伙子，二十七八岁模样，个头不高，手指粗大，脸上红红的，像是喝过一点酒来场的。小伙子手下碰着的东西，都东倒西歪的，他也不扶。摊主眼睁大的，盯着他。小伙子抬起头说："这东西是不是个假的……"正说时，手一摇晃，便把摊角的一个小瓶子弄倒在地上，下面正有一块石角，瓶子就碎了。那是一个画着古代花纹的瓶子，也说不清是什么料子，如果是明清的玻璃，那时的玻璃都从国外传来，该是那么值钱！小伙子嘴里还在说："你怎么放的……"

那个黑红脸的摊主就跳了起来："你，你，你弄坏我……你要赔我！"摊主恶狠狠的样子让那个年轻人被吓住了。容一石也被吓住了，心里想，东西破了，赔就出着他要价了。那个年轻人无可奈何地说："我赔就我赔。"此时他仿佛酒也醒了，脸也白了，只顾看着那断成两半的东西。

"赔多少？"小伙子的声音轻下去，嘴里嘟哝着："是不是可以粘起来……"

"什么粘起来！这是粘的事么？怎么粘！"

年轻人知道不是善罢的事了，只有认赔吧。容一石也想着会发生什么事了。只听摊主涨红了脸："你要赔我，你要赔我……十元钱！"

那个年轻人与容一石一样，松了一口气，赶紧地拿出十元钱，连着那两半的东西丢在摊上，快快地走了。容一石本以为这事麻烦，起码要闹上十个回合，两小时以上，或许要请警察来才得解决，没想这就完了。再看周围的摊主眼光都没往这边投，似乎是生意的常态。只见黑红脸摊主收了十元钱，把那两片破瓶看了看，放在了一边。容一石才想起来，手中还抓着那块石头，想刚才换一个顾客拿着走了，摊主也不会注意到。也就拿出三十元钱递过去说这块石我要了。摊主根本不在意地，似乎情绪还缠在先前，只顾收了钱。

容一石就买了这一件物品。他想这不会是一块玉，只是一块石雕工艺品吧。如还价二十元也许能成，这个农民摊主根本不懂要价吧。容一石心里想着。他嘉许这个摊主实在，开价也自然公道。就算是一块石头，带透的石头难得，再刻成这么个造型，多少需要三十块钱吧。容一石主要是想拿给人看看，逛几个小时他也买了个东西。

返回南城坐的是火车，一个旅行团散落在几节卧铺车厢中。容一石与办公室的黄云对着铺，这是他们自由组合的。

途中无聊，容一石与黄云各自捧了本书，刚开车不久，车厢中人流不停，也没心思看，就聊起这一路中的事，自然就谈到了所买之物。

黄云买了一对唐三彩骆驼，也就几十元钱。容一石也曾有买的想法，只是嫌大怕不好带。黄云问容一石买了什么，容一石觉得让他看是靠谱的，便递过那块石雕。黄云看了，说要是块石头吧，石质光泽度不错。

容一石笑了说："都在买呢，我也就买了一块。"

黄云说："我就不跟了。就在茶摊上喝茶……听茶老板说，你们从外地来，我就说了，这整个文物街就没有一件是真的文物……我说，当地的人你就不说吗……老板说，当然。省得有人找我麻烦，再说，你们如在当地，贪着买文物，还可能再来，我也许还可以再收一笔茶钱。"

容一石抚着手上的石雕，说起了那个农民模样的摊主求赔十元钱的事，说他倒老实，由他卖出的这块石雕，如说是工艺品，三十元钱，倒也值。

正说着，就见从隔壁车厢走来的宣传科的陶琳说："你们也买了东西？过去，过去……都过去显宝呢。"

隔壁车厢同团的人相对集中，有十几位以方团长之铺为中心，方团长床铺上放着了不少各人采购来的物件。容一石虽然不懂文物，却也发现都像是电视里介绍过的文物。容一石觉得奇了怪了，居然一下子买来了这么多的文物。各人说着物件名称与价格，一个个都似乎大赚了。有人让容一石评评，容一石一件件摸过去看过来，嘴里不住地说这块好，说那块工艺不差，不提文物不文物，只顾拣好的说下去。还是有人不满，说你又不懂，尽说些不咸不淡的。

这时，陶琳说："刚才见你和黄云在说逛文物街的，好像你也买了件什么东西，拿出来，拿出来看看。"

大家都看着容一石。

"我只是一块石头。"

"别神秘兮兮的，拿出来，拿出来。"

于是容一石就拿出了那块石雕，他发现自己买这块东西，作用也就是能凑到大家一起来说道说道，不会让人有不合群的感觉。

第一个人拿了看一看："就一块石头。"几个人传看一下，也嘀咕一句："这里到处有的石头。"拿到陶琳手里，她多看一看，说："上面雕的像个什么？"

容一石说："像马吧。头却不像。"

几个人都在笑，有说像狮，有说像虎，接出去就延伸去了，说像驴像猴像蛤蟆的都有，仿佛是踩泡泡，每个人来踩一脚。容一石只顾微笑着，心里有感觉，压抑着，不想与人理论。陶琳摇着手说："我看像龙，龙首马身，龙马精神。"

这时，从车厢另一头过来一个人，副团长招呼着他，嘴里说："好了，有行家来了。"副团长介绍此人是南城的收藏家，大名鼎鼎的杨大成。这名字大家仿佛都听过的，不再作声，只是用眼望着他，想听他对摊在床铺上物品的判定。

杨大成的眼光在铺床上扫了一下，一声不吭。于是副团长就拿起方团长买的那串古砗磲佛珠，杨大成只是手按按，并不接过。陶琳拿过自己买的一块说是琥珀的挂件，杨大成拿过看一眼，就放下了。副团长又从铺床上拿过一块旧玉来给杨大成看，杨大成只是笑一笑。

一时众人皆兴趣索然，便有人推容一石，说："就剩你的马了，把你的马拿出来。"

容一石就把刚收进衣袋里的石雕拿出来，放在了铺边。杨大成眼光转过去的时候，伸手把它拿在了手上，嘴里说着："卢俊义嘛。"

有两个人笑起来，先前都说像动物的，他却说了个人名字。看过《水浒传》的知道他说的是水浒人物，一时没想到他提的是绰号。

"玉麒麟啊。"杨大林口气中含着嘲讽。像是嘲讽这块石头，又像是嘲讽人。手中却翻着这块石头，用手握握它，又摊开来对着亮光看。

把玉麒麟分解开来，就是玉与麒麟，容一石已经想到了，这是一块雕着麒麟的玉。他毕竟是学过一些东西的，他有思想，但他的思想总是陷在自己的思想中，在日常生活中是无用的。谁也不知道他有思想，只觉得他在行动上总是慢着半拍。

说是麒麟，容一石看它便觉得确实像麒麟了，像许多的山水奇峰，人看像什么就命名什么，再去看它就是什么了。

"你是多少钱买的？"杨大成问容一石。

刚才说过是三十元钱，容一石不想骗人，也想测测杨大成的眼光，便右手抬起来把拇指与食指团了个圈，三个手指伸直了。

"三万？"杨大成问。有人在旁边笑了一声，笑得短促。但见杨大成严肃的样子，不像是说笑。"你赚到了。"杨大成还是看着那块玉麒麟，对容一石说：

"这是一块籽料，刻得也艺术，麒麟的图样是写意的，我也难得看到……你看麒麟的眼睛是嵌在里面的，细细看在随着光在动，有种瑞气。不容易。"

"真是玉吗？"

容一石知道玉有籽料一说，是和田玉的一种。

"当然，质地还不错，有温润感觉。三万算给你淘到了。"

听口气三万还是大赚了，不由人睁大了眼，因对方是收藏家，不敢出言嘲笑。方团长忍不住说了："三十。他三十元买的。"

杨大成摇头说："三十？开玩笑。"不知是说容一石还是方团长。他开始示范，说着石与玉的分别：玉是质地坚硬，此玉坚硬度应为八……说着，拿起那块"旧玉"，用容一石的玉麒麟在上面划了一下，那"旧玉"上面显出一道明显的痕来。再将玉麒麟给大家看，上面只是粘了一点石粉，擦去石粉，一点痕迹都没有。大家这才发现"旧玉"原是石粉凝成的。

还是有人摇头，以为杨大成与容一石开另一种玩笑。杨大成并不理会，对容一石说："我看你这块玉雕应是上代传下来吧。如果你真是三万买的，你让给我，我给你五万……我路上没带那么多钱，先给你八千，再写一张欠条给你……一回去就打四万二到你账上。你的副团长和我熟，你不用怕我赖账。"

所有人的眼光都对着容一石，都等着他决定。容一石还是难得成为目光中心。容一石朝杨大成看着。他却一时想不过来，有点不知所措。他三十买来，就算只拿八千，也是大发了。但他听杨大成说得那么肯定，似乎还不止五万，也许是十万三十万。他只是把那块玉拿过来，小心地放进了内衣口袋里。

回来后第一天上班，正遇给地震灾民捐款，同事都笑说，容一石要多捐一点吧。看来容一石买玉拣到漏之事，很快传开。其实，哪位同事都不比容一石的钱挣得少，只是自然地觉得他是形同白拣，既然白拣，当该多捐，要大方一点还应该请客的。

那天妻子佳倩一回到家就说："家里有个宝玉啊？"

容一石说："还有个黛玉呢……"

容一石就把那块玉拿给妻子看。妻子拿过去，托手心旋转着看。容一石叫了一声：小心！妻子手晃了一晃，赶紧抓紧了。

容一石说:"玉比石头硬,却比石头脆,一摔就碎了。"

妻子说:"你差点吓我脱了手。"

妻子把它放在床头柜上,又看了一会,说:"就这块石头啊,五万元,为什么不卖给那一位说是玉的?"

容一石说:"你就是个财迷!"

容一石把玉用绳穿起来拴在腰间皮带上。它让他平添了不少想法,卖了它的农人会想到损失的是什么吗?也许农人只是初进行的小贩,很便宜地从哪户农家收来的;也许农人家靠近古墓,随便从地上捡来的;也许农人是个破落地主家庭,上代被抄过家,遗落在哪个角落被翻出来的……容一石也曾是个文青,有点文学想象力的。它让他展开了想象,过去传说有关玉的故事,也融入他的想象,就听说玉挡灾:战争年代逃难于枪林弹雨,一颗子弹打在他的身上,玉挡住了这颗子弹,玉碎了,人平安了。世上蹊跷的事很多很多,万一的极低可能性的事,也就实实在在地发生过。要不,一块玉又怎么可能当石来卖?

想到它可能在墓里藏了几百年,容一石感觉挂在身上有点不妥,就把它拿下来,放在了茶几上,找了一个托架搁着。

它的到来让容一石有所改变,是在不知不觉中,单说过去买菜时,贵一块两块要算算,现在似乎不用算了,多少一块两块才到几万十几万?容一石估定它起码在十万以上。平常人家的用度不大,吃的用的,买就买吧,十万的支撑,心理上宽敞多了。

有时,容一石也会想到,这十万,家里本来不缺。他家里虽不富裕,但也不缺这十万八万的。但它是飞来财,感觉是不一样的。

它到底能值多少?应该有十万吧,就因为是不确定的,容一石不会卖掉它,家里并不缺这个钱急等用。假如卖掉了,也就几万元钱罢了,但现在什么东西都断断续续地涨价,特别是艺术品,几乎三年涨一翻,这么涨下去,以后就不是十万,将会是几十万……不能再想下去了,把它当做一个传家宝吧,留给儿子,容家祖上便是一般人家,没有什么可传给后代的。于是,它成了容一石的特殊之物,他有时候会把它拿起来看看,在手里搓揉两下,时间长了,发现慢慢地它润了,如收藏者所说的,有了包浆。

因为看重,不免担心。虽家很少有来人,儿子在下面的县城中学复读了,家里就他们夫妻两个，但它就那么立在茶几上，感觉似乎空悬，回来便会去看看，要是出去的时间长，也就把它挂在裤腰上。

买石得玉，总也心存疑惑，然容一石突然就当了官，这却是实实在在的事。按说，容一石已入中年，当个副科长也属平常，只是他的科室是个没什么意思的小科室，一共三个人，一个科长也就够了，容一石本也没想到会升上个副科长，算起来科室里官比民多了。不过虽然副科长是个最小的官，毕竟还是带长的，喊起来好听，不由心想，好事连连，都落在不可思议中。

容一石的人生似乎变了一个样式，哪里变了，似乎在无重处，他也说不清，但他感觉这变化源于它的到来。

如是，看着它的时候，他觉得它有着不一样的亲切感觉，他离不开它了，现在就是有人出价百万，也是不能够脱手的。

有时看它有暗色，有时看它却莹白，似乎都随着心情。还有一次夜间醒来，看到茶几上的它在透着光，发着亮。抬头看，外面月色很好，它仿佛在吸收着月亮的色魂，他把它拿起来，对着月亮看，它一片透明，那幽幽的绿光与月相融。第二天起床的时候，它依然原来模样，容一石想到夜晚所见，也许只是他的一个梦。然而在他的感觉中，它仿佛镀了一层盈盈的明绿。

既然容一石已是官员，开会出差自然多了。市里有会，他常代科长出席。偶然他会想到，因为近来科长家里事多，才会提他当副科长，可以代行繁琐会务。不过，出差一事，合着容一石意愿，特别是下到县去。容一石的科级在市里是最基层的官，到了县里，平行的是局级，县里的局级，属第二层的领导，权力不小的。再说他这个副科长是上级机关下来的，下面的局长会陪着，有时副县长也会来接待一下。

容一石是副科长官员，就下乡到县里去，自然有人请客喝酒。他本不会喝酒，从来书上说的是：喝酒是乱性的事。但是官员怎么能不会喝酒？这是他以前不具备的面子，酒量也须练就，他喝了不多便有醉意，忍着不乱语，挣扎回到房间里，脱了衣裤就睡了。第二天上午有下乡的活动，一觉醒来，时间迟了，急急地起来，随车下乡。一路听基层汇报，正襟危坐，听似非听，面带微笑。中午来到一个生态农场，果树成荫，山明水秀。饭前先去上个洗手间，突然发现自己的玉不在腰上，一时恍惚是否带出来了。细细想来，昨天出来时还摸过它一下，有个念头是：玉保平安。再想眼下一路，没解过裤带，除非系绳断了，不可能落在途中，但昨晚喝酒中间的事都忘了，哪会发生什么事呢，看来酒真能坏事。他心思紊乱地入座，与陪席的口中寒暄，没有就显急慌，毕竟他是个官了，再说，也无可说的，如说是一块石头，谁会理会，如说是一块值钱的玉，也许捡到的人就不会归还了，一时不知如何是好。

就听有人介绍席上有一位精通古代文化的修习者，如在平时，容一石会考究考究他，他也看过不少这方面的书，认为社会上此类人多数带江湖气，极难有融通的智者。

只见那人眼光瞥来，仿佛闪了一闪，容一石不免心凝了一凝，只见对方穿着一件中装长衫，瘦削的脸，清清明明，不卑不亢，少言少语。容一石心想山野之中或有高人，不敢怠慢，说话中带有了恭敬。

容一石与那人对了几句话，只听那人说："是你的终究是你的。"

"它真的应该是我的？"

"你的？不是你的？重要吗？你视它为玉它便是玉，你视它为石它便是石。"

容一石不知自己刚才心中恍惚，是不是与那人提到了玉的事，要不此人真是神奇。

容一石回到招待所，扫看了一下房间，再拉开床与沙发。县局的小张提着一盒茶叶作礼品来给他，见此情况便打电话给招待所所长，很快所长便带着一位服务员前来，把那块系着红绳的玉交给容一石。服务员是个姑娘，一看就知道是从农村进城不久的小女孩。她说打扫房间的时候，在床顶角里边发现这块石头，不知它是什么时候落那里的，也不知哪位客人有意还是无意丢了的，就把它拿走交上去了。

小张就说："这可是玉！值几十万呢。"

服务员女孩先是惊了，又觉得奇怪，嘴里说："这块石头值几十万吗？"

她是个嘴快的女孩，不住地说："就是块石头吧，就是块石头吧……"

小张斥她说："在你眼里都是石头！这可是玉，人家出五万，都没出手呢。"

女孩睁着眼，继续说："这样的石头，我们乡里要多少有多少，隔壁的邻居大叔开个作坊把石头做成假货卖钱。"

容一石只管用手搓揉着它，不想理睬她，心想，他是从边疆买的它，怎么可能隔几万里在这儿制作？

容一石不用看，它的形象便在意识中，它的每一条细纹都为他熟悉。靠右边麟脚处有一点淡淡的绿色，朝着亮，里面有着不明显网线似的混沌。双眼球状之上，有两点墨翠，看久了，像麟在活动着，可以说是天然的，又似乎是人工雕刻时抓准的。容一石内心深处始终对它有着一点疑惑，相信它时便是活玉，疑惑之时便是做作。

这疑惑也许本来就有，一直在心底没有消失，从县乡回来，添了一层。

一天开会，坐身边的是那次活动的副团长，副团长问起他买的玉，又微微一笑，说那个杨大成原以为是个行家，最近被人家称作忽悠大师。

容一石对副团长的话并不怎么相信，因为单位里也有人议论副团长，说他人前一套人后一套。

他也就不再想它了，不管是石，不管是玉，它就是它。就算它是块玉吧，就算它能算个十万，眼前城市刮起炒房风，楼盘的售楼处挤满了人，一套房昨天还挂牌是一百万，第二天就是二百万，只要买到房，就赚了一百万，那十万又算什么呢？

接下去，会开得多了，单位搞机构改革，科室的变化很大，容一石所在的科室撤了，科长升到其他大科室当科长，科室的那位年轻科员落到材料室去管材料了，独独容一石一时没有安排，仿佛独自地留下了，待分配。容一石想他们科室，似乎原来是排着队的，前一个是科长，在他后面是那年轻科员。现在前面的往前去了，后一个向后去了。他一个人像是那块遭贬损的玉一样，独自立在床头柜上。

一段时间中，他有点忘掉了它，他不看，它也在那儿，他不想，它也在那儿。容一石的人生在一种动荡之中，虽然还是去上班，还是买菜回家，还是吃完了饭去洗碗，但他的心在烦着，其实，他明知烦什么都没什么用的，他无法挣脱单位去社会上变化，去社会中颠簸。有的人确实能在社会上挣很多的钱，那些人或是有背景，或是能折腾，而他出生平常人家，也缺少求变化的能力。他一生中在选择的当口，走的都是平稳的路，他怕动荡，往往听顺命运。在社会间他是站中间的人，赚大钱的往前面直奔，穷困的落在后面却还往下坠。前面的所有的梦都能展现，落后面的几乎所有的好处都没有他们的份。容一石已经明白，就是他费再多的心思，是他的会是他的，不是他的终究不是他的。然而，他还是会烦心，他还是有着沉重的心思。

单位的调整结束，容一石被安排到了一个新科室，他还是副科长的职务，自然还是有科长在他的前面，还是有科员排他的后面。他清楚买房子赚大钱轮不上他，他有着个芝麻官位，只要站稳单位，也不至于跌到哪儿。此时他发现床头柜上的玉不见了。似乎在感觉中，它已经很长时间不在那儿，只是他一时没有心思去管它。他移开柜子来看，拉宽床缝来看，都不见它。他想自己不可能往腰上拴过它，再想妻子不可能碰它，儿子复读很紧有段时间没回家来。它不在了，他却没精力来找它，因为新科室里有许多的事要开始熟悉。只是他总会想起它来，觉得它的出现有点像梦。它的不见也有点像梦。自己到底得到了，还是失去了？似乎它化成了两块，在他前面的一块飞扬上去了，而他后面的一块跌落下去了。其实那都是一个他，飞扬与跌落的也都是他自己。

它又出现在茶几上。问起来，妻子说是在书房的玻璃柜里看到，落在了一处角落。她不知是不是他随手放在了那里。他想不起来它怎么会在那里，细想是有过把它收起来放好的意识，也许哪一刻就这么做了，可是怎么也记不得自己什么时候做的了。

家里的东西，往往找它时，怎么也找不到，不想找时，它突然就出现了。

一时仿佛失而复得。容一石重新把它系在裤腰上，随时抚摩。他觉得受它的影响太大了，它已经像是他的一部分，它就是一块普通的石，他也不可能把它舍弃。他熟悉了它的形体、它的条纹、它的明暗、它的所有。他与这个世上所有的物，都有着或深或浅的缘，它却是一个特殊的缘，它是他的爱物，他从来没有爱过什么，与妻子的结姻，是人家介绍的，成家立户也是年龄的需要。而已经成人的儿子许多的行动，常让他觉得陌生与不解。只有它，虽在身体之外，却在他内心中是融成一体的。就算是他的身体，他也无法熟悉每天的变化，昨天的身体细胞蜕变成今天的身体细胞，他的人生中所做的事，大多他都遗忘了。昨天的我非今天的我，今天的我也非明天的我。只有它，很少会有变化。

他想到自己的名字容一石，当初父母怎么会给他起这个名字？也许宿命中便与这块石联着。

有一刻，就见那个农民模样的摊贩到了面前了，他的手青筋暴露，形象特别清晰，过来就说：那是他家传的一块玉，他不小心就连同其他东西一起放到了摊上，根本不准备卖的。他费了很长时间才找到了他，想拿回玉。容一石心想，玉是他卖给自己了，没有再拿回的道理。但道理归道理，容一石还是觉得亏着了农民小贩，还是觉得他应该可以拿回去的。便想着要补钱给对方。也许不管怎么做，它还是会被对方拿走的，他的心中有着一种痛，痛彻心扉。眼见着农人小贩就过来夺他的玉，他死命地按着，可是突然按了个空，玉就摔在了地上，就见它在红花岗岩的地上，摔成了无数珠一般的碎片，碎片弹跳起来，如菊花般地散开着，花上带着点点如幻灿光，璀璨烂漫。散花一时又化成玉麒麟形象，朝他昂着头。他还是头一次看到玉麒麟真切的形象。它点头向他招呼，而他向它伸手的时候，它却一下子坍陷了，前面向前，后面向后，化作烟雾垂落下去。他低下头去找，却是黑暗一片了。他不由大叫起来，声音仿佛是从胸腹里传出的，非人类般的。他大大地睁开眼，四周依然是一片黑暗，但能看到自己躺在床上的身影。

那是一个梦。他从来没有做过如此情节与细节真切清楚的梦，似乎比他过去的经历还要真切。而证实那个梦的是眼前茶几上，正放着那块玉，隐隐显点绿色。

容一石第二天随团去参加一个活动。下到苏北的偏远县，同行的好多都是上次一个旅行团的人，团长还是方团长，他现在是正式的工会主席，很严肃地宣布纪律，规定有关的吃与行。接下去团员七嘴八舌的，容一石感觉时间又回到了过去，仿佛那以后的一切都只是一场梦。

方团长突然回头看到了容一石："听谁说你的神情古怪。我看你倒是神清气爽的样子。"

同座还是唐皓，说："他的通灵宝玉又找回来了。"

大家都在笑。容一石透过放在裤袋里的手，紧捏着它，硬硬的感觉，从手心到内心。

（原载《天津文学》2017年第1期）

调整呼吸

◎裘山山

1

她一上来就说，我好心好意的。

她说的时候，嘴巴向前努起，有些委屈的样子。

我好心好意地让她加入我们，好心好意地想跟她沟通一下。我哪晓得会发生这样的事。霉哟！

我感觉我必须和她沟通了，沟通是很重要的，你晓得吗？有一篇文章专门谈沟通，说得太好了，我还在朋友圈转发了的，人与人之间……

别扯那些没用的！身边一老头吼了她一句：直接说事！

她不满地瞥他一眼，是警察让我从头说的嘛，你又不是警察……不行不行，我要调整下呼吸，心里面太乱了，太乱了。

说罢她闭上眼，就好像身边没人，深吸一口气，然后慢慢吐出，再吸一口，再吐出。如此五六次，终于睁开了眼睛。

好了，现在你问嘛，警察美女。

语气里好像忽然有了底气。

时间？大概就是下午两点的样子。我本来以为个把小时就可以了，但是很不顺，谈了半天都谈不拢，我把啥子道理都给她讲了，她都听不进去，哪有那么犟的嘛！老辈子经常说，听人劝得一半，她一点儿都不听，四季豆油盐不进。

我们？就是我们三个嘛，我和孙姐，还有李美。孙姐叫孙玉芳，比我大一岁。李美叫李艳萍，比我小几岁。在我们菩提馆，比我大的我都叫姐，比我小的我都叫美女，跟过去在单位上喊小张小李是一回事。

好长时间？可能有两三个小时吧。反正一直在谈，就是谈不拢，跟她沟通实在是困难，后面就吵起来了。其实我不想跟她吵，我们晚上还有重要的事情。我只是想说服她。哪晓得我说什么她顶什么，还不耐烦地站起来要走，我只好把她按住。

我承认，大家情绪都有点儿激动。主要是她嘲笑我们，说我们脑子进水了，盲目崇拜。简直是太过分了，明明是她不对！孙姐和李美很生气，我也很生气。她一个人肯定吵不过我们三个嘛，到最后气得话都讲不出来了，脸发白，还冒冷汗。太小气了。我喊她调整呼吸，她也不理我，气成那个样子。

说到这儿，女人竟然笑起来了，好像赢了什么似的。这让坐在她对面的郭晓萱觉得不可思议。毕竟，发生了这样不幸的事。

女人叫牟芙蓉，六十岁，真看不出她有六十了。说话的时候，腰背笔直，头发一丝不乱地盘在脑后。衣着整齐干净，虽然质地一般，却很时尚，立着的领子还镶了一道亮边儿。立领下挂着一串珍珠项链，看那么大颗粒，应该是人工的。唯一能显出她年龄的，就是右脸颊靠耳朵的地方，有一块斑，俗称老年斑。拇指指甲盖那么大一块儿。

当然，她搽了粉。这个一眼就能看出，还抹了口红，搽了胭脂。额下的眉毛漆黑坚挺，一看跟眼睛鼻子就不是原配。

整个谈话过程中，她就那么笔直地坐着，神情淡定。两只手掌上下叠握着，放在腿上，郭晓萱总觉得她那不是随便握的，是经过训练后的样子，好像是坐在舞台上表演。

相比，她身边的老头就老相多了，佝偻着背，一脸倦容。

她翻来覆去说得最多的一句话就是，我完全是好心，我好心好意地想帮她，好心好意地喊她来沟通。哪晓得……

老头又一次训斥道，你啥子好心好意？纯属多管闲事。你又不是她妈，管那么宽！自己家里的事不管！

郭晓萱制止了老头的牢骚，让女人继续说。她想听。不仅仅是为了要弄清情况，还有几分好奇。这个女人，尊重一点儿说，这个阿姨，真是稀罕，是她从没见过的稀罕人物。她和自己的母亲年龄接近，却像是待在两个不同的世界里。

本来郭晓萱有些懊恼，她晚上八点才回家，奔波了一整天，真的是累惫了。她打算早点儿烫个脚上床，看个韩剧放松一下。可是刚擦了脚，就接到所长电话，说他们所辖的万福小区有人报警，某住户在家里发现一具尸体。所长说他已经派简向东和田野过去了，叫她也过去协助一下。她无奈，只好重新穿上袜子裹上羽绒衣赶过来。

　　到了后得知，这家就老两口，下午老两口都不在家。男主人打麻将去了，女主人参加文娱活动去了。晚上九点多，男主人先回家，进门就赫然看见客厅的沙发上躺着个女人，不认识，喊也不答应。好像不对劲儿。男人就一边打120，一边给老伴儿打电话。老伴儿电话一时没打通，120倒是很快来了，一看，说女人已经去世了，并且有可能去世两三个小时了。你们还是直接联系殡仪馆吧。120丢下这句话就走了。这下男人紧张了，就给派出所打了电话。

　　等简向东他们到达时，女主人已经回来了，就是这个牟芙蓉。她一回来就说，死者是自己的朋友，而且是自己今天下午叫到家里来的。

　　霉哟，我走的时候她还好好的，就是说头晕，想躺一会儿。咋个就死了喃？我以为她躺一会儿就会回家，我还叫她走的时候把门碰上呢。咋个就死了喃？

　　她说头晕，你们怎么不陪她，或者送她回家？简向东问。

　　哎呀，我们有急事的嘛，时间搞不赢了。任何事情都有轻重缓急的嘛。我哪晓得她会死呢，还死在我家里头。

　　牟芙蓉一副责怪死者的神情。

　　简向东感到事情蹊跷，虽然医生初步诊断，死者死于突发性心肌梗死。可是，这个牟芙蓉，怎么会让一个身体不舒服的朋友躺在自己家里，自己外出呢？

　　简向东就让郭晓萱带女人回派出所去了解情况，录个口供。自己和田野留下来等法医鉴定，并联系死者家属。

　　简向东嘱咐郭晓萱：问详细点儿，看看是怎么回事。

　　郭晓萱点头，略有些兴奋。分到派出所两年，她还是第一次遇到这样的案子。考虑到牟芙蓉上了年纪，郭晓萱让她老伴儿陪着她一起去所里。老头儿满脸怒容，一直恨着老婆，一看那恨意就是储存了很久的，还带着好几年的利息。

郭晓萱对牟芙蓉说，你接着说，为什么把她叫到你家来？

哎呀，我都说了好几遍了，就是为了沟通。沟通在人与人之间就像血永那么重要。

血永？郭晓萱略略顿了一下，反应过来，她大概是说的血脉。

说实话，我忍了她好几天了，实在忍不下了。她刚参加我们两次活动就起幺蛾子，说这门儿那门儿的闲话。今天中午吃了饭，我和孙姐，还有李美，就决定要和她沟通一下，不能再让她这样下去了。

我晓得我一个人说不过她，她文化高，我就叫了她们两个一起谈。

哪晓得……

2

唐佳开门进屋，屋里漆黑。她拉亮客厅的灯，叫了一声妈，没人答应。屋里安静得过分，是那种安静了很久，尘埃都一一落定的感觉。她又叫了一声妈，这次音量提高了一些。还是没人应。

她依次走到卧室厨房厕所看了个遍，的确没人。卧室里整整齐齐，床上的被子像宾馆那样平铺着；睡衣叠好放在枕头上，没有丝毫入寝的意思。厨房干干净净的，洗碗池里一个脏碗也没有，筷子筒里的筷子，照例朝一个方向斜着。看感觉，晚饭就没在家吃。厕所地面清爽，马桶盖盖着，没有任何不好闻的气味儿。

至少房间显示出的气息是，没有外来闯入者。

唐佳稍稍放了点儿心。来之前她曾担心母亲一个人倒在屋子里。去年体检，发现母亲有冠心病。她也怕母亲洗澡的时候，发生煤气中毒什么的。总之独居老人可能发生的事她都想到了。当然，母亲不能算老人，刚退休一年，五十六岁而已。

看来母亲是出门去了，屋里没一点儿人气。拖鞋也端端正正地摆在门口，鞋尖冲墙。

可她上哪儿去了，这么晚还不回来？平时她去朋友家做客，再晚都要回来的。她说在别人家睡不着。前些年工作的时候，不得已出差，她会带上枕头，哪怕枕头占了她小半个箱子，她说那样好歹能找到一点家的感觉，不然无法入睡。

母亲是个过分有条理、过分爱干净的人。

唐佳掏出手机，再次拨打母亲的电话，她真希望铃声从某个房间响起。但是没有，电话依然是通的，屋子却听不到一点点声音。这个号码，她今天已经打了七八遍了。每次都通，每次都一直响到断。您所拨打的用户暂时无法接听，请稍后再拨。

从来没发生过这种情况，偶尔没有接，很快就会打回来的。一种不好的预感在她心里冒出。她发了条信息过去：妈，求你赶紧给我回个话，急死我了。

本来唐佳大白天是不会联系母亲的，她们母女通常都是晚上睡觉前联络一下，互相问问情况。但是今天下午，单位上一个同事说晚上要请大家吃火锅，过生日。这个同事跟她关系不错，她想去。于是她给母亲发了条短信：妈，下午帮我接下叮当可以吗？我们单位有饭局。母亲没回。她就打过去，电话通了，却没人接。

唐佳估计母亲是在参加什么活动。母亲有个习惯，每次开会或者参加活动，总是把手机设置成静音。她认为当众手机响铃很没教养。也许母亲今天有活动。

她想了一下，又发了一条，算了，我还是让叮当他爸去接吧。你安心参加活动。于是她转而给丈夫打了个电话，把任务交给了不太情愿的丈夫。

饭局结束，她连忙赶回家收拾残局，把儿子弄睡觉。等消停下来，才忽然想起母亲一直没回她话，这不像母亲的做派。母亲看到未接电话，怎么也会给她打一个的。于是她再次打过去，母亲还是没接。怎么回事？再有活动，也不可能持续到晚上啊。再说这么长时间，母亲就不看看手机吗？

母亲家里早已取消了座机，手机是母亲唯一的通信工具。手机联系不上，她就不知道该怎么联系了。

挨到晚上九点多还是打不通电话，唐佳有点儿不放心了，就索性打了个车赶到母亲家。她甚至想好了，见到母亲就要说，不要老把手机搞成静音，让人着急。

可没想到，家里没人。

唐佳纠结了一会儿，给父亲打了个电话，支吾半天说，我妈她，有没有和你联系？父亲很不满地说，你哪根神经搭错了？你妈恨不能把我吃了，怎么会和我联系？唐佳说，我不知道她上哪儿去了，从下午开始就联系不上她了。父亲说，这才不到半天，那么紧张干吗。唐佳说，可是很奇怪，她手机通了一直不接，我都打了七八次了。我跑到家里来，也没人，感觉不对劲儿。

父亲略微停顿了一下说，你去看看她柜子里的枕头在不在，就是大立柜靠里面那扇门，你妈有时候发神经，会突然去别处住的。

唐佳一边拿着电话，一边打开柜子，一眼看到了那个小枕头，包在一个透明塑料袋里。她说，枕头在。旅行箱呢？父亲又说，床下的旅行箱在不在？唐佳弯下腰看了一眼说，箱子也在。父亲说，那我就不晓得了。嗨，不会有事儿的。她又不是青春美少女。

爸！唐佳生气地叫了一声。

父亲连忙说，反正她没联系过我，从去年她把我撵出来就再没联系过了，我打电话她都不接。她退休的事儿我都是听你说的。你妈就是犟，好歹让我解释一下嘛，连个解释的机会都不给我。

唐佳心里恨恨地想，谁让你五十多了还在外面瞎搞！

她不满地挂了父亲的电话，又打给丈夫，丈夫手机占线，打了两次他才接。干吗呢？大晚上还跟谁煲电话？唐佳有些不满。丈夫敷衍说，单位上的事。怎么样，你妈在家吗？唐佳顾不上追究，急急地说，家里也没人，电话还是不接。会不会也是单位有饭局，太吵了听不见电话？丈夫分析。我妈都退休了，参加什么单位饭局啊。再说，有饭局也不可能那么晚吧？

会不会突发奇想，参加什么旅行团了？丈夫又提供一思路，完全不对症，也是，他和唐佳母亲，更是隔着几层。

唐佳说，不可能。就是参加，也该告诉我一声啊，没必要不接电话嘛。

丈夫说，那倒是。噢，肯定是手机掉了！

唐佳说，哎，这倒有可能……可是，也不对啊，她知道我每天晚上会跟她联系的，如果手机丢了，她该找个朋友的电话告诉我一声嘛。我妈不是那种大大咧咧的人。

丈夫说，手机一丢，六神无主，忘了呗。

唐佳还是觉得不可能。她了解母亲，母亲是个非常有条理的人，到退休，都没有发生过丢三落四的事。父亲有外遇被她撞上那天，她都还是做好饭，吃完饭洗了碗，把桌子抹得明晃晃的，才坐下来和父亲谈话。

3

问询已进行了半个小时，还没什么实质性进展。

虽然牟芙蓉很健谈，不需要引导就滔滔不绝，可是经常跑题。郭晓萱不得不打断她，一次次把她叫回来。

你说走的时候，她还是好好的？

是啊，我还给她倒了杯水，是蜂糖水哦。我不晓得她有心脏病，刚才那个医生说是心肌梗死，这种病我听说过，死得飞快。

死因还没最后确定。郭晓萱严肃地说：你们争吵很激烈？只是吵，有没有……

你的意思是说打她吗？没有打。绝对没打。我就是推了一下她的肩，孙姐戳了一下她脑门儿。那个李美嘛，比了一下扇耳光的动作，也没扇。这根本不算什么嘛。我们上课的时候，青师经常这样对我们的，推两下拍两下都是经常的事，有时候青师还踢我们呢。是真踢哦，她火起来，一脚就踢过来了。

说到这儿，牟芙蓉竟然笑起来，是一种甜蜜的笑，仿佛诉说某种幸福：青师真的要打我们，你信不信？

青师是哪个？青师就是我们老师嘛。大名赖青青，年轻的时候是杂技团演员，得过好多奖呢。我们都喊她青师，多亲切的。

噢，先说明哈，这件事和青师无关，青师完全不晓得。

牟芙蓉再次漾开笑容，仿佛刚才那一笑，波纹太强，一时散不开，必须再推送一次。

青师真的要打我们，我挨过几回。太好笑了，刚开始的时候，她喊我做塌腰，我整死塌不下去，只晓得把屁股撅起来，她冲过来就踢了一脚，踢到我屁股上，还好我站得稳哦。

牟芙蓉呵呵地笑出了声。

我们那儿老一点儿的学员，没有哪个没挨过打。为什么打？肯定是着急嘛，嫌我们动作不到位嘛。

生气？才不生气呢，她是为我们好，真心为我们好。不管以前是做什么的，不管是公务员还是老板，在青师面前都是学生，打了都不会生气，都认。

这件事她上课的时候跟我们沟通过的，她说如果她不严格，就是害我们。我们完全理解，现在哪里有那么负责的老师哦。我好感动哦。我读书的时候，老师张都不张我一眼……

那么，病故的那位应女士，跟你说的青师是什么关系？郭晓萱又一次把她拽回来。

你说应美哇？肯定也是师生关系嘛。

应美？她不是叫应学梅吗？

我刚才跟你说了呀，比我小的学员我都叫美女。应学梅还是比我小几岁的，我就叫她应美。应美也是学生，我们都是学生，青师是我们的老师。我们都是菩提馆的学员。只不过应美是刚加入的，我介绍的。

我和她是咋个认识的？早就认识了，我们是初中同学。国庆节同学聚会，她主动过来和我打招呼，说她也退了。难怪，她原来多骄傲的，根本不参加我们班聚会。

为啥子骄傲？成绩好嘛，加上她妈妈就是我们学校的老师。我们那个时候因为"文革"耽误了课，学校就把好几个年级的学生伙到一起上课。我们班有大有小。她是最小的一个。但是她太会读书了，成绩好得很。后来就考起了大学，毕业又当了干部，清高得很。

现在退了休，大家都一样了。晚年生活还不见得有我好呢。真是像我们青师说的，活下去就是胜利，你只要一直往前走，就有可能超过那些原来比你走得快的人。真是这样呢。当年那么骄傲的学霸，那天多谦虚地听我摆龙门阵。你简直想不到。

一旁的老头似乎已忍无可忍了，掏出一包烟向郭晓萱示意了一下，走了出去。

牟芙蓉毫不受影响，再次挺了挺脊背：她夸我气色好，显年轻。我就告诉她我是练瑜伽练的，原先也是黄皮寡瘦的，从开始练瑜伽就改变了，现在我的水平都达到专业水平了。她开始还不信，我就马上站起来给她比了两个动作。

牟芙蓉站了起来，似乎想当场表演，被郭晓萱止住了。她坐下，掏出手机来，翻开照片给郭晓萱看——

我那天就是给她看了我练瑜伽的照片，我说刚开始的时候，我弯腰都摸不到脚背，现在我随便弯腰都可以摸到脚背了。瑜伽的二十个基本体式我都可以做了，我还可以做两个高难度体式，上轮式和下轮式。这个在我们菩提馆只有五个人可以做。

郭晓萱看到照片上，这个女人真的可以把腿扳起来靠在脸颊上，还可以把身体朝后弯成一张弓，还可以把两只手在背后合十。她吃惊地瞪大了眼睛。莫说六十岁，她二十多岁也做不到的。

牟芙蓉非常骄傲地说，她当时看到照片就目瞪口呆了，就像你这样，眼睛鼓起多大。

郭晓萱连忙收回目光。

她问我练了多久，我说练了九年。她简直不相信。她说九年前你也五十了呀。我说是哦，我们菩提馆一多半学员都是五十多的，还有六十多的。我们青师说，任何时候开始都不晚，就怕你不开始。我们菩提瑜伽馆不但练瑜伽，还排练舞蹈——但是我们跟那些跳广场舞的大妈完全不同哦，我们很专业的，每天忙得要命，简直不得空。

她听了我讲这些，不是一般地崇拜，看她的眼睛我就晓得。

唉，我就是不该问她想不想参加，主要是当时太兴奋了，没忍住。其实我们馆早就满员了，除非有人退出才能进新人。但是我看她那么崇拜地看着我，就主动说，来嘛来嘛，和我们一起练。

她还是有点儿银（矜）持的，她说等我哪天有空去看看吧。

郭晓萱听见"银持"想笑，又忍住了。

有什么好银（矜）持的，不就是一个科长吗？她越银（矜）持，我就越想把她拉进来。唉，就是从这儿开始扯拐的。我不该带她去看。简直不该。那天她一看到青师就大惊小怪的……太过分了。

4

唐佳在手机通信录里翻了半天，也没找出一个母亲的朋友。丈夫刚才建议她联系一下母亲的闺蜜，她才发现她根本找不到母亲的闺蜜，一个也找不到。她知道母亲有几个要好的姐妹，有两次在家里遇见，还叫过阿姨，但她没有她们的联系方式。谁会想到去要父母朋友的联系方式呢？

唐佳很后悔，那个时候为什么不记两个阿姨的电话呢？

说来，她都不知道母亲的生活是什么样的。虽然每天晚上通电话，但从来都只有几句。吃饭没有？早点儿休息。偶尔都懒得打电话，发个微信，今天还好吗？母亲就说，还好。或者母亲说，降温了哦，不要感冒。她就回一个知道了，你也要注意保暖。

刚才她一边跟丈夫通电话，一边在屋里来回走，这才发现客厅有变化，长饭桌被移到了靠窗的地方，上面铺着宣纸摆着笔墨，看来母亲在练习写毛笔字了。然后又看到阳台的晾衣架上，挂着青花布的衣裤。她从没见母亲穿过花衣服，而且连裤子都是花的，让她很是好奇。看来母亲有新的爱好了。

自打自己结婚后，她就没和母亲好好交流过。各忙各的。父亲发生外遇后，唐佳觉得，母亲怎么也会跟她哭诉一次，就做好了准备，到母亲家来住了一晚上。哪知母亲依旧很淡定，说其实她早有感觉了，只是不想去探究真相。顺其自然吧。唐佳说，这种事怎么能顺其自然？你应该敲打一下他。母亲说，敲打一下，他只会藏得更深。唐佳说，那你怎么察觉的？母亲说，嗨，老夫妻了，说话一个尾音不对都能露馅儿，何况……我发现他在偷偷吃壮阳药。母亲说到这儿居然噗嗤一下笑了起来。那个晚上，母亲还是跟她聊了好一会儿，谈了自己对婚姻的感受。母亲说，夫妻之间，装糊涂很重要。我本来一直想装的，但是运气不好，撞上了，再装就是耻辱了。

母亲退休后，唯一的支撑没了，眼看着精气神儿散掉，唐佳就动员母亲去参加社区活动，或者上个老年大学，或者约上以前的女友去旅游。母亲都以各种理由拒绝了。唐佳真是不明白，她看到人家那些母亲，要么在家晒孙子晒饭菜展示天伦之乐，要么穿得花红柳绿的在风景区自拍，自己母亲却是两样都不参与。

母亲说，唱歌跳舞我都不会，看书写字我自己可以在家做，至于旅游，一定得找到称心的同伴才行。

母亲过于清高，大学毕业，事业上并不顺利，始终是个小科长。但还是这个瞧不起那个看不上，即使退休了，也放不下身段。就连网上的朋友圈儿母亲都不参与，只是偶尔为女儿发的照片点个赞，自己从来不发。唯一的社交，就是偶尔跟大学里的两个女同学一起喝茶。有两次唐佳有事找母亲，她说她在外面跟同学喝茶。

可是，唐佳也不知道那两个同学的电话。

实在无奈，唐佳只好打给母亲原来单位上的一位女同事，那个女同事的电话唐佳是有的。

对不起呀黄老师，这么晚打扰你。那个，我妈妈她，今天有跟你联系吗？

黄老师叫黄槐，曾和唐佳母亲一个办公室。黄槐说，应老师吗？没有呀。我最近一次遇见她，还是中秋节的时候，她来领月饼，在单位门口碰到的。我们搞活动请她来，她也不来。

黄槐说话依旧是慢条斯理的，和母亲有几分相像。

唐佳迟疑了一下说，黄老师，你知不知道我妈好朋友的电话？黄槐说，不知道呢。唐佳又问，那你知道她最近参加什么社团了吗？问完觉得不好意思，自己都不知道，怎么指望单位的同事知道？黄槐果然说，没听说。可能不会吧？她不喜欢那些，原来一说起老年大学什么的她就撇嘴。唐佳想，没错，母亲是那样的。

黄槐问，怎么了，你跟应老师联系不上了吗？

黄槐一直叫母亲"应老师"，即使母亲当科长的时候。如今还是这么叫，这让唐佳有几分亲切。她和母亲差十二岁，和自己差十三岁，所以都以老师相称。

唐佳说，就是。她今天下午一直不接电话，我觉得奇怪，就到她家里来了，家里也没人。这么晚了，平时这个点儿，她早就回来了。她不喜欢晚上出门的。

黄槐说，哦，那是有点儿奇怪。

是啊，我打了好多次电话了，响断了都没人接。她不会生我的气吧？

黄槐说，不会不会，应老师不是那样的人。我上次给她电话她当时没接，后来就回过来了，还跟我道歉呢。应老师特别有教养。

黄槐一边说，一边拿起手机拨通了唐佳母亲的电话，的确是，响断了都没人接。

您所拨打的电话无法接通，请稍后再拨。

唐佳也听见了这个声音，越发焦急起来，这样的情况从来没发生过。我老公说可能是手机丢了，手机丢了也应该回家呀。都这么晚了她能跑哪儿去嘛。我看了家里，箱子什么都在，不像出远门。我感觉有点儿不对劲儿。

黄槐也急了：那是不是应该报警？

唐佳忽然就带了一丝哭腔：我都不知道该上哪儿去报警。

黄槐说，要报警的话，应该到应老师户籍所在地的派出所。不过，我听说起码要四十八小时。除非是小孩儿走失。

唐佳说，那怎么办啊，我就这么干等着到四十八小时吗？为什么非要等四十八小时？

黄槐说，我也不知道，大概失踪的人很多吧。我觉得应老师不会有事的，她那么平和的一个人。这样，我现在过来陪你一起想办法。

唐佳软弱地说，好的，谢谢黄老师。

5

牟芙蓉终于有些累了，提出要上厕所。

郭晓萱注意到，她底下穿的居然是毛裤，跟上面的旗袍完全是两个世界，用她的话说，完全不能沟通。大概再想时尚，也架不住老关节出毛病拖后腿。

从厕所回来后，她的精气神儿好像泄掉了一些，没那么振作了。她坐下，又开始闭上眼睛，吸气，吐气，如此三次。然后睁开眼对郭晓萱说，我们青师说，调整呼吸很重要，不然心就乱了，心乱了魂就没了。我现在遇到啥子事，都要先调整呼吸。

郭晓萱拿纸杯给她倒了杯水，她喝了几口，然后很仔细地擦了嘴角，拉了拉衣服的下摆，坐正，仍然把两手叠好，放在腿上。

她注意到了郭晓萱的目光，又说，我们青师说，任何时候，人都要坐有坐相，站有站相。尤其是女人，一辈子就是活个样子，活个形象，你要让别人看到你最好的样子，你才会好上加好……

比如你，警察美女，肩胛骨就没打开，本来那么漂亮，一含胸就掉分了，晓得不？

话锋突然转向自己，郭晓萱有些尴尬，她下意识地挺了挺背，甚至暗地里想，自己要不要也抽空去练练瑜伽？

看来青师是你们的偶像喽？她讪讪道。

肯定嘛。我们青师任何时候出现在我们面前，都是女神范儿。你根本看不出她六十岁了，真的，比我还显年轻，从后面看像二十多岁。我这件衣服，就是比着我们青师的款式做的，太有范儿了。青师那天穿起走进菩提馆，我们简直惊呆了，就跟林青霞张曼玉一样。青师手巧，她身上的衣服都是她自己做的。我们的瑜伽服也是她设计的，跟其他瑜伽馆的不一样，其他瑜伽馆就是土白布，我们是青花……

应美那天一报到，青师也给了她一套青花瑜伽服。她也是，不但不感恩，还恩将仇报。本来我们菩提馆都满员了，青师看在我的面子上破例收了她。她倒好，才去两次就生是非……

我好心好意跟她说，穿上这身青花，走路的步子一定不能太大，也不要哈哈大笑。她居然说，不就是装淑女吗！这咋个是装呢？是修养嘛，唉，简直是没法跟她沟通。

沟通个屁！你就是多管闲事！老头抽完烟进门，又是一声吼：啥子家务都不做，一天就在外面惊风火扯地乱整。

我咋个是管闲事呢？毕竟是我把她介绍进来的，看到她不对就应该管。她反驳老头，神情很坚定。

她那样做很不好！对青师不好，对我们整个团体都不好。我们这个团体像个大家庭一样，那么和谐、友爱，不珍惜怎么行？我们每个人都有责任爱护它保护它，我们又不是跳广场舞的大妈。

再说了，她那样做，连带把我的名誉也搞坏了，本来我在群里头还是多有威信的。青师经常叫我作示范。真的，她太不应该了。我必须告诉她，她那样是不对的。我如果不说，她自己简直意识不到。她能加入我们，是她的福分……

老头又吼了起来：到现在还在说这些没用的，你个老太婆！一天到晚神癫癫的，做些莫名其妙的事！我早跟你说过要出事！这下好，人死在你家里，看你咋个交代！

牟芙蓉神色突然黯淡，那两条本来正上扬的眉毛，突然就耷拉下来。文过的眉毛如黑剑一样，毫无缓冲地刺向两颊。

但很快，她又振作起来：我又没做什么违法的事，我就是好心好意介绍她加入我们。我看她退休了，很无聊，天天在家窝着，脸都是卡白卡白的。她比我小几岁，看起比我还显老，我走出去，没有哪个看得出我要六十岁了，是不是吗警察同志？

郭晓萱差点儿点头。

昨天我婉转地说了她几句，要她尊重青师，她多尖刻地给我顶回来，说我盲目崇拜，没有原则……啥子原则不原则的，她就是喜欢居高临下。都退休了，还端起干啥子？我们学员里还有个局长呢，都不像她那么端起。

我只好约了孙姐和李美一起来帮助她。她也是，那么小气，吵不赢我们脸就气得发白。还是大学生哦……

郭晓萱不想再听她唠叨了，开始总结性地帮她梳理——

是不是这样，下午你把她叫到你家，和她谈话，谈话过程中你们发生了争吵，大家情绪都比较激动，然后她感觉身体不舒服，你就让她在你们家躺着，你们就走了，是这样吗？

是的就是这样。她点点头，忽然叹了口气。脸上的粉有些撑不住了，没有弹性的黄皮肤显露出来。真相毕露。

我好心好意地喊她来谈，哪晓得根本谈不拢。我不知道她有心脏病，要是知道我都不会叫她练瑜伽。瑜伽不适合心脏不好的人。我真是太倒霉了，本来是好心好意的。我们正在批评教育她，不是，我们正在沟通，她突然说头晕得很，不想说话。我估计她是不想听我们说了，装病。

我想既然说不通，就不能让她参加晚上的活动，免得她在会场乱说。我就喊她在我们家休息，我真的是好心好意的。

你们没给医生或者她家里人打个电话？

搞不赢了，我们五点半要赶到酒店做准备。慌慌张张的。

你的意思是，你们把她一个人丢在你家里了？

她顿了一下说：我哪想到会那么严重？头晕嘛，我也经常头晕，喝点儿蜂糖水就好了。我想她休息一会儿就可以回家了嘛，我跟她说，你走的时候把门关好……

于是你们走之后，她就心脏病发作，去世了。郭晓萱的声音和表情，都变得严肃起来。

牟芙蓉听到这话，把本来已经坐得很端正的身子，再次调整了一下，挺了挺脊背，虽然面容上已经显出疲倦和衰老。但看得出她在努力撑着——

我还不是后悔得要命。要怪就怪我当时太心急了，生怕影响到晚上。孙姐和李美两个也觉得是不应该影响晚上，我们就先去酒店了。路上好堵，还好我们没迟到，晚上的活动很成功，老头打电话的时候我们刚刚结束。我那个独舞还被青师表扬了的。

牟芙蓉说到这里，两只手下意识地比出了兰花指。

6

值夜班的年轻警察，像是刚毕业的大学生，一张脸尚未刻下岁月的痕迹。他一边在电脑前坐下一边问，失踪的是老年人吗？

唐佳连忙说，不是老年人。

警察说，多大年龄？

唐佳说，五十多。

警察瞪了她一眼：五十多还不是老年人？喊！

唐佳愣了，她从来不觉得自己妈妈是老年人，顶多是中年人。她苦笑着看了眼黄槐，心想，自己这个三十多的人，在这个年轻警察的眼里一定是中年人了。

什么时间失踪的？

唐佳说，嗯，今天下午就联系不上了。打电话一直不接，刚才，就是我们来的路上又打，还是不接。太奇怪了。

警察说，打电话没接很正常嘛，我也经常顾不上接电话。

唐佳说，但是对我妈妈来说是不正常的，她从来不会这样。

警察的眼神完全是不以为然的，似乎是说，凭什么你妈妈不接电话就是不正常？但他说的是，下午到现在，也还不到十个小时嘛。

唐佳连忙说，我知道要四十八小时，我就是觉得太反常了。我怕她出意外，她一个人单身生活……万一……

警察摆摆手，没事没事，你既然来报警了我们肯定会接的，肯定要登记的。

警察依次问了姓名、年龄、地址、身份证号，以及失联的时间、地点，还有她妈妈的电话号码。然后依次录入电脑中的一张表格上。

唐佳看到那张表叫"失踪人员登记表"，还有编号，心里稍稍安心一点儿。

智力健全吧？我的意思是，有没有老年痴呆症状之类，走出去记不到路了？很多来我们这儿报失踪的都是这种情况。

唐佳连连摇头，没有没有。她脑子很清楚。关键是她以前没出现过这种情况。

黄槐也在一旁证明：她刚退休一年多。退休前是我们的科长。就是因为她平时做事很有条理，一点儿不糊涂，我们才会着急。

年轻警察登记完了，按了个保存。好了，先这样，我们这里有情况的话，会马上联系你们。

唐佳说，你们不马上采取措施吗？

警察说，采取什么措施？现在就组织警力满大街去找吗？

唐佳忽然按捺不住地喊了起来，如果是你妈妈找不到了，你会这样吗？眼泪一下就出来了。黄槐连忙搂住她的肩膀。

警察愣了一下，然后态度很好地说，我理解你的心情，大姐。但是，你知不知道，每天都有很多人来报告失踪，其中大部分两三天后就找到了。尤其是老年人，一时找不到家了，这种情况很多。我们不可能每个都立案。除非你有证据证明对方可能存在人身安全危险，或者说对方可能会受到侵害……刑事立案是非常复杂的事情，立了就不能撤，而且需要拿出大量的警力。如果你不能提供足够的涉案理由，公安机关缺乏立案的依据，是不会立案的，报案后只会给予公民必要的协助。

唐佳感觉他在背书。但还是起到了作用，她平息下来。

黄槐替唐佳回答说，好的，我们知道了。

警察索性转向黄槐：放心，我会把刚才登记的信息发布到我们的平台上，让其他派出所一起关注的，一旦有消息，我一定及时联系你。我建议你们自己也通过网络平台发布一下消息，发动亲友找，可能效果更好一些。有线索的话也及时告知我们。

黄槐连连点头。

两人从派出所出来，互相道别。黄槐安慰唐佳，也许明天就会有消息的。唐佳忍着眼泪谢谢黄槐，陪自己那么久。然后各自上车，打算离开。

唐佳刚刚发动汽车，电话就响了，她忙不迭掏出电话，真希望是母亲的。真希望母亲说，不好意思啊，我电话关了静音，一直没听到。

可是是丈夫。

丈夫说，那个，刚才警察来电话，说他们在一个人家里，发现了妈妈……

在哪儿？谁家？

嗯，他们说，妈妈她，心脏病发作，已经不行了……

7

郭晓萱接到田野打来的电话，说法医已经确定应学梅是死于心肌梗死，没有其他外力因素。

我们已经联系到了死者家属。你们走后，在她家沙发下面发现了死者的手机，手机是静音，一闪一闪的，已有十几个未接电话了。估计她是想打电话求救，掉到了地下。

还有，那个牟芙蓉离开的时候，的确是给应学梅倒了一杯蜂糖水。这点可以证明当时她们没有恶意，是没料到会发生不测。虽然她的举动有点儿不可思议。

你问完了，就让他们回家吧。

郭晓萱说，好。

牟芙蓉似乎猜到了电话的内容，她盯着郭晓萱的脸问，搞清楚了哇？**我可以回家了哇？**

郭晓萱点点头。

她马上站了起来，胜利似的跟老头说，我就说不怪我嘛，是她自己**身体出**问题了嘛。其实也没什么，一下就走了痛快，不受罪。我还希望我以后**像她这样**呢。

老头依旧是怒气冲冲的样子，完全不搭理她，转身出了门。

郭晓萱说，那个，我想再问你两个问题可以吗？

牟芙蓉说，问嘛。

郭晓萱说，你一直说死者说了不该说的话，她到底说了什么？

牟芙蓉的怒气又上来了：嗨！她一来就说她认识青师，认识就认识嘛，又说青师年轻的时候……做过那些事，被单位除名了。

什么事？

算了，我不能讲，不能传播。我才不信青师会做那样的事，我们都不信，她肯定是听到谣传了。青师怎么可能像她说的那样嘛。

再说了，不管你从哪儿听到的，都不应该乱说。谣言止于智者。**警察美女**，你说是不是？

郭晓萱说：还有个问题，晚上你们到底有什么事，那么着急？

牟芙蓉顿时云开雾散，两根漆黑的眉毛挑了上去：哎呀，今天是青师生日啊，六十大寿！我们早就计划好了，半年前就计划好了，今天晚上要为**青师庆生**。

我们都不说她六十岁，我们在蛋糕上给她插十六根蜡烛，祝她永远像少女一样美丽。

我们排练了好几个节目，我有两个舞蹈，其中一个还是独舞，把瑜伽动作都用上了，还有莲花手倒立哦。

我们为这次生日晚会准备了很长时间，我还专门订了一套纱裙，效果之好……不摆了。我们肯定不能因为她影响了呀。

还好晚会非常成功。青师说，她感到非常幸福。今天是她最幸福的一天。我们也感到非常幸福，今天是个开心的日子。

郭晓萱觉得后背发凉，这个女人，揣着的那颗心，如同她那条能竖起来贴脸颊的腿一样不可思议。

她站起身，示意她可以走了。

牟芙蓉挺着背，深吸一口气，吐出，然后走出门。

推开门的一瞬，她又回过头来说：警察美女，记到哈，把肩胛骨打开，像我这样，不要含胸。

（原载《上海文学》2017年第5期）

火烧云

◎鲁　敏

1

居士下山买药的时候，半道上碰到一个女人，后者边走边四处张望，神色悠然，像是误入此地的游客。二人擦肩而过。居士脚步未停，也没有告诉她，上面没有风景，也没有人。

买了药，还有新米、陈醋、元书纸、苏打饼干。茹素之后，挺容易饿的。上山的访客，也会带来些茶叶、糕点之类，但还是不大够。他们带上山来的主要是痛苦。

坐下来未及喝茶，访客们就开始掏出那些痛苦，讲述中淌出无助的眼泪，有的放出声音来哭，包括男人、老人。居士耐心地听，极少询问或劝解，他们并不需要。讲完了，情绪就好了一小半。然后会跟着居士四处巡走一番，他们从各个角度询问居士的过往与现在的生活细节。很直率，热气都要呼到脸上。原来你做什么的，为什么要这样呢，有过孩子吗，喜欢看什么书呢，从不上网吗，他一一作答。他们参观他吃饭、睡觉、读经、写字的地方。有的揭开锅子，里面有半碗煮蚕豆。有的捏捏薄垫被。有的打开经书，呀，竖排的。到这个时候，他们的情绪已基本稳定了，泪水流过的地方风干了，显出一点愉悦的惭愧：还是你这样好啊，可惜我上不了山。不早了，下次再来看你。下次来的时候，他们会带着新茶与新的痛苦。有的访客在道别时会注意到，居士的木房上有块小木匾，上面刻着"云门"二字，描以墨色。哦，云门，这是你的法号、斋名，还是山名？

居士淡笑着摆摆手，也说不上来。此地多山，大都无名，这座山头尤其不值一提，爬得快的话，四十分钟即可到顶，可以俯看到嶙峋的山坡，稀疏分布着些灌木。五年前，居士也是无意中访到，发现山顶有几间旧屋，粗木框架，有后院，院里有承接天水的大石坑，前后转转，有如前生所在，十分亲切。遂动手整修一番，搬来必要的物件，住了下来。云门是他自己刻着玩的，有人讲，该配副对子才好。总没想好，他说。还会有人问，怎么不索性出家做和尚？我不够格的。问者于是很懂地点头：那你这就是居士了，也好的。像是替他松口气，同时又更多几分同情。居士的叫法，大致就这么来的。山下的人们显然需要这么个叫法，那就随便吧。

居士回到云门的时候，已近黄昏。他忙着烧热水洗澡用药。是瘙痒症，很顽固，每到春夏之交都会犯上一通，也做过检查，原因不明，算了。方才下得一趟山，似又加重了，整个腹股处都是红肿的包块，一阵阵刺痒。水准备得差不多了，听到有人拍前门。

居士！居士！是女声。

这时间还有人来？只好重整衣衫，走到前屋开门。

女客直通通进来。你就是那位居士？穿的就是平常人衣服嘛。语气鲁莽，还有点揶揄。认出来，正是下山途中碰到的那位女游客。

居士点头，示意她坐下，一边倒茶水，并供上半根线香。他在这里住下半年之后，莫名地，有了零星访客，节假日还会多些。他起初很不适应，这完全不是他的设想。后来好一些，并慢慢形成一种待客之道。淡淡的，但也是真心的。他住着这个小山头，也是人们给他的施与。如果他们觉得偶尔上山来看看他，有助于继续山下的生活，也好。等于互相帮助。

女人连喝两盏茶，一边四处打量。不等他指引，就起身四处走，像查问投宿的客栈。共几间屋？水打哪里来？全靠柴火做饭？那可要注意安全。哟，这里还有个菜园子。

居士一边答话一边观察。他常用视觉来判断访客，以修正他们所说的。这位女客眉宇间很空，并无常见的烦忧之色。是急性子，总是不等回答，又跟着问下一句。她会无故发笑，可显得有点凶。可能由于左上额角那道疤，静时被头发所遮，仰头一笑，现出疤，凶了。

我要住在这里。我也要做居士。女人看完菜园子和接水石坑后，很轻便地这么说。

居士一下子感觉到，这轻便，可不只是轻便，是无所谓，亦是无所畏。

这些年，他承接过访客们各样的问题或要求。要断绝某种人伦关系的，要自尽的，要堕胎的，要给他一大笔善捐的，要他的题字或手抄经（其实他只是会使毛笔而已）的，要他替新生儿取名的，要他下山去劝谏某人的，等等。人们似乎认为他无所不能，他越是表示不能，人们越是认为他能；并且有时候，也确乎能够歪打正着，在不自知中解决一些难处。不知这一次能不能呢，他谨慎地没有吭声。

这山不是你的，房子也不是，反正也有空屋嘛。女人神情专断。我东西都带来了，就在山下的车子里，我们两个人下去，一趟就能拿上来。

居士突然想到他的洗澡水一定都凉了。同时也意识到，瘙痒症这会儿竟消停一些了。可……想这些干什么？他的神情想来是非常为难的。

忌惮我是女的？她嘲弄他。你不是居士嘛，况且我现在也是了。我们可不是一般的人了。她在"不是一般"上加重语气。

自然不是男女分别心。是他全然不想与人共处，一宿也不愿意。他试探地质疑：居士……也不是随便能做的。

这还有什么门槛，阿弥陀佛。她念句佛，表明她能做，一边仰头露疤而笑。反正我是不想再见到人了。

我也一样的呀。

哦。她总算听出来。我妨碍到你了？那我还认为你妨碍到我了呢。这样，先一起下山取东西吧，速去速回。她在前面先走，同时嘴里还在说着。我是讲道理的……

出于礼貌，也是为了听清，他跟随其后。

我是讲道理的，并不指望你能主动让出。我们不如摊开来比比，看谁更需要这个地方。她像谈论一样紧俏物品，谁的资本多，谁就可以豪取。等我歇下来，我跟你讲讲我的事情。你讲不讲你的，随便。听完了你再看看，谁该走，谁该留。

这话也并非全无道理，不大好辩驳。

居士心里很不自在。早几年前，他一直有些担心，会被什么力量从这里赶走，比如政府、原屋主或其后人、旅游开发公司，或者打猎的、养蜂的。安定久了，就卸下了这样的担心，并渐渐把这里看作他独有的所在，亦可能是终身的所在。他有时都会憧憬着那样的画面，他很老了，再也下不了山去买东西，再无能力接受访客的茶与痛苦，差不多吃喝殆尽，也便平静告终了。木匾上的"云门"二字更是洇去，像从未写过。这想法当然也是有些美化了。但无论如何，从没想过会有另一个人，同样以居士的身份，来与他竞争此地。

……若从佛理上说，这必定是有缘故的，是有前因纠结的。因果说，所向无敌，万事万物都会温顺下去。于是他的不自在里，掺杂起了几分谦逊与顺从。

山下有条不是很好的马路。路边的树荫之下，停着一辆鲜红色小车，四轮都是泥，但车子崭新，车座上的包膜都还在。她有些笨手笨脚地打开后车门、打开后备箱，分别拿出东西。有衣服，有毛巾被褥，有瓶瓶罐罐，塑料盆里装着圆镜子吹风机什么的。

上面没电。他连忙讲。也没网。快递，也送不到的。

她马上蹲在路边，掏出吹风机，又从其他包里掏出手机、接线板、充电器、相机什么的，一起扔在车子里。想了想，又递给他，用下巴指指。劳驾你，替我扔到那边去。五十米开外处，有只垃圾桶。他接下那堆缠绕成一团的东西，心里也随之一重。

重新往山上走。她仍是不停地谈话。因拿了东西，走路带喘，问话短促。

我老家就在邻县，你呢，也是本地人？

不是。

听不出口音嘛，念大学出来的？

嗯。

我连小中专都没毕业。你多大？有四十吗？

不止了。

那比我大不少。你叫什么？

姓穆。

穆居士，能这样叫吗？

随意。

那我么，就是……姜居士。哈哈，我现在叫姜居士。哈哈。

有点暗下来的山道里，她骤然响起的笑声惊起了两只林中鸟。

2

他习惯早起。先上下跑二十分，然后在院子里做几组俯卧撑、高抬腿与足下蹬。上肢总是差点儿。他一直想买对石锁，太小了不成，大一些的话，拿到山上又有点困难。后来就算了，也不一定需要有很像样的肌肉。

练到一半，出汗了，腹股处的包块们又开始刺痒了，真想尽除衣衫。这才想起，这里有外人。他停在院子当中，小心放慢动作，扭头看了看，"姜居士"所住的柴屋里尚没任何动静。他正要吁口气，一道人影却猛地推门出来。哈哈，这里的木门，全是缝，我可瞧了你一会儿。

他忍住不去搔痒，向她问早。

这里蚊子太多，根本睡不着。你看看，我这胳膊。

你这间，原来是柴屋。

但是我没有打蚊子。做居士，是不能杀生的吧。她有点得意。

我这里有蚊香，回头你拿点去。讲完觉得不对，听上去像长久计了。

闻到粥香没有？我老早爬起来熬的。她往厨房奔去，走到一半，折回房间，拿着几个瓶罐出来。

我带了橄榄菜，还有红方豆腐乳、酱萝卜干。她精心挪动布置着碗筷，左看右看，突然又拔脚走开。重新来时，手里扯了一把碎野花。她抱怨着这里没有花瓶，只好把野花也放在一只小碗里。

旧木桌子上突然显得花花绿绿。他脸上十分勉强，努力着，筷子已举到一半，终于还是端着碗出去了，一筷小菜也没夹。他坐在院子里，齿舌搅动，吃不出味道。他听见她呼呼喝出声音、叽叽嚼着小菜，隔着窗户确认她不需要添加之后，把剩下的稀粥一股脑儿扫光。心里又感到惭愧。

整个上午都在抄经。她则拿了蚊香回柴房睡回笼觉，中午也不起来。他遂跟平时一样，下了碗香菇青菜面。到下午饿了，找些苏打饼干出来打发。她这时倒出来了，睡得满足的样子，倒水喝，又伸手过来自取饼干，吃得下巴上、衣襟上都是屑子。"我改天下山去买些别的。有一种进口的小熊饼干，黄油味很浓!"

他没吭声。他买东西，都挑最普通的，只有线香要好的。点上之后，他与访客，均会感到宁静。他早年有些积蓄，加上常有访客赠送四时东西，故不至局促。这种枯索主要是心理上的需要。秋果累累的繁华，家人亲友的团聚，都会令他哀伤而疲劳。两张椅子，一张软一张硬，他肯定不会坐在软的那张上面，如果两张全是软的，他宁可站着。

她吃完抹抹嘴、拍拍屑子，自说自话地到他抄经的地方找到纸笔，提笔写起购物单，口中念念有词。

澳门蛋卷，小熊饼干，奥利奥，德菲丝巧克力，速溶咖啡，砂糖。你呢，也换换口味吧？我请客。她大咧咧的样子，好像要郊游野餐。

不需要，我昨天下过山了。

你多久下去一次？

等买的米、面、干货什么的吃得差不多了。

哦。她不以为然。我可打算放开来！原来舍不得吃的，通通都买，也不怕长胖了。看到我那车子了吧，卖掉它，足够我吃进口巧克力进口饼干的。她笑起来，看上去仍是令人不悦。他现在明白了，她的笑相显凶，不全然是因为疤。是她不会笑，她并不明白"笑"是什么，像不懂棋的人在挪动黑白，她只是在挪动五官与皮毛。

你不要老盯着我的疤。她扯两下刘海。其实可以去整容医院弄掉，我是特意要留下来的，好记得我爸。这是他用菜刀背砍的，他当时正在剁饺子馅，顺手啊。但刀口朝着他自个儿，砍了我两下，也伤了自己两下，他流的血比我还多呢。

他本来半埋着腰，一听这话，忙悄悄让自己坐直，放平眼睛看她。她也正一眨不眨地看着他呢。

自上山来，听过很多访客的事了，他们会在往事里反复逗留，用沉醉的调子，也用悲惨的调子。或者说，悲惨也即是一种沉醉。有时他也会拿他们的事情来跟自己的比一比。当然这没有意义。谁的肉身都是由往事堆砌而成。

第二天，我爸就丢下我一个人离开家了，桌子上放着家里的存折和他的两张卡。你都想不到吧，我后来就再也没见到过他。她眼睛还是不眨，像在进行干瞪眼比赛。

他眼睛累了，移开去。

嗳，你就不问问，我爸为什么砍我吗？原来你就是这么听人说话的？她仰头笑起来，好像发现一条投机的捷径。我知道经常有人专程到山上找你来说话，还以为那多高级呢。那我以后也会了，等你走了，我也可以这么接待他们。不过，你问我一下吧，这样才像聊天嘛。

你爸，为什么呢？于是问。

她却避而不答，只龇了龇牙。我当时一点不疼，反而替我爸疼，他真该拿刀口砍我才对，一次性解决掉才好。他不能再见到那样的我，我也不想再活在我爸眼跟前。她双目保持溜圆，眼珠子离上下的眼睑很远。

他倒更想眨眼睛了。

讲实话我一直在等着我爸砍我。他也真够笨的，直到这天打算包饺子，直到他开始剁饺子馅，无意中扭头瞅我一眼，这才突然"发现"我肚子大了。他实在是太迟钝了，再不"发现"我都吃不消了。明白吗，我再也遮不住了。我已经遮了多久啊，从暑假遮到寒假，他妈的真遮得我累得要死，饭都不敢吃饱，走每一步都得他妈的提着气。噢，做居士能不能讲脏话？

我不讲的。

那下面我注意。不过该你问了，问我，大肚子里头，是谁的呢？我爸砍了我两刀背，停下来，他半边脸淌血，他不管，只是这么问我，谁的呢，告诉我是谁的，我这就去砍死他。我爸能做到的。初中时有个男生写条子给我，他找到男生家里，砸烂人家一橱柜的碗。嗳，你问啊，问我，谁的呢？她提示，对他的木讷有点不耐烦。

谁的呢？他发现，问和不问，确实是不一样。哪怕只是最简单的问询，还是产生了某种介入感。他甚至也瞪起眼睛来，专心了。

问题就是，我也不知道哇，没看清，也不敢看。那时我在市里读幼师，暑假回老家，出了车站搭一辆摩托，他一下子把我拉到一个废桥下……只记得那人很胖，满身汗馊味。我理理裙子就急忙忙回了。绝不能让我爸晓得，他绝对不能接受的，我太可怜他了。就是没料到，后来肚子会大。

她停下来，像是等他问点什么。他沉默着。她也没有提词。

隔了片刻，她嘻嘻一笑。我爸一走，我倒彻底解放了。不要再遮了，放开肚皮吃东西了，也不要去幼师上学了。我连家门都不要出了。四个月后，我半夜起来解大便，没有大便，倒解出个肉孩子。

他脑子里盘算，要问什么？这里应当问什么？他是有几分关切的，但更多的是茫然，茫然于她并没有表现出痛苦。要别的女客，这个时候，该换过三包纸巾了。

她眼珠灵活转动着，突然又拿出购物清单补充。你这里筷子、案板，都太旧了，我要换上新的。唉呀，我差点儿忘了写上花瓶，高的买一个，矮的买两个，插花插草插叶子都成。你发现没有，花瓶真的很奇怪，随便掐点东西放进去，接上清水，放在那里看看，怪舒服的。

他心里下着判断，看看吧，她还在意这些调调子，此地实在不宜于她。

3

这天夜里，他看到了母亲。多日不做梦了，他曾为此欣然，以为达到了一枕无梦之境。

……仍是在操场上，食堂与篮球场之间，母亲自千里之外赶来，突然出现，在来来往往的人流中截住他。他直直地朝母亲跪下，母亲别过脸放声大哭，突然伸手抽他耳光，打得非常用力。他整个头在梦里都肿疼起来。周围他有许多的同事、学生，默不作声地围看。

随即他发觉自己睁着眼，他是醒着的。后半部分不是梦，是记忆。那年春季，他评上了副教授，院里最年轻的一个；去哥廷根大学的交换学者也正在办手续。他突然写了张条子，向院里提出：他要离去了。只因试验室有事多耽搁了两天，才被得到消息的母亲堵在了操场上。此前，已与家里有过漫长的电话沟通，母亲死活不肯应声。母亲这番赶来，当众打了他这一通耳光，那样地用力。他明白：老母亲这下算是放手了。这些年，山下的所有来客里，从没他一个亲人。

这正是他求索数年、绝境式的孤独。真不愿意这样的局面被"姜居士"所介入和打破。

表面上看，接下来几天，跟第一天也差不多。他独自在院里吃早饭。她吃完又去睡，到下午才出来，跟他一起吃苏打饼干。晚饭比较早，他仍是端到院子里。按他原先的采购，米、面，差不多能吃一个月，现在以加倍的速度在减少。他算算将要告罄的时日，希望在那之前，这云门里，只有他一个人。

对方看来也是同样的想法。她以云门未来主人般的态度，更为细致地查看，不断地往她的购物清单上加东西。薄荷种子、黑胡椒粉、黑米、香糯米、碧根果、芝麻糖、果脯等。吃的上面，她想一出写一出，简直像开动脑筋地要满足自己。

他真想与她大声争辩。像她这样，真不如在山下，在镇里，在自己屋子里，不是更方便吗？居士本来就可以居在家的。他又担心她以同样的问题来反问他。他的确也问过自己。非得执着、依赖于云门，才能达到孤境吗，这说明他内心的赤诚是很不够的……

他闭上眼睛。他愿意再做一次那样的梦，再一次朝母亲跪下，再一次被打得脑袋肿疼。

4

对了，烛台！要多买几种烛台，不同的地方摆不同样子的。蜡烛也可以换换花样啊，动物形状、水果形状的。如果是过节的话，就点那种带香气的，她唰唰地在纸上连写几行。天没完全黑，她总会迫不及待点上蜡烛，带点娱乐地走动着，观看自己的影子在高低不平的粗木墙上摇晃，由淡渐浓，忽大忽小。

他一个人时并不大用蜡烛，一则这里全是木墙木门，二则也因它熔化太快，如流似淌，看着总觉十分惋惜。晚上他一般长时间地打坐，月色已足够用的了。即使没有月光，如果静心静气，也能看到室内的物件仍是有光泽的，白天积蓄下来的天光，反哺般地勾画出一团团混沌。从漫长的打坐中睁开眼来，万物含情如照，内心可以获得七八分的欣悦。

我爸以前教我玩过这个，我也教我儿子玩过这个的。她用两只手对烛比画，影子在墙上成狗、成猫、成鸽子，都不太像。你肯定也带小孩子玩过的吧。她兴致盎然地问。

他脑口突然荡悠了一下，云中踏空一般，想否认，又想着不该打诳语，便点头了。他惊讶地意识到，他的不愿意点蜡烛，不是因为节省和小心的缘故，是他经不得这蜡烛光的摇动。

我只跟儿子玩过两次，就不玩了。许多好玩的游戏，打水枪啊，木头人啊，画鼻子啊，我都只玩一两次，以免和小孩生出感情，现在想想，我从一开始就知道，最后会像现在这样。

儿子呢？问话一出口他十分失落，真的退步了：他关心起来了。

你问哪个儿子？我可是不止一个呢。她得意于他的主动发问。烛光照着她牙齿上的笑。她什么时候能控制住不乱笑，就好多了。他没吭声，快到打坐的时辰了。

刚才讲的是老二。头胎儿子，我根本没等到他能玩游戏。她口气显得一本正经的。生小孩这件事，跟解大便一样容易，但又不能像大便一样冲掉，一生下就哇哇哇总在哭，我当时才十七岁，哪里会带小孩？总不能把我妈妈从地底下揪出来帮我吧，估计她也不肯活转来做我的妈。我很不耐烦这小孩，真蛮讨厌的。好在有个邻居人嫂，主动来帮我，做主变卖家里的东西。她经常带不同的人来，围着我家的东西左看右看。好像都不值钱，怎么卖都不够用的。邻居大嫂有天带了一个外地女人，两个人轮流替我抱孩子。我那时已经在家闷了三四个月了，不，不止了，从我爸走了就闷在家里，有一年多了。我特别想出去，随便哪里，只要出去就好。我对镜子梳头，镜子里看到那两个女人换来倒去、从头到脚地查看小孩。我突然明白了，高兴坏了，这次是要变卖掉这个孩子吧。我有心掩饰，想着不能像家具电器那样，价钱都那样低。她们比我老练多了。两人你一言我一语，挑了小孩许多毛病。塌鼻子、后脑勺太扁、有黄疸、奶水不足、是个强奸犯的杂种，假设是被大学生强奸了还好说些，是个开无证摩托的呀，这孩子怎么可能成器呢，等等。她们讲得很有道理，我真担心她们不肯要了。拿走吧快拿走，只要替我买张火车票就成，到上海到广州到北京到南京。

蜡烛就是烧得快。烧到尽头，火光跳亮了一下，照到她，果然又在笑，嘴巴咧得很大，带点定格，像正在拍照。

烛烬的微光中，他起身回房间打坐去了。他今天要加半个钟点，他要拂去烛光里的那些旧身影。

5

下午三点多，来了访客。客人提了桃子、杨梅，还有几盒坚果，走亲戚一样的。他连忙道谢，客人直摆手，我两年之前来过的呀。他定目细看，客人以前可能比较胖，带点官员气派……现在清减了，衣服是皱巴巴的麻布。

客人介绍说他现在搞了一所灵修学院。在郊区置了地，开设大师班、精进班、普照班。学员集中在一起，主要是种田和冥想，不给好的吃，不给好的住，不给好的用，劳动收成也全都捐给养老院。每期名额都被抢空，预订的队伍排到一年半后。其中大师班参照了巴菲特午餐模式，要竞标的。来客的语气竭力谦逊，时不时夹带几句国学句子，手里一直盘弄着个油光光的核桃。

他默默听着，肚子有点饿，犹豫着要不要照常吃东西。想到苏打饼干，突然想起了她，她一般在这时睡醒了出来。

居士可知道，我这灵感哪里来的？就是上次拜望过您之后所得到的启发啊。来客继续侃谈。这灵修学院，不搞则已，一搞则通啊，各方面路子都打开了，来往出入的全是很高级的人物。

他用三分之一的注意力留意侧门那边。

我在想着，要不要再走远一点，搞一个殿堂级的课程，克隆你这个避世独修的模式，比方说，就叫云门班如何？

她这时睡眼惺忪地推门进来了。客人猛地噤口站起，虽设法掩饰，脸上仍是奇峰变幻。

她倒是眼尖，一下子看到桃子和杨梅，猫见鱼一般，径直走来取了。你们谈你们的，我去洗。

灵修客换下手中的核桃，脱下腕珠来开始捋捻。捻了好大一会儿，他若有所悟。看山是山，看山不是山，看山还是山。居士，您这是到了第三层次吧。

他欠起身子张开口，并没什么要隐瞒的。

不，不。灵修客急切摆手阻止。居士不必详解，我懂的。这个山，可以喻指到鱼肉、人民币、女人、宅屋、恩怨等，涵盖到整个俗世红尘。客人露出极为佩服的表情，有点激动。我突然有个预感，居士您这个境界，会对我下一步的殿堂班课程有很大的升华，真正的灵修，就在名利欢场，什么都不用避讳、什么都不要禁忌。

她把水果装在小碗里，一路走一路吃。冲客人咧咧嘴，牙齿已是紫的了。我最爱吃杨梅了，你挑得也好。

路边正好看到，瞧着还挺新鲜。客人打个哈哈。过一阵我再过来看你们。他起身告辞，急于投入新的业务思考。

欢迎啊欢迎，下次还带水果吧。她尾随相送，主人般约定。

他打开饼干盒，干巴巴地嚼起苏打，其实饿劲儿已过去了。这位访客实在过于机灵，"第三层境界说"虽算是免除了他的尴尬，他并不感念，他早不在意外人的看法了。但访客的到来与表现，如一声来自外面的叩门，他这才骇然地意识到——她在这里，都住下五六天了，竟也没什么特别的不妥。

干吗不吃？你怕酸？我都尝过了，甜的。她那口气，也已是家常的了。她咬着桃子，牙齿间发出爽利有汁液的声音。他连忙起身到院子里坐去了。

院里阳光略斜，打在木板墙上，形成一半的阴影与一半的明亮。从来都是这样，哪怕只有两个人，哪怕只有短短几天，就会渐渐成为人间了。他心里涌起旧时的不适感——早晚添衣，谈论食物，四时枕席，叮当作响的餐桌。这些，都跟软椅子一样，他不要坐上去的。

她并不察言观色，只管含着满嘴的汁水说话。我怀第二胎的时候，没头没脑地就想吃杨梅。季节不对，我明知吃不到，还是煞有其事地闹了好一阵子。其实也不是那么要吃，就是觉得，我得要有个"孕妇"的样子嘛。第一次他妈的遮遮掩掩，像罪人似的。对不起，又讲脏话了。我不仅闹嘴，还闹流产，还闹卧床保胎，闹羊水不足、胎位不正，当然，更少不了脸上长斑，肚上长纹，小腿浮肿等等，差不多弄了个大全套。亏得厨子对我不错，他越对我不错，我越是闹得凶。我跟你提起过厨子吗？

他摇头，遽然起身去抄经了。他不要重温这些生养孕产之事，骨肉缠绕，很容易产生映照与折射，血水里拖动起深长的阴影，沉渣泛起。

是谁发明了抄经的？再好不过了，一笔一画，一个字一个字。他个个认得，又字字含糊。越抄越慢，如镂金刻银。

6

午后忽降大雨，四下如百泉倒挂，雨声十分喧嚣。她比往常醒得早了，怔怔地坐在那里，一杯水举在跟前，半天送不到嘴里。

这里，经常下大雨吗？她突然问，语气难得地带点畏意。

嗯，这个。他不太确定。

最不喜欢下大雨了，否则我不会这样的。我在南京一直都好好的，打过各种零工，发广告单啊，卖寿司啊，推销手机啊，长途车拉客人啊。我有个特点，就是到哪里都干不长，因为很快就会有男朋友，然后我很快会辞工。我不挑人的，只要找我，我就跟他好，反正总比一个人强吧。只是他们但凡知道我以前的事情，就会露出厌恶来，一时半刻都不能忍，还四处跟人抱怨。于是我就离开。我换了多少男朋友，就换了多少工作。这倒有个好处。对分手或换工作这样的事情，我是很习惯的，不痛不痒，家常便饭。她显出一丝怡然自得。

这里经常这样吗？瞅着外面的雨幕，她又问。忘了她已问过，也忘了他的不置可否。

有天我在街巷里闲走，一边扭头看两边的门面铺子，突然觉得处处都很熟悉——唉呀呀，我这才发现，我在多少家小店打过工啊，我在多少家小店都有过男朋友啊。也说不上来这是该高兴还是不，正琢磨着呢，天色突然变了，下起大雨，一顶一的暴雨，跟这会儿一样。街上所有人都甩胳膊抬腿地跑起来。我也一样，跑啊跑。跑了一阵子，我不跑了。他们都有地方好跑，都为着什么人在跑。我倒是往哪里跑啊。这不搞笑吗。于是我照常不紧不慢走路，浑身浇得湿透，还蛮痛快的。

她掠掠头发又抹把脸，好像那雨水直到这会儿，还在往她头顶上浇似的。

她今天太啰嗦了，他有点疲倦。他倒是喜欢天气大乱的，最好狂风裂枝，巨雪如孝。越像末日世相，他便越是有种超脱的愉悦。他离开的那天，风和日丽、春景怡人，但在他的想象中，他正是走在那样黑白无色的天地里的，一步步地走，他看到自己从大到小，到一个小黑点，到看不清，到完全地没有。

就是那天，我动了念头，想过起小日子了。这样，下次再落大雨的话，我也就能有个地方、有个人好奔过去了。当时在一家川菜馆端盘子，有个年轻厨子正稀罕着我。得，碰点子吃糖，就他。这次我可学乖啦，什么也没有讲，两人亲热时，耍了点花招，把床上弄出第一次的血。厨子是乡下来的，吓得带我回老家见了父母。看看，这不就搞定了。她提高声量重复。搞定了，我很快大起肚子来，都要一家三口了！

他往前一冲，发觉自己竟打起瞌睡了。

嗳！马上就有刺激的了。她有点抱歉地连忙预告。你想想，我怎么可能真的过上小日子呢。尤其厨子对我越来越好，兴冲冲买下各种小孩衣物。我日甚一日地吊着心胆，怎么也睡不着，老觉得有个大坑就在前头等着我。我问你，你若是那时的我，会对厨子讲出实情吗？她像老师提问。你得说话呀，否则又睡着了。

我？他理理衣襟，腰部一阵刺痒，像呼啦圈一样，整个一圈都痒。他忍住不去抓，反而把话给憋了出来。我一向囫囵吞枣，不求甚解。我觉得人和人之间，就该这样。

她直摇头。我可不行，真不如我自己赶紧跳进坑里去踏实呢。半夜里，我猛地起身，揿亮灯，把厨子拼命摇醒。你知道，我从老家到南京的第一张火车票，是怎么来的吗？

7

夜里起了大风，院子里的木门响了整个后半夜。本想去关紧，后来又算了，蒙眬中听着也好。木门互叩，一会儿密，一会儿疏，如同问答对话，自有一种长吁短叹的节律，听得都入了迷。

早醒就有一个麻烦——以前的事情都会从黑暗中冒出来，像奶白蘑菇，东一朵西一朵。也像盲目的幼崽，在脑子里蹒跚兜转、相互跌撞。他克制了一会儿，还是把右手伸向左手的无名指根部，那里曾有一个很深的戒指圈印。刚摘掉时，极不自在，老要去抚摩确认，如舌头舔刚刚空出的牙床。多少事情空出来了啊，身上有多少旧印子好去抚摩啊。

他有自知。他仍是向俗的、不能免俗的。不免想到前一日她所讲的，主动跳向大坑的那句话。心里有点惊怵。她一以贯之的粗率里，有种自求的苦厄，几可谓以身饲虎。倘若真摊下来比一比，他未必能胜过她……他倏地翻起身，四顾一番，心里十分沉痛。

8

她四处找活，给菜园子加篱笆，寻找刚刚冒出来的杂草。把墙上的蛛网小心移到室外（她认为这更有利于蜘蛛捕食）。有限的几样器皿家什，反复抹擦得几可鉴人，甚至擦洗走道的石板与台阶。她变花样做饭，菜饺子、西红柿疙瘩汤、碎菜叶摊面饼、手擀面条，甚至想到要买烘烤机与模具……他提醒她这里没电，方才从购物单上画掉。

那条购物清单，已经快写满两页了。光是下大雨那天，她起码就写了半页。要买些彩珠子来穿手链项链。要买些白扇来画画，她以前在幼师，学过一学期水彩呢。还可以结毛线衣结围巾，买齐各颜色的全羊毛线和粗的棒棒针。这样念念叨叨地，她似乎就已获得很大的满足。

他只管抄经，加倍地抄，不间断地抄，并给自己假定出一个目标，以后但凡有客人过来，就赠送手写《心经》一幅。

这当中迎来第一个周末，确有好几批客人来访。

客人们气喘吁吁地来到山顶，满怀急需吐露的烦恼，赫然发现云门里竟有了两个居士，一男一女，无不惊悚失色。有的勉强敷衍几句，懊恼地看着手中的提篮赠礼。有的大为绝望，似天地倒合。也有人促狭地会心一笑，认为此中别有谐趣。

他半张着口准备着，若真有人问起，他会如实相告。人们却不问，他们带着各自的判断匆忙离去，三步两步几乎是奔跑着下山了，从他们的背影可以看出：他们是不会再上山来了。

她深感可惜，很直接地催促他：我看你真是要早点离开云门才好。这样既耽搁我也耽搁你。

他听而不闻，继续抄着手中的这一页经。他心里有数，客人暂时倒不会少的，接下来的两三个周末，没准还会多些。总有些闻风而来、想要瞧个究竟的人，有些从没想过要上云门可这下反倒改变了主意的人。这里会热闹上好一阵子的。估计在很长时间里，只要提起云门的两个居士，山下的人们恐怕都要笑出声来。他是不怕成为笑话的，只是可惜了云门啊。还有他抄的这许多《心经》，也不再合适赠与了。

她手里不知疲倦地擦洗着被来客们踩脏了的石板与台阶，突然又恍然大悟地检讨起来：不，不能怪你，也不能怪他们。怪我。我这个人，一看上去就是比较的什么的吧。我都这样了，连人带娃都被厨子给扔了，男人们还是会拐弯抹角地找上门来，讲不到三句两句就要跟我"那个"。我也好奇，为什么啊？为什么找我啊？他们吃吃笑着，手脚身子一齐都上来了，说你很随和啊你很好睡啊。

正好抄完一页，他搁下笔，卷好纸。顺便抬头瞥她一眼。做清洁时，她把头发扎上去，额疤坦荡无遮，显得双目妙长，鼻挺唇丰——他一阵讶异，但也无心追究，倒是想起自己久未照镜。他而今只凭用手摸着，便能剃净胡子，也能剃光头顶。只是不知现在自己成了什么面目。

我是蛮能睡的。一个人时，能接连睡个大白天。不是一个人的时候，就由着对方睡。我没再做工了，我都不想再干其他活儿了。说来也怪，我以前是不大喜欢"那个"的。她沉吟着，似乎自己也有些困惑。可后来就尽愿意做着这件事了。加上有那么些人，也很会。

他伸手去捏捏毛笔头子，半干了。最好还是继续抄经。有没有人赠与，都要抄的，抄经就不该有送人的想法。抄经吧只管抄经。

你呐？真能丢下"那个"了？她并无涩意，眼神平静地从他脸上滚过去，像问他馋不馋肉。后一个问题她的确问过。当时他们在吃蒸土豆，味道寡淡，她便谈起肉，列举各种肉的各种做法，也谈到斋食里的素火腿素香肠素鸡排，形神味俱备，可素食为什么偏要装成肉呢？既是吃素为何还要想着荤的？她不满地咕噜着，把一碟土豆咽下去。

我忘了。当时被问到肉的滋味时，他也是这样答的。想了想，又如实补充：只要一个人待着，最后就都会忘了。

你能忘了风吹在皮肤上？忘了三伏天喝井水？忘了瞌睡遇到软枕头？她随口反驳，也不逼问，只接着讲自己。

可就算一直不停地跟男人"那个"，总也有完了的时候，他们还没抬起身子呢。我一睁眼所看到的，就是孩子，并且还不是一个。你不知道，自从这第二个落地，我反倒想起那第一个来，他们哭起来是一模一样。因此我一睁眼看到的，不是一双眼，而是两双小孩眼睛，一眨不眨地盯着我。这让我非常难挨。

外面起风了，木门又传出无规律的敲打之声。毛笔头此时已被墨汁重新浸软了。他重新打开纸理平整，打算再写。

她识趣地起身，一边瞧着他的笔头，有所发现似的。哟，都快秃了，得买新的呀。我替你记到单子上去。你以后不如写大字吧，省力气。不要写得好，越是弯弯扭扭的，越是显得高级。她快活地揶揄，已丢下半分钟前讲的那两个孩子了。

这种随行随止、疏可走马般的心性，着实让他不解。笔重新落到纸上，行进不畅，听着她的步子不紧不慢地去了。

9

一晚上都没睡成，瘙痒症大发作，从腹肌扩大到胳肢窝，又扩大到胸部和小腿，凡有体毛的地方，都起了一层层红疹。指甲抓出血痕，药膏涂得像砌墙，这样下去，恐怕很快就要不够用了。

睡不成也好。睡了恐怕又会做梦，又会是怎样的梦？这一整个晚上，他就拼命忙着搔痒、忙着涂抹，脑子里也是一刻不闲、各个方向打架，由肉到灵，皆不堪推敲。

10

数日前来过的那位搞灵修的访客，今天着人送来一大堆东西。两个被差遣的，几趟上下，搬得脸色通红。

捎什么话了吗？他问送东西的。

院长最近在搞新课程，忙得见不着。他把意思吩咐下来，东西是我们做主买的。

送货人走了，她细细查点了一番。一整套不锈钢厨具。十八头的盘碗碟勺，另有一对带盖带托的讲究茶盏。毛巾浴巾床单真空棉被。五升的色拉油两瓶。一级面粉两袋。保温瓶一对。塑料盆数只。各种干货。

她跟他说道，有点喜滋滋的。嘀，这简直能过小日子了嘛。她把东西安置到各处，反复腾挪，忙乱了一整个下午。到晚上，还点起蜡烛来欣赏那对讲究茶杯，花纹是黄底青龙图案。她托在手上，假意拈起盖，碰出声音，一边感叹。早晓得那人这么热心，我该把那张现成的购物单子给他的哪。

他有点愤然。灵修客人逆众人之恶评而行，带来这些成双捉对的礼物，等于是表达声援和勉励之意，这种理解，比不理解，更糟糕。更让他苦闷的是，原先这里的食物存量有限，随着每日消耗，怎么着也会推动出一个了断的结果。这些东西一来，两人又可以吃上好一阵子的。

注意到他的闷闷不乐，她越发乐呵呵的，甚至用新杯子斟了茶，放到二人中间。新杯子的异光显得十分奢侈。

晚上我不喝茶，不利睡眠。他已有数晚不宁了，竟也不困，身体里的钟一直在嘀嘀嗒嗒，永动机一般不知终点。

那你该喝点酒。她毫无顾忌地开玩笑。酒可是好东西，我现在的好办法，就是酒后想出来的。不知是哪个男人哪天丢下的半瓶酒，我无意中看到，灌了下去，脑子里一下子亮了，冒出个好主意来。她若有所思。要不要在单子上写上酒呢，没有规定说居士不能喝酒的吧？

不要那样。他有些生硬地劝阻，感到一丝恐惧。

她瞥他一眼，又露出伤疤笑了。那主意可真妙极了，可谓万全之策、一劳永逸。我为什么不把这个孩子也转手了呢？正好让他们兄弟俩往一条路上去，谁也不必再瞪眼瞧着我了。你说绝不绝嘛！这回我可是有经验了，我从来就没那么能干过。各种渠道过来的买家，我分清先来后到，轮流跟他们接触，非常耐心把价格往上抬。事情就是这样，你越是贱呢，越是没人理，反过来呢，大家就要抢。到最后，简直像拍卖啊。他们分别跟我叫价，我合计一番，把最高的报价透露出去，从而形成新一轮反馈……我这次可真一点没有吃亏，我甚至想到，就算将来跟男人弄出十个八个孩子，都可以这样办的。嗳，你猜猜看，最后我得了多少？

猜不出。他勉强发声，同时感到一种不可解释的臣服感。

哎呀，稍微动动脑子嘛。我既是问你，你就应当能猜到的。她挤挤眼，带点耍宝的神情。

你为什么，要到云门来呢？他突兀地打断，他一直不想问这个的。多少次，他也被山下的人们这样问过。他认为这是最不该问出的问题。

她倒也不以为忤。别打岔，这还要问吗。你也真是白做居士了，还不如下山去呢。你还是猜猜多少钱吧……其实你都见过！不就是我山下的那辆红车子嘛。她失望地一拍手讲出答案。

车子。他呆板点头。

那么大一笔钱，我就想一下子花光，正好看到电视里做小车广告，那就买部车吧，价钱刚刚好。到车行才想起来，妈呀我都还不会开车呢。她哈哈直乐。

那你也就没有用上了。他觉得这倒也好一些。

是啊，只好一直寄放在车行。直到来这儿，才让那边把我和东西一起送过来。她挺潇洒地努努嘴。

新茶杯里的茶凉了，她惋惜地收拾着去洗了，顺手带来那张购物单，到底还是添加上了酒。你放心，不买红不买白，就买米酒好了，居士总可以喝米酒的吧。那我还得加上小烫壶、加上陈皮梅子呢，到天冷下雪了，可以烫热了喝，我到时炸上一碟花生米。她脸上一层快活的愉悦。

他闭上眼，清清楚楚地看到那一幅雪色披盖、二人对饮的图景，心跳忽然变慢，千丝万缕地扯动。不好了，真的不好了。春有百花秋有月，夏有凉风冬有雪，他一下子全都想起来了。真是悲恸，继而又至为感动。

11

次日，他吃完早饭就打算下山了。走之前，他在院子里坐了一会儿，四个方向挨个儿看了看。没有风，没能听到木门相叩的声音。

我下山去买药，上回买的快没了。他跟她打个招呼。

她照例是要去睡上午的大回笼觉，听这话，忙去拿来购物单子。喏，带上这个，能买多少就先买多少。

还是你下次自己买比较好。他没有伸手去接。

嗬，是怕我不给钱吗？不是跟你说过，我会把车子卖了的。她掸掸单子又伸过来。

是个好主意。他挺礼貌地答，两只手只对握着包袱。昨晚他收拾了这个小包袱，也没带上什么。房间里最多的就是那些抄好的经。笔墨都旧了，纸也差不多写光了。三双鞋子倒是都拿上了，正是旧得最舒服的时候，适合走远路。

那你先去打听打听二手价钱，或者找找什么中介。她掩口打了半个哈欠。

这个，也还是你自己处理比较好。他不想胡乱应承。

她刚调转头往柴房方向，听到这句，步子停下，人又扭转回半边。声音清醒多了。买药？哪里不好？

没什么，小毛病。说这话时想起来，昨天晚上竟是一点没有瘙痒，倒像是好了。暗中用手抚一抚，毫无感觉了。

光买药？

也办点别的事。

愿意的话替我看一眼，看我的车子还在不在那里。估计全是灰，落的全是叶子和鸟屎了。她讲话有点慢慢吞吞的，眼睛并不看他。他想她是明白了。

好，我看看车子，一下山就会看到。

云门这里，你放心的吧？她笑了一下。她到现在还是不会笑。

没什么不放心的。云门也不是我的。

知道吗，我这，也就是写写的。她哗啦啦晃动手里那两张都有些皱巴巴的购物单。最后我一样都不会买的。

写写蛮好的，我不是也一直在写经吗？

写经才像居士呢。我这不像的。

哪里啊，你比我像多了。

他们认认真真又非常乏味地对着话。太阳已经高升了，有点烫地打在脸上了。

他抓紧时间下山了。他不再是居士了。

12

　　几个月后的一个夜里，云门起了大火，幸之后半夜猛降暴雨，加之四周草木本不繁茂，火势并没有太大的蔓延。云门的几间木屋，倒的倒，塌的塌，崩飞散裂，都没了形状，连云门的匾牌也残缺不存了。有具女身，紧躺在柴门后，是想打开门，还是想关上门，不得而知。据说体肤尚好，只是被烟熏窒息，若能打开柴门，断不会如此。有人查点余物，除了少许家伙器物，已油枯米尽，无一物可食了。道听途说的人们摇头咂嘴，不免有各种猜想，到底也是索然无味。云门的最后这则消息遂也自生自灭，随风而逝了。

（原载《上海文学》2017年第1期）

怀鱼记

◎王祥夫

　　谁也不知道这条江从东到西到底有多长，有人沿着江走，往东，走不到头，往西，也走不到头，而这条江却又叫了个"胖江"的名字，江还有胖瘦吗？真是胡扯。这条江其实早就无鱼可打了，用当地人的话说是这条江早已经给搞空了，就像一个老女人，不会再有孩子给生出来也不会再怀上了，你就是再怎么使劲她也不会给搞出个什么名堂。虽然江里还有水，但水也早已变成了很窄很细的一道，所以说这条江现在叫"瘦江"还差不多。虽然如此，但人们都还会经常说起这条江的往事，岁数大一点的还能记起哪年哪月谁谁谁在这条江里打到了一条足有小船那么大的灰鱼，或者是哪年哪月谁谁谁在这条江里一次打到的鱼几大车都装不下，一下子就发了财娶了个内江媳妇。这个人就是老乔桑。

　　当年，江边的人们都靠打鱼为生，别看鱼又腥又臭，但鱼给了人们房子，给了人们钱和老婆，鱼几乎给了人们一切。但现在人们都不知道，那些银光闪闪、大的小的、扁嘴的，尖嘴的，成群游来游去的鱼们都去了什么地方。这条江里现在几乎是没有鱼了，男人们只好把船拉到岸上用木棍支了起来外出四处游荡，女人们也不再织补渔网，即使有人划上船去江里，忙乎一天也只能零零星星搞到几条指头粗细的小鱼。人们在心里对鱼充满了仇恨和怀念，但每过不久还是要到鱼神庙那里去烧几支香。"鱼啊，别再四处浪游，赶快回家！"人们会在心里说。

　　老乔桑当年可是个打鱼的好手，村里数他最会看水，只要他的手往哪里一指，哪里的水过不多久就会像是开了锅，鱼多的好像只会往网眼里钻。乡里赏识他，说像他这种人才是当村长的料，但他当村长十几年却没搞出什么名堂，虽然也没搞过女人什么的，老乔桑的内江老婆很是厉害，脾气又大，她对老乔桑说你要敢搞我就去死。

　　老乔桑老了，现在没事只会待在家里睡觉，或者拄着根棍站在江边发呆。

他那个内江老婆已经抢先一步睡到地里去了，尖尖的坟头就在江边的一个土坡上。

老乔桑的两个儿子先后都去了县城，他们都不愿待在江边，江边现在什么都没有，他们也不会去江边种菜，再说也没有哪一片江边的土地会属于他们，江边的土地都是被现在的村长指使人们开出来的，虽然江里没了鱼，但江边的土地却是十分肥沃，白菜、青菜、圆菜、长菜、萝卜、洋芋，无论什么菜种下去过不几天就会“嗞嗞嗞嗞”地长起来，而且总是长得又好又快，不少过去靠打鱼为生的人现在都去种菜了，撅着屁股弯着腰，头上扣顶烂草帽，乔土罐就是其中的一个。

老乔桑对在河边种菜的乔土罐说：

“鱼都给你们压到菜下边了。”

“鱼都被你们压死了。”

“听到听不到鱼在下边叫呢？”

乔土罐被老乔桑的话笑得东倒西歪：

“老伙计老村长，人老了说疯话倒也是件好事，要不就不热闹了。”

老乔桑更气愤了，用手里的木棍子愤怒地敲击脚下的土地：

“知道不知道鱼都被你们压到这下边了？还会有什么好日子！”

乔土罐说，“老伙计老村长，莫喊，县城的日子好，你怎么就不跟你儿子去县城，县城的女人皮肤能捏出水，有本事你去捏。”

老乔桑扬起手里的棍子对乔土罐说，“我要让鱼从地里出来，它们就在这下边，都是大鱼，我棍子指到哪里哪里就是鱼。”

乔土罐和那些种菜的人都嘻嘻哈哈笑得东倒西歪。

“下边是江吗？那咱们村有人要做鳖了，乔日升第一个去做！”乔土罐说。

老乔桑说信不信由你们，我天天都听得清下边的水“哗啦哗啦”响，我天天躺在床上都听得清下边的鱼在“吱吱吱吱”乱叫。

人们都被老乔桑的话说得都有些害怕，你看看我，我看看你，然后又都看定了老乔桑，过好一会儿，乔土罐用脚跺跺地面，说老伙计老村长，我们当然都知道地球这个土壳子下边都是水，要不人们怎么会在这上边打井呢。但水归水，鱼归鱼，有水的地方未必就一定会有鱼，是你整天胡思乱想把个脑壳子给想坏了，是鱼钻到你脑壳子里去了，钻到你肚子里去了，钻到你耳朵里去了，所以你才会天天听到鱼叫。因为什么钻到你脑壳子钻到你肚子钻到你耳朵里？因为那都是些小得不能再小的小鱼。

乔土罐一跳，过来了，把一支点着的烟递给老乔桑。

"现在江里的水都坏了，哪还会有大鱼。"乔土罐说。

"我见过的鱼里灰鱼最大。"老乔桑把烟接过来。

"还要你说。"乔土罐说。

"就没有比灰鱼大的。"老乔桑又说。

"说点别的吧。"乔土罐说。

"我也快要到这下边去睡觉了，不知还能不能看到大鱼。"老乔桑用棍子敲敲地面，说。

老乔桑也已经有好多年没见到过这样大的鱼了。

这天中午，老乔桑的大儿子树高兴冲冲给他老子提回了两条好大的灰鱼。

树高开着他那辆破车走了很远的路，出了一头汗，他把鱼从车上拖下来，再把鱼使劲拖进屋子"扑通"一声撂在地上，然后从水缸里舀起水就喝，脖子鼓一下又鼓一下，脖子鼓一下又鼓一下，他真是快要给渴死了，这几天是闷热异常，黑乎乎的云都在天上堆着，但就是不肯把雨下下来，这对人们简直就是一种挑衅。

老乔桑被地上的鱼猛地吓了一跳，人几乎要一下子跳起来，但他现在连走路都困难，要想跳只好下辈子。老乔桑好多年没见过这么大的灰鱼了，鱼足有一个人那么大，鱼身上最小的鳞片恐怕也比一元硬币还要大。

老乔桑开始绕着那两条大鱼转圈儿，他一激动就会喘粗气，他绕着鱼看，用他自己的话说看到鱼就像是看到了自己的亲祖宗从地里钻了出来。

树高喝过了水，先给他老子把烟点了递过去，然后再给自己点一支，树高要他老子坐下来，"老爸你别绕了好不好？你绕得我头好晕。"

树高蹲在那里，申请他老子不要再转圈子。"你怎么还转？"

树高对着自己手掌吐一口烟，"爸你坐下，好好听我说话。"

"我又不是没长耳朵，我听得见鱼叫还会听不到你说话？"老乔桑说。

"人们都说下大雨不好，我看下大雨是大好事，东边米饭坝那里刚泄了一回洪，好多这么大的鱼就都给从水库里冲了出来，人们抓都抓不过来，抓都抓不过来，抓来也不知道该怎么办，我看只好用盐巴腌了搁在那里慢慢吃，这次给洪水冲下来的鱼实在是太多了，不是下大雨，哪有这等好事！"树高对他老子说他赶回来就是要把这个好消息告诉家里人，"只要下雨，咱们这里也要马上泄洪，听说不是今天就是明天，要是不泄洪水库怕要吃不消了，到时候鱼就会来了，它们不想来也得来，一条接着一条，让你抓都抓不完，所以咱们要做好准备。"

"我老了，就怕打不过那些鱼了。"老乔桑说。

"人还有打不过鱼的？我要树兴晚上回来。"树兴是树高的弟弟。

"×他先人！"老乔桑虽然老了，骂起人来声音还是相当洪亮。

老乔桑就想起昨天从外面来的那几个人，都是乡里的，穿了亮晶晶的黑胶鞋在江边牛×哄哄地来回走，这里看看，那里看看，原来是这么回事。

老乔桑找到了那把生了锈的大剪子，因为没有鱼，那把剪子挂在墙上已经生锈了，老乔桑开始收拾树高带回来的那两条大鱼，鱼要是不赶快收拾出来就会从里边臭起来，老乔桑现在已经不怎么会收拾鱼了，他现在浑身僵硬，在地上蹲一会儿要老半天才能站立起来。他把又腥又臭的鱼肚子里的东西都掏了出来，把它扔给早就等候在一边的猫，猫兴奋地"喵呜"一声，叼起那坨东西立马就不见了。老乔桑又伸出三个鸡爪子样的手指，把两边的鱼鳃抓出来扔给院子里的鸡，鸡不像猫，会叼起那些东西就跑，而是先打起架来，三四只鸡互相啄，扇动着翅膀往高里跳。盐巴这时派上了用场，鱼肚子里边和鱼身子上都给老乔桑揉抹了一回。鱼很快就给收拾好了，白花花的，猛地看上去，它不像是灰鱼，倒像是大白鱼。

老乔桑高举着两只手提着鱼走出去，把这两条大得实在让人有点害怕的灰鱼晾在了房檐下，房檐下的木杆上以前可总是晾满了从江里打上来的大鱼，现在别说这么大的鱼，连小鱼也没得晾了。鱼腥味扩散开来的时候，四处游荡的猫狗很快就都聚集到老乔桑的院子里来，它们像是来参加什么代表大会，你挤我，我挤你地从外面进来，你挤我，我挤你地在那里站好，鱼的腥味让它们忽然愤怒起来，它们互相看，互相龇牙，互相乱叫，忽然又安静下来，排排蹲在那里，又都很守纪律的样子，它们不知道接下来会有什么好事发生，所以它们都很紧张。

这时有人迈着很大的步子过来了，鱼的腥味像把锥子，猛地刺了一下他，是乔土罐，他给挂在那里的鱼吓了一跳。

"啊呀，老伙计老村长，那是不是鱼，不是吧？莫非是打了两条狗要做腊狗肉？但现在还不到做腊肉的时候。"

"睁开你的狗眼看好，那怎么就不是两条狗，那就是两条大狗，两条会凫水的大狗。"老乔桑嘻嘻笑着说。

乔土罐已经把三个手指，大拇指、食指和中指并在一起伸到了大张开的鱼嘴里，一边笑一边让手指在鱼嘴里不停地出出进进。嘴里"啧啧"有声。

"啧啧啧啧，啧啧啧啧。"

"啧啧啧啧，啧啧啧啧。"

老乔桑知道乔土罐在开什么玩笑，但他现在实在是太老了，身体一天不如一天，对这些玩笑已经不感兴趣。很快，又有很多人围了过来拥进院子，是鱼的腥味召唤了他们，他们的鼻子都特别灵，许多年了，他们都没见过这么大的灰鱼。有一个消息也马上在他们中间传开了，他们吃惊地互相看着，都兴奋起来，米饭坝泄洪的事他们早就听说过了，但他们一直认为水再大也不会淹到他们这里，这事跟他们没多少关系，但他们此刻心动了，想不到他们这里也要泄洪了，更想不到泄洪会把这么大的灰鱼白白送给人们，老乔桑屋檐下的那两条大鱼已经让他们激动起来，他们抬起头看天了，天上的云挤在一起已经有好多天了，云这种东西挤来挤去就要出事了，那就是它们最终都要从天上掉下来，云从天上一掉下来就是雨，或者还会有冰雹。

乔土罐这时又把泄洪的事说了一遍，"只要一下大雨，不是今天就是明天，就等着大鱼的到来吧，你们就等着抓鱼吧，到时候它们会像一群数也数不过来的大猪小猪钻进鱼篓钻进渔网钻进女人们的裤裆，女人们到时候千万都要把裤子扎牢，要是扎不牢恐怕就要出大事了。"

乔土罐这家伙的嘴从来都藏不住半句话，人们就更兴奋了，让他们更加兴奋的是他们看见老乔桑弯着腰把放鱼的大木桶和大网袋都从屋子里拖了出来，这些东西都多年不用了，人们明白老乔桑这么做意味着什么，人们忽然都散开了，都明白了，大鱼真的要来了，这种事不能等，时间就是金子，人们都往自己家里跑，人们都知道要发生什么事了，人们互相奔走相告：

"大鱼要来了。"

"大鱼要来了。"

"大鱼要来了。"

乔土罐平时和老乔桑的关系最好，虽然老乔桑的脾气一天比一天古怪，总是有事没事说些谁都听不明白的话，乔土罐也不安起来，又接过一支树高递过来的烟，说抽完这支马上就走，说也要回去准备准备，看样子，雨马上就要来了，乔土罐又笑嘻嘻对老乔桑说："你这人平时看上去像是个好人，这一回怎么一声不吭就干起来了。"

老乔桑说谁让你是个罐子，你就好好等着，到时候只要你张开嘴，就会有鱼掉到你这个罐子里。

"但不会是大鱼。要装大鱼，非要这种大鱼桶不行。"

老乔桑用棍子把木桶敲得"嗵嗵嗵嗵"响。

乔土罐又不走了，他蹲下来，用手摸摸桑木鱼桶，"说到拿鱼，谁都不如你。你知道大鱼从哪个方向来，到时候我一定请你喝酒。"

老乔桑说，"人老了，哪个还会看水，不让水冲跑了就是万幸。"

乔土罐说，"反正到时候我跟定了你，一有动静我就过来。"

"鱼在这下边，你抓吧。"老乔桑忽然说，用手里的棍子狠狠敲击地面。

"你把这地方挖开鱼就出来了。"老乔桑又说。

"我去把酒准备好。"乔土罐站起身。

"一条接着一条，一条接着一条，大鱼就要来了。"老乔桑又大声说。

"下水抓鱼就得喝酒，我去准备。"乔土罐拍拍屁股，说他这回真要走了。

树高和树兴把乔土罐从家里送了出来，外面有风了，让人很舒服。

"你爸这样很长久了。"乔土罐小声对老乔桑的两个儿子说。

"赶快下雨吧，大鱼一来他就好了，他一看到鱼就好了。"树高看看天。

"抓大鱼是苦差事，我最讨厌抓鱼。"树兴看着乔土罐。

乔土罐扬扬手，风从那边过来，他再一次闻到了好闻的鱼腥味。

这天晚上，老乔桑兴奋得一直没睡，外面风很大，看样子真是要下了。

老乔桑对两个儿子说鱼马上就要来了，这一回可是真的，鱼又要回来了，只要一下大雨，鱼就会从水里从地里从四面八方来了，到时候抓都抓不完抓都抓不完，"可惜你妈看不到了，你妈再也看不到那么大的鱼了。"

村里的许多人也都兴奋得难以入睡，它们也都等着，有的人甚至喝开了，在火塘边烤几片鱼干或洋芋，一边喝酒一边等着大雨的到来，但他们最关心的事还是水库那边泄洪，这真是让人烦死了，他们已经好多年没见过那么大的灰鱼了，他们好像已经把灰鱼完全忘掉了，但它们又突然出现了，竟然还是那样大的两条，虽然是两条死的，被挂在老乔桑的房檐下，但人们知道像这样大的灰鱼会伴随着下大雨泄洪一条接着一条出现，一条接着一条出现，人们这时候都不讨厌雨了，而且希望它下得越大才越好，只有雨下大了水库那边才会泄洪，只有泄洪那些大鱼才会随着洪水一条接着一条地到来。只有那些大鱼来了人们才会把破旧的房子重新修过，人们才会去买新的电视和别的什么东西，只有大鱼出现，人们的好日子才会跟着来，没有媳妇的光棍到时候就可以娶到媳妇。人们还希望这样的大雨最好不要停，最好连着下它几个月，让水库放一次水不行，要让水库不停地泄洪放水，那些平时深藏在水里的大鱼才会无处藏身，才会一条接着一条地被水冲到这里，金子银子都不如它，鱼啊，你不是不来了吗？你怎么又出现了呢？人们都准备好了，把平时被扔在一边没了用场的渔网重新又找了出来，那种能伸进一个拳头的网是专门用来对付大灰鱼的，还有就是各种鱼叉，还有打鱼的棒，那种用麻梨木做的棒子，上面总是粘着几片银光闪闪的鱼鳞，那些大鱼，你非得用棒子使劲打它们的脑袋不可，你不把它们打晕了它们就不会乖乖被你搞到手。女人们也兴奋起来，她们在雨里忙另一件事，她们把没用的房子都倒腾了出来，把挂鱼的架子也重新支了起来，家里人手不够的，她们急不可待地给在外的家人捎口信要他们赶紧回来，她们没有那么多的话，她们只说一句："大鱼要来了，大鱼要来了！"

老乔桑闭着眼睛坐在床上，好像睡着了，但又好像是没睡，每逢这种时候他总是这样，每逢江上有大鱼或鱼群出现的时候他总是这样，或者可以说是人睡着了但耳朵却没有睡。多少年了，虽然他现在老了但这个习惯他还没改掉，也不可能改掉。他的耳朵生来就是听鱼叫的，鱼的叫声很奇怪，是"吱吱吱吱"，声音很小，但老乔桑的耳朵从来都不是吃素的。当年捕鱼，老乔桑就日夜睡在船板上，人睡着了，耳朵却总是醒着，鱼的叫声从来都逃不过他的耳朵。老乔桑现在坐在那里睡着了，蒙眬之中，他感觉雨终于下了起来，闪电像一把看不到的斧子，一下子就把天给劈开了，雨从天上被雷劈开的缺口一下子就倾倒了下来。

老乔桑的两个儿子树高和树兴还都在呼呼大睡。

是老乔桑的喊叫声把树高和树兴同时惊醒了过来。

"雨下得好大，雨下得好大，"老乔桑大声喊，跳下地就往外跑。

"雨下得这么大，大鱼就要来了。"老乔桑一边跌跌撞撞往外跑一边说。

树高和树兴从床上跳下来跟着他们的父亲都跑到外边去，外面是漆黑一片，没有一点点光亮，有风吹过来，从这片树梢到那片树梢再到更远的树梢，发出"哗哗哗哗"的响声。树高和树兴忽然都感到有什么地方不对头，他俩都抬起头来，用手摸摸脸，却没有哪怕是一点或两点雨水落在他们的脸上，这真是奇怪，因为仰着脸，没有雨水淋到他们的脸上，他们却意外地看到了星斗，是满天的星斗，白天的云彩此刻早就不知道去了什么地方，既然那些云彩都去了别处，人人都知道，别说大雨，就是小雨也不会再从天上飘然而至。这时树高和树兴又都听到了什么？声音不高不低不远不近，像是有什么在叫，好半天，树高和树兴才明白过来那是猪在睡梦中哼哼，那声音很像是女人在床上发出的呻吟。除了猪的哼哼声，还有鸡的"叽叽咕咕"，那几只鸡到了晚上也都睡在猪圈里，就好像它们和猪原本就都是亲戚，只不过是长得样子有所差别。

"大鱼才这么叫，大鱼才这么叫。"老乔桑忽然小声说。

风呼呼吹着，树高和树兴都不说话，但树高和树兴马上就感到了害怕，他们听到他们的老子自己在跟自己小声说话，老乔桑在说："这么多的鱼啊，这么多的鱼啊，啊呀，这么多的鱼啊。"老乔桑不停地说，身子不停地往后退，就好像水已经没了他的脚踝，已经没了他的腰，马上就要没了他的脖子，所以他只能往后退，只能往后退，老乔桑往后退，往后退，忽然大叫一声，一屁股坐在了地下，树高过去往起扶自己的父亲时，老乔桑突然又大叫起来，说是一条大鱼压住了他。

"啊呀，好大！好大的一条鱼啊！"

树高和树兴把父亲拉回屋里按在床上，老乔桑又叫了起来，"鱼呢鱼呢鱼呢?"

树高忙把挂在外面的大灰鱼提了进来，说："鱼在这里。"

老乔桑把鱼一把搂住了，这是多么大的一条鱼啊。最小的鱼鳞几乎都有一元硬币那么大。当年老乔桑在船上打鱼的时候就是这么搂着大鱼睡觉，那时候每次出去打鱼都能打到许多许多的鱼，船里连人待的地方都快没有了。老乔桑说大鱼就和老婆一样，只有搂着睡才舒服。

老乔桑睡了一会儿马上又醒了，又大叫起来，"鱼呢鱼呢鱼呢?"

老乔桑睡着的时候树高又把那条鱼提了出去，人总不能跟一条鱼待在床上。

树高再次出去的时候，那两条挂在那里的大灰鱼却不见了。

"鱼呢?"树高吃了一惊，对树兴说。

"鱼呢?"跟在后面的树兴也看着树高。

"大灰鱼呢?"老乔桑在屋里大声说。

"鱼不见了。"树高和树兴又站到了父亲的床边。

老乔桑坐了起来，眼睛睁得很大，出奇地亮，他忽然不叫了，他拍拍自己的肚子，看着树高和树兴。

"鱼在这里。"老乔桑说。

"鱼就在这里。"老乔桑又说，说鱼刚才已经钻到了自己的肚子里。

"那么大的两条鱼就不应该挂在外边，不知道便宜了谁。"树高对树兴说。

兄弟俩又出去找了一下，屋前屋后都没有，天快亮了。

老乔桑病了，他这个病和别人的病不一样，人虽然半躺半坐地待在那里，要说的话却比平时多上十倍，老乔桑现在不说鱼在地下的事了，他见人就说，有一条很大的鱼就在他肚子里，很大一条很大一条，这么大一条。

"好大一条，总是在动，就在这里。"老乔桑皱着眉头指着自己的肚子。

那些在河边种菜的人来家里看老乔桑，他们几乎是齐声对老乔桑说：

"那么大一条鱼能放在你的肚子里吗? 你不觉得奇怪吗?"

"好大一条，就在我的肚子里，它已经钻到我的肚子里了。"这回是，老乔桑用棍子轻轻敲击自己的肚子，说鱼就在这地方，在动，打这边，它就跑到那边，打那边，它就跑到这边，啊呀，好大的一条鱼。

"那你就打啊，张开嘴，把它从嘴里打出来。"人们嘻嘻哈哈齐声说。

老乔桑就真的用棍子在自己的身上"砰砰砰砰"地打起来，像在练什么套路。

人们赶快冲上去把老乔桑手里的棍子夺下来。虽然人们个个都不相信鱼会钻进老乔桑的肚子，但人们个个又都想听老乔桑说说那条鱼是怎么进到他的肚子里去，人们虽然知道这种事不可能，虽然知道这只是老乔桑在昏说，但人们就喜欢听老乔桑昏说，只有这样，寡淡的日子才会有一点生气，一点欢乐。

"这是不可能的事，鱼怎么会跑到你的肚子里？"乔土罐这天也在场，他蹲在那里，抽着烟，仰着脸，眯着眼，很享受的样子，他觉得这件事实在是可笑，不单单是老乔桑说鱼钻进了他自己的肚子里可笑，是一连串的可笑，最可笑的是他们把多年不用的渔具都辛辛苦苦准备好了，天上的云彩却忽然跑得无影无踪一丝全无，别说大鱼，现在就是连小鱼也难得一见，不过这几天人们还是在盼着来一场大雨，但天空上现在连一小片云都没有，云不知道都去了什么地方。

"就在这里，就在这里。"老乔桑用手使劲拍着自己的肚子。

"你再说，在什么地方？在什么地方？"乔土罐笑着说。

"就在这里，就在这里。"老乔桑使劲拍着自己的肚子。

乔土罐就笑了起来，说："这可是千年少见！"

"怎么说？"老乔桑看着乔土罐，两只眼睛亮得出奇。

"老伙计老村长，恭喜你，你怀上了。"乔土罐说。

老乔桑的眼睛突然瞪起来，瞪得像两只铜铃，他从床上一下子坐起来，那根棍子就朝乔土罐飞过来，"砰"一声，好在乔土罐躲得快，被砸碎的是他身后的一个菜缸。

菜缸里的酸菜水"咕啦咕啦"淌出来的时候，乔土罐已经从屋子里奔跑了出去。

乔土罐对站在外边看热闹的人们说："树高和树兴都得赶快回来，请乔仙也过来看看，是不是真是有什么鬼魂钻到了他的体内，一个人，肚子里怎么会放得下那么大的鱼？"乔土罐说自己好在躲得快，要不那根棍子就要从这里穿过了。乔土罐用手指点点自己的额头，好像那根棍子已经穿过了那里。

乔土罐用手捂着额头回家去了，额头那地方好像真有一个洞，还好像有风，"呶呶呶呶"地从那地方穿过。

老乔桑拄着那根棍子出现在门口的时候人们还没有完全散去。

"乔土罐，满嘴放屁，哪个才会怀上？什么叫做怀上？"

老乔桑是气坏了，他认为乔土罐说了句最最难听的话，最最不敬的话，因为只有女人才会怀上，要是猪，也只能是母猪，要是羊，也只能是母羊，要是兔子，也只能是母兔子，"什么东西才会怀上？"

"这地方是胃，是胃。"老乔桑把自己的衣服扒开，露出他的肚子，肚脐眼此刻就像是一只瞪得很大的眼睛，"那条鱼就在这地方，这是胃，在胃里怎么能够说是怀上？"老乔桑一边说一边把自己的肚子拍得"砰啪"响。老乔桑说要找一把刀把这地方剖开，让那条鱼从里边出来。老乔桑说这种事只有医生做得来，只有医生能把自己胃里那条鱼取出来。

说话的时候，老乔桑两眼放光，有点怕人。

这天晚上，老乔桑拄着棍去找他的老伙计乔谷叶，乔谷叶当年做过许多年的赤脚医生，虽然现在早不做给人看病的事了，但他毕竟还认识许多草药，闲的时候他还会到处去采，他知道许多关于治病的事。乔谷叶一听老乔桑说话就忍不住嘻嘻哈哈笑了起来。乔谷叶说："这是好事嘛，人们现在都知道你的肚子里怀了一条鱼，也许，到了十个月的头上它自己就会出来了，到时候怎么吃，煮上吃或是做风干鱼都是你的事。"

"怎么你也这么说！"老乔桑火了。

"你不是说肚子里有条大鱼嘛。"乔谷叶说。

"这地方，这地方是胃，在胃里能说怀上吗？"老乔桑把肚子拍得"砰啪"响。

"那不是怀上又是什么？"乔谷叶又笑了起来。

老乔桑脸色煞白，他可怜巴巴地看着乔谷叶，说："你真不知道，真是一条很大的鱼在我肚子里，到了晚上还会咕咕叫，你不来救我谁来救我，难道你还想看我亲自拿把刀把它从我的肚子里取出来吗？你把它取出来，出了事我不会怪你，你给我取，有白酒有刀就行，我知道你有这两下子。"

"这个我可没得一点点办法，我当年没学过妇科，要是在别处动这个手术或许还可以，我保证切得开也缝得住，但这是妇科的手术嘛。"乔谷叶一半是开玩笑一半是实话实说。

"你摸摸我这地方，你一摸就知道里边这条鱼有多大，你摸这边它就往那边跑，你摸那边它就往这边跑。"老乔桑脸色煞白，他让乔谷叶摸他肚子。

"这是妇科的手术嘛，可惜我没有学过。"乔谷叶又说。

老乔桑已经把乔谷叶的手按在了自己的肚子上，乔谷叶只好用手去摸，用手指去按，那个地方，也就是肚子，就好像是一只松松垮垮没装任何东西的袋子。乔谷叶此刻不知该说什么，只好口不随心地说："要想把这条大鱼从肚子里取出来最好先弄死它。"老乔桑满脸大汗的样子让他心里很不舒服、很难过。

"哪个要它死，我要让它回到江里去，让它在江里游来游去。"老乔桑说。

乔谷叶把老乔桑从家里送出来，说你慢些走，小心把鱼掉出来。

"我看他是跟上鬼了。"老乔桑离开乔谷叶家的时候，乔谷叶的老婆正把一桶猪食倒进猪栏，她小声对乔谷叶说，乔谷叶忽然忍不住笑了起来，这时候老乔桑已经走远了，他对老婆说："他还不如怀上一头猪，到时候杀了可以做腊肉。"乔谷叶笑得直哆嗦。

"我看他是跟上鱼鬼了。"乔谷叶老婆说凡是世上的东西死后都有鬼，猪鬼、羊鬼、牛鬼、蛇鬼、狗鬼、猫鬼，老乔桑最好赶快去鱼神庙烧烧香。

乔谷叶笑着对老婆说："明明不对嘛，酒也不会死，怎么还会有酒鬼？"

乔谷叶的老婆再想说什么，乔谷叶又去喝他的酒了，他自己用各种草药泡了一大罐酒。每次喝过这种酒，乔谷叶就总觉得自己像个火炉子，里边的火旺得不能再旺，火苗子呼呼的，床头把墙壁撞得"砰砰"乱响。

树高和树兴这天都赶回来了，提着两条腊肉，还有一盘老乔桑最喜欢吃的猪大肠。树高用手摸摸老爸的手，吓了一跳，老爸的手很烫。他们弟兄两个都已经商量好了，这回一定要把老乔桑接到县城里去，县城里又没有江，看不到江就不说鱼的事，什么大鱼小鱼，到时候都跟他们老爸没关系，人老了，应该好好活几年了，老爸到了县城一替一个月轮着在两个儿子家里住还新鲜。老乔桑毕竟是做过村长的人，马上就答应了，倒是爽快，但吃饭的时候却又突然说去县城可以，但怎么也不能把肚子里的鱼也带到县城里去。

"这么大的一条鱼，你看它此刻又在肚子里跑水，快快快，跑到这边了，跑到这边了，"老乔桑拉住树高的手就按在自己肚子上。"鱼头在这，鱼尾在这，这么大一条鱼你会摸不到？又跑开了又跑开了，鱼头在这在这在这。"

树高一把把手抽开，说，"爸你是怎么回事，那是软绵绵的肚子嘛，哪里有什么鱼，你还鱼头鱼尾鱼肚子。"

老乔桑又把树兴的手一把拉过来按在自己肚子上，说："这地方，就这地方，你用力按，就这地方。"

树兴从小就坏，他笑嘻嘻说："可不是，这就是一张鱼嘴，我摸到了，在一张一合一张一合。好家伙，它又转过身子了，这是鱼尾了，摆开了摆开了，鱼尾摆得就像我妈在扇扇子，好大的扇子，想不到老爸肚子里有这样一把扇子。"

树兴把手里的一把破竹壳扇子放在老乔桑的肚子上，"爸你说，你肚子里的鱼尾巴有没有这把扇子大？"

"当然要比这把大，"老乔桑忽然有些不高兴，说，"你兄弟两个是不是以为老爸跟你们开玩笑胡说？老爸这就找把刀剖给你们看。"

"现在又不是流血牺牲的年月，您不要把话说得这样怕人嘛，怎么说您都是当过村长的人。"树兴说，"问题是，我们都想知道这么大一条鱼是怎么进去的，从什么地方，您总要给我们说清楚嘛，这样不明不白也说服不了人，是从一颗鱼卵的时候就进去的还是整个长成一条大鱼才撞进去的，到底怎么回事？"

老乔桑用棍子猛地一敲桌子，"请医生又不用你们花钱，我自己还有，我跟你们说鱼在这里就在这里，还说从什么地方进去的，我要知道它是从什么地方进去的倒好了，就不会有现在的事。"

老乔桑不再吃饭，已经气得鼓鼓的，辣子炒肥肠也像是没了什么滋味。

树高树兴两兄弟没心思再吃下去，他们双双出门去找乔日升，乔日升现在毕竟是村长，村里有什么事找他总没错，再说这种事，找个人拿拿主意也好。再说乔日升的老婆乔桂花还是树高和树兴的亲表姐，要不是乔桂花是他们的亲表姐也许乔日升还当不上这个村长。

乔日升住的房子离老乔桑不远，转过几道墙就到，墙里的叶子花开得好红。

树高和树兴没想到乔日升一看到他兄弟俩先就忍不住笑了起来。说就你们那老爸，送到正经地方算了，我这几天正为此事发愁。

"看看看，看看看，看看你一个做村长的是怎么开口说话。"树高说。

"那你说，那么一大条鱼是怎么钻到你老爸肚子里的。"乔日升正在吃饭，已经吃出了一头汗，一张大肥脸像是涂过了油，亮得要放出光来。乔日升说还有好事呢，不少外边的人都要过来参观你爸的肚子，人们都奇怪得不得了，都想知道好大一条鱼怎么就会钻到一个人的肚子里。乔日升说他已经把好几拨人拦住才没让他们来，"都是县里的，都对此事感兴趣，我对他们说哪有这回事，人家还不信，说现在世上什么离奇事都有，你们村里出了这样的事也是好事，可以增加旅游收入……"

乔日升这么一说树高和树兴两兄弟就一下子愣在那里。

"要不先请报社的记者过来看看宣传一下，也不是什么坏事。"乔日升说。

"你以为是耍猴。"树高马上就不高兴了，乔日升比他也大不了几岁，说起来他们还都是一个学校的同学。树高说，"我们兄弟俩是过来向你讨个主意，你怎么说起增加旅游收入，我老爸，你又不是不知道他那个性格，这会儿就在家里找刀呢，说要自己把肚子剖开让那条大鱼出来。他要是真把肚子用刀给搞开，你未必就没有麻烦，这是你的地盘，你是这里的村长。"

"问题是我也没碰到过这种事。"乔日升说前几天在县里开会不少人又问这件事，都想过来看，你让我怎么回答？要是马戏团耍猴，也未必会有人这么上心。乔日升说，"趁你兄弟俩都在，你们说怎么办，我是村长不假，你兄弟俩给拿个主意，人肚子里怎么会有大鱼？这事越传越热闹，都说不清，要这样下去，我长一张嘴不行，得再长一张嘴。"

乔日升这么一说，树高和树兴两兄弟就都没了话。

在一边吃饭的乔桂花这时用筷子敲敲饭碗，说："这事我倒有个主意，别管别人怎么说怎么看，重要的是找个大夫把你爸肚子里的鱼取出来就是。"

"问题是肚子里没鱼，有鱼倒好了。"树高说。

"看你说的，肚子里哪会有鱼。"树兴也跟上说。

"你这是起哄，还嫌不热闹。"乔日升说那是你叔，看你说的。

乔桂花把饭碗放下，把筷子也并排放下，说："你们几个大男人都快要笨死了，这件事只把你老爸哄过就是，明摆着是你老爸神经出了毛病，这件事也只好这么办。"乔桂花说，"那是我叔，我能不想？我也想了好多天了。"

"那你说怎么办？"乔日升说，看着自己的老婆，实际上，村子里有什么事他总是让老婆给拿主意，他自己也知道自己是个草包，只会不停地把自己吃胖。

乔桂花又把饭碗端起来往嘴里扒拉几口饭，然后才如此这般、这般如此把主意说了一下。说这件事说好处理也好处理，到什么地方买那么一条大鱼，就说给他做手术从肚子里往出取鱼，到时候打一针麻药针就完事，大不了在肚皮上划那么一个口子，也要不了命，这也是没办法的办法，只要消毒好就要不了命。

"总比你爸忽然哪天想不开自己动刀把肚子拉开要好得多。"乔桂花说。

乔日升忽然笑了起来，说，"乔桂花想不到你还真有一手。"

"那谁来做这事，你去医院，医院会不会给你做？"树高说，"你以为医院是你家开的，你想做什么就做什么。"

乔日升就笑了起来："这点事，乔谷叶就做得来，当年有头驴给车在肚子上撞开个大口子还不是他缝的，缝衣针上穿根细麻线，那头驴也没死，照样拉磨磨豆子。"

"看你，我爸又不是驴。"树高说，两眼看定了乔日升。

"这事就让乔谷叶来，我去对他说。"乔日升说，"只在表皮拉道口子缝一下就行，又不用拉通，出不了大事。到时候你只需把大鱼买好装神弄鬼就是。"

乔日升是个急性子，又扒拉几口饭，他不吃了，拍拍屁股去找乔谷叶，树高和树兴跟在他屁股后面，外面很热，鸡都在阴凉处打瞌睡，狗热得没了办法，只会把舌头吊在外边晃里晃当，远远看去倒好像它们嘴里又叼了块什么。

乔谷叶正在睡觉，他这做派和乡下人完全不一样，除了喝药酒，他天天中午都要躺在那里睡一下。乔谷叶一听要他给老乔桑做这个手术就马上说不行，"天天碰面，没有不露馅儿的时候，我做不来。"乔谷叶说这手术最好去米饭坝医院那边去做，他那边有朋友，给几个钱在医院里找个地方就可以装神弄鬼。到时候他可以打下手。

"听说那边的茅厕一下子捞出过十多个死婴。"乔日升说。

"那又不是你搞出来的你怕啥。"乔谷叶说现在是太解放了，年轻人开房就像吃炒豆子，米饭坝医院也是在做好事，要是他们都不给做流产，那些年轻人还敢不敢再去找快活？

从乔谷叶的家里出来，在回去的路上，乔日升忽然又有了新鲜的想法，他对树高和树兴说："到时候，要好好买一条大鱼，而且要把消息说出去，就说很成功地从你老爸肚子里把那条大鱼取了出来，这事要报道一下，好好报道一下。"

"做了再说。"树高说这就像演戏，别演不好砸了锅。

"没问题，打了麻药人就什么也不知道了，在肚子上浅浅拉一刀子，又不是真的开肠破肚，再在拉的口了上缝几针，你老爸难道还会不相信？还会再用手把伤口拆开？世上就没有这种人。"乔日升说。

"好，就这么办。"树高忽然高兴起来，这事终于有了解决的办法。

树兴却苦着脸，小声问树高，"这会花不少钱吧？"

"那不是别人！那是你老子！你和我都是被他从咱娘肚子里给搞出来的！"树高忽然又有些生气，大声说。

虽然说谁也不清楚这条名字叫了"胖江"的江到底有多长，但只要从乔娘湾往东走，第一个歇脚处就会走到米饭坝，米饭坝的老地名其实是叫米饭镇。因为人们走路会累，累的结果就是饿，大人会对小孩子们说："再走走就到，再走走就到，到了就有米饭吃。"所以久而久之这地方就叫了米饭镇，到了一九八八年这里修了大坝，政府组织人们参观这个工程，米饭镇倒不被人们说起了，所以这地方只叫了米饭坝。

树高和树兴说是陪老爸去米饭坝把肚子里的大鱼取出来，其实去的就是米饭镇。为了去米饭坝把肚子里的鱼取出来，树高和树兴劝说老爸在家里好好歇了两天，其实这两天树高是一直在忙买大鱼的事，大鱼买不来就不能动这个手术，水库泄洪的时候，整条米饭镇的街上到处都是大鱼，到后来卖不出去的大鱼臭得像一坨一坨的狗屎，而现在想买条大鱼却很难。但这条鱼终于也托人买到了。

乔谷叶也已经和那边医院说好了，临时找一个病房，一切按着手术的程序办，该交多少费就交多少费，为了让老乔桑不起一点点疑心，到时候还要给他打打麻药，但医院那边又说了，麻药打多了怕出事，这又不是真正的开膛破肚，好不好只在肚子的表皮上局部来几针，然后给病人再吃两粒睡觉药，让他睡着，一觉醒来给他看鱼就是。到时候就说："好了，大鱼从你肚子里给取出来了！"医院那边也都知道了老乔桑的怪事，医院那边说，不管他得的是什么病，不管能治不能治，只要是能对他有好处就算是治病救人。所以，一切都按着计划进行。

做手术的时候，天上忽然"呼呼呼呼"刮起了好大的风，紧接着云也来了，看样子有场大雨要下。医院那几个给老乔桑做手术的医生都是乔谷叶的老朋友，当年他们曾经在一起受过赤脚医生的培训，手术前，乔日升请他们吃了一顿饭，狗肉驴肉一齐上，又都喝了些酒。老乔桑给摆在手术台子上时，衣服全部被剥去，光溜溜躺在那里，肚皮那地方给画了道线，大家都知道这是什么手术，所以下刀都很浅，麻药打下去之前只说是还要吃几粒防呕吐的药，其实就是睡觉药，老乔桑居然很配合，听话到像一个孩子，把药乖乖吃了，只一会儿，老乔桑就人事不知，这其实是最最简单的手术，只是在肚皮上轻轻拉一道很浅的口子，然后马上再缝合起来，那条大鱼事先被兜在医院做手术用的帆布兜布里，还被一次次淋过水，又被吊起在旁边的一个金属架子上，是为了好让老乔桑醒来一眼看到。这真是最最简单的手术，因为喝了酒，人们一边做事一边"嘻嘻哈哈"说些陈年往事。麻药打下去，药片吃下去，老乔桑就像睡着了一样。等他醒过来，已经过了好长时间。

乔日升对树高和树兴说："这个手术做完后你老爸就好了，就会像正常人一样，会再好好活几年。"旁边的那几个医生说这种事多着哩，这也只能算是最轻的癔症，如果重了会满街乱跑，见了狗屎都会抓起来吃。那个负责麻醉的医生说，这种病说好治也好治，只要把他的心病一下子去得干干净净，人就又会回到从前的那个人。

手术只用了一小会儿时间，然后乔日升、乔谷叶和树高、树兴就陪着那几个医生去到另外的一个屋子里去说话，喝茶嗑瓜子和吃西瓜。手术做得真是成功，到老乔桑该醒来的时候他果真醒了。

老乔桑醒来，睁开眼，眼球开始打转，这边看看，那边看看，站在他旁边的树高、树兴便马上俯下身子对他说："这下好了，鱼取出来了，真是好大一条鱼。"

老乔桑此刻的声音是"呜呜呜呜"，舌头仿佛打了卷儿，旁边的一个医生说不要紧，这是麻药的反映。老乔桑掉过脸看到那条大鱼了，被兜在医院的帆布兜布里，鱼真是很大，一头一尾都露在外边。

　　老乔桑突然"呜呜呜呜，呜呜呜呜"叫了起来，"呜呜呜呜，呜呜呜呜"声音虽然含糊不清，但人们还是听清楚了老乔桑在大喊不对。树高把他老爸那两条扬来扬去的胳膊一把抱住，听到老乔桑在说他肚子里的那条鱼是大灰鱼，一条很大的灰鱼，怎么会是现在的四须胖头鱼？

　　老乔桑"呜呜呜呜"地说这不是他的鱼，他的鱼还在他的肚子里。

　　医院的那几个医生也马上围拢过来，他们知道怎么对付这种情况，他们把老乔桑轻轻按住，并且马上对老乔桑说："手术还没做完呢，手术还没做完呢，那是别人的鱼，现在肚子里有鱼的人很多，你的鱼还没有取出来呢。"这几个人，又是一阵忙乱，重新又给老乔桑吃了药片，再一次打过麻药。这边这样忙，那边的树高和树兴忽然从医院里奔跑出去，米饭镇是个小镇子，树高和树兴知道人们赶场的地方在什么地方，但他们就是不知道现在那地方还会不会有很大的灰鱼。树高忽然很想大哭一场：

　　"如果没有大灰鱼怎么办？"

　　"如果没有大灰鱼怎么办？"

　　"如果没有大灰鱼怎么办？"

　　树兴不知道该说什么好，只是不停地跟着快走。

　　"是大鱼就是了，你们老爸真是事多！"

　　树兴还没答话，乔谷叶却跟在后面说了话，他想去乡场上再买些烟叶。

（原载《湖南文学》2017年第4期）

梦中的夏天

◎张惠雯

1

我在某个星期天的下午开车来到休斯敦的克利夫兰，在这一带的农场区里迷了路。我已经第三次经过那个门口的邮箱上铸着一只金属小鸽子的农场，确认手机上的谷歌地图无法找到我要去的地方。最后，我干脆关了语音导航，把车停在路边，想等有车经过的时候询问一下。如果问不到，再给她打电话。

一些灰白的、边缘泛着紫色的云朵流散在天空中，雨后的小路微微发亮。从十号高速下来，途经一个废弃的铁路岔道口拐进农场区以后，就置身于这密实的绿色和宁静之中，路边风景或者是围栏后平阔的草地、房屋和牛马，或者是安静地摇曳在微风里的荒草和大树。路上经过的民房大都很美，虽然只是简单的一层，但清洁素朴，房前房后种满了任性生长的美丽植物，但也有几处房子残破失修，肮脏歪斜，看了让人丧气。我想到如今置身此地似乎并非出于我自己的意愿，而是受她那位远隔万里的母亲的驱使，或者说是她母亲的意志加上我母亲的意志。有时候，在我给家里打电话的固定时段，她母亲也守候在电话旁。"你一定要去她的大庄园去看看她，你们离得那么近！"她母亲不止一次对我叮嘱。我确认她的家大概就在距离我一两英里的地方，因为我从刚刚经过的农场信箱上看到的号码和她的住址号码十分接近，我只是找不到入口。站在路边等待时，出现在我脑海里的是好几年前的她的样子，是我们一起走在北京的街道上、胡同里，要去某个地方或者只是饭后随便走走的情景。她总是会走在稍微靠前一点儿的地方，像是带领着我。于是，她的样子也总是我从侧面或后面一点的角度看过去的样子，通常是在黄昏里或是夜色里，她在那一小段我们都刻意保持的距离之外，高高的，温柔里隐藏着美人特有的甚至是无意的傲慢……过去，偶尔，在我的记忆里，这些影子会奇怪地重叠起来。所以，她如今住在这样的地方——一个被围栏围起来、布满荒草、散发着泥土和牲口味道的地方。

　　三年前，我对国内的朋友说，我再也不想和这充满猫腻味儿的生活打交道了，我要走了，走了就不会回来。我到了得州大学奥斯汀分校，开始了新生活。新生活茫然又紧张，我在实验室里经常工作到凌晨，累得像狗，但我没有后悔，因为就像我所说的，生活拼一点儿总胜过憋闷，胜过经历了可怕的失败之后等待着另一个失望以及那种无可救药又不可控制的对自己渐生的轻蔑。我知道她住在休斯敦，离我只有三个小时的车程，但我一直没来找过她，也没有和她联系。记着她母亲给我的她的电话号码的字条一直放在我存放支票本和护照的那个小铁盒里。尽管我知道也许我终究得和她联系，却一直推迟着行动，我不知道是什么东西阻碍我拿起电话，拨那一串简短的号码，似乎疏远太久，重续友情的心也淡了，而某种隐约的、晦暗不明的忧虑又总是困扰着我，使我宁可举步不前。有时候，我和母亲打电话，她会提到又碰到了她母亲（这很正常，因为她家就住在我家楼下），她母亲则又向她追问我是否去找过她女儿了。我想，她母亲也许对她的生活一无所知，急切地希望从我这边听到点儿什么。

　　她比我大两岁，高两届，我们曾在同一所高中读书。我去北京读研究生时，她已经在那里的一家银行工作了。我们时常碰个面，一块儿吃饭，饭后去哪儿随便走走。她长得非常美，在我们家乡的小城，她是众人皆知的美人。即使到了北京这么一个浩瀚的城市，她也还是美得出挑。可我竟从未动过追求她的念头，尽管后来我想到也许我有机会这么做。她似乎坦然地把我当成弟弟看待，面对这样的坦然，我觉得求爱就像一种亵渎。而且，我认定她不会属于我这种人，一个瘦弱而又一无所有的人。我甚至觉得她不会属于任何我见过的男人，因为他们之中没有一个走在她身边会显得顺眼。或许可以这么说，我也看见过比她长得更漂亮的女人，但我从未见过比她更动人的女人。当我从别人那里听说她有了男友，而且男友就是她那家银行的行长时，我却又觉得这并不那么出乎意料，像她这样的女人，似乎最后难免会落到一个那样的男人手里——阅历丰富、有权势或财富但也有家室的男人。我们见面的次数越来越少，关系淡漠了。我从未见过她的男友。再后来，我听说她出国了。好像有一段时间，她的经济状况不怎么好，她母亲还曾经跟人抱怨她出国是走错了一步。但她和一个美国人结婚以后，她母亲就变得骄傲而且高调了，喜欢把"美国"挂在嘴边。于是，我们知道她在美国得州住在一个大庄园里，那位美国丈夫是一掷千金的大农场主，他们有自己的奶制品加工厂，他们还生了混血宝宝……流言总是十分精彩。我的女性亲属和邻居们提起她出国这件事，都会露出了如指掌的神情。"一开始就是被那个行长送出去的，"她们说，"怕她坏了他的事。""刚开始还给她寄钱，后来什么都不给了，等于把她骗出去、甩了。""也算她幸运，找到一个美国人愿意娶她。知根知底的中国人谁愿意娶她啊……"她们的同情里总是夹杂着鄙夷，鄙夷里又夹杂着嫉妒……这些年里，她曾回来过一趟，但我当时在北京，正忙着办到美国来的手续，没见到她。后来，我母亲和姐姐描述说，她嫌弃家里冷，带着那个混血小男孩儿住在酒店；她大冬天穿着裙子，还戴帽子，走在街上特别打眼，一看就是外国回来的；可惜那个混血小孩儿并不如大家想象得那么好看，不像洋娃娃，像中国人更多些；他们不喝家里的自来水，只喝商店买来的纯净水……现在，当我在离她生活的现实很近的地方，这些流言、饭后的无聊谈资都显得遥远、荒唐。在小地方，人们总是这么谈论他们不了解而又感兴趣的东西，夸张、杜撰，夹杂着无知的无畏和各种复杂的情绪。无论如何，这里不像是住着她母亲夸耀的一掷千金的大庄园主。这里住着一些农场主，从院子里停着的泥泞的拖拉机和皮卡看，他们是踏踏实实地工作的人，有的富裕，有的贫穷。

终于有一辆车经过，我朝车里的人招手。车子在路对面缓缓停下来，一个瘦削的中年男人下车走过来。他戴着宽边牛仔帽，穿着橡胶雨靴，皱巴巴的衬衫扎在牛仔裤里，走路时歪着肩膀，就像从电影《断背山》里走出来的人物。我向他打听她的农场，告诉他农场的主人叫汉森。

"汉森的农场？"他叹气般地问，皱着眉头看我递给他的那张写着详细地址的字条。"对不起，我真的没印象。我也是前不久搬过来的，我以前住在亚拉巴马……这里的邻居还不熟悉。不过，从这个号码看，应该就在附近。"

"我也这么想。前一个号码和后一个号码我都看到了，唯独没有这个。"
我说。

"真是古怪！但有可能你经过了农场的后门，所以看不到信箱牌。"他说，
把帽子抓在手里。

"有可能。无论如何，谢谢你。"

"没问题。你再绕到前面看一看吧。祝你好运！"他瓮声瓮气地说着，戴上
帽子，回到他那辆蓝色的丰田车里。

我犹豫了一会儿，只好给她打电话。

2

我看见她站在路边，身后是一道铁门。那其实也不是一道门，只是一根横
搭在低矮的、半人高的铁丝栅栏上的生锈的铁棍。但在美国，这道象征性的门
和这歪斜得几乎要倾塌的低矮的铁丝栅栏就意味着不容侵犯的地界。铁棍后面
蔓生的杂草里有一条若隐若现的小路，她刚刚就是从这条几乎被荒草覆盖住的
小路上走过来接我的。我朝她走过去时，她站在那儿没动，似乎要刻意地从一
段距离之外打量我。她笑着，还带着一点儿诙谐的表情。被她那股诙谐味儿感
染，我也毫不掩饰地打量她，她老了一些，身体胖了一点儿，但整个人却仿佛
变得锐利了。她穿着一条宽大的、深色的印花连衣裙，头发扎成一个低低的马
尾。在我过去的印象里，她的头发总是披散着的，不那么顺滑地披散着，有风
的时候就肆意地飘，打到你的脸她也毫不在乎。我们没有拥抱，因为她怀里抱
着一个孩子，大概只有几个月大。她身后还站了一个四五岁的男孩儿，男孩儿
紧贴她的腿站着，有点儿警惕又有点儿羞怯地看着我。我想，这大概就是她曾
经带回国去的那个混血男孩儿。他其实很漂亮，是一种纯种人没有的模棱两可
的、具有一丝迷惘气质的漂亮。

正如刚才那个过路人猜测的，我一直在农场的后门这边兜圈子。她说："我
就猜到你会迷路，你从来都没有方向感。"她说话的样子好像我们几天前刚刚见

过面。接着，她和她的孩子们坐到车子的后座上。她一边指方向，一边开始介绍她的两个孩子。五个月的小婴儿叫露西，男孩儿叫德瑞克。她还提到再过两个多月，德瑞克就可以去读那种不怎么收费的公立 Pre-school 了。她先打开了话匣子，这样我们就不必说久别重逢时经常要说的那些叫人尴尬的话。"我真累"她连续说了两次。她第二次这么说的时候，我忍不住转过头看看她，发现她虽在抱怨，脸上却依然笑着。她注意到我在看她，才说："你总算来了。又见到你真高兴。"

我们连续右转了两次，拐上一条有点儿泥泞的、灌木夹道的土路。没有人照顾的灌木疯长，一边的枝叶向另一边拼命倾倒过去，两边的枝叶连起来，密沉地横在空中，像一道光影斑驳的绿色拱廊。这条路真美，就像你会梦见的某种地方。而和她坐在车里，我有种奇特的感觉，就是你觉得和一个人分开很久了，你想象着见了面的那种生疏、不自在，但当你见到那个人，你发现只是一瞬间的、仅仅是缘于羞怯感的疏远之后，你们就能够回到当初那种坦然相处的状态，那种熟稔的亲昵，似乎你们从未分开，似乎过去那些音信全无的隔离、刻意的冷漠都并不存在。车很快穿过那条绿色隧道，到了她家农场的正门。同样是一道象征性的门，只是那根铁棍锈得没那么厉害。门口有一个铁皮邮箱，上面模模糊糊地铸着她家的门牌号。除此之外，再也没有什么标志。望进去依然是和后门差不多的情景，到处是膝盖般高的野草。我要下车去开门，但她坚持她来开门。她抱着露西下去开门，一只手动作麻利地打开铁棍尽头那把大锁。她指挥我把车开进去，又锁好大门，回到车上坐下。

"不要抱什么期望。"她对我说，"我们家的农场几乎没人打理，和荒地一样。"

"你们都种些什么？"

"什么也不种。"她回答，"以前的主人种了一些林木。我们养了几头牛，你等会儿就看见了，由它们自己在农场里跑。"

"那样好，放养。"我说。

"是没有办法，我带着两个孩子根本没有时间照料牛。汉森，他能干一点儿小活儿，但不能指望他。你看到他就明白了。"她语带嘲讽地说。她说话的节奏明显比以前快了，句子也短促、果断。

我们在荒草蔓生的小路上缓缓行驶。路上果然遇到了两三头牛，牛站在路当中，当车驶近时，它们就挪到路旁。而车经过的时候，它们又凑近过来，大大的头颅几乎贴着车窗，眼睛直盯着我们。我有点儿担心它们会像电视上看的斗牛比赛里面的牛，突然低下头俯冲过来。但它们只是呆呆地观看我们经过，然后又回到路中央它们刚才站的地方，默然眺望远去的车。空气闷热凝滞，风停了，天空中堆满大块的、墨蓝色的云，预示着另一场雨要来了。在高大而浓绿的林木下面，在荒草中间，凝然立在那儿的牛就像一种梦幻中的动物。然后，我看到那所简易房。它就是有时你经过郊野会看到的那种模样像只集装箱的铁皮屋，在得州灼热的阳光下，你会担心它被烧灼成铁板，台风的季节，你会担心它轻易被风卷走……它原本大概是灰白色的，但也许太久没有清洗、粉刷了，颜色完全被磨损或被污秽遮蔽了。它比我途经的这一带所有的农场房舍都更破旧、凋敝。屋子门口种着两棵树叶茂密的橡树，它们倒比房子显得高大挺拔得多，浓密的阴影像是给这光秃秃的屋子搭了一道暗色的门廊。我从余光里察觉到她在观察我的反应，而我只能仰望其中一棵橡树的茂密树冠，因为此时打量那栋污秽、象征着贫瘠的铁皮房就如同欣赏某个人的伤口一样，是种罪孽。

3

我在房子里坐下来有一会儿了，她一直一手抱着露西忙来忙去，泡茶，端上来一碟姜汁饼干，还洗了一些葡萄，放在一个塑料筐里。在她来回走动的时候，德瑞克始终紧跟在她旁边。有几次，她低声训斥他，让他走开点儿，"妈妈会把你碰倒的！"她显得有点儿烦乱。我提出帮她做点儿什么，但被她断然拒绝了。我注意到她的嗓音也有些变了，语气里透出不耐和嘲讽。

自从进了屋里，露西就一直在哭。她告诉我露西只是饿了。但当我告诉她不要忙了，先去喂孩子时，她又固执地拒绝了。我试图把德瑞克喊过来陪他玩儿一会儿，但这小男孩儿对我不予理睬。我只能坐在那儿等着，因为自己的到来而造成的混乱不安。有一会儿，我望着她的背影，她的头发已经乱了，抱着孩子的样子像是挟着一个重重的包袱，腰身奇怪地扭着，裙子的领口被露西的小手抓得歪歪扭扭，内衣的肩带露在外面，而她似乎也懒得整理。我想到也许刚刚她走到门口接我的时候，我们都因为重逢而给自己涂上了一层兴奋的光彩，现在，这光彩暗淡了。我大概显得很木然，她尽管努力打起精神，却难以掩饰日常的倦态。

终于，她把一块厚厚的奶酪端到我面前。它外皮金黄，里面却晶莹透明。露西仍然在哭，她在这哭声中大声对我说："你一定要尝尝，我自己做的。"

"你都会做奶酪了！"我也大声说，说完觉得也许没必要这么大喊大叫。

"我是个农妇，"她笑着对我强调，"你别忘了，我现在是个农妇！得省钱，很多东西都得自己来。"

她脸上有层薄薄的汗水，额发湿了。

"我要去喂露西了。"她说。然后，她抱着露西走进左边那个隔间里去了。我猜想那是间卧室，尽管没有门，只有一道布帘。我想到她没有带我参观一下她的家，但似乎也不需要，坐在这儿，屋里的一切就一览无余了——右前方的厨房和紧挨厨房的餐桌，还有我现在坐在这儿的这张印花布三人沙发，以及她走进去的那个房间旁边另一个关着门的房间……过去，经过这样的铁皮屋，我常常猜测它没有后窗，像个密封的、令人透不过气的金属箱子。但我发现它其实有后窗，是四四方方的一块玻璃，从墙壁上凿出来的一个小格子。格子窗的顶端是一圈荷叶边形状的装饰性的窗帘，用来挡住直射的强烈光线。空调此时发出挣扎般的噪音，吊扇大概也开到了最强档，但屋里依然潮热难耐，似乎自从我走进来，我的衣服就一直湿着。已经是九月底了，最猛烈的夏天已经过去了，但热度还在延续。我想，如果搬一张椅子坐在门口大橡树的浓荫里，也许会好得多。

我突然想起她做的奶酪，就拿餐刀切了一小块儿。它干干的、咸咸的，细细嚼下去，才慢慢嚼出坚实、充沛的奶香。我猜想她是在给那孩子哺乳，否则她不需要走到房间里去，这多少让我有点儿不自在。我注意到其实一直有歌声从某处转来。我循着声音去找，发现歌声是从放在冰箱顶上的一台小收音机里传来，是那种手提的老式收音机，但音质竟然很好。她选的是乡村音乐台。我把声音稍微调高一点儿，回到原来的地方坐下来。前面那扇窗大一些，分两扇，挂着白色的塑料百叶窗帘。窗户是绿的，望出去是左边那棵橡树，向远处延伸的天空、草地和我们来时的那条模糊不清的小道，这一切看起来很辽阔，也有些荒凉、单调。我仍然觉得这一切有点儿不可思议。和她在一起时，这种不可思议的感觉给我一种虚幻感，现在她离开了，我一个人坐在这儿，可以慢慢整理一下情绪。我试图驱散那股虚幻的感觉，仔细观察四周，想让屋里的小物件赋予我一种此时此地的现实感，直到我看到一个男人突然出现在窗外那条荒芜的小路上。我吓了一跳，想去叫她，但立即觉得不合适。我只能看着这个幽灵般的男人沿着那条路走过来，一直走进屋子里。当他推开门的时候，我也站起身。有差不多半分钟的时间，他愣在那儿，我们相互看着。我觉得他的眼神里有种说不清楚的异样东西。他看起来并不像在打量我，他那直直的眼神仿佛是空茫的，又像是因为惊愕而失了神。突然，他缓缓地张开嘴笑起来。

"你好。"我和他打招呼，猜想他也许是农场的帮工。

他还是咧嘴笑着，没有回答。他的衣着还算整齐干净，但整个人感觉却是邋里邋遢、歪歪扭扭的。

我又说了一遍"你好"。他总算停住不再笑了，但他只是继续看着我，没有回答我的问候。

"你在这儿?"他终于开口说话了。

"是的。我在等着……其实，我是来看望……"

"所以，你在这儿! 这很好……"他含糊不清地说着，径直走到冰箱哪儿去。他打开冰箱门，把手伸进去摸了半天，摸出一罐可口可乐。

他打开可乐，喝了一大口，仍然直直地盯着我看，好像很奇怪为什么我还站在这儿。突然，他高声喊"莉亚，莉亚……"

从他此刻脸上的表情，我终于明白过来，他应该是个有智障的、至少精神不太正常的人。我身上猛地出了一层汗，我想，这个人大概就是汉森先生、她的丈夫了！

她从房间里出来了，大概是他的喊叫声把她吸引出来的。她神情显得过分严肃，打着制止他说话的手势，快速冲到他面前，声音低沉而坚定地说："No，No，No……"我注意到她没有抱露西，德瑞克依然像尾巴一样紧跟在她后面。那个男人仿佛好奇地看着她，他的表情怪异但温驯。突然，他像刚看到德瑞克一样高兴地一把把他抱起来举过头顶。德瑞克一点也不抗拒，微笑着俯视举起他的男人。我确定这个男人就是孩子的父亲。

他们总算安静下来，她立即把孩子从他手里接过来。我注意到她换过衣服了，那条连衣裙变成了一件条纹T恤衫和宽大的牛仔短裤。

"总算把露西哄睡了。"她看着我，露出疲惫而带歉意的笑。
我说："太好了。你可以歇会儿了。"
"是啊，是啊，总算能坐在这儿陪你说说话了。"
"你真不必操心我。"我此刻已经后悔来打扰她。她看起来那么累、力不从心。

那个男人坐在我们旁边的一把椅子上，继续喝可乐，但不时停下来赤裸裸地打量我们。
她看看他，对我说："汉森先生，我丈夫。"
"已经认识了。"我说。
"你真有意思。"她说，"'已经认识了'，你们相互介绍了吗？"
我又听出她口吻里那种冷峭的嘲讽。
"我们刚刚打过招呼。"我只好说。
"汉森小时候得过严重脑炎，智力有一点儿问题。你看出来了吧？"她用开玩笑的语气说，仿佛这是件无关紧要的事。

"是吗？这……并不明显啊。"我不得不装作有点儿惊讶地说。

"还好，不影响干活儿。我们说话他也都能听明白。"

"那就好。"

"汉森，"她转向他说，"这是我的好朋友，我的邻居，我在中国的邻居。"

"中国朋友。你来这儿很好！请坐！"汉森看着我，很有礼貌地说。

她看看我，笑了。我也笑了。因为我本来就坐在那儿。

"谢谢，我很高兴来看望你们。"我对汉森说。

她去厨房给他端来两片面包，还有几片薄薄的、上面的猪油凝结成块儿的冷培根。他把培根全都夹进面包里，开始吃起来。德瑞克已经从盘子里抓了饼干吃。过一会儿，她又切下厚厚的一大块干酪，放到汉森先生的盘子里。他把它抓起来，整个塞进嘴里。如果不是音乐声和外面隐隐的雷声，就只有汉森先生吃东西的声音了。

"你为什么不吃？"她突然问我。

"我刚才已经吃了一片干酪，你不在的时候。真好吃，尤其后味儿特别香浓。"

"真的？你喜欢吃的话走的时候带走两块。你吃块饼干啊。"她说着，从盘子里拿了一片花生酱饼干递给我。

杯子里的茶已经冷了，她又去添了热水。

"妈妈，我想要牛奶。"德瑞克说。

她转回厨房去给德瑞克倒牛奶。

"咖啡好了吗？"汉森先生嚷着问。

我发现他说话时也直直地看着我，这大概是他打量陌生人的方式，但这让我感觉不舒服。

她又跑到厨房里，从咖啡壶里倒了一大杯黑咖啡给他。

等她终于坐下来，她笑着对我说："无论如何，先把他喂饱。"

我想，"他"指的是汉森先生。

"你太忙了，你一直在忙。"我说，想帮她，但知道什么也帮不了。

"是啊，每天就是这么忙来忙去，孩子的事也忙不完，家务事也好像怎么都做不完，农场的事做不了也操心。"她说，淡然一笑。"你呢？你也很忙？来得州这么久都没有联系我？"

"是很忙，但和你不一样的忙，就是做实验、发论文，没完没了。"

"有为青年！"她开玩笑地说。

"算了，只是想站住脚而已。"

"我以前就知道你将来会有出息，你和别人不一样。"她看着我说。

"没什么不一样，我是个很平庸的人。每个人有每个人谋生的方法，像我这种人没有别的本领，就是不断读书，这没什么了不起。"

"你才不是什么平庸的人。"她坚决地说。

她的语气让我觉得我最好不要反驳她。

她接着问："我不懂你的专业。但是，很多来美国的人都是飘来飘去的，你将来会去别的州吗？"

我正要说什么，突然听见汉森先生大声说："好！干得好！"

"他吃饱了，不用管他。"她说。

但我因此忘记了我要说什么。

德瑞克这时爬到妈妈膝盖上坐着。她看着德瑞克，眼神变得很温柔，仿佛她整个人，一个绷得紧紧的人，终于放松了。当他们俩脸和脸贴得很近，我才发现那男孩儿的眉眼甚至表情都酷似母亲。

"他现在是我的希望，他和小露西。我现在只爱他，只爱他一个人，尽管他把我累得要死。"她说。

"他很快就要上学了，那样会好得多。"

"你不知道，有时候我真觉得生活已经完了，每天重复着同样的事，忙碌、疲倦、烦躁，你这样挨了一天，却知道第二天还是这样。真的，对我来说，生活已经没有意义了。当然，是我把它弄得一团糟。"她说。

"那个……"汉森先生说。

"什么？"她朝他转过头问。

结果，他只是重重地叹了口气。

"安静点儿。"她凑近他的脸低声说，"露西睡了！你女儿睡了！安静点儿。"

汉森先生看着她，表情慢慢严肃起来，"露西睡了。"他几乎是一字一顿地重复说。

"你很累了，汉森，"她说，"你最好去屋里睡一会儿。"

"是的。那些牛……要下大雨了？"汉森先生说。

"可能。"她说着，把德瑞克放下，去收走汉森先生的碟子和咖啡杯，拿一张湿了水的厨房纸巾，把他面前的面包屑和咖啡渍擦拭干净。

"过来，德瑞克。"汉森先生说，朝小男孩儿伸出手，那是一双非常粗大的手。

德瑞克看了他一眼，摇摇头。

"去吧，德瑞克，和爸爸玩儿一会儿。"她劝他说。

"不。"

"为什么？"她问儿子。

"我想待在这儿。"德瑞克说。

她轻轻叹了口气，问汉森："那棵树你锯完了？"

"是的。但那些牛……你说还会下雨吗？"

"不要管牛。是锯成5段吗？他们要求5段，不然他们的皮卡拉不了。"

"5段。"汉森先生说。

"好吧，你现在去睡一会儿。"她叹口气说，有点儿不耐烦。

但汉森仍然坐在那儿没动，他看看我，又看看德瑞克。然后，他认真地观看自己的手——那双手正以各种奇怪的方式拧绞揉缠。他似乎沉溺在这种游戏里，兀自笑了。

最后，她站起来，拉着他的手臂，让他跟她走到那个有一扇门的房间去了。

她不在的时候，德瑞克开始和我交谈了："汉森先生喜欢睡午觉。但我讨厌睡午觉。"

"你为什么不喜欢睡午觉呢？"我问。

"就是不喜欢。露西总是在睡觉，妈妈说因为她是个婴儿。我希望露西睡觉，这样妈妈就可以陪我玩儿。"

"你真是个聪明的家伙。"我说。

"你爱妈妈吗?"我问德瑞克。

"当然。"他毫不犹豫地说。

"为什么?"我笑着追问。

小家伙儿仰着脸费解地看我一会儿，最后说:"我就是爱她。"

我喝着茶，希望自己之前一直表现得很平静，至少没有露出惊讶的表情。我从未相信过她母亲或任何别的人对她生活的描述，但我也没有想到过她是现在这样的状况。

她走出来，关上了房间的门。德瑞克看见妈妈，立即迎上去。

她坐下来，把德瑞克抱到她旁边那张椅子上，告诉他吃过饼干以后应该喝水。

德瑞克用吸管从杯子里喝水，我们有一会儿没说话，只是看着小男孩儿。收音机里正播放一首老歌。

"这首歌很好听。你知道这是什么歌吗?"我问。

"《我梦中的夏天》"她淡然地说。

她似乎不想说话。我就继续听歌。她看起来若有所思，面容平静，又蕴含着某种悲伤和失落。我在想汉森先生是否已经躺下了。小婴儿睡了，那个男人离开了，她不再显得那么慌乱。当我们这么近的、安静地坐着，只是观看着一个孩子喝水、听着一首歌时，我发觉一开始让她失色的憔悴，现在竟然又让她显得动人了，似乎当她得以暂时抛开那些烦乱的事情，她神情里某种昔日的东西就苏醒过来，她内心深处的一些柔软的东西也浮现出来，柔软而不幸……

那首歌唱完后，开始插播广告。

她这时说:"我每天都听这个电台，都是些老歌，很老很老的歌，但起码不那么吵。这些歌我都听熟了。这里太安静了，总得有点儿声音。"

"过去我们在北京的时候，你就喜欢听歌。我记得你当时买了一个iPad，把我羡慕坏了。"

"你现在还羡慕我吗？"她直视我，很认真地问。

我没回答。

"对不起，给你出难题了。"她像个恶作剧得逞的孩子一样，抿着嘴笑起来。

"好吧，如果我答不出来你的难题能让你高兴的话……"

"德瑞克，好宝贝儿，你去看着妹妹好吗？如果她醒了，你来告诉妈妈好吗？"她对那个男孩儿说。

"可是，我想待在这儿玩儿。"德瑞克摇着头说。

"妈妈把你的玩具和书都拿到那里行吗？求求你，德瑞克，好宝贝。"

"不。"他这时坐在她脚边的地板上，继续摆弄着一辆破旧的消防车模型。

她有点愠怒又有点儿失神地看着那男孩儿。

"让他留在这儿吧，我可以和他玩儿呀。"我说。

但她突然变得很沮丧，说："我们好几年没见面了，我只是想清净地说说话。你看，我们连说几分钟话的时间都没有！"

"可他并没有打扰我们。"我说。好在我们俩说中文，德瑞克并不知道我们正因为他而争执，实际上想把他赶走。

过一会儿，她问我："你有手机吗？"

"有啊。"我说。

"你的手机可以上网吗？"

"当然可以，我有流量。"

"你能让德瑞克看你手机上的动画片吗？"她有些不好意思地问，"他最爱看这个。他姑姑来的时候他整天缠着她看这个。但我的手机不能上网。"

"好办法。"我说。

我立即蹲下身问德瑞克喜欢看什么卡通片。德瑞克知道可以看手机视频，立即来了兴致，问我是否可以让他看"托马斯和他的朋友们"。我从You Tube找到这个系列的视频，帮他戴上我的耳机，免得吵醒妹妹。他立即乖乖地拿着手机去儿童房里看动画片去了。

然后，她说去洗手间。等她出来，我觉得她重新梳过了头发。

"对不起，小孩儿真是没有办法。"她说。

"为什么对不起呢，看到他们我特别高兴。"

"你不会对小孩儿感兴趣的，很少有人真对别人的孩子感兴趣。"

"可他们不是别人的孩子，是你的孩子。"我说。

汉森先生在卧室里睡着了。我们在客厅里，听到他浊重、起伏很大的鼾声。她对我无可奈何地耸耸肩。"又下雨了"我们差不多同时说。屋里光线渐渐暗下来。她走到厨房的一个角落里，打开一盏灯，然后回来取走小桌上的茶壶，把里面的剩茶倒进水池，换了一个茶包。我无事可做，听着外面的雨声。雨声出奇地柔和，也很空洞。

她重新给我换了一杯茶，然后，在我旁边坐下来，仿佛怀着某种趣味审视着我。我觉得轻松多了，终于只剩下我们两个人。

她又给我拿了一片饼干。

"会不会太甜？"她小心翼翼地问。

"是很甜，"我说，"但甜得很纯真。"

她愣一下，随即笑了。

"你来我真开心！"她说。过一会儿，又说："你看起来成熟多了。"

"总不能一直是个毛孩子。"我说。

"你女朋友呢？在国内还是这边？"她问。

"没有女朋友。"

"真的吗？"

"真的没有！"我说。

"为什么不找女朋友？"

"女朋友也没有来找我啊。"

她说："好了，这会儿你原形毕露了。"

"是这样。"我说。

我们俩又都笑了。

她低头沉思了一会儿，说："你刚才提起在北京的时候，那都多少年了？过去的生活就像做梦一样……如果过去不是梦，那么现在就是做梦。"

她微笑着，平静地说下去，"你看，我现在就是这副样子，我的生活就是这个样子……有时候，我回想是怎么走到这一步的……我简直不敢想下去。我太笨了，相信了那个人。你一定知道那个人……"

我知道她说的"那个人"是谁，我说："我没见过那个人。"

"你最好没有见过他……我得有多蠢，会相信那么一个人真的爱我，而且我还会爱上他。你不明白我是个多软弱的人！我后来想，我爱他大概就是因为他爱我。真的，我很浅薄，我不会爱那些不爱我的人，无论他多么好。"

"所以，他感动了你……"

"那时候？可以这么说吧。他很狂热地追我，一直说他宁可抛弃一切和我在一起。我就是被这个打动了吧。其实，打动我的不是你们想象的那种东西……"

"我们想象的东西？"我不悦地打断她说，"我并没有想象什么不堪的东西，诸如交易之类的。"

她愣了一下，有点儿结巴地说："这样吗？毕竟，你对我，还是有些了解的。"

我只是笑了笑。其实我并不想听太多她和那个人的故事。

她继续说："你想想我得有多蠢，才会相信他的话，因为他其实从来没有证明过他说的话。他把我送出国的时候我还深信不疑，以为真的过了他所说的'危机'，他就会来接我，或者他来美国，和我生活在一起。我当时都想到了，我们也聊到了，要在这儿买个农场，当然不是这样的农场，都是些人在年轻时爱做的白日梦……但不到一年，他就让我不要再'死缠着他不放'了，这是他的原话。我，'死缠着他不放'！他在电话里就是这么说的。"

"那种人不值得你放在心上，好在一切都过去了。"

"怎么会过去呢？"她说，"是他把我置于现在这种境地，你没有想到吗？我现在的生活，不过是过去结下的恶果。你知道吗？我失去了工作，过去上班时存的钱出国后都花光了，我没脸回去。我当时想，就算当妓女也不会要他的一分钱。后来，我不得不求我妈给我寄钱。我妈这个人，你也知道的……"

她仍然极力维持着平静的语气，但我看到她的脸色和表情变了，她看起来想哭。

停了一会儿，她继续说："但最大的问题不是钱，而是怎么留下来，我没有身份。我本来没想过要孩子，我和汉森结婚，就是为了一个身份。我当时太急，找不到别的办法。可很多事儿不是你计划的那样，我有了德瑞克。一开始，我绝望得想死，但后来，德瑞克让我好过些，孩子需要我，无论如何，我得活着、保护他！"

她的眼圈红了，但她仰仰头，又猛垂下头，那一阵激动的情绪似乎就过去了，眼泪终于没有掉下来。

"啊，我都在说我自己的事！快对我说说你的事吧。"她坐直身子，殷切地望着我说。

"我的事真没有什么好说的，你走了以后，我把博士学位也读完了。我在学校的研究所工作了两三年，完全是浪费时间。教授们都在忙着弄钱，实验室也做不出什么东西，即使偶尔你做出一些东西，也不是你的，是老板的，大家都在想办法发文章，七拼八凑，甚至编造数据……所有的东西看起来都天花乱坠，但所有的东西深究起来都让人觉得没有希望，几乎没有一件事情能正正当当去做。所有的东西都散发着虚伪的气味……我不喜欢这样的生活。所以，我最后也想办法出来了。"

"真好！你碰巧也来了得州。"她说。

"对，碰巧来了得州。"我说。

她意味深长地看了我一会儿。她那双很大很深的眼睛松弛了一些，眼睛下面有明显的横斜的细纹。过去，在她很年轻的时候，那双眼很澄澈，甚至有些冷冽，现在，它经常流露出忧愁和疲倦，却温暖起来。

突然，她表情诡秘地笑起来。

"什么？"我问。

她沉吟了一下，问："我在想……你当时没想过追我吗？我是说在北京的时候。"

"没有，但这是因为你……"

"不用解释了。"她轻轻拍了一下我的肩膀，落落大方地说："我和你开玩笑呢。"

"那你为什么不让我说完呢？"我说，"因为你太好看了，你看起来就像不会属于任何人。对我来说就是这种感觉。而我又是个有自知之明的人，我当时什么也没有，一个穷学生。当然，我现在也还什么都没有。"

"你为什么不直接说你是个太过于自尊的人呢？我早就知道你是这样的人。"

我没反驳她。我想也许她说得对，但她大概忘了她过去比我骄傲得多。

她的目光和声音突然变冷了："你来得州多久了？你住得那么近！你甚至都没想过和我联系吧？你真是个……我都不想说你是怎么样的一个人了。"

我觉得我最好什么都不说。我知道此时我说不出什么好话，一种郁闷甚至有点儿气恼的情绪控制着我。但停了很久，她不再说话，一种压迫感促使我不得不说点什么。

我说："你呢？你当初甚至不告而别！所有关于你的消息，我都是后来从别人那里听到的。而且这些消息都来得太突然……因为太突然，所以我听到的时候甚至都不觉得愕然了。我觉得这是我作为一个……朋友的失败。"

她定定地看着我，然后摇摇头，似乎我已经令她失望得不想说话了。

过了好一会儿，她才说："你想知道为什么吗？因为我当时觉得没有脸面见你这样的朋友。"

"对不起。"我说。我想她说的是真的。

"'不会属于任何人'，你刚才说我'不会属于任何人'，"她重复着我的话，目光有点儿挑衅地斜视着我，"现在的我呢？属于什么样一个人？"

"我相信现在的状况是暂时的，以后生活会慢慢好起来……"我说。

她似乎不在意我说的话。突然，她动作优美地向上伸展双臂，身子俯向前，紧贴在桌子上，说："美有什么用？况且，我也知道我早已经不美了……人要衰老、变丑，一个错就足够了。现在想想我那些不美的同学，她们都比我过得好。"

她说这些话时凝视着桌面，脸上有一抹恍然的笑意。就像以往我们一起吃饭时那样，有时候她会突然坠入这种仿佛轻柔自语的状态里。我看到她的笑里仍然有那股迷人的孩子气，似乎她的意识正痴迷于什么别的东西，游移到了什么别的地方，忘记了眼前这个人的存在。过去，有时她会显得傲慢、目中无人，但有时候她又出奇地温柔、软弱，仿佛她需要完全地信任、依赖你，不管你是个什么样的人。在我眼里，她曾经是个看不透的女人，但我慢慢了解到并没有什么看不透的人，只要你真的去看。我想，无论多老，或是变成什么样子，她身上那股孩子气至少没有完全消失。对我来说，这就像是一种永远不会变质的纯真，是某种岁月无法夺走的东西。

4

我们首先听到了露西的哭声，然后看到德瑞克跑了出来。"露西醒了！"他对妈妈喊着。她站起来，抱歉地朝我笑笑，离开了。德瑞克站在那儿，依然挂着耳机，有点儿怯怯地看着我。我想到他是担心我要把手机收走了。我示意他继续看，他才心花怒放地握着手机走过来。

"你可以帮我找找'好奇的乔治'吗？我在电视上看到过。"他礼貌地问。

"当然可以。"

于是，德瑞克在我身边的沙发上坐下来。

她在房间里待了好一阵子，我一直陪德瑞克看动画片，心想该找个合适的时机告别了。

她终于抱着露西走出来。她抱着露西在屋子里慢慢地来回走着，边走边晃动手臂，说："她有个怪脾气，刚睡醒的时候要抱着不停走，一停下来就爱哭。"

"刚睡醒的小孩儿可能缺乏安全感。"我说。

"小孩儿也各有各的脾气。德瑞克小的时候是睡醒了要在床上躺一会儿，露西得马上抱起来，不然就会越哭越厉害。"

我注意到外面的雨声又稀落了一些，窗外的天空放亮了，连屋里的光线也亮了一些，厨房的那盏灯就显得更昏弱了，几乎消融在日光里。德瑞克看得那么出神，令我有点儿不忍心突然停播他心爱的节目。又过了一会儿，我终于说："快六点了，我得走了。"

她惊愕地看着我，猛地想起什么似的说："哦，我早该准备晚饭了！你不要急好吗？吃了晚饭再走。"

"真不麻烦了，我回休斯敦还有事儿。"

"你为什么不愿意留下来吃顿饭呢？"她有点儿委屈地说。

"你带着孩子太忙了，真不麻烦你。"

"我不会给你做什么复杂的东西，我们也要吃饭啊。"她说。

"我知道，但我真的回休斯敦还有事，一个大学的师兄，我们晚上要见面吃个饭。明天一早我就回奥斯汀了。"我说。我觉得她其实是力不从心的，她大概很难想象张罗出来像样的晚饭，而我也很难想象和她的两个孩子还有汉森先生一起吃饭。我决心在汉森先生走出来之前赶紧离开。

"好吧，如果你不想留下来吃饭的话，再喝杯茶吧。"

"真的不用了。现在雨小多了，我趁这个时候走比较好。"

"好吧，要是这样的话……"她说。

她把我送出来，就像接我的时候一样，抱着露西，身旁跟着德瑞克。德瑞克眼里有真正的留恋，我猜他没有什么朋友，是个孤独的、无法不依恋母亲的小男孩儿。我请求他们赶快回屋里去，因为虽然雨几乎停了，但老橡树的枝丫仍往下滴着重重的雨珠。她坚持要把我送到车上。走到停车的那块空地上，我一把把德瑞克抱起来，举得高高的，连举了三下。当德瑞克在空中的时候，他的腿欢快有力地踢腾，他兴奋得"格格"笑出了声。

"你还会再来的，对吧？"她说。

"当然。我会再来看你们。"

"可我担心你不会再来了。"她很直接地说，盯着我，仿佛要从我的神情确定我是否在撒谎。

"为什么？我当然要来，因为我下次要送给德瑞克一个玩具。我很喜欢这小家伙。"

"他也很喜欢你。"她说，终于笑了。

我发动车子，摁下车窗玻璃，她又嘱咐说："你一定要早点来看德瑞克，他那么喜欢你。"

"一定会的。"我说。

我就要走的时候，看到她往车窗前急切地走近两步。她的脸俯过来，一只手抓着车窗的边缘，我看见她的脸红了。她显得有点儿犹豫，最后低声说："我刚才突然想到……万一我妈在电话里面问起你……"

"我知道该怎么说。你放心吧。"我说。

我已经驶出去一段距离了，从后视镜里看到他们还站在那儿——他们三个，在橡树下面。她站在那儿的姿势比她的容貌显得衰老多了，而我想到她只有三十四岁。只是在这个时候，难受才一下子狠狠地攥住我，我的眼睛湿了。我突然想把车倒回去，把她从这可怕的、被遗忘的地方救出来，她，连同那个孤独的、长相酷似母亲的男孩儿德瑞克，带他们去休斯敦去逛街、吃饭，带他们去过正常的、热气腾腾的生活……而另一方面，我甚至无法确定自己是否还会回来看她，在克利夫兰的这个下午给我一种不真实的感觉，坐在她的家里面对汉森先生，或是看着她被这样的生活死死缠住，都令我感到一股阴沉的窒闷。我想如果我不回来，我也会给德瑞克寄一些书和玩具，我真心喜欢那个孩子。

我凭着记忆往前慢慢开车。等我意识到的时候，我发现我早已经过了那条灌木夹道的、仿佛梦境中的小路。我无法不去想她是怎么度过这些年的，和汉森那样的一个人，在这么一个地方，在一个对酷暑和寒冷都无能为力的铁皮匣子里坐着、来回走着、流着汗，日复一日，听着《我梦中的夏天》这样的歌，看着小窗户外面橡树的阴影和快要被荒草吃掉的农场小路……她，连同她的美貌、青春的热力，被囚禁在这贫瘠、劳作和无望之中，像被无情地侵蚀、过早地凋谢了的一朵荒原上的小花……她说得对，如果她过去的生活不是梦，那么现在的生活就是个梦，一个墨绿的、冰冷芜杂的梦。

当我看到那条旧铁轨时，我知道穿过铁轨我就要转上10号高速公路了。我打算不在休斯敦停留，直接开回奥斯汀。我向后看，没有一辆车，周遭一片浓绿，一片雨后的阴郁和静寂。于是，我把车停在路边，在手机上打开YouTube，搜出那首歌。而后，我一边开车，一边听那首名叫《我梦中的夏天》的老歌。它那奇特的不和谐感莫名地打动我，因为曲调是那么安静、忧伤，歌词却是愉快的：

在这古老大树的绿荫下
在我梦中的夏天
在高高的青草和野玫瑰旁
绿树在风中舞蹈
光阴那么缓慢地流过，
圣洁的阳光普照
……

我看到我的心上人
站在门廊后等着我
夕阳正徐徐落下
在我梦中的夏天

2016年9月25日于休斯敦

（原载《湖南文学》2017年第1期）

好快刀

◎东 君

　　明末，济属多盗。邑各置兵，捕得辄杀之。章丘盗尤多。有一兵佩刀甚利，杀则导款。一日，捕盗十余名，押赴市曹。内一盗识兵，逡巡告曰："闻君刀快，斩首无二割。求杀我。"兵曰："诺。其谨依我，无离也。"盗从之刑处，出刀挥之，豁然头落。数步之外，犹圆转而大赞曰："好快刀！"

——蒲松龄《聊斋志异》

　　是的，我没听错，这一声"好快刀"就是从我嘴里发出的。围观者也纷纷赞道：好快刀！他们朝我围拢过来，仿佛要看看这一坨血淋淋的东西何以会张口说话。然而我很快就闭嘴了。我可以想象，我的嘴巴像傍晚时分的花朵那样，慢慢闭合。影随形，响随声，人影乱成一片，声响也叠作一团。一阵足以让围观者为之热血喷张，官兵为之忙乱不安的骚动持续了片刻，人群就朝四面八方无序散开了，留下满地的果皮和痰迹，离我不到三尺远的地方还有我脖子间飞溅的，数点梅花状的血迹。几匹恶鸟在天空画着圆周，久久不愿离开。我晓得它们不是来为我送别的。

　　一阵夹杂血腥味的风从我鼻尖吹过。我的鼻子酸了一下。

　　有人把篮子里的馒头递给刽子手说，行行好，内人得了肺痨，蘸一蘸这刀口的血吧……

　　有人嚷着，看呀，这小淫贼的眼睛还能眨动呢……

　　有人探过头来叹口气说，真不晓得，脑袋从脖子间落下来，会是怎样一种感觉呢……

　　有人把我的身体抬走，接着又有人铲了一抔黄土，把血迹盖住。然后就听得一声：大吉利市——与此同时，有一只枯瘦、黝黑的手伸过来，抓住了我的头发。未及多看一眼，我的脑袋已落入一个漆黑的布袋，但我依然能听到杂乱的脚步声和叫卖声。

提走我脑袋的，是一个老和尚。

在我脑袋尚未落地之前，我看到了那一圈又一圈争相围观的人。秋分，午时三刻，阳气最盛，那一刻身首异处，据说连鬼都做不得。在无聊的人们看来，这大概是一年中难得一见的景观了。围观者当中，有提着鸟笼、闲逛至此的公子哥，有挽着菜篮子的妇人，有卖炊饼的小贩。也曾听人说，秋决之际，会有一些嗜好古怪的先生，坐着马车从远道赶来，在城里住上一晚，翌日特意在法场近旁的酒楼上拣一个雅座，端着一杯酒，十分悠然地欣赏刽子手杀头的场景，也不晓得是真是假。我是的确看见对面的酒楼上——阿爹曾请我在那里吃过一顿豆脯栗子肉——有位身穿蓝色绸衫的老爷正手搭凉棚朝我这边张望，他看了一阵子，就跟身边的妇人交头接耳，指指点点，不知说了几句什么；边上有个戴瓜皮帽的小男孩，也正伸长脖子朝我这边投来好奇的目光。

阿爹的脸在我眼前晃了一下，随即就在众多的面孔中消失了。阿爹有一张看起来多少有些滑稽的马脸，马脸上有两只不太对称的眼睛——他的左眼死了，右眼还活着，他喜欢用那只活着的眼睛看东西。看来看去，好像他无论看什么都能看出门道来。那年深秋，阿爹对我说，我带你去西门菜市场看杀头，去不去？我说不去。阿爹突然发出一声短促的冷笑。我胆子小，连杀鸡都不敢多看一眼，何况杀头？阿爹说，你不看杀头也行，我让你看看那个女犯是怎样骑木驴游街的。没等我发问，阿爹就接着说，有户举人家的姨太太跟管家通奸，一来二往，就被老爷逮个正着，他们一不做，二不休，索性把老爷杀了，然后故意制造出窃贼入室行凶的假象。不过，他们之间的奸情最终还是被人告发了，定罪之后，管家照例要游街砍头的，而女犯呢，照例是要剥光衣裳，用绳索捆绑着，放在木驴上，让驴背的木头橛子戳进她的下体，后面有人推木驴，前面有人用绳子一拉，木橛子就在妇人体内胡乱搅动，那时候，妇人就会发出嗷嗷的叫声，她叫得越响，围观的人就越欢。据阿爹描述，每逢有淫妇骑木驴，城里的人便像是过节一般热闹。这样的场景，阿爹当然是不容错过的。那时我走到街口，忽然对阿爹说，我闻到了血腥味。阿爹说，前面就是法场了。我捂着鼻子，踌躇不前。阿爹问那边回来的人，前面可曾砍头了？那人掩面说，已经砍掉了好几个脑袋，实在看不下去了。阿爹怔了怔，弯下腰，在我鼻子上刮了一下说，你这鼻子真是尖。阿爹又说，嗅觉灵敏的人胆子通常很小，比如老鼠，嗅觉比别的动物要灵敏，所以它们的胆子就出奇地小。

监斩官投下杀头的令箭时，人群中顿然响起一阵轰鸣。那一刻，我是多么渴望能看见阿爹那瘦长的身影和冷漠的眼神啊。我的目光在人群中扫了一圈，就缓缓抬高，掠过微微上翘的屋檐，朝更高的地方移去。那里，在一片足以遮暗一条街的长云下，一只鸟划过天空，落进我的视野，而我脑子里竟莫名其妙地跳出一只鲜血淋漓的公鸡来，与眼前那只鸟叠印在一起——以至我疑心，在我头顶盘旋的鸟就是被阿爹所杀的那只公鸡的化身，而它从高空俯视我的目光定然是阴冷的，夹杂着一丝怨怼的。我甚至觉得，还有另一个我，就站在不远处，近乎迫切地等待着我脖子间的鲜血像鸡血一样飞溅出来，落在地上。

仍然记得那个跟公鸡有关的奇怪的梦。那年我大概只有八九岁，我娘死后（邻居们说娘是被我克死的）第六天，我独自一人睡觉。黑暗中有人来到我床前，头戴红色帽子，双手作揖，说，我今日有难，你能否救我？我问，你是谁？为什么要我救你？那人说，我本是秀州府一位丝绸商，死后堕入六道轮回，做了一只公鸡，昨天我在院子里散步时，被主人抓去，送你父亲。现如今我就关在笼子里，等着明天挨刀子。我知道你有一片善心，因此斗胆请你帮个忙，把我放了，回归田园。我说，现在我很困，明朝起个大早，准把你放了。那人向我深深地鞠了一躬，就退到黑暗中去。第二天，我醒来后就抹着惺忪睡眼，去鸡笼边看那只公鸡。鸡笼是空的。我赶紧跑出院子，看到公鸡正躺在地上，脑袋无力地耷拉着，喉咙切开，鲜血直往外喷涌，满地都是它挣扎过后掉落的鸡毛。我怒气冲冲地对阿爹说，你竟杀掉了这只公鸡?! 是的，阿爹说，今天是做头七的日子，鸡血洒在家门口，可以驱鬼。我说，你可知道这只公鸡是谁？阿爹说，一只公鸡还会有高姓大名不成？我就把自己梦里的事如此这般地说给阿爹听。阿爹听了我的话，讪笑着说，你有佛性，不如让你出家去做和尚，往后好歹也可以混碗饭吃。阿爹说这话的口气就好像要把家中一件多余的物什送给别人。

我知道，阿爹一直不太喜欢我。在他眼里，我简直就是个怪物。我出生之后，除了脖子和脑袋，通身长满了坚硬的鱼鳞皮。流汗的时候，我还能闻到一股鱼腥味。阿爹说，这一身鱼鳞皮是胎里带的，前辈子做的业带到了今生。阿爹还说，我从娘肚子里出来时，娘还在睡梦中，竟然一点儿都没察觉。按照他的说法，我像一条草鱼那样从娘的两腿之间游了出来。阿爹厌憎我这一身鱼鳞皮，就说我前世定然是个打鱼人。不过，有一点可以肯定，我是天生与水相亲的。有一回，我站在岸边，看鱼在水里游，似乎很快活，就跃入水中。我没学过泅水，却能浮着。我想我的前世不是打鱼人，而是一条鱼。小时候，我并没有觉得自己的身体有什么异样，手与足是相安的，头与身也是相安的；然而，打我懂事起，我就从别人的目光里看到了自己，也由此开始嫌憎自己的身体。又有一回，阿爹不晓得从哪儿打听到一种可除我身上鱼鳞皮的法子。他让我从水洞里抓来一条草鱼，放在砧板上。他用刀拍了拍鱼身，鱼就不能动弹了；接着，他往鱼身上抹了点醋之后，就开始抄起刀来，从鱼尾慢慢地刮过去，鱼鳞纷纷剥落，阿爹的口里喃喃有词，好像在念什么咒语。我不敢多看，闭上了眼睛。但听着刮鱼鳞的声音，身上还是十分难受。从小到大，我喜欢树的身体、草叶的身体、蝴蝶的身体、马的身体，唯独不喜欢自己的身体。长大之后我就越发不能忍受身上的鱼鳞了，鱼鳞只能长在鱼身上，就像人皮只能长在人身上。人长鱼鳞，无异于鱼生人皮。因此，他们都说我是一个人头鱼身的不祥之物。

阿爹死后（邻居们于是乎又说阿爹也是被我克死的），我一下子没了着落，过着有一顿没一顿的生活。饥饿时常像一条野狗那样追着我——对，饥饿就是这么一条狗，有一双冷冷的眼睛，还有一口白厉厉的牙齿。我没法撵开它。记得阿爹临终前曾对我说，你若是无路可走，就去衔草寺找木头陀，他或许可以给你指明一条谋生的路子。阿爹早年做过山贼，木头陀是个和尚，我不晓得他们何以会成朋友。我在城里实在混不下去了，就来到衔草寺，找到了木头陀。木头陀问我，你家里还有什么人？我说没有。屋子？没有。媳妇？没有。我饿得头昏脑涨，就不耐烦地说，我现在什么都没有了。木头陀说，你摸摸看，你的眉毛是否还在？我摸了摸眉棱骨的地方，说，还在。木头陀说，既然眉毛还在眼睛上，你怎么能说自己什么都没有了？我张开嘴呵出一口气说，我的嘴也在，这里面除了舌头，什么都没有了。木头陀说，倘使你出家只是为了混口饭吃，终归是个饭桶和尚。以后你若是有肉可吃，有酒可喝，早晚还是要还俗的。

木头陀给我打来了一碗冒尖的米饭，饭后又给我牵来一匹骡子，说，你爹没了，以后就跟它做伴吧。

这匹骡子是公驴与母马交配所生的，长得像马，所以叫马骡。它有一副强壮的身子骨，还有一副好脾气。在木头陀的安排下，我暂且在寺庙后面的柴房里住了下来，柴房旁边就是马厩。没事的时候，我喜欢跑过去跟马骡说话。它用清亮的眼睛看着我，便让我想起佛前的长明灯来。骡子既不是马，又不是驴。我呢，既不是人，也不是鱼。他们说得没错，我是怪物，当然是要跟怪物生活在一起了。话说回来，有了骡子，我手头就有活可干了。寺庙里的沙弥在山下采集了一些货物之后，就吩咐我牵着骡子去驮运。

有时，我经过半山腰的梦庵，里面会有一位师姑咿呀一声打开柴扉，一身缁衣，一张素净的脸，探出门外，合掌行礼、念声佛号之后，便递给我一张字条——那手骨真是纤细，可以看得见淡青色的筋脉——细声细气地交代我下山后顺便帮她带些这样或那样的物什。她便是静莲师太，木头陀的妹妹。听说她自出生以来就不沾荤腥，小时候见人就合掌微笑，见佛就拜，不到十岁就出家做了师姑，每天念经书一部、法号两万声，抄经文五百字。木头陀说，静莲师太虽然年纪比他小得多，但道根已深，从她身上可以看到"大丈夫相"。有这种大丈夫相，离成佛也就不远了。但在我眼里，静莲师太就是个女人。是一个跟我娘一样温和、柔弱的女人。我娘已经死去十多年了。

衔草寺和梦庵都是小庙小庵，香火不旺，门头清寂。木头陀除了每天抄写经文，闲时还斫琴，一床床挂在墙上，那些爱风雅的居士如果喜欢，可以给寺庙捐点香金，"请"走几纸经文、一床琴。这些钱勉强可以养活庙里的十来个和尚。

木头陀斫琴，用得上各种木头。一般来说，一张琴要用两种木材合成。面板可用桐木，底板可用梓木。木头陀说，一面是阴，一面是阳。这琴才能合成一体。用佛家的话来说，这叫一合相。不过，木头陀对木材倒不是很讲究。没有桐木、梓木也不打紧，有时还可以用别的木头代替。平常没事，我就牵着骡子在山上或乡间转悠，专收陈木。木头陀看中了，我就拉去解板。给衔草寺干这些粗活，也可以赏饭的。木头陀持过午不食戒，每天只吃一碗粥。但我每回过来，他总是以饭招待。他说，干体力活的人，有饭落肚才管饱；不干体力活的人，吃点粥，也能管饱。

我从此把木头陀当作我的亲人。

我也想有个一辈子都属于自己的女人。斫琴所用的木头都要由一阴一阳合成的，何况是人？两个人的生活虽然难免有缺憾，但没有女人的男人毕竟是不完整的。在黑暗中独处时，我脑子里时常飘过一个女人的身影，柔柔的，白白的。但每回洗澡时看到自己一身铠甲般的鱼鳞皮，我就泄气了。因此，我总是像醒来后竭力忘掉夜晚的噩梦那样，从脑子里抹掉那个女人的身影。

有一回，我和木头陀一道去山中寻找陈木，出了一身汗之后，浑身散发着一股刺鼻的鱼腥味。我看见半山腰处有一口水潭，就赶紧脱了衣裳，一头扎进去，舒舒服服地泡了个澡。木头陀看着我一身的鱼鳞皮说，你的脑袋已经进化为人，身体却还是鱼。我问，法师可有什么法子将我的鱼鳞皮除去？木头陀说，这一副臭皮囊，是父母所赐，它该是怎样就是怎样，你理它作甚？我说，我眼睛看着，心里难受。木头陀说，人有一双美目，到头来还不是要烂掉？人有一身强壮的肌肉，到头来还不是被蛆虫吃掉？木头陀接着就给我讲了一个故事：他的师父坐化时，一直保持吉祥卧的姿势，弟子们都觉得他已修成了金刚不坏之身。然而没过几天，他的身体竟散发出一股尸臭，之后全身的皮肉尽皆腐烂，流出黄水。不过，与众不同的是，那些蛆虫居然还能列队从他的七窍里面爬出来，一点儿都不慌乱。木头陀从身与头的两无是处，说到"凡所有相，皆是虚妄"，我就听不明白他说什么了。为了打消我的妄念，他跟我说了许多，可我还是不能让自己变得轻松起来。

无聊的时候，我也会坐下来翻翻经文，或是听木头陀说法。可是怎么办？我的心地越是干净，越是无法容忍浑身上下的鱼鳞皮，以及它散发出来的鱼腥味。人有了身体，忧患就开始了。这是木头陀说的。也许不是木头陀说的，是某个说不上是谁的老人家说的。

刽子手雷大头来了，好威风呵。他们说。小淫贼，剜了他的心，剖了他的肺，喂狗吃了吧。他们说。哐哐哐。哐哐哐。有人鸣锣开道，县太爷也过来看热闹了。车马兵甲好威猛，转眼间灰飞烟灭。更莫说这一头黑溜溜秀发，那一身硬邦邦的肌肉，到头来都是枯骨死灰。衔草寺里木头陀说色身。也说山河大地梦幻泡影。笃笃笃。笃笃笃。梦庵里的静莲师太，我把她放在心里供着了。回避。肃静。回避。肃静。县太爷来了。县太爷好威风呵。午时三刻转眼间到了。我总算是等到这一刻了。身体里有什么东西在吱吱作响？那是灵魂？那看不见摸不着的小东西是否要急着跑出来？还有那耳边呜呜作响的，又是什么？呃，是风声吧。冬日的风，一刀一刀的，直割人的耳。有人把我这一头乱发扎成一束稻草，露出后面一段细长脖子。风一吹，脖子上这颗原本沉重的脑袋忽又变得轻盈了。小淫贼，剜了他的心，剁了他的肺，喂狗吃了吧。他们说。刽子手雷大头来了，好威风呵。他们说。

初识雷大头是在去年秋决过后。那天午后，我背着呜咽作响的北风，在寺庙后院劈着木头，听得两个小沙弥正聊着闲话。

一个说，都已经是深秋了，这庙里怎么又闹蚊蝇了？另一个说，难道你还不明白，这蚊蝇是法师的朋友带来的。

哪位？

就是在法场上拿刀的那位呀。

他来了，为什么就带来蚊蝇？

这你就不懂了。

他们说着说着就转到别处去了。

是夜，灯还未熄，就有一只蚊子迫不及待地叮我左臂，我当即用右手拍死蚊子。左臂留下了一道蚊子状的血迹，蚊子的尸身却粘在我右手的掌心了。事后没过多久，奇怪的事发生了：那只被蚊子叮过的左臂没有发痒，拍死蚊子的右手掌心却奇痒难搔。本来想以这事请教木头陀的，但觉得小事一桩不足以搅扰人家，作罢。熄灯之后，我细细琢磨，不得其解，只能说是因为我右手杀生之后，突然起了悔意，以至左臂的痒突然转移到了右手掌心。但清晨起来转念又想：人生了杀生的念头，全身都是杀气，所造之业，岂分左手和右手？出门，太阳照在身上，觉得自己为杀死一只蚊子而苦恼实在荒唐。

下午，我把几根陈木送到木头陀的房间时，迎面就看见一副木架上正挂着一把刀，刀上血迹未干，也许还会有蚊蝇停在那里忘情地啜饮吧。

之前就曾听木头陀说过，他有个好朋友，叫雷大头，是章丘城里的刽子手。每年秋决之后，他就带着犹沾血迹的刀来到寺庙，同木头陀一道，念三天三夜的经，超度亡魂。

禅房里坐着三个人：木头陀和静莲师太相对坐着，我只能看到他们的侧影，正对我坐着的那一位黑脸团团，胡子拉碴，自然就是雷大头了。多年前，阿爹带我去西门外看杀头，我迟迟不敢近前，但阿爹不管三七二十一，一把抓住我就扛在肩上，大踏步走进人群里。阿爹指着一个袒露半身的壮汉说，喏，他就是刽子手雷大头了。此人手执一刀，气定神闲。手一挥，脑袋落地。然后就是一片喝彩声。他十分满意地收起刀，眼睛微闭，嘴里好像念了几句什么，大概是希望死者莫要变成厉鬼，找他麻烦。他的脑壳很大，所以城里的人都管他叫雷大头。至于他真名叫什么，似乎也没有听人喊过。

见我进来，木头陀就向雷大头介绍说，你家里那张琴所用的陈木，就是他从济南府一座废弃的老宅里驮过来的。

雷大头双手合十，向我道了声谢。我问，你也弹琴？雷大头说，我是粗人一个，哪会弹琴？只是把琴挂在家中的墙壁上，每天看看也好。我那琴是法师弹过的，每晚夜深人静的时候，我对着那把琴，耳边就好似真的有琴声传来。琴的正音能辟邪气呢。

木头陀说，今日静莲师太正好也在，不如请她为你抚一曲。

静莲师太说，我的琴是法师教出来的，怎么敢在这里卖弄？

雷大头说，只怕我在这里，浊气太重，污了琴声。

法师说，你虽然是拿屠刀的，却有正心。

静莲也点了点头说，那我不妨在这里弹一曲。

师太这一弹，小小的禅房就有了天地，有了望不到尽头的青草，滚滚而来的白云；霎时间，有了男人，也有了女人；有了对话，也有了独语。这曲子我似曾听过，却忘了名字。先前听法师说，这曲子说的是一个女子在佛前倾诉自己一生的痛苦与爱，末后一段，就是女子安静下来，听佛如是说。然而，法师说，在凡人听来，这曲子仿佛是男女之间的絮语，有缠绵不尽之意。

师太弹完一曲，雷大头竟齐刷刷流下了两行眼泪。过了许久，他才开口说，方才听琴，忽然想起多年前遇到的一名窑姐儿，她会弹唱，也会作诗，天可怜见呵，只因有一回接客时那位老爷突然栽倒在她身上，七窍流血而死，她就被差人拘了去。她有理说不清，居然被县太爷稀里糊涂地判了个死刑。行刑时，我着实于心不忍，手一抖，没从骨缝下刀，那颗脑袋竟连皮带骨粘在脖子上，嘴唇一张一翕，一迭声地唤着"好痛呀好痛呀"。至今想起那一幕，手心都会出汗，心里直喊痛。

师太双手合十说，人人都说你是一个杀人不眨眼的刽子手，却不晓得你有一副菩萨心肠。

雷大头说，这么多年来，我一直谨记师父的教诲：一念成佛，一念成魔；手上即便有刀，心里也要有佛。我原本是收尸人的儿子，家里兄弟姐妹太多，父母养不起，就把我过继给刽子手做义子。十岁的时候，师父就开始教我如何杀地上会跑的兽、水里会游的鱼、空中会飞的鸟。他总是盯着我说，你的眼睛里有杀气，你的手上有杀气，这样子不行，等你身上没有一点杀气之后，方可做刽子手。可我还是太急于求成了。师父死后，我即刻补了他的缺。师父传授的刀法说穿了很简单，只有四招：出刀、举刀、挥刀、收刀。可是，你要是想把这四招全都练好，至少要花十几年的功夫。即便如此，这二十年间，我还是会出点差错，留点遗憾什么的。直到两年前有一天，我遇到了一个奇人，不仅赐我这把宝刀，还把奇妙的刀法倾心传授给我。

遇到奇人，必有奇事，师太说，不妨说来听听。

我没想到，法师和师太对刽子手的砍头活儿也很好奇，听雷大头一一道来，他们时而发出一声"噫"，时而又发出一声"唉"，更多的时候是双手合十，念声佛号。下面便是刽子手雷大头给我们讲述的一次奇遇：

两年前，章丘县危山一带闹匪乱，死了不少人。雷大头奉官府之命去收尸。那一路上，到处可闻一片嗡嗡声。身边的人说，这些苍蝇都是冤魂的化身，他们在哭诉，在喊冤哪。雷大头正要把一具无头尸往袋子里装时，忽听得一个沙哑的声音：兄台，有劳了。雷大头十分警觉地缩回了手。环顾四周，没见人影。怔愣间，又听得一个声音：兄台，我就在你眼皮底下。雷大头低下头，看见那个头颅正咧着嘴，跟他打招呼，声音跟一缕烟似的飘上来。他擦了擦眼睛，再细瞧，那张嘴微微地张开，又缓缓地合拢。随行的人见了都赶紧丢开手中绳子，撒腿跑了。雷大头依旧留在那里，跟那颗脑袋聊了起来。不过一会儿，走来一个形如枯木的老道，手里拿着一个布袋，对雷大头说，身体你拿去，头就交我吧。雷大头不解地问，你要脑袋做什么用？老道说，死者是我弟子，我过来的时候，他身上已扎出了好几个血窟窿，他在奄奄一息之际恳求我给他补一刀，早作解脱。我见他这痛苦模样，就毫不客气地砍下他的脑袋。这时，脑袋又开口说话了：我原本以为，我可以死了，谁承想，我的脑袋与身体分离之后，竟没有丝毫疼痛，而且还有知觉，也不知道师父施了什么法术。老道拈须一笑说，你我师徒有缘，心灵感应，这一刀若是落在别人身上还未必有这奇效。说着，他就提起头颅，放进布袋。雷大头突然回过神来，扑通一下跪在老道面前，请求他授以刀法。老道发出了爽朗的笑声，说，我知道你叫雷大头，而且素知你身为刽子手，却有一片善心。今番我失去一个弟子，又平白得了一个弟子，算是造化的补偿吧。就这样，老道把雷大头带到一座山上，授以刀法和秘咒。学成之后，师父又赠他一把宝刀，让他在一匹狼身上下手。雷大头斩落狼头后，那狼头在地上滴溜溜转了一圈，居然还能叫两声。雷大头十分满意地收刀入鞘，正要跟师父说话时，师父已飘然下山，迅速变成一个黑点，没入树丛。之后他就再也没见过师父一面了。

我就此记住了雷大头的故事。当然，还有那把刀。

雷大头的刀在木头陀的禅房里挂了一个月后，血迹全无，仿佛刚刚磨出来的。他来衔草寺取了宝刀之后，经过后院，见我正在劈木头，就蹲下来，夺过我手中的斧头，跟我讲解劈木头的几种方法。我说，你能否让我开个眼界，用手中的宝刀劈一下木头？雷大头也没二话，就拔出刀来，随手一挥，砍掉了我身边的一根木头。我还没看清，他已收刀入鞘。

我问雷大头，能否让我摸一下你的宝刀？雷大头说，你敢摸吗？我说，又不是老虎屁股，有什么不敢的？我伸手摸了一下刀柄，立马缩回。那一瞬间，一种让我手上的血液骤然变冷的东西一点点扩散到全身。

想跟我学这门手艺活？雷大头问。

我摇了摇头。天色尚早，我给他斟了粗茶，请他坐下来聊会儿天。他把刀放在一边，兀自喝着茶。喉结一上一下地滚动。从瓜架上投射下来的阳光，静默地伏在他那双粗壮的手上。

那晚，我梦里出现了雷大头的刀和那只握刀的手。

第二回见雷大头，我们就喝起酒来了。坐在那间动一下手脚就有可能碰落灰尘的屋子里，我喝得浑身发热，并没有觉出外人所说的那种阴寒之气。对面的土墙上，跟那把刀并排挂着的，是一床木头陀所斫的琴。他说这样可以调和阴阳之气，我实在不明就里。

我们都是独身，性格孤僻，说起话来还真个投缘。我告诉他，很早以前，我就听阿爹说起过他的一桩轶事：一天傍晚，他喝了点酒，独自一人穿过一座山，经过一条狭窄的山路时，迎面撞上一只老虎。他走上前去，摸了摸老虎的前额，老虎竟低下了头，从他身边过去了。

雷大头点点头说，有这回事，但情节有点夸张，那日，他在山中一家酒店喝醉了酒，独自一人扶篱摸壁回去，天色还没完全暗下来，朦胧间看见一头庞然大物立在面前。他看得不甚分明，便打算上前打个招呼，走近了，才发现眼前站着的便是一只老虎。老虎看他一眼，就转头离开了。回到家中，他睡了一觉，方始清醒过来，回想起那只吊睛白额大虫，身上直冒冷汗。他弄不明白，老虎见了他何以没有猛扑过来。他曾将这事告诉木头陀，木头陀解释说，他刚刚从法场回来，身上的煞气重，老虎也怕。

我身上的煞气太重了，雷大头说，所以要借助佛法，消除一身煞气。

说话间，有几只老鼠不晓得从哪儿钻出来，左右嗅嗅。雷大头把碟子里面的罗汉豆丢几颗在地上，老鼠叼了，又回到黑黢黢的洞穴里去了。雷大头砍过不少人头，却没有杀过一只老鼠、臭虫什么的。这是木头陀说的。

我问，时常听法师说色身，你可知道什么叫色身？雷大头说，色身嘛，就是肉体之身。我又问，色身都是虚妄的吧？雷大头点了点头。又问，你跟女人睡过吗？雷大头说，早年间睡过一次。我说，一个人不曾进入过女人的身体，如同未生一般。所以，像我这样的人，已是生不如死。雷大头吞了一口酒，长叹一声说，跟我睡过的是一个女犯，到了秋决的时候，她的脑袋还是我亲手砍掉的。

上回你说，有位老道传你身首分离的刀法，可曾在人身上试过？

不曾。

可否拿我试刀？

什么？莫非你要我削去这一身鱼鳞皮吗？我的刀法再好也帮不了你这个忙。

不，我是说，你可以直接给我脖子间来一刀痛快的。

我这么做就无异于杀人，你以为我醉了吗？告诉你，我没醉。

我也没醉。实话跟你说吧，在这世上，我就是不愿意做一个人首鱼身的怪物。

你没醉，可是你疯了你知道不？

求求你，就拿我的脑袋试一下吧。

师父说，行此身首分离续命术，除了念咒，非得两人心灵感应不可。

那么，就让我做你的徒弟吧。

我醉了，不知道你在讲些什么。你也醉了，是不是？有事明天再说吧。

我跟刽子手雷大头歪歪斜斜地躺在一张破床上，一直睡到日光照亮东窗。我是被嘴里的一口苦味呛醒的。酒醒了，脑子醒了，舌头也醒了。雷大头还是死活不肯收我这个人头鱼身的怪物做徒弟，但他自此把我当作兄弟来看待。

跟刽子手雷大头熟识之后，我的脑袋便决意要跟身体作别了。一颗头颅，暂寄项上，浑浑噩噩，不觉间又过了一年。我虽说没有跟自己的身体反目成仇，但我对它的厌憎已是日甚一日。每晚睡下的时候，只觉心里有一团黏稠的、化不去的黑暗，跟蛇一样盘着。那一晚，我喝了点酒，竟做了一个春梦。我梦见了什么？当然是女人。确切地说，是师姑（师姑当然也是女人）。师姑盘腿坐在床上，整个身体被绯红色的圆光笼罩着，仿佛正在入定。我大着胆子，伸手探了探她的鼻子，尚有微细的鼻息。我的手指碰到了她的嘴唇，她没吭声。我的手不听使唤了，沿着脖子，一径滑入了领子，触摸到了锁骨和肩胛窝。这双手仿佛在那一瞬间变成了两尾鱼，在她衣服里面游动起来。

我醒来后，回想梦中那个女人的面容，猛然坐起。那个师姑不正是梦庵的静莲师太吗？一个月前，她沐浴更衣后，跏趺而坐，弟子过来问话，她没反应，推她，也无动静。起初庵里面的众尼都以为她是入于禅定，后来过了一天，才晓得她已经坐亡。跟别的僧尼不同的是，她圆寂之后身相如生，脸上仍见肉色。据说这事惊动了京城，朝廷特地派来了宫廷画师，说是要给师姑写容；地方官员、缙绅、男女两众也都闻风过来，持香礼拜，称她为肉身菩萨。

我从那个绯红色的梦里脱身出来的时候，手指上还留着一丝温热，好像我真的触摸过什么。尽管是做了一个荒唐的梦，但我还是感到羞愧难当。我下了床，走到门外，撒了一泡尿。听见枯叶瑟瑟作响，禁不住打了个冷战。那一刻，回到柴房里，我突然想找点什么。找了好久，才想起，我要找的，原来是酒。喝了点酒，我就有了一种想干点什么的冲动。一个人下定决心之际，仿佛能听到内心传来咔嚓一声。咔嚓，那么果断的一个决定。

兄弟，喝了这碗酒吧。雷大头把满满一碗酒递了上来。那酒看上去分明是一碗汤药，黑乎乎的，像冷天里凝固的猪血。如果此刻能配上豆脯栗子肉就好了。过了午时，对面的醒春居又会有人喊着豆脯栗子肉了。他们就要吃掉我喜欢的豆脯栗子肉了。

那天是我留在衔草寺的最后一天。我偷偷吃掉了一碗豆脯栗子肉，也许还吃了点别的什么。总之，我把所有的食物都留给身体了。直到傍晚，我就牵着骡子下山去。途中碰到一些熟人，他们打量一眼驴背上的靛蓝布袋，就问，送货吗？我说，法师刚做了两床琴，今晚就给买主送去。我下得山后，钟声飘了过来，又随风飘远了。庙在夕阳那边，红得像一片枫叶。

下山之后我就知道自己不会回到衔草寺了。我骑着骡子出了章丘城，前面连荒村野店都没有，只有一座茅草搭就的路寮，但我还是不敢在那里借宿。我知道，明天天一亮，章丘城里就会传出肉身菩萨被盗的消息。再过些时辰，就会传出官兵追捕我的消息了。我也没有打算穿州越府跑得更远，只是想去城外走走。在这个清冷的夜晚，蹄声由轻快而变得滞重。骡子跑着跑着，突然停下来，分开后腿撒了一泡尿，月光下，尿色淡白，且带泡沫，表明它已极其疲乏了。举目四望，分不清远处是野水还是月光。我翻身下来，身上的勇气仿佛被黑暗一点点吸走，脚下不稳，打了个趔趄，险些瘫软在地。我把骡背上的布袋卸下，放在一边。骡子歪歪斜斜地躺在一边，发出吭哧吭哧的声响。夜风吹来，我冷得直打哆嗦。月光下，我仅凭嗅觉，就找到了几块干牛粪，因为外层被夜露打湿，不易点燃，我不得不弄来一堆枯叶，费了点劲才把它引燃。等牛粪烘干之后，我就把它投进火堆里。我的手脚慢慢开始暖和起来了。

师太，请了。我打开布袋，对里面那个一辈子都没沾过荤腥的女人说，恕我失礼了。师太手柔足小，身体看起来只是比琴体大一点，手指间依稀可闻桐木的清香。我摩挲了一下她的四肢关节，让她盘起腿来，端坐树下。师太当初死状吉祥，即便经过这一路颠簸，她的脸庞在火光映照之下也依旧是一副庄重淡静的表情。我跪在师太跟前，告诉她，我想完成一个凤愿，这事只有她可以帮得上忙。因为冷，我的舌头显得不够利索。风从我们中间吹过，我想风会把我的话带给她的。天地是她的，也是我的，有男有女的天地是完整的。我念了一句佛号，直觉得口舌生津，眼中涌出了喜悦的泪水。当我抬头之际，似乎看到师太的脸上露出了似笑非笑的表情。

我没想到自己的行踪这么快就被人发现了。远处有人直着嗓子咋呼，好像是看到了林中的篝火。静着的天空忽然有了异样的响动，起初以为是闷雷。细听，才发觉这声音是从地底传来的。随后，一阵急骤的马蹄声掩涌而至，我有一种即将被流水淹没的感觉。我紧紧地抱住师太，好像随时会有一股流水把她从我身边卷走。马蹄声近了，一群人下了马，形成了一个包围圈。他们踩着积叶，在黑暗中跑动，风声满地。我大着胆子睁开眼时，一匹马的阴影已迅速覆盖了我的脑袋。带头的那个官差举起火把，在我脸上照了照，随即翻身下马，用刀指着我的脑门。一阵风忽地朝我吹来——经过刀刃吹来的风让我禁不住打了一个冷战。我终于听到心底里有什么东西坠地的声音了。

拿刀的雷大头，还是跟往常一样板着脸。我跪着，他站着，圆壮的肚皮在我眼前凸显着。彼此间只是对视一眼，点一点头，没有多余的话。除了对自己在那一瞬间表现出来的平静微微感到有些吃惊之外，我心里居然还滋生出一种要跟身体就此诀别的急迫感——船要离岸，一个人要远离自己厌憎的地方，大概就是这样一种感觉吧。刽子手雷大头近乎无声地拔出刀来，双手举着，向天地敬拜，嘴里还念念有词。念毕，刀对着太阳晃了晃，一道光嗖地一下反射到我的眼睛。然后，他就站到我身后一侧。我能感觉到他的刀正对着我脖子间的某道骨缝，斜斜地举起来。那一刻，我还是没忘记瞥一眼自己的身体。这应该是最后一瞥了。

是呀，他们说得没错，我是强盗的儿子，天生就是做贼的料。不过，我偷的不是别的什么东西，而是人。也不是人，是死掉的人，应该叫尸体。也不是尸体，应该叫肉身菩萨。这一回，县太爷动了怒，满脸溅朱。公堂里我满耳都是他呵斥的声音。什么，竟有这等事？伤天理呵，你竟盗了肉身菩萨。你的手伸进福田衣底了吗？你这恋尸的狂生，伤天理呵，非但辱尸，而且渎神，犯的是人神共愤的大罪呵。来人，先拖出去当众打他五十大板，再斩狗头。噼噼啪啪。噼噼啪啪。他们在打我的肉身，而我却在一边叫好。打完了，我被几个差人从门外拖到了公堂，待画完了押，县太爷就拿起朱笔，在纸上重重地点了一下。然后掷笔离开。

眼看这一年秋决的时辰又快到了。

我坐在牢里，一直等待着雷大头手中的刀。但我等来的却是木头陀。说实话，我有点羞于见他。深夜吃过辞阳饭后，我就看见木头陀手里抱着琴，来到我跟前，盘腿坐下。木头陀说，人身难得，佛法难闻，你何苦如此？我问，你都知道了？木头陀说，都知道了。我说，知道我的人只有两个，一个是你，一个是雷大头。木头陀说，还有一人，是师太。我双手合十，说，这回我让师太蒙羞，真是愧疚啊。木头陀说，既然你已经抱着必死的念头，我也不再劝阻。我有一曲，是神灵所授，只在半夜弹，而且只弹给将死之人听。你若不嫌憎，我就为你弹一曲，送你上路吧。

木头陀的手指在弦上挥动之际，我的心尖颤抖了一下。听着这曲子，我感觉自己跟一只白鸥似的，在海上飘飘荡荡，找不到岸，也不辨方向。忽然，一轮红日跃出海面，一道金光下隐隐约约浮现出一线岛屿。我的脑袋晃荡了一下，岛屿、红日随着波浪浮荡起来。一切都似隐似现。外面风声一忽儿紧，一忽儿慢，灯光也是忽明忽暗的。木头陀弹毕，双手凝然不动，琴曲却在我耳畔缭绕不绝，暗夜里有了暖意，不能说，于是默然地喝上一口水，把要说的话含在唇齿间了。

木头陀也没说什么，就抱琴走了。灯灭后，琴声又响了起来。我拍了拍自己的身体，告诉它：你在世上的日子已经到头了。

日子已经到头了，日子已经到头了，阿爹在临终前也是这么说的。日头落下，日头出来，阿爹说，两个日头之间无非是夹着几个梦罢了。梦这东西，到头来还是随了身体，一并消散。都是空的，都是空的。

风是斜斜地刮过来。咔嚓一声，我的脑袋飞了起来。

然后，我就听到自己发出一声赞叹：好快刀！

写于2017年仲春

（原载《作家》2017年第6期）

气　球

◎万玛才旦

　　达杰翻遍了抽屉，翻遍了枕头底下，翻遍了所有能翻的地方，最后也没有翻到那个玩意儿。

　　他问他的老婆卓嘎，她说她也没看到。

　　完事之后，他就骑着他那辆破摩托车上路了。

　　路上，他远远看见两个小儿子各自牵着一个气球似的奇形怪状的玩意儿在玩。

　　走到近处，他才看清了那是个什么。他瞪大眼睛问两个儿子："这玩意儿哪儿来的？"

　　两个儿子也瞪大眼睛互相看了看，没有说话。

　　跟两个儿子一起放羊的达杰的老父亲瞪大眼睛问："这两个孩子今天一大早就拿着这么个玩意儿玩来玩去的，这是个什么呀？"

　　达杰继续瞪大眼睛瞪着两个儿子，之后又瞪着老人，没好气地说："这是气球！"

　　老人有点不服气的样子，瞪着达杰说："你想骗谁啊？气球是圆的，这怎么是气球啊？怪模怪样的！"

　　达杰继续瞪着老人，语气生硬地说："这也是气球！"

　　老人没再说什么，转过头去，嘴里突然冒出了一句经咒："嗡嘛呢叭咪吽！"

　　"嗡嘛呢叭咪吽"是观世音菩萨心咒。老人不识字，念不了太多其他经文，平常喜欢把这句挂在嘴边。别人问他你就不会念点别的经文吗时，他总是笑着说："这就够了，所有的经文就包含在这里面了。你能念够一亿遍，你也就算是备好了去那个世界的资粮了。"

　　达杰知道这也是老人表示不满意的方式之一。他没理老父亲，自己点了一支烟，站起来继续瞪大眼睛把两个孩子手上的玩意儿——弄破了。

　　那两个玩意儿相继发出"噗噗"的声音，恢复了它们本来的面目，变成两块很小的蔫不拉唧的东西，萎缩在了那儿。它们原来是两只安全套。

两个孩子眼睁睁地看着他们的玩意儿突然之间变成了另外的他们不想看到的什么东西，突然间放开嗓门哭了起来。

老人这次没有念六字真言，直接扭过头来瞪着达杰问："你干吗把小孩子的玩意儿给弄破了？"

达杰瞪大眼睛没说话，笑了笑，继续抽烟。

两个孩子揉着眼睛继续哭，声音更大了。

老人继续瞪大眼睛问达杰："我说你没事把小孩子的玩意儿弄破干吗？"

达杰没好气地看着老父亲说："那不是什么好玩意儿！"

老人问："那你刚才不是说那是气球吗？气球怎么不是好玩意儿了？"

达杰想了想，不知道该怎么解释，最后说："那不是小孩子玩的气球，你不懂！"

老人有点咄咄逼人的样子，继续问："那你的意思是说那是大人玩的气球吗？"

达杰这时忍不住"呵呵"地笑了。

老人瞪着他问："你说说那是个什么玩意儿？"

两个孩子这时哭着嚷起来了："就是气球，就是气球！"

看老人还在瞪着自己，达杰只好哄两个孩子说："好了好了，下次我到县城给你们一人买一个彩色的气球，比这个好玩多了。"

两个孩子继续哭着，问："你说的是真的吗？"

这时，达杰笑了，看了看老父亲说："真的，阿爸说话算话，不会骗你们的。"

两个孩子这才破涕为笑，眼泪鼻涕抹了一脸。

老人又念了一遍六字真言："嗡嘛呢叭咪吽。"这也是平常他用来转换情绪的一种方法，就看他用什么语气念了。老人这时的语气变得缓和了。

老人拨了一粒念珠之后问达杰："你是去邻村借种羊吗？"

达杰说："是，这次去借个好种羊。"

老人也会意地笑了。

达杰看着老人手上的念珠问："你快念够一亿遍了吧？"

老人的脸上充满了一种满足感，说："快了，快了。"

之后，他们又随便聊了几句。

之后，达杰就发动那辆破摩托车上路了。摩托车发出"隆隆"的声响，后面冒出了浓烟。

摩托车开出很远，老人还在后面喊："去了一定要借只优质的种羊回来啊，那些一般的种羊都不顶什么用。"

天快黑时，达杰已经站在邻村朋友家的羊圈边上了。

朋友看着羊圈里的几只种羊说："今年我买了几只新疆种羊，听说很不错，你也带一只回去试试吧。"

达杰也看着那些种羊说："新疆种羊肯定不错，这两年我的羊群在退化，正需要好好改良改良。"

新疆的种羊们看上去很壮硕，蠢蠢欲动地跟在一些母羊后面跑来跑去的，显得躁动不安。它们的下垂的睾丸都用一块脏得都快看不清颜色的布紧紧地裹着。

晚上他俩喝了不少酒，聊了不少事情。

第二天一早，达杰的朋友就带达杰到了羊圈边上。达杰的朋友也是个壮硕的男人，他指着羊圈里的几只新疆种羊说："你自己随便挑一只吧。"

达杰看着那几只种羊，不知道该挑哪只，嘴里说："这些新疆种羊都很好，不知道该挑哪只呢。"

达杰的朋友满意地笑着，似乎达杰夸的是他。

达杰最后选中一只种羊，指给朋友看。朋友就让自己的儿子进羊圈捉那只种羊。朋友的儿子也是个壮硕的家伙，他在羊圈里追来追去追了好几圈才捉住了那只种羊。那头种羊看上去很威猛，几次差点从小伙子手中挣脱。

朋友看着达杰说："你的眼力真是不错啊，那只种羊是我花大价钱买的，居然被你一眼就看中了。"

达杰也谦虚地笑了笑说："你这会儿是不是有点舍不得了啊？"

朋友说："要不是我昨晚喝多了你的酒，我肯定不会把这只借给你的。这只我是打算自己用的。但既然话已经说出去了，你就拿去先用吧。"

达杰往摩托车后座上绑那只新疆种羊时，朋友的老婆和儿子还在旁边有点不情愿地看着种羊。

达杰返回家里时才上午九点多。

达杰把新疆种羊从摩托车后座上取下来放在地上时，那只种羊有点站不稳脚跟的样子。但一会儿之后就马上恢复正常了，精神抖擞起来了。

老人跑出来看种羊。他前前后后地看了几遍，很满意地点头。

达杰说："这是新疆种羊，听说很厉害。"

老人走过来拿掉裹着种羊下体的那块脏布，使劲地捏了一把种羊的睾丸，说了声："真不错！"

种羊似乎被捏疼了，发出了一声怪叫，退后一步冲过来，把老人给撞倒了。达杰马上拉住了种羊。

老人没有爬起来，只是看着种羊不住地点头，露出很满意的样子，突然间嘴里冒出一句"嗡嘛呢叭咪吽"，然后说："这种羊真是不错啊！"

达杰笑着把种羊拉过去拴在了旁边的木桩上。

这时，两个孩子也跑过来问达杰："阿爸，你给我俩买的彩色气球呢？"

达杰看着两个孩子说："阿爸这次没去县城，等下次去一定给你们买上。"

这时，老人也从地上慢慢爬起来了，慢吞吞地说："这新疆的种羊就是不一样，以前只是听说过，现在见了果然名副其实啊。"

达杰听到这话很高兴，似乎老父亲夸的不是种羊，而是他。

老人从旁边的屋里拿来一块崭新的红布说："现在得把种羊的睾丸给裹住了，这样配种的时候才有力量。"

达杰说："不是原来就有吗？干吗用块新布？"

老人说："你看那块布多脏啊，得用块好布，得图个好兆头。"

达杰看着老人笑了笑，没再说什么。

之后父子俩就用那块红布把新疆种羊的睾丸给重新裹了起来。被柔软的新布裹住睾丸的种羊显然很不适，一下子坐立不安起来。

达杰的老婆卓嘎从屋里出来了，故意提高嗓门干咳了两声。达杰父子俩的脸上立即严肃起来，老人的嘴里又念起了六字真言。

卓嘎不看他俩，也不看新来的种羊，看着前面的什么地方说："早饭好了。"

达杰对老人说："阿爸，你先进屋吧。"

待老人进屋之后，达杰笑嘻嘻地看着卓嘎指了指种羊说："看看，这次这只种羊怎么样啊?"

卓嘎也看着种羊嘻嘻地笑，说："看上去跟你一样!"

达杰笑了笑，说："我怎么能跟这只种羊比，这是新疆的种羊，是最好的种羊。"

卓嘎过去给拴在另一边的那只母羊喂水。那只母羊是只老母羊，一副没精打采的样子，喝了两口就停下了。老母羊也偶尔看看新来的新疆种羊。新疆种羊也不时看看那只似乎对它毫无兴趣的老母羊。

达杰看着老母羊说："这家伙已经连续两年没产羊羔了，看来也产不出羊羔了。"

卓嘎有点担心地说："可是，它还挺听话的。"

达杰说："听话有什么用? 它产不出羊羔就说明它没用!"

卓嘎拿眼睛瞪自己的丈夫，达杰有些不好意思起来，没话找话地说："你看给它喂水它也不喝。"

这时，老母羊像是好几天没喝水似的把盆子里的水喝了个精光，看着达杰和卓嘎。

卓嘎看着达杰笑。达杰看着老母羊说："这家伙好像能听懂我的话。"

卓嘎继续笑。这时，达杰却一本正经地说："过一个月咱们就得把它卖了，去交江洋下学期的学费生活费了。"

卓嘎停下笑，没有说话，过去又拿来一瓢水，倒到母羊前面的盆子里，看着母羊。这次，母羊没有喝，好像故意给达杰看。

羊圈外面传来一个男人的声音："喂，达杰，你在干吗啊?"

达杰抬头一看，见是乡卫生所的索南扎西，就指着拴在一边的新疆种羊说："噢，我从朋友那里借了一只种羊，这几天准备给母羊们配种哪。"

索南扎西看了一眼说："噢，是只新疆种羊吧，听说新疆种羊很好啊。"

达杰也看了一眼老婆卓嘎，笑着说："听说不错，听说不错。"

索南扎西也笑着说："那就好，那就好!"

说完准备走。卓嘎叫住他说："周措大夫这两天在吗？怎么没看到她啊？"

索南扎西说："她在呢，她这几天比较忙。怎么你要看病吗？"

卓嘎答非所问地说："噢，我就是问问。"

索南扎西"噢"一声之后就走了。

索南扎西走远后，达杰突然问卓嘎："你问周措大夫干什么？"

卓嘎赶紧说："哦，没什么。"

早饭之后，卓嘎就一个人去了乡上的卫生所。

索南扎西正在给一个病人看病。索南扎西让卓嘎坐在旁边的凳子上等。

卓嘎四处望了望，问索南扎西："你不是说周措大夫在吗？她去哪儿了？"

索南扎西也不看她，说："她出诊去看一个病人了，等会就回来，你先坐会吧。"

卓嘎"呀"了一声，不再东张西望了。

索南扎西给那个病人开了药，仔细交代了一番。

病人走后，索南扎西问卓嘎："你哪里不舒服？我可以帮你看看。"

卓嘎有点不好意思地说："你不能看，是女人的病。"

索南扎西笑着说："女人的病我们男大夫也可以看啊，谁说女人的病就只有女大夫能看？"

卓嘎笑了笑说："我还是等等周措大夫吧。"

索南扎西有点不高兴的样子，说："看看你们，都什么年代了，思想还这么保守。"

卓嘎只是笑着不说话。

索南扎西就不理她了，拿起一本杂志随便翻看着。

周措回来后跟卓嘎打招呼，没等卓嘎开口，索南扎西就抢先说："她在等你看病呢。"

周措说："那你怎么不帮她看看呢？"

索南扎西"哼"了一声，有点不高兴地说："她说是女人的病，不让我们男大夫看，非要让你看不可！"

周措看着卓嘎笑了笑，说："明白了，明白了。"

卓嘎有点不好意思的样子。周措看着索南扎西说："既然人家不愿意让你看，你还赖在这里干什么？这会儿你就不知道主动回避一下吗？"

索南扎西又"哼"了一声说："有什么大不了的，我又不是没见过女人！"

周措笑了，看着索南扎西说："你就别吹了，到现在连个媳妇都没娶上，你还吹什么！"

说完，周措和卓嘎都笑了起来。

索南扎西涨红了脸说："没娶媳妇不等于没见过女人！我是怕娶了个媳妇连最后那点自由也没有了！"

周措和卓嘎继续笑。

索南扎西从抽屉里拿了一包烟出去了，关上了门。

屋子里只剩下卓嘎和周措。

周措这时看着卓嘎说："说吧，你怎么了？"

卓嘎犹豫了一下，说："我想做结扎手术。"

周措说："咳，我还以为是什么大不了的事呢。"

卓嘎不说话了。周措突然问："你怎么突然想到做结扎手术了？"

卓嘎这才说："结扎了省事，不用再提心吊胆的。"

周措笑着问："不是给你们免费发了安全套了吗，也很省事啊，怎么不用啊？"

卓嘎说："用完了，最后两个还被小孩偷去当气球玩了呢。"

说完自己也忍不住笑了起来，周措也笑着说："你家那口子是只种羊吗？是不是到发情期了？发了那么多还不够！"

卓嘎不好意思地笑着，压低声音说："他这两年变得差不多和年轻时一样了，没个够，我也不知道怎么了。"

周措笑着说："你是不是让他吃了什么不该吃的好东西了？"

卓嘎也笑着说："什么不该吃的好东西？"

周措继续笑着说："我怎么知道啊？"

卓嘎说："没吃什么东西，就是偶尔吃点羊肉，除此之外我们还能有什么好吃的！"

周措说："听说羊肉那东西很补啊，你最好让他少吃点。"

卓嘎说："他就爱吃羊肉，我有什么办法。"

两人就笑起来。之后，卓嘎又问："你什么时候给我做？"

周措想了想说："下个月吧，正好你们村的几个妇女也要结扎，就一起做掉吧。"

卓嘎说："好吧。"

周措又笑着说："要不给你先上个环？"

卓嘎问："环？"

周措说："是啊，环。好上，今天就可以给你上了，也保险。"

卓嘎说："那个就算了。上次旺加媳妇上的那个东西不小心掉了，她家小女儿还当戒指戴着呢，被村里人笑话，羞死人了。"

周措就大笑起来，问："真的假的？"

卓嘎也笑着说："当然是真的。"

周措也笑着说："那就算了，那就算了，那个东西确实有点不保险。"

卓嘎笑着看周措，欲言又止的样子。

周措停住笑看着卓嘎说："你还有什么事吗？要是没事了得让索南扎西进来了，要不他会以为咱俩在搞什么鬼呢。"

卓嘎这才说："能再给我几个那个吗？"

周措故意问："什么那个？"

卓嘎有点不好意思地说："就是那个，免费发的那个，还能是哪个？"

周措这才恍然大悟似的说："哦哦，明白了，直接说嘛，这年纪了，还像个小姑娘似的。"

卓嘎说："我就是说不出口。"

周措说："早就发完了，没货了，下次到了多给你几个。"

卓嘎说："那我回去了。"

卓嘎准备走时，被周措叫住，打开自己的抽屉，从里面翻出一个安全套，说："这儿还有一个呢，你要吗？"

卓嘎笑着："一个有什么用呢？"

周措也笑着："拿着吧，万一有用呢？这还是留给我自己的呢。"

卓嘎笑着问："那你自己不用吗？"

周措说："这段时间我用不着。你到底要不要？不要我就给别人了。"

卓嘎就赶紧把那东西装进了口袋里。

达杰和卓嘎的大儿子叫江洋，在县城上初中，这会儿也放暑假回来了。回来的路上遇见了正在外面放羊的爷爷和两个弟弟。

老人见了江洋很高兴，抓住他的手问："江洋回来了，放假了？"

江洋说："放假了，我可以在家里待一个月。"

老人继续问："好好，在学校里没吃苦吧。"

江洋说："没有，没有吃苦。"

老人又仔细看了看江洋，说："没吃苦就好，不过有点瘦了。"

两个弟弟看着江洋问："带了什么好东西？给我们看看！"

江洋笑着从书包里拿出一本连环画给了两个弟弟。

两个弟弟说："没给我俩买什么吃的吗？"

江洋说："哥哥没钱，等以后有钱了再给你们买很多很多好吃的。"

然后又看着爷爷说："给爷爷也买很多很多好吃的。"

老人也笑。江洋就翻了一下连环画，说："这个很有意思。"

两个弟弟就接过去饶有兴趣地翻看着。

翻了一阵之后，三弟问："这小人书里面讲的什么故事呀？"

江洋说："这个故事叫和睦四兄弟，这个学期我们学校还排练过这个节目呢，我演里面的兔子，可有意思了。"

二弟问："这个故事讲什么呀？"

江洋说："这样吧，我教你们怎么演吧，这样你们就知道讲什么了。"

两个弟弟一起"呀呀"地喊起来。

江洋看着他俩说："要是还有一个小孩就好了，这个故事需要有四个小孩来演，现在咱们三个小孩怎么演啊？"

三弟指着老人说："让爷爷演嘛。"

老人摇了摇头，说："你们玩，我不玩。"

江洋也对老人说："爷爷，咱们一起玩吧，你演大象，很有意思的。"

老人坚决地说："这是小孩玩的，我不玩。"

三弟说："阿爸还说你越老越像个小孩呢，跟我们玩吧。"

老人瞪着小弟弟，问："他什么时候说的?"

三弟笑着说："你跟我们一起玩，我就给你说。"

江洋也说："爷爷，你就演大象吧，跟我们一起玩玩嘛。"

老人见推脱不掉只好笑着说："好吧，好吧。"

江洋把他们三个叫到跟前，很认真地说："那你们要听我的话啊，我说什么你们就得做什么。"

两个弟弟点头，爷爷也跟着点头。

江洋到处看了看，最后选了一个有树的地方。之后，江洋说："很久很久以前，一只大象、一只猴子、一只兔子、一只鹦鹉先后来到了一片非常美丽的草地上，那片草地上有一棵很高大的结满果实的树。过了一段时间，他们想结拜为兄弟，但不知道谁大谁小，于是他们就一个个地讲述到达这儿时这棵树那时的大小。"

然后看着老人说："爷爷，你是故事里面的大象，这是你现在要说的话：'我到这片草地时，这棵树已结出了果实，我在底下还吃过果子呢。'"

说完，问老人："爷爷，你记住你要说的话了吗?"

老人说："记住了，这个故事我知道。"

江洋说："那你说一遍。"

老人就又说了一遍。

江洋说："好，没有错，爷爷你要记住你要说的话啊。"

然后指了指自己的鼻子说："我演的是兔子，我说的话是：'我到这儿时，树已经长高了，但没有结出果实'。"

然后转向二弟，说："记住你是猴子，你要说的话是：'我到这儿时，这棵树很小，只有一些枝丫。'"

之后又问他："记住了没有。"

二弟说："记住了，太简单了。"

江洋说："那你把自己的话说一遍。"

二弟又说了一遍，一字不差，江洋夸完他之后转向三弟，说："记住你是鹦鹉，你要说的话是：'我到这儿时，这棵树只是一棵小小的幼苗，我还在上面撒过几次尿呢'。"

之后，江洋突然问三弟："你是谁?"

三弟不假思索地回答："我是鹦鹉。"

江洋又问："你要说的话是什么?"

三弟想了想说："我到这儿时，这棵树只是一棵小小的幼苗，我还在上面撒过几次尿呢。"

说完，三弟笑了，江洋说："好，你念对了。"

三弟"嘻嘻"地笑了一声，说："真好笑，鹦鹉还会尿尿吗?"

江洋瞪了他一眼说："你别管，书上就是这么写的。"

三弟问："书上写的都对吗?"

江洋说："书上写的当然对了，要不然我们学那个干吗?"

小弟弟就说："那好吧。"

江洋看着他的三个演员问："你们记住自己要说什么了吧。"

他们齐声说："记住了。"

然后江洋说："就这样，它们分出了长幼，依次结拜为兄弟，大象背着猴子，猴子背着兔子，兔子背着鹦鹉，互相尊敬，过起了美好的生活。"

这时，老人像是突然想起什么似的说："我应该演鹦鹉才对，现在反了，我演大象我倒成了最小的了。"

吃晚饭时，卓嘎特意煮了一锅羊肉。卓嘎把羊肉捞出来放在饭桌上说："江洋，你和弟弟们、爷爷，你们好好吃吧。"

达杰斜眼看了一眼卓嘎，说："怎么，你的意思是我不要吃吗?"

卓嘎也斜眼看着他说："你就少吃点吧。"

达杰说："为什么?"

卓嘎说："没什么，就让孩子和老人多吃点。"

江洋这时拿起一块肉给了达杰，看着阿妈说："阿爸也吃吧，这么多羊肉，我们吃不了那么多。"

达杰笑了，说："主要是你们要吃，主要是你们要吃。"

几个男人正在吃羊肉时，卓嘎的妹妹也来了。卓嘎的妹妹叫香曲卓玛，她在附近的一个尼姑寺当尼姑。大家都站起来迎接她，问候她。

卓嘎握住香曲卓玛的手问："在寺院没吃苦吧?"

香曲卓玛笑着说："没有没有。"

卓嘎又问："你怎么这个时候来了?"

香曲卓玛说："今年秋天我们要翻修寺院的大殿，寺院的尼姑都要去化缘，我听说今天江洋放暑假了，就来了，我需要他帮我。"

老人说："好事，好事，这是好事。"之后又看着达杰说："家里一定要多捐点。"

达杰也说："阿爸，这还用说吗? 咱们家捐得多，别人家才会多捐的。"

香曲卓玛笑着说："明天开始我就要挨家挨户去化缘，江洋要帮我登记什么的，我一个人忙不过来。"

卓嘎说："江洋也没什么事，就让他帮你吧，也算为自己积德了。"

两个孩子说："我俩也去。"

卓嘎："好好，你俩也去。"

老人接着说："明天我先带江洋去村里的嘛呢寺替他奶奶点上几盏酥油灯，这一个月来我梦见他奶奶几次了，有一次还问起了江洋。"

江洋对老人说："好好，咱俩先去嘛呢寺。"

两个弟弟也说："我俩也要去。"

老人看着他俩说："好好，你俩也去点酥油灯。"

香曲卓玛看着江洋说："江洋，你脖子上那个很大的黑痣还在吗? 你一生出来你阿妈卓嘎就认出来了，和你奶奶脖子上的黑痣一模一样，真是很神奇啊。"

江洋说："还在呢，好像还变大了。"

卓嘎笑着说："因为你也长大了嘛。"

两个孩子看着江洋说："哥哥，让我俩看看那个痣吧。"

江洋说："晚上睡觉时再让你们看。"

睡觉前，两个孩子很好奇地看了江洋脖子上的黑痣，想了想之后问老人："爷爷，哥哥真的是奶奶的转世吗?"

老人说："当然是啊，这还用问吗?"

两个孩子又问老人："如果哥哥是奶奶的转世，那我俩是谁的转世呢?"

170

老人被逗笑了，说："你们还没有确认是谁的转世，但肯定是六道轮回之中的某一个生灵的转世啊。"

三弟说："那我做你的转世吧，那样你对我也会像对哥哥江洋一样好的。"

老人瞪了他一眼，说："我还没死呢，转什么世啊？"

两个孩子有点不解地看着老人。

吃了早饭，他们就去了嘛呢寺。

他们把酥油灯点着之后，双手合十站在佛像前。老人一阵念念有词之后，闭着眼睛祈祷着。一会儿之后，又对三个孩子说："现在你们也可以祈祷了。"

三个孩子也闭上眼睛像模像样地祈祷，之后睁开眼睛看着老人。老人开始磕头。他们也跟着磕起头来，故意把额头撞在木地板上，发出"咚咚"的响声。

走出嘛呢寺时，太阳已经升起老高了。两个孩子问老人："爷爷，你刚才是怎么祈祷的？"

老人笑着说："我对你们的奶奶说你的转世江洋来给你点酥油灯了，你不用再牵挂了。"

两个孩子又问："那你没说我们俩也来给她点酥油灯了吗？"

老人大声地笑着："也说了，我说你的两个小孙子也来给你点酥油灯了。"

两个孩子就高兴地笑。笑完之后，又突然问："这样祈祷奶奶能听见吗？"

老人说："当然能听见，只要你说心里话就能听得见。"

两个小孩"哦"了一声。

老人问两个小孩："那说说你们俩怎么祈祷的？"

两个孩子看着江洋说："哥哥先说。"

江洋看了看老人说："其实我也没说什么，我就说我在学校里一切都很好，学习成绩也很好，请奶奶放心。"

老人又看三弟，三弟说："我祈祷奶奶提醒阿爸到时不要忘了给我们买气球。"

老人瞪了他一眼之后问二弟："你呢？"

二弟想了想，看着三弟说："我跟他的一样。"

老人随后骂了一句："没出息，要知道是这样就不带你俩来了。"

回来的路上，江洋问老人："爷爷，我真的是奶奶的转世吗？"

老人看了一眼江洋说："当然是啊，这还用问吗？你妈生下你时，我看见你脖子上那颗跟你奶奶脖子上一模一样的黑痣，我就知道是你奶奶的转世了。后来为你奶奶作法时，顿珠活佛也证实了这一点。"

江洋又问："我怎么一点也不知道呢？"

老人说："你长大了当然就不知道了，你刚会说话时还经常说一些你奶奶生前的事呢。"

江洋说："我怎么一点儿也不记得了？"

老人说："人越长大就越容易失去一些灵性的东西。"

卓嘎和尼姑妹妹香曲卓玛坐在炕上聊天时，香曲卓玛无意间在枕头底下发现了卓嘎从卫生所要来的那个安全套。

香曲卓玛拿起那个东西看了看问："这是什么？"

卓嘎从香曲卓玛手里抢过那个东西，笑着说："给我，快把那个东西给我。"

香曲卓玛看着卓嘎手里的那个东西，一脸好奇，问："快说啊，这到底是个什么东西？"

卓嘎暧昧地笑，不说话。

香曲卓玛又问："快告诉我，那是个什么东西？"

卓嘎这才凑过身子对着香曲卓玛的耳朵嘀咕了几句。香曲卓玛立即从姐姐身边逃开，显出很害羞的样子，嘴里发出"呸呸"的声音，不敢在姐姐面前抬起头来。

卓嘎就赶紧把那个东西给塞到枕头底下了。

香曲卓玛还是不解地看着那个地方，卓嘎起身出了屋子。

江洋回来之后，就和香曲卓玛去村里挨家挨户地化缘。村民都力所能及地捐一些钱和物，还说修建寺院大殿时一定去帮忙。香曲卓玛似乎有些意外地对江洋说："没想到村民们还是那样热情，没太大变化。"

他俩回到家时，江洋看见父亲和爷爷在羊圈里忙乎着，就过去帮忙了。待香曲卓玛进屋之后，达杰就把那只新疆种羊牵到了羊圈里。羊圈里的羊们显得有些不安，受了惊吓的样子。新疆种羊看见羊圈里的母羊们躁动不安起来。一些胆子大的母羊也主动过来谨慎地闻一闻新疆种羊身上的气味，又马上不安地离开了。

新疆种羊又盯着那只拴在羊圈边上的被喂养起来准备卖掉的母羊看，还发出"咩咩"的叫声。那只母羊有点惊慌，不敢看新疆种羊。

这时，达杰拉住新疆种羊笑着说："这是个不中用的家伙，这个就不用你费力了，等会你好好发挥就行了。"

老人也呵呵地笑着，看着新疆种羊。

江洋看了看那只拴着的母羊，又看看急不可耐的新疆种羊，又看了看父亲和爷爷的样子，脸上也露出一种奇怪的表情。

达杰看着老父亲说："阿爸，现在放开它吗?"

老人说："再等一会儿吧。"

他们就又等了一会儿。新疆种羊显得更加躁动不安。它看上去急于想挣脱拴住它的绳子，冲到羊群里。

老人终于解下围着种羊下体的那块红布，拿在手上看了看。那块红布脏兮兮的，沾满了种羊自己的精液。之后，老人就说："放开它吧。"

达杰放开了新疆种羊。

新疆种羊一下子挣脱达杰手里的绳子，万般饥渴地冲向羊群。

达杰和老人，还有江洋怔怔地看着冲进羊群的新疆种羊。他们看见新疆种羊跟在几只母羊后面，闻着它们的屁股。最后，新疆种羊跟定了一只母羊，追逐着那只母羊。新疆种羊在羊圈里把那只母羊追来追去的，有几次准备把前腿搭在母羊的身上，都没有成功。最后，新疆种羊终于把前腿搭在了母羊的身上，做出攻击的样子。

三个男人张大了嘴巴，一开始脸上的表情很严肃，慢慢露出了笑容。

屋里两个小孩子正趴在窗户边上，透过窗户的格子看外面羊圈里种羊配种。

过了一会儿，三弟说："看，哥哥你看，新疆种羊趴到那只母羊身上了。"

卓嘎和香曲卓玛这时正在做饭，听到孩子说话，就走过去看了一眼说："过来，小孩子不许看这个。"

两个孩子还是赖着不动。

卓嘎揪着两个孩子的耳朵，把他俩拉到锅台边上，让他俩帮着烧柴火。

烧了一会儿，二弟问："阿妈，阿爸他们把那只新疆种羊放到咱们家的羊群里是干什么呀？"

卓嘎看着香曲卓玛笑了笑说："小孩子不许知道这个。"

说完，尼姑妹妹也笑了起来。

连续配了两三次之后，新疆种羊身上那种蠢蠢欲动的劲儿几乎没有了，它只是站在离母羊们较远的地方，显出疲惫的样子。偶尔跟在几只母羊后面闻一闻，很显然也没有那么高的兴致了。偶尔几只母羊还主动过来闻一闻新疆种羊，用头蹭一蹭它，它也不怎么理它们。

趴在窗台后面的两个孩子也看着外面说："新疆种羊现在看上去好像很累很累的样子，也没有什么精神啊。"

卓嘎过来揪着他俩的耳朵说："去，你俩去炕上玩。"

两个孩子就乖乖地去炕上了。在炕上玩时，二弟无意间在枕头底下发现了那个安全套。二弟惊喜地碰了一下三弟，偷偷给他看。三弟看了一眼那东西，又看了一眼在锅台边上忙乎的卓嘎和香曲卓玛。

卓嘎看着他俩的样子问："你俩又在搞什么鬼啊？"

他俩说了声"没什么"，互相使了个眼色，赶紧把那个东西塞进裤兜里，起身从炕上下来了。

卓嘎盯着他俩问："你俩去哪里？"

两个孩子几乎异口同声地说："我俩出去玩。"

两个小孩出去时，看见父亲达杰走过去捉住了新疆种羊。之后，他让江洋捉住了一只母羊。母羊显得惊慌失措。达杰把新疆种羊往那只母羊旁边拉，老人也过来帮忙。新疆种羊有点抗拒，但最后还是被拉到了那只母羊旁边。

三个男人很吃力地让新疆种羊跟那只惊慌失措的母羊交配。之后，他们放了那只母羊。母羊惊慌失措地跑进羊群里，回过头看着新疆种羊和三个男人。

达杰又让江洋去捉另一只母羊。母羊们似乎都受惊了，到处跑。江洋在羊圈里到处追那只没有捉到的母羊。

达杰有点生气，让老人牵住新疆种羊，过去帮江洋捉那只母羊。江洋轻轻地走到那只母羊后面，一伸手抓住了母羊的后腿，但自己摔了一跤，母羊一蹿腿就跑掉了。

达杰看着很生气，跑到母羊前面从前面堵住母羊，看着摔倒在地上的江洋说："快起来，快起来捉住它！"

江洋慢吞吞地爬起来走过去伸手抓住了那只母羊的后腿。

达杰看着儿子笑，说："抓紧了，不要让它再跑了，就剩这几个了，配完之后咱俩今天下午就得把种羊给人家送回去了，就没有机会了。"

说完过去帮江洋把母羊拉到了新疆种羊旁边。他们强迫新疆种羊跟那只母羊交配。

两个孩子还站在原地看这些。达杰突然看见了他俩，对着他俩喊："看什么看，快去玩去！"

两个孩子就一溜烟跑了。

达杰看上去也显得有些疲惫，他看着老父亲说："我看也差不多了，今天得把人家的种羊送回去的，说好只用两天的，咱们得说话算话，明年还得求人家呢。"

老人看了看羊群说："也差不多了，还回去吧，明年的羊羔肯定好。"

达杰看了一眼江洋说："你也跟我去吧，这次还得带上一只母羊呢。"

午饭之后，他俩就上路了。路上，达杰又看见两个小儿子在路边鬼鬼祟祟地说什么，就停下摩托车问："你俩在干吗？像个贼似的。"

两个小孩其实在商量该怎么处理那个安全套，看见父亲就赶紧藏起来说："没干什么，我俩在玩呢。"

达杰瞪了他俩一眼，说："你俩等会早点回去，下午还得跟爷爷一起去放羊。"

两个小孩赶紧说："呀呀。"

达杰踩了油门，看了一眼在后座上和母羊绑在一起的江洋说："抓牢啊，不要掉下来了。"

新疆种羊被夹在车把和达杰的肚皮之间，看上去很难受，但是它却一动也不动，似乎很舒服，也许是太累了吧。

两个孩子看着他们滑稽的样子就笑了，然后问："阿爸，你这次去县城吗？"

达杰想也没想就说："不去不去，我俩去还人家的种羊呢，哪有时间去？"

三弟很认真地说："万一去了不要忘了给我俩买真正的气球啊。"

达杰没理他俩，一溜烟跑开了。

待摩托车的声音完全消失之后，二弟从裤兜里掏出安全套说："这个怎么办？"

三弟想了想说："那天咱俩玩这个做的气球的时候，多杰那家伙不是很羡慕吗？他当时想拿他的哨子换，咱俩去找他，看看他还想不想换吧。"

二弟马上说："好，这个主意好，咱俩去找他。"

两个孩子到了多杰家门口，看见他们家的大门敞开着，就对着大门喊："多杰，多杰。"

门口的狗突然站起来把铁链拉得哗哗响，"汪汪"地叫了起来。

二弟看见狗有点胆怯，说："这狗不会挣断铁链冲过来吧？"

三弟说："要是跑过来，咱俩也跑。"

二弟看了一眼三弟说："要是跑过来，你还跑得过狗吗？"

三弟说："别管那么多了，把多杰喊出来，换了东西就走。"

之后，他"多杰，多杰"地叫了起来。

不一会儿从大门里出来一个跟他俩差不多的男孩，问："你俩找我干什么？"

二弟直接问："你那个哨子还有吗？"

男孩从兜里拿出哨子，吹了吹，说："怎么了？"

二弟说："你那天不是想拿哨子跟我们的气球换吗？"

男孩问："你们的气球呢？"

二弟从兜里拿出那个安全套说："在这儿呢。"

男孩走过来仔细看了看安全套，说："这是什么呀？这怎么是气球啊？"

三弟说："把它吹起来就是气球了。"

男孩说："那你吹给我看。"

三弟就撕开包装，对着嘴吹了起来。

越吹越大，开始有了气球的样子，怪模怪样的。

男孩笑了，说："呵呵，还真是个气球啊！"

两个孩子得意地笑，然后看着多杰问："换不换？"

男孩不假思索地说："换。"然后把哨子给了他俩。

两个孩子也把"气球"给了多杰，说："不许后悔啊！"

男孩说了声"好"之后，就举着"气球"跑进家里去了。

两个孩子也说了声"快走"，就吹着哨子沿着来时的土路跑起来了。

达杰的朋友很满意达杰作为回报送给他的那只母羊。达杰也极力地赞美朋友借给他的新疆种羊如何威猛，如何厉害。朋友惬意地享用着达杰的那些赤裸裸的、很直接的赞美，好像赞美的对象不是新疆种羊而是他自己。

之后，他俩喝了很多酒。喝得微醉时，达杰的手机响了。达杰让儿子江洋接电话。

江洋接了电话之后，眼睛直愣愣地看着父亲达杰的脸，说不出话来。

达杰随口问："怎么了？"

江洋开始紧张地喘气，还是说不出话来。

达杰的朋友看着江洋的样子，也盯着他看。

达杰推了一把江洋，问："到底怎么了？"

江洋这才结结巴巴地说："爷爷没了，下午放羊时从山上摔下来死了。"

达杰的酒似乎一下子醒了，问："什么？"

江洋说："爷爷死了。"

达杰和江洋赶到家里时已是黄昏时分，几个喇嘛在为亡人念经做法事，村里的一些亲戚朋友在念六字真言，气氛很悲凉。达杰似乎不太相信这突如其来发生的事，脸上一副莫名的表情，也不跟任何人打招呼，就直接跑进了父亲的卧室。卧室里有点昏暗，炕上的一个方桌上点着一盏酥油灯，酥油灯也快灭了。达杰坐在炕沿儿上，看着那盏快要灭了的酥油灯，流出了眼泪。

办完丧事，达杰和江洋就去了寺院。

达杰给活佛献上了丰厚的供养之后，请求活佛超度父亲的亡灵。活佛闭上眼睛，念了一些经文之后，睁开眼睛说现在你们可以回去了。

达杰似乎有话要说，犹豫了一下之后，终于开口问活佛："仁波切，我父亲的灵魂会转世到什么地方？"

活佛看着他问："你阿爸是属什么的?"

达杰说："属马。"

活佛又闭上了眼睛，还不时拨动手里的念珠。达杰和江洋就蹲在那里静静地看活佛脸上表情的变化。

过了一会儿，活佛突然睁开眼睛说："老人会再次投胎转世到你们家里。"

达杰一脸不解的样子。

活佛又补充似的说："时间是今年。"

达杰的脸上更加地不解了。

活佛在一张纸条上写上一些经文的名字，笑着说："回去找个僧人念念这些经文吧，老人很快就回来了。"

达杰的脸上是更加疑惑不解的样子，想问什么又终于没有说出口。

晚上，达杰把活佛说的话告诉了卓嘎。

卓嘎说："不可能，三个孩子还这么小，家里又没有其他女人，这怎么可能呢?"

达杰说："我也这么想，可是活佛就是那样说的啊。"

卓嘎说："你当时没把家里的情况告诉活佛吗?"

达杰说："我怎么说? 难道我对活佛说你说的这样的事情不可能发生吗?"

卓嘎没再说什么。

第二天一早，达杰就去还做法事时从别人家里借的一些东西。回来看见老婆卓嘎坐在门口若有所思的样子，就问："你在想什么?"

卓嘎看了一眼达杰，一副欲言又止的样子。

达杰又问："你怎么了?"

卓嘎磨蹭了一会儿，最后说："给你说个事。"

达杰问："什么事?"

卓嘎说："这个月我没来。"

达杰问："什么?"

卓嘎说："我是说这个月我没来月经。"

达杰问："这是什么意思?"

卓嘎说："我要去医院看看。"

到了卫生所，索南扎西看见卓嘎进来，就笑着对周措说："我出去抽根烟。"

周措也笑了，让卓嘎坐。

卓嘎的表情有点怪怪的，看着周措动了一下嘴巴。

周措就问："你怎么了？是不是又来要那个东西了？那东西还没到呢。"

卓嘎说："我不要那个东西？"

周措问："哪你来干什么？"

卓嘎说："我这个月没来。"

周措收起脸上的笑，说："不会吧？"

卓嘎说："真的。"

周措说："那就查一下，查一下就知道了。"

周措给了卓嘎一个试纸条，说："你自己去弄一下，知道怎么用吧？"

卓嘎说："不知道。"

周措就把使用方法告诉了她。

卓嘎从卫生间出来后，把试纸条递给周措大夫看。周措看了一眼就说："你怀孕了。"

卓嘎不说话了，在想着什么。

周措问："现在怎么办？"

卓嘎开口说："我不知道。"

周措说："这有什么不知道的？赶紧拿掉吧，越早做就越少痛苦，今天就做掉吧。"

卓嘎又不说话了。

周措开导她说："你已经有三个孩子了，再生一个干吗？咱们藏族妇女又不是天生就为了给男人生孩子才来到这个世上的。以前，一个女的生五六个、七八个孩子，那么辛辛苦苦的，干吗呀！你看我现在就一个孩子，也没觉得有什么不好。除了自己轻松，拿到补贴，孩子还能受到好的教育。"

卓嘎还是不说话。

周措说："你倒是说话呀！"

卓嘎担心地说："我得回去问问达杰。"

卓嘎快步离开，周措在后面喊："卓嘎，你想清楚，再生还会罚款呢！"

卓嘎到家时，达杰在门口劈柴。

卓嘎走过来停在一边。达杰停下劈柴看卓嘎。看卓嘎不说话，达杰就问："医生怎么说？"

卓嘎还是不说话。

达杰再次问："医生到底怎么说？"

卓嘎说："我怀孕了。"

这回，达杰不说话了，若有所思的样子。

进屋后，看见尼姑妹妹香曲卓玛坐在火塘边上，就坐在了她的旁边。

香曲卓玛看着姐姐说："你怎么了？"

卓嘎想了想说："我怀孕了。"

香曲卓玛有点兴奋，说："活佛的预言多准啊，活佛就是活佛，具有看得见今生和来世的慧眼，我们常人真是无法想象啊，我们凡人有时候还怀疑，真是罪过。"

卓嘎瞪大眼睛看着自己的尼姑妹妹，说："啊，你这么想？"

香曲卓玛不假思索地说："那当然，要不然为什么偏偏在这个时候你怀上了？"

卓嘎觉得自己的身体几乎要瘫掉了，过了一会儿才说："医生建议我拿掉这个孩子。"

香曲卓玛的嘴里呼出了一声奇怪的声音，说："姐姐，你可千万不能胡来啊，亡灵既然选择某个肉身再次回到这个世界，那么拒绝他的降生对于他来说是非常残酷的事情；同时，能够成为某个灵魂依托的肉身，也是千年修得的积缘啊！"

晚饭时，达杰也突然感叹道："活佛真是厉害啊！"

两个孩子也大概知道是怎么回事了，笑着说："这么说爷爷很快就要回到咱们家里了。"

达杰连连点头，两个孩子就趁机说："阿爸，你可不要忘了到时给我俩买彩色气球啊，你可是在爷爷面前答应过我俩的。你要是不买，爷爷会在天上看着你的。"

达杰似乎被惊了一下，马上说："当然要买，当然要买。"

江洋看着他们，一直不说话。

第二天，整个村子的人都知道了这件事情。

香曲卓玛继续去化缘，回家时看见姐姐卓嘎一个人坐在院子里的一个木凳上发呆，就问："你又在想那件事情了？"

卓嘎不说话。卓嘎端了一盆水去喂那只拴在外面的母羊。那只老母羊被喂养得越来越膘肥体壮了，见卓嘎拿来水，就冲过来要喝。卓嘎把水放在了母羊面前。母羊很快就把水喝完了，很渴的样子，看着卓嘎。卓嘎没再理它。

晚上，达杰和卓嘎在炕上躺着，都不说话。达杰看上去有点高兴，卓嘎在想着什么。达杰看了一眼卓嘎，点上了一支烟。等他抽完了，卓嘎坐起来，看着达杰说："我想拿掉肚子里的孩子。"

达杰一下子坐了起来，盯着自己的老婆卓嘎，似乎不相信她会说出这样的话，愣了一会儿才问："你刚才说什么？"

卓嘎的表情没有变化，马上说："我想拿掉肚子里的孩子。"

达杰一下子就火了，说："你这个妖女！你这个没良心的东西！老人生前对你那么好，你就不想让他转世投胎到自己家里吗？"

卓嘎说："我也不想这样，可是——"

达杰问："可是什么？"

卓嘎说："我是在为这个家着想。"

达杰扇了卓嘎一巴掌，说："要是肚子里的孩子是你父母的转世，你会这么说吗？"

卓嘎流出了眼泪。慢慢地，她哭了起来，声音越来越大，怎么也止不住了。

吃完早饭，江洋说今天我去放羊吧，达杰说还是我去吧，母羊们刚刚配完种，这个时候要好好保护它们，让它们吃饱，这样明年才会有好羊羔。

达杰走到门口，想起什么似的回头对江洋说："好好照料那只老母羊，到你开学时就得把它卖了给你交学费生活费。"说完就出去了。

江洋拌好饲料，拿去喂那只老母羊。老母羊看见江洋来喂饲料，似乎很高兴。江洋把饲料放在母羊前面，看母羊吃。母羊很惬意地吃着。江洋看着母羊无忧无虑吃食的样子，想到很快就要把它卖给屠夫给自己当学费生活费，有点不忍，准备起身回去。

这时，香曲卓玛出来了，看见江洋就说："我去收一下昨天还没有收到的善款，有几家还没有收上。"

江洋站起来说："要不要我去帮忙？"

香曲卓玛说："不用了，不用了，就那么两三家，我一个人去就可以了。"

吃完早饭，一直闷闷不乐的江洋突然对卓嘎说："阿妈，你把你肚子里的孩子生下来吧，爷爷生前对我最好，我想让爷爷回到咱们家里。"

卓嘎吃惊地看着江洋。

达杰在山上放羊时，遇见了也在山上放羊的贡布老人。老人问他："快满七七四十九天了吧？"

达杰说："过两天就满了。"

老人说："你阿爸有你这样一个儿子真是好福气啊。"

老人和达杰的父亲生前是好朋友，看见老人达杰的心里生起了一股伤感。达杰说："其实我心里很愧疚，没有管好老人。"

老人说："你已经很孝顺了，你阿爸能投胎到你们家，就说明他很留恋这个家，要不然不会再回来的。"

达杰说："我阿妈死后也投胎回到了自己家里，阿爸生前也说过他死后还想回到这个家里的话。"

老人说："你们可要好好珍惜啊，这样的缘分是很少见的。听说你家卓嘎不想要这个孩子，是真的吗？"

达杰有点紧张地说："没有的事，没有的事。都是村里人在胡说八道。"

老人说："没有就好，没有就好。"

七七四十九天之后，家里又做了法事。

喇嘛们念了一天的经。等喇嘛们离开之后，突然停电了，屋里黑咕隆咚一片，谁也看不见谁，只能听见彼此间的粗重的喘气声。

黑暗之中，传来了尼姑香曲卓玛的声音："明天我想带姐姐到山上住一段时间。"

她的声音像是来自另一个世界。

黑咕隆咚之中没有任何回应，一片沉默，连彼此间的喘气声也听不到了。

第二天天刚蒙蒙亮，香曲卓玛就带着姐姐卓嘎离开了。

出发之前，达杰、江洋和两个孩子都起来送她俩。

最后，卓嘎小声对江洋说："到了学校好好学习，不要担心阿妈，阿妈没事的。"

江洋使劲点了点头。

过了几天，江洋也开学了，达杰就捎着江洋和老母羊去了县上。

到了牲畜交易市场，他们被羊贩子们围住了。羊贩子们一忽儿抱起母羊掂量掂量，一忽儿又捏捏母羊的脊梁骨，一忽儿又扒开母羊的嘴巴看看，弄得江洋很不舒服。达杰只是在旁边看。最后，羊贩子们跟达杰谈价钱，讨价还价。但是达杰很镇定，咬住一个价不放，最后就成交了。羊贩子看上去不太愉快，不太情愿地数钱，最后拽着母羊走了。江洋早就跟这只老母羊混熟了，最后看着它被羊贩子们拽走了，想到它很快就要被他们宰掉了肢解掉卖掉，被别人煮了吃掉，心里难过起来。

达杰数完钱，把钱装进兜里，看了一眼那只老母羊，就带着江洋离开了。

到了学校门口，达杰从刚才卖羊的钱里面抽出几张一百元的给了江洋，说："快去吧，阿爸就不进去了。"

江洋犹豫了一下说："阿爸，我也跟你回去吧，我不想再念书了。"

达杰瞪着江洋说："你胡说什么呢，你这样说阿爸就生气了！"

江洋没再说什么，一副忧心忡忡的样子。

达杰说："不要想家里的事情，你只要好好学习就行了。"

江洋还是没有说话。

达杰骑着摩托车走到街上时，在路边的一个摊位上看见了许多彩色的气球。

他在摊位前停住了，摊主对着他叫卖："卖气球，卖气球！"

达杰看了看那些气球，突然说："我要买两只红气球。"

摊主从众多彩色气球里面挑出两个红气球给了达杰。达杰把那两个气球拿在手里看看，又像个小孩子一样晃了晃。

摊主说："你拿在手里要小心，气球里面是氢气，小心飘到天上去。"

达杰就用生硬的汉语问："两个一共多少钱？"

摊主说："本来一个三块钱，你要两个就给你便宜一点，一共五块钱吧。"

达杰也没说什么，直接从兜里拿出五块钱给了摊主。

之后，他把两个红气球拴在了摩托车的车把上，气球立即飘了起来。

摊主看着他说："这样还挺好看。"

回家的路上，两个红气球一直在摩托车的车把上飘荡着，达杰看着觉得很惬意。

回到家里，他把气球给了两个孩子。

两个孩子很高兴，拿着气球使劲地跑起来。

他俩跑到一处开阔的草地上时，"砰"的一声响，其中一个气球突然爆掉了。

他俩就抢另一个气球，最后还打起来了。突然之间，那个气球从他俩手里脱落，飘向了天上。

两个孩子张大了嘴巴，仰着头看那个飘向天空的红气球。

红气球在天上越飘越高，越飘越小，最后消失不见了。

（原载《花城》2017 年第 1 期）

隐秘花园

◎王啸峰

柿子树、枣子树、桂花树、橘子树，还有那棵大槐树，说来说去，我耳朵里老茧都出来了，但是我还没看到过其中任何一棵。

我练拳的地方在后天井。自从突然有一天起了火，灶屋就废弃了。后天井走动的人少了，我就独霸十几个平方青砖地。我练类似形意拳的一种叫"十二接手"的实用拳术。脚下动作不大，手上动作多。一路拳下来，正好从东打到西。虽然看不大起全苏州刮起的长拳风，可长拳里的基本功，师父还是关照要练。里合腿、外摆腿、二起腿等动作幅度大。时不时，我的脚会碰到隔墙。

我有意试过隔墙的牢度。趁脚刮到，或手甩到，马上追加个把动作，一脚、一拳，隔墙就会抖动，墙顶的泥和草扑簌簌往下掉。我使下蛮劲，身子腾空，脚在西厢房窗台上一垫，手就能搭住隔墙顶。隐藏在隔墙后的建筑和院子，在我眼前闪现一两秒钟。

到了练掌力的时候，我睡梦中都想着一棵棵粗壮的树被我打得枝叶乱颤。落英缤纷里，我一回头，有漂亮姑娘悄悄注视我。但是，后天井里没有一棵树。前天井里有两棵枇杷树，不碰已经病恹恹，加上我的几拳几脚，必定加速枯死。

师父扛进来一只大沙袋，叫跟在他后面的光头少年用木棍撑起，并固定住。又教我几招拳法，如何把沙袋的训练效果最大化。第一拳，我打偏了，沙袋起了灰，眯住了少年的大眼睛。正在暗笑的当口儿，我隐约听见师父和外公说话：

"小伟不大说话……我也没办法……麻烦老师了……"

"是我麻烦你才是……你光让孩子练拳不行。"

轮到我撑住木棍。小伟一拳都没有打偏，每次击打，他的眼睛都不会闭上，而是瞪得更圆。一种仪式感，嘭嘭嘭地撞击到我心里。我想自己往后也不能太随便练功。

师父没有吃晚饭就走了。临出门时，回转身对外公深深鞠了一躬。夏日夕阳下，他宽大脑门上黄豆般大小的汗珠闪着一小片光。黄色凤仙花、紫色夜饭花映衬他的海魂衫，格外干净健美。

外婆把小伟的包袱放到我的木板床上，天已经黑透。我拎了一桶洗澡水，带小伟来到后天井。大家都在马路上乘凉，四周漆黑寂静。我和小伟默默地擦身子、打肥皂、冲水。

突然，隔墙后面隐约传来声音。小伟先停住冲洗，用手指指隔墙。我把湿毛巾放进木桶，屏住呼吸。这下，我们都听到了。轻柔乐曲声中，唱戏的女声稍稍突出些。但是，所有声音都飘忽不定，随着夜风抖动。风扫过，最清晰时，似乎有些昆曲味道，但不能确定。

小伟突然扎了个马步，赤条条的马步我第一次看见，忍不住笑出声。他却严肃地示意我站到他肩膀上。

隔墙挡住了我们俩刚刚发育的赤裸身子，只露出我的头。我第一次从容冷静地看着隔墙后的一切。黑黪黪的建筑、过道，没有戏班、演员。只有知了、蟋蟀和纺织娘轮流唱歌的声音。那些翻新的建筑从这边延伸过去，风格夸张，但是干净整洁。我无奈又失落。

但是，我双脚一回地面，耳边又响起那些飘忽的声音。换小伟上，情形还是一样。就在我们疑惑的时候，客堂里的白炽灯被人点亮。声音一下子被光吸走，去得像被刀割断般利落。

刚过立秋，深夜竹席就透出凉意。床太窄，小伟睡在外侧，脚不是落到地板上，就是搭到我胸口上。我怕他的脚碰到蚊香，自己使劲往里缩。在性急的早桂花浓香里，我沉沉睡去。

夜里似乎下起了雨，雨滴砸在帆布雨棚上，发出沉闷的"噗噗"声，像一件件心事打在我心头。外公准备把夹弄与客房打通，直接开门到大街上。这样，只有八九个平方的门面房就能收到每月两三百的租金。整条街像疯了似的，一家家小店从吃喝玩乐到建材钢材，半年之内，全部开齐。国营店几乎没人光顾。外公从街头到街尾，来回踱几次后，对我们宣布一个决定。要租就租给书店，最差也是文具店。吃喝玩乐的不租。一个温州人找上门，说是图书批发商，谈下门面。夹弄与客房已经打通，遮挡风雨就靠夹弄上兜着的帆布雨棚。夹弄深处藏着"宝贝"，我还没想好如何处理，眼看温州人就要彻底清理，我得想好处置办法。

就这样，我在夜里醒来几次，但都是一个念头在脑子里滚一下，然后翻个身迅速接着做梦。只有一次，身边空荡荡的，小伟去上厕所了吧。我想撑到他回来，但是眼皮被"噗噗"声越压越紧。

我完全没有想到早晨阳光如此地好，一夜的雨完全收干，只有前天井里的花草树木叶片上带着残留的小水滴。我听见外公的声音。

"今天不能浇水。昨晚雨水吃足了。"

我从床上起身，隔窗望见小伟跟在外公后面，盯着五针松、侧柏、鹊梅、黄杨、三角枫等外公制作的苏式盆景，左看看右望望。外公介绍完鸟不宿后，小伟悄悄地把手伸到刺状叶片上，猛地触电般缩回。他捂着手环顾四周，不安的眼神正好与我相对。我咧嘴笑了起来。突然，我停住了笑。从他双脚脚后跟到膝盖窝，爬满一条条细黑的污泥。再仔细观察，他的光头上似乎也有黑点。我转身看竹席和毛巾毯，却整齐干净。

伙伴们在门口叫我出去玩时，小伟快速拨弄竹筷，发出烦躁的咔擦声。随即，他把头埋进青花碗里咕噜咕噜吃泡饭。我看得清楚，这时的光头干净光滑，没有污渍。虽然我心存疑惑，但也不多问，把很多疑问藏在心里，跟他们道了别，赶上伙伴们的步伐。融入这支捣蛋队伍的一瞬间，我有个奇怪想法，要是我与小伟互换，该是怎样的情形？随后，在嬉笑打闹间，我很快忘了老宅，以及留在那里的人。

温州人正在指挥人清运夹弄里的垃圾，我扫了一眼墙上那个部位，"宝贝"的处境极其危险。傍晚回家看到的第一幕就让我揪心。后天井里，小伟把我的手握得紧紧的，冲我瞪一下眼。我刚才打出去的拳太绵软无力，沙袋都没大动弹，但是他哪知道我的心事呢？交换位置，他认真冲拳，打得我撑着沙袋步步后退。他却一拳比一拳更有力。我的身体已经靠在隔墙上了，沙袋来回震荡，不时打在隔墙上。墙粉、水泥哗哗往下掉，一块青砖动了。我脑子里闪过一个念头。顿时，精神好了起来。

"想知道隔墙和墙背后的故事吗？"

小伟停下手，用手背擦脸上的汗，睁大眼睛，没有表情。

我的指头似乎能穿越隔墙，一一点出里面的情形。"我们现在打拳的地方，只是老宅后半部分的开端。墙后面，不仅有后宅，还有一个大院子。一年四季，花果不断。"

小伟平静的脸，起了波澜，眼里有火种跳跃。

"听外公讲，小时候他最喜欢在院子里玩，长辈们时不时请朋友坐在花草树木间喝茶、聊天、唱戏唱评弹。"

"有没有唱昆曲啊？"小伟突然冒出一句，我一时不知道怎么回答。只能以"可能吧，嗯，有可能的"来搪塞。

停顿一小会儿，我突然失去了讲下去的兴致。草草来了句总结："反正后来卖给人家了。"

小伟紧跟着追了一句："为什么要卖？"

我挥挥手做了断："没钱了呗。"那些柿子树、枣子树、桂花树、橘子树，到现在，我还没看到过。这个事情要保密，不能让小伟知道，就不让他再问下去。

吃晚饭的时候，我看小伟心事重重的样子，便以为他陷入胡思乱想中。从那时起，我就开始紧张。重大行动前的一段时间，总是最难过的。真正上了轨道，反倒轻松了。更难熬的是躺到床上后的等待，虽然整个行动已经过了无数遍，可还是停不下脑子。研究来研究去，小伟是个障碍。只能等他睡熟。但他一直在翻身，光头在枕席上发出奇怪的沙沙声。我心里在想，我绝不能在这样折磨人的沙沙声中睡着。想着坚持、再坚持，就没了知觉。

亏得一泡尿憋醒我。在梦里，走了很长的路，我才找到厕所，却只有女厕所。又走了好长的路，来到荒漠，可以随意释放，却被骆驼驮着，下不来。最后一个厕所，排队的人转了几个弯，我对前面的人说，再不让我上，我就要憋不住了。大家一起哄笑，说你随便撒尿好了，我们这是在排队买米。我一气之下，转身拉开就撒尿，就在一刹那，地面消失，下面是铺了崭新被褥的床。我一下子吓醒，醒来就摸裤裆。还好。我松了一口气。再往身边一摸，小伟不见了。于是，彻底醒了。我在一两秒钟之内就思考出具体行动方案，翻身下床。

温州人搭了脚手架，我从乱七八糟的铁锈架子下钻过去的时候，头上、脚上都剐蹭到恶心的红褐色不明液体。那些"宝贝"不是我的，却比是我的来得更要命。我们七个人围成一圈，阿强让每人交出五分钱，才能看上一眼，他飞快地翻那些图片，六个脑袋越凑越紧，心跳加速，眼睛和嘴都不自觉地张到最大。阿强猛地收起图片，又拿出几本订在一起的语文簿，封面是挂历反面耀眼的白蜡纸。随着他的快速翻动，我只看得见那些蓝色的歪歪扭扭的字，一只看不见的手正用力把我往里拉。阿强展示"宝贝"后，宣布几条纪律，绝不能扩大范围，以后每次看，都要向他"付费"，等等。不过，他的重点最后落到"宝贝"的保管上。六个人的眼睛齐刷刷地盯住我。他们都住大杂院，弟兄姐妹众多。阿强把沉甸甸的塑料袋递到我手上时，微笑地说："你是保管员，那些内容你尽管先看。看多少遍都免费。但是，我们这些弟兄可是还在排队等呢。"我脸上顿时觉得一群马蜂乱舞。

真的好险，脚手架的一根铁棍已经顶穿了墙面上的一块砖，塑料纸的一个小角在风中微微抖动。如果等到天亮，温州人一来，肯定露馅儿。塑料袋窸窸窣窣的声音突然间放大。现在什么时间？恐怕是下半夜。昆虫也大多休息了。偶尔响起的蟋蟀叫声，也软弱无力。即使在暗黑里，我的行走也毫无障碍。经过前天井，直穿客堂，打开后天井门，摸到隔墙上那块松动的青砖。简简单单地把砖抠出来，塑料袋放进去，再用砖封住。完美！安全！后天井只有我和小伟在练功，即使他发现，我也可以拍着他的光头教训他一番，什么成为真正的男人的第一步就是要学习课本上没有的知识，等等。

但是，我的手僵在那里了。那块砖不见了。我用手摸，用适应了微弱光线的眼睛看，墙上出现了一个洞，砖不见了。如果刚才沙袋把砖震落的话，那么砖应该就在附近。我趴在地上一寸一寸地摸、找。"嘭"地一声，头碰到了厢房墙壁。不知不觉我已经爬到后天井的尽头。正要回头的时候，一个身影从后宅翻过隔墙，未作停留，顺墙滑下，脚在那个洞上垫一垫。手在墙头捞一下，轻轻落下。他手里出现一块砖，平稳地贴进墙中。我没有动弹。光头在微光里一闪，他迅速蹿进客堂。

我反而定下了心，不急不忙地抠着。砖到手，熟悉的黑洞出现。只需简单的几个动作，"藏宝"任务就能完成。但是，我突然僵在那里。黑洞发出奇怪声音，带着烦躁不安的情绪。脑子里出现信号：不能把"宝贝"放进去。我抬头望着顶住鼻子的隔墙，像一片铡刀落在心上。压抑、疑惑、渴望，不知不觉中，我的右脚已经蹬进黑洞，顺势一攀，双手搭住了墙顶。

牢牢攀住隔墙不敢松懈，只是身子已经荡在后宅这一面。我正挂在白墙当中。"这安徽人家可会'来事'了。"外婆的简单一句评论，正在那面白墙上扩散。

然而，事情并不像家庭主妇们嘴上传的那样简单。一落地，我就掉进一个完全陌生的天地。四周静极了，走路、呼吸、捏紧塑料袋的声音，被无限放大，脑子里定时炸弹的读秒声嚓嚓作响。我在惊恐中，回望隔墙惨白的一面。墙离我越来越远。我渐渐失去根基，游荡在未知时空。

虽然建筑延续了前宅建筑风格，东西高高的马头墙内，翘角的屋檐，挺拔的屋脊，接续不断。但是，多年来不断的改造，使房屋影子重重叠叠，显得漆黑森严。每扇窗都关得严实，我的手脚似乎失去了方向，不知该摆放在哪里。走起路来歪歪扭扭，一会儿到东，一会儿到西。手到处摸索，有时碰到了木窗，还有凉凉的玻璃。但是，黑暗中有力量在拉我，让我慢慢地，一步一步深入。塑料袋发出轻微沙沙声，告诫我，不能胡乱闯荡，不要长时间逗留，找到隐藏位置就可以。

隔墙后的天井当中，铺了鹅卵石，走在石子上，就有了通道感。通道尽头是个月洞门，透过圆圆的门，天空中繁星点点。月洞门右边，一只青石磴子贴墙伏在草丛里。我用足全身力气，石磴只微微有些松动。想把塑料袋塞进去，根本不可能。我懊恼地跺了跺脚。突然，有了主意。沿月洞门墙和石磴的间隙，我往下扒土。草丛下的泥土湿润松软，不一会儿就挖出一个小洞。估摸着差不多，我又往石磴底座方向横挖。空气中飘着草根断裂的清香，传递着酥酥麻麻的安全信息。我仔细地把土回填，轻轻拍结实。又去稍远的地方，拔了几棵井栏草，插到新土里。

不知不觉，头上就有了汗，我用手去擦的时候，猛然想起早上小伟腿上的泥。现在，我俩的秘密都集中到泥土上了。我最后看一眼石磴，石磴动了一下。忙活了半天，累得连眼睛都出问题了。第一次，我想得很简单。紧接着，又来了第二次，这次更猛烈些，很明显地看出石磴跳了跳。地震！一定是地震。我开始紧张，以为地在摇晃，一个泥手印留在了月洞门上。但是，四周静谧如初。当石磴开始摇晃时，我"啊"字出口，已经在鹅卵石上跑跳起来。

虽然身子已经攀上隔墙，可除了恐惧，还有窥探究竟的欲望。骑在隔墙上，我朝月洞门扫了一眼，什么都没变、没动。一定是"心动"。霎时，我轻松不少，安稳下来。我慢慢地翻下墙，脚找准那个小小黑洞，笃定地往下移动身子。在我视线即将被隔墙挡住的一瞬间，月洞门里一条白影一闪而过。我跌下了墙。

下跌的过程漫长而神秘，仿佛我的一生都浓缩在往后一仰里。熟悉的戏曲声响起。我竟然流下了眼泪。突然，我想起父亲母亲。他们把我扔在这个地方已经有七年了。虽然我从小伟眼里看出他的忧郁，但毕竟他父亲隔几天，最多过完暑假就会把他领回。而我始终处在看不到希望的等待里。刚开始，外公当着我的面，还看看日历，扳扳手指，说快了快了。最近一两年，他已经不再说任何这样的话了，甚至根本不提女儿女婿。外婆一直欲言又止。我更加害怕，不敢询问。当然，街上的流言，我是不予理睬的。既然是流言，就是假的，就是不怀好意的攻讦。

还在下跌，这时，周围已不是暗黑的夜了。光来得如此迅速强烈，以至于我只能眯眼。桃花、桂花、菊花、梅花、枇杷花等等，五颜六色，在我眼前铺展开，配上远远传来的曲调，安详凄美。我只剩下一个念头：我要死了。突然，什么都被收走了。完全的黑暗刹那降临。我失去了知觉。

我醒来时，燠热难挡。竹席上留下汗渍，我赶紧翻手翻脚，并没有泥土痕迹。难道昨晚只是做了个惊险的梦？要是这样的话，"宝贝"很危险，要尽快处理。

我探头看门口，还好，温州人还没来。外公正在为花草、盆景浇水，小伟仍然跟东跟西。听见我起床的声音，小伟回头对我做了个鬼脸。我正着急，不睬他。随后他又将双手往后一翻，做了个夸张的后仰动作，一边做，一边对我笑。我神经被牵动，顿时全身起了鸡皮疙瘩。

我装模作样地走进夹弄撒尿，被外婆喝住："以后这块地方租给人家了，小便要么蹲马桶，要么去公共厕所。"

"这不是还没完工呢吗？"话音未落，我就钻进了脚手架当中。耳后又是外婆一阵唠叨，但她没有追进来。我的手摸到熟悉的地方，震住了。塑料袋消失了。上下左右一番乱抠，还是没有。我全身的汗都往外滋。一回头，小伟正踮脚伸脖往夹弄里张望。所有疑点都集中在一个人身上。我擦了擦汗，太阳光晃得我头晕。伙伴们在门口大声叫我出去鬼混，我显得虚弱无力地告诉外婆自己病了。外婆随即出门，大声驱赶那帮天天来"勾魂"的家伙。

整个白天，我都强迫自己睡觉。我做了好多梦。很多时候，梦里套梦，根本不知道是我在做梦，还是梦里的我在做梦。奇怪的是，我居然没有做到关于后宅和"宝贝"的梦。我一直在奔跑，不是我追人，就是人追我。我在小伟有节奏的击打沙袋声中醒来，疲惫不堪。这样的状态能否撑过整个夜晚，我没了把握。离保持整夜清醒这个目标，看似近了，实则远了。

乘凉的时候，外公指点着苏州城外的那些山丘，一一评点。说到高兴处，让我把吊在井里的大西瓜拎出来，切成一瓢一瓢，分给街坊邻居一起吃。我拿起一大块，刚要咬下去。看到小伟对我轻轻摇头。我觉察出什么来，悄悄将西瓜放下。难道小伟也在为今晚做准备吗？想到这里，我来了精神。

一动不动躺在床上，两只眼睛直直盯着望砖上奇怪的水渍印迹，脑子里记忆的储存，也该是这样的杂乱可怕吧。想保持清醒，只有不停说话。而小伟，刚躺平不一会儿，就发出均匀深沉的鼻息声。所以，我只能独自想心事。万一今晚后宅也找不到"宝贝"，这个暑假要被阿强他们打死了。但是更惊心的是，记忆中昨晚最后一幕，如果不是我的幻觉，那么外公给我讲的故事，就是真的了。我用脚蹭蹭小伟的脸，他用手拍打一下，侧身又睡。前两个夜晚，他做了些什么，究竟有什么吸引他去后宅。一大堆问号向我重重压过来。

小伟把我摇醒时，我还在思考月洞门里的白影。我以为自己没有睡着。刚想问些什么，小伟对我做了个噤声动作。然后拉着我的手，猫一般钻向后天井。他的手瘦削，布满老茧。我想起师父介绍他儿子：天资一般，就是肯下死功夫。他只要认准的事情，就一做到底。我听出弦外之音，应该是我在这些方面缺乏点什么。今天，被他的手一握，我心里一亮，师父是对的。

翻隔墙，轻落地，直奔月洞门，我们都不陌生。我急急伸手往石磴底下挖去。小伟进了月洞门，他径直走了进去。我挥了几次手，让他回来帮忙，他根本没有反应，仍然一步一步往前走。我又挖又抠，也没有碰到塑料袋。我需要搬开石磴，细细寻找，就急忙去追小伟。

一出月洞门，就是后花园了。我追上小伟，拍拍他肩膀。他回头，微微皱眉，又指指耳朵。我按下急躁的心，微微合拢眼睛。眼前一片漆黑，耳朵灵光起来。极细微的戏曲声，不仔细听，就会混到虫鸣声、风吹树叶声当中。我们在花园里走了几圈。终于，那些柿子树、枣子树、桂花树、橘子树，被我看了个大概。其实并没有稀奇的，只是主人打理得比较干净，修剪比较勤快。

我们发现，声音再细微，也有差别。踏进月洞门，就能听见声音，往左右声音都会减弱，只有往前，声音才渐渐清晰起来。正当我们隐约能够听个大概时，头撞到了墙。墙外是哪里？小伟做了个疑问的手势。我试想自己腾空，像一只风筝掠过多如过江之鲫的人字形黑色屋顶。但是，飞到这堵墙上空，就失去了方向。要么就是急速坠落，要么就是被风刮到别处。家家户户密密匝匝地挤在一起，我实在想不出院墙背后该是什么情况。也许是张三家的卧室，也可能是李四家的厨房，管他什么地方，我们先翻过去再说。

那个墙洞的发现，纯属意外。我已经踏上小伟的双肩，院墙比隔墙高多了，我的手还够不到墙顶，只能让小伟抓住我的脚往上送送。这一送，把两人都送到了地上。我在上面，摔下来幸亏落到了草丛里，只是右脚被桂花树枝刮到，几道血痕。我趴在那里，不敢发声抱怨，只是不停喘息。小伟比我惨，他的脚有些崴了，正坐在草皮上揉脚。刚才他为了用劲推我双脚，往墙根退了一步，一脚踩了个空。被夏天的草覆盖掉的那个洞，显露出来。

墙洞里有杂物和泥土。我们用手挖，用枯树枝捅。很快，一丝亮光透进来。更让我们激动的，跟随光而来的是，越来越清晰的戏曲声。

这才是真正的花园，刚才的只能算有些树木花草的院子。我不能分辨日光还是灯光，整个花园很明亮，天空却又不那么清晰，有点灰又带点蓝。那些假山错落有致，使得池塘、曲桥、回廊、厅堂等若隐若现。我们钻出来的墙角，湘妃竹疏朗精致。站在这里，花园景象能够看个大概。我们紧张地站在原地，既不敢动弹，又贪婪地望着花园。

声音来自花园的最高建筑物，假山上的四面亭。现在听得比较真切，应当是旦角在唱昆曲，有丝竹伴奏，具体曲目我听不懂。亭子里人影绰绰，看不真切。我拍拍身边的小伟，示意他一起钻出竹丛。但是他没动。我侧过头仔细看，他挺直身子，仰头朝着亭子方向，眼泪淌了一脸。我表情夸张地对他做了几个手势，他根本不看我。我拉他衣服，想把他拖回墙洞，他纹丝不动。

丝竹声似乎到了高潮，旦角的声调逐渐明亮尖厉。小伟像机器人受了指令，甩开我的手，一步一步，坚定地迈进花园。我只是为了隐藏"宝贝"，现在看来，那都是些微不足道的东西。真正的戏曲大幕刚刚拉开。

假山阻隔了去亭子的路径，鹅卵石小径引导我们前进，走了一段时间，却总是接近不了亭子。我们一直在兜圈子，选择分岔小径的时候，我们往靠近亭子方向的路走下去，又是分岔，又是选择。我开始留意花草树木，震惊程度不亚于刚才隐秘花园初现。这时的花园，盛开着桂花、牡丹、桃花、梅花，池塘里飘荡着荷花。枇杷、杨梅、柿子、橘子等都沉甸甸地挂在果树上。我猛地意识到这是一个人工景区，便随手摘下一颗杨梅放进嘴里，如果咔嚓一声，咬碎塑料球什么的，那我就可以高声大笑，并把小伟好好奚落一番，我们只是闯入了一个类似拍电影、拍电视剧的大工棚，一切问题就不成谜。但是，当酸甜的汁水流过我舌尖，我一个冷颤，杨梅核滑进喉咙里。

眼看亭子里的人们曲罢收工，我们却仍在兜圈子。小伟浑身湿透，加快了走路速度，嘴里发出吭哧吭哧的声音。突然，他离开小径，扑向池塘。亭子所在假山矗立在池塘中央，他要游过去，攀石而上。我向前伸手，却抓了个空。旁边闪出一个人，稳稳地把小伟拦住。

外公经常说一些深宅老院里的鬼怪故事，有些年代久远，有些太过离谱，我都不以为然。几件发生在他身上的事，我反复咀嚼，替代外公观察当时情状。有一个阶段，研究鬼神成为睡前必修课。

隔墙真是一个奇特的墙，知道那个故事后，我时不时在月黑风高时，借夜里上厕所的机会，悄悄溜到后窗，既兴奋又害怕地盼望着那一幕出现。

七年前，我刚刚被带到外公家时，我一个字都不认识，外公就教我写毛笔字，写了一，再写二和人，然后教我认字。我烦透了，拿了一把小锤子就到隔墙下敲敲打打，连蚂蚁都见我怕。

一天，外公板着脸，手指隔墙地基："这里本来长着一棵大槐树。"他为了让我直观地了解槐树大到什么程度，用手围了一个大大的圆，双手直举头顶。

"很多年以前，我还小。我们家没了钱，只好卖掉后宅。为了方便分割前后宅，就把大槐树砍了。"他又做起动作，整个人扑向我，代表树的倒下。"当天夜里，树砍掉了，墙还没有砌起来。我起来上厕所，经过后窗，不经意一望，却看见一个白发白须白袍老人坐在槐树桩上。仔细一看，他正伤心落泪。我正在惊奇时，白袍老人更加伤心，索性把头拿下来，头在地上一边绕着树桩滚来滚去，一边哭得更厉害。我眼前一黑，昏死过去。"

昨天夜里，我就对月洞门里的白影产生怀疑，现在，我更是脱口而出："槐树精！"白发白须的白袍老人挡住小伟后，却没有预料到我这一声。他放开被吓愣在原地的小伟，走近我。他的面目似乎有点熟悉，却又很陌生。

"什么精不精，多难听。我比你外公年纪大多了，你起码要叫我太公才对啊。"

"大槐树太公。"

"太公就是太公，还带什么职务呢？"白袍老人眉头舒展开来。但是他既然没有否定，那就是槐树精了，我心里认定后，反而生出亲切感。眼睛直盯着他的脖子，再怎么观察也没有疤痕啊。

白袍老人又转到小伟跟前，"孩子，那个亭子，你上不去的"。

小伟扶着一棵桂花树，慢慢蹲下。头渐渐埋到双膝中。被汗浸湿的后背拱起，一段白白脊梁露出来，在风中微微抖动。

白袍老人叹了口气，招呼我们坐到小径旁的石凳上。我把小伟拉起来，他沮丧又无奈。乐声停了，戏演完了，只有风过木叶的沙沙声。

白袍老人抬手理了一下长长的白须"我给你们讲个故事吧。"

他用手一划，把整个花园都包了进去。"很久以前，这个城市并不大，大家都在方圆五十里范围的城墙里生活。后来，战争、商贸等因素使外来人口不断集中到这里。"

他对我看看："你外公的爷爷，敏锐觉察到外来人口的集聚地靠近城门口。一百多年前的一个春天，他卖掉了市中心的房产，在这个地方买下半条街的土地，造房子、开商铺，本来偏僻的街热闹起来。赚钱后，他继续扩大建房规模。他传承苏式园林精髓，精妙设计出自己心目中的私家园林花园。他对此越来越痴迷，常在花园宴饮，参加的人无不为之叫绝。但是，战乱频发，生意滑坡，维持大家族开支越来越困难。有人建议卖掉花园，贴补家用。他坚决不同意，宁可转让店铺，卖掉房产。半条街的房产传到你太外公手上，只剩窄窄几进房屋，当然还有花园。"

小伟早已直起身子，和我并肩坐在石凳上。虽然他放在膝盖上的手时不时地抽动，但总体趋向平和，听得也比我认真。我有时会插话："您说的就是这个花园吧？"

　　白袍老人没有否认，但也没有承认，继续说下去："你太外公体弱多病，难以把控大局。家族生意越来越惨淡，家里节约开销，遣散用人。压缩自住房，多出来的租出去。一下子进来了四家租户。有律师，有警察，有教师，还有唱戏的。大家相处得融洽，宅院里人来人往，又热闹起来。但是，不久，便发生了一件事情，闹得大家惶恐不安。"

　　我和小伟觉得故事到了高潮，而我俩也算练武之人，试想当时我们在场，会有什么样的表现？双拳已握得像铁砣，有什么东西碰上来，必定粉碎。

　　"唱戏的是昆曲夫妻档，两人看上去挺恩爱，说话轻声细语，待人接物客气周全。生活虽然清苦，但是食物器皿讲究，女的总要在傍晚时分为男的温上一瓷壶黄酒，用象牙筷布菜。一天清晨，那女的被发现吊死在花园亭子的横梁上。男的似乎吓傻了，警察邻居问他，他总是'对不住、对不住'，也不知道他到底有没有做亏心事。事情一完，男的多交一个月租金，退了房，消失在街头。"

　　我的拳头一下子松了开来，上吊、跳河在这里常见，几乎古城的每条弄堂、每个河埠头都有这样那样的传说。我转头看小伟，却见他不但没放松，脸也变得像攥紧的拳头般紧张，红中带青。

　　"男的走后的当天晚上，大家听到远处隐隐传来的女子唱戏声，感觉市里哪个集市举办的演出。没人在意。接下来两天，警察还与教师为飘来的唱腔是昆曲还是京剧争论起来。一段时间下来，没有停下来的迹象。警察循声侦察。声音来自花园方向，越接近花园，声音越清晰，警察开始还为自己赢了而高兴。但是他踏进花园就没了声息，任凭四处寻找也不见唱戏一丝踪迹。但是，他前脚刚跨出花园，后脚就响起绵绵昆曲声。脾气一上来，他又冲进冲出几次。深夜加上入秋后凉意渐浓，警察嘴上不说'诡异'，但哆嗦的身体出卖了他真实的感受。高大精神的一个人，连续两个星期躺在床上起不来。一会儿发热，一会儿发冷。发热时高亢唱京剧花脸，发冷时颤抖哼昆曲青衣。西医按照疟疾来治，没有任何效果。中医开方子喝汤剂，人渐渐瘦成了一根棒。后来，警察局长来探视，带来一个穿灰色长袍的蒙面人。把家属朋友全部赶出去后，在屋里点燃三支香。蒙面人沉默许久，突然爆发，对着空气叫嚷嘶吼，激烈的时候手脚并用，像在厮打着什么。正在大家心惊肉跳时，蒙面人突然语气缓和，轻声细语地像在与优雅女子对谈交流。渐渐地，什么声音都没了，沉默很久很久，门最后被打开，蒙面人搀扶着警察一起走出来。警察茫然不知任何事，身子却不再发热发冷。"

小伟的身子开始抖动起来，我真不知道这个超过半个世纪前发生的，不知真假的事情，与他有什么关联。不过，白袍老人的叙述，填补了我对老宅想象的空白。

"还没等警察身体完全恢复，这家人就匆忙搬走。流言在老街飞快传播：花园闹鬼，这鬼就是那个上吊的女戏子。女鬼初一、十五必来，一出现就唱拿手的昆曲，不能窥视，否则轻的得病，重的性命不保。每到初一、十五，老街的人们，早早躲进自己家里，伸长耳朵听动静。不管远近，不管听到还是没听到，隔天都聚在一起说吊死鬼唱得真凄惨。不到两个月，房客全部搬走，再没人租房。恐慌情绪严重影响你太外公，他身子越来越差。在列祖列宗牌位前长时间跪告后，他把花园建筑拆除、池塘填平。他在平掉的花园里，种上柿子树、枣子树、桂花树、橘子树等，一切变得平安无事。正当老街人们开始渐渐忘记花园事件的时候，你太外公去世。他没有留下一句话，闭眼前把手指伸向花园方向。不久，一个刚从安徽过来的商人，准备在苏州置业，两家一谈即合。商人买下了后宅，竖起了隔墙。"

风大了起来，我心中的疑惑也逐渐变多变大。白袍老人说的，就像被太阳照射的物体正面，脉络清晰，而背面的阴影，却因此显得更加模糊不清。正当我想说出心中的疑问，风越来越大，树叶开始被刮落。狂风来临的时候，我伸出一只手牢牢抓住小伟。他还在尽全力聆听。我使劲拖着他，一步一步艰难地向墙角退去。天空中仿佛有只巨手，用橡皮把眼前景象，轻轻地却又坚定地一点一点擦去。刚开始还能看见白袍老人仍在活动的嘴，后来也能看见他指指点点的手，再后来，他的影像随着飘走的树叶、掉落的建筑，一起淡去。费了好大功夫，我们钻回那个墙洞，我最后一回眼，《红楼梦》里的话跳进我脑子：落得个白茫茫大地真干净。

我们连滚带爬钻出墙洞。我的手触摸到半埋在泥土里的一个塑料袋，我想都没想，就挖起塞进裤腰带里。肯定是我的"宝贝"了，惊恐过后总给我惊喜，我感觉这大概就是今后人生要走的路的滋味。

虽然我们躺在床上一动不动，但是我们都在"怦怦怦"快速心跳中，等待天明。天微亮，外公就要去公园，外婆就要去买菜。

大门"嘭"地一关上，小伟就跳了起来。

"老头说的不全。"

"他被风刮走了。"

"咦。"他注意到我摆在枕边的塑料袋，立即伸过手来。我心里一急，连忙护住我的"宝贝"。就在一争一夺的时候，我发现了异样。塑料袋变轻了。我的心往下一沉，赶紧打开看。叠成方块的黄色绢帛有好几层，绢帛里又是好几层宣纸。摊开，铺在竹席上，最后是一张斗方。画中庭院、池塘、花树、亭子，非常熟悉。尤其是亭子里还有人唱戏，猛地唤醒我们。

"画的就是那个花园。"

"我爸就是在找这个！"

小伟指着图大声嚷嚷。

我觉得他乱叫实在没道理，就把他喝住："花园在哪里？我看到哪里都找不到。"

"不是不是，你仔细看图。"小伟不大说话，一急就有点语句接不上。

刚才光顾着看局部，没有注意到整个花园是被画在了一个砚台里。园景巧妙布置在四方砚台周围，当中一泓池水，正是研墨所在。再仔细看，砚台内外都用蝇头小楷标注好尺寸。重点景观，比如：亭子、假山、池塘等，再逐一标注浮雕高度。这是一张制砚图。

"你爸爸去找砚台？"我猛然醒悟。

"是的。"

"老头后面说了一段话，你没听。也就是那段话一出口，花园景象加速变淡变模糊，最终消失。"

"他说什么了？"

"你太外公弥留之际，他父亲托梦给他，花园虽然平掉了，但是要保持长久的平和，需要'东西'镇住。"

"那东西就是'砚台'？"

"五行当中，'土克水'，砚台属土，'女鬼'属水，把花园的一切装进砚台，既能克住花园怪象，又能控制'女鬼'。"

清晨几乎没有风。天边诡谲的火烧云压得我透不过气来。我要立即冲出老宅，找到外公，问清楚真实情况。但是，我手上已经没有那张图纸。我把它给了最需要的小伟。对我来说，就是解一些谜，但是对小伟来说，就是一个家庭的聚散。他已经出发，手里攥着薄薄的图纸，寻找正在寻找砚台的父亲。然后，再一起寻找他母亲，突然间出走的昆曲演员。我疑惑地问他，花园、砚台与他母亲之间有关联吗？他默默拐到客堂里，过了一会儿，传来清脆的碎裂声。我赶忙跑进客堂，一只碗碎了。

"你听到东西摔碎的声音，看到碗粉碎，你与碗就有了关系。而我刚才到客堂，努力地用一根筷子顶碗，你看不见、听不见，那时的碗与你没有丝毫关系。"说完，他的大眼睛里起了雾。现实和虚幻，本来就分不大清。执着于任何一面，都会痛苦得要死。

天井里，有一只不大不小的绿水缸。里面有个乌龟。它要么沉在水底，要么浮起透气。雨水满溢，它就爬出来去天井四周走走，逛得开心，几个月不着家。与它交集的鱼儿，不知换了多少批，多少条。投下的食物，几乎全被鱼儿一扫而光。它从不在意。现在，鱼儿全不见踪影。只有它仍然悠闲自得。小伟的光头被朝阳照得锃亮，他经过绿水缸，乌龟趴在缸沿儿，仰头看着小伟走出百年老宅的石库门。

一瞬间，摆在我面前的这么多谜，我失去了求解的欲望。我们都在幻象当中生存。即使追问外公事实或者真相，他告诉我的，难道一定真实不虚？我被父母扔在这里已经好多年了，他们现在已经变成我想象中的父母亲，只有当他们把我领回，我才算在现实中拥有他们。而现在，他们与离家出走的小伟妈妈本质上有什么区别呢？孤单寂寞中，我是不是也应该像小伟那样，不在无望中等待，而是突破院墙，走进不可预知的时空？

沉寂几十年，砚台默默地或嵌或埋在后宅不知哪座墙、哪块地，它并没有想到与我们相聚。它与被赋予的"镇"的功能之间似乎也没有特殊关联，它只是一块被加工过的艺术石头，世间几乎无人知晓。直到安徽商人的后人，秉持了辛勤劳作的风格，翻墙整地，把砚台挖出来，尘封往事又被复制、重演、扩散，真假难辨。

我出了门。一边走一边想，不知不觉到了瑞光塔下。外公一直在这里打拳、喝茶。潜意识里，我还是想要找到他。但是，今天他既不在打拳，也不在喝茶。茶馆服务员往塔上翘翘拇指。瑞光塔正在维修，荒芜凄凉的景象将要改变。

攀登脚手架的时候，我想起今天温州人就要把围墙破掉，而我的"宝贝"也不知逃遁到什么地方了。短短两天时间，我收获很大。原来觉得重要的，现在看来其实很轻。我在竹筒、竹片、铁丝间穿行，离地面越来越远。到达十三层，往下张望，练拳的人像小纸人。

我沿着外公远眺的方向，依稀望见老宅那一片街区。我还没有开口，他先问我："你能把杜荀鹤写苏州最有名的那首诗背出来吗？"

我愣一下，乖乖地在清晨温润空气里，吐出一个又一个清晰的字。

"错了。"

我回想一遍，没有背错啊。我向外公投去疑惑的目光。

"你发音错了。"

"老师就是这样一字一句地教我们的啊。"

"我是说按照你现在的读音，唐朝人根本听不懂你在说什么。换句话说，唐朝人用当时的语言念'君到姑苏见，人家尽忱河'，我们也听不懂。"

"有这么严重吗？"

"我和你，年纪只相差一个甲子，口音就有微小差别，再往下，差别会拉大，直到完全听不懂。"外公说到这里，双手摊开来，缓缓指向远方。"幸好有汉字，读音变了，内涵没变。就像那些房子，多年之后，都会倒塌重建，但是曾经赋予的内涵不会变。所以打破平衡后最直接的后果，就是以前发生过的事件的镜像会不停地重复出现。你不要以为只有人才有灵魂灵性。只要承认现实宇宙的存在，都应当承认动物、花木、水土等万物都有魂魄。只不过人类的显性，其他的隐性。或者说，我们感知不到的东西，并不代表不存在。"

我闭上五官，无知无觉。打开五官，繁杂信息扑进我的感知系统。但是，这都是来自过去，像恒星的光芒，有的是千百年前发出。

外公转过身，拍拍我的肩："走，我们下去吧。即便是最真实的事件，隔了一天，也变成脑子里的回忆。等到回忆越积越多，那么，现实与梦境就会相互影响，原本隐秘的世界越来越开放。就像我，到了这个年纪，什么都相信，却又什么都不信了。"

说来也奇怪，我满肚子的一个又一个疑问，随着旋转而下的脚手架竹梯渐渐消散。到了地面，我只有一个愿望，就是今晚再翻一次隔墙，把石礅下面的塑料袋取回。不然，在可预见的未来，我会被打得很惨。至于"宝贝"还在不在，不要紧，关键是我一定要叫上阿强，再探后宅和花园。我想进一步尝试。是不是每个人内心有了隐秘世界，才会对应出现隐秘花园？

（原载《钟山》2017年第2期）

白耳夜鹭

◎艾 玛

我住到崂山脚下这背山面海的小渔村有些年头了，还是头一回碰到从C城来的人。

怎么说呢？C城其实是我故乡，距小渔村有三千多公里，两地间没有直达的飞机、火车。我在那里长大。当然，C城其实并不叫C城，和其他古老的小城一样，它也有个文雅好听的名字，只是我暂时还不想在这里说出来，就用C城来称呼它吧。记得有位大师曾说过，讲故事时连真实的地名都不说出来，而用A、B、C、D之类的字母代替，或是笼统地称为滨城、山城，这样的行为是怯懦的。有点道理，我打小就不是个胆大的人。

从C城来的人叫秦后来，没错，后来。起初我以为是"厚来"什么的，他将杯子里的茶水倒了些在桌上，用手指蘸着那些茶水在桌上写了两个字，原来是"后来"。我就笑了。我的发小叫柳明天，高中时有个女同学叫林开端，我大学时还有个同学叫杨终于。有叫"明天""开端""终于"的，当然就会有叫"后来"的，这么想就不觉得奇怪了。秦后来是个摄影家，我到村里的小酒馆喝酒时遇到了他。那几天天气奇冷，夜晚气温都到了零下二十摄氏度。酒馆外的防波堤上，冰壳子一层层地堆得老高，有人说这是这地区二十年来的最冷天。我倒没觉得特别冷，冷到一定程度，所有的冷在我看来都差不多，无所谓更冷最冷。C城在长江以南，"你们南方人真扛冻"，这是我到北方后听得最多的一句话。再扛冻，渔村的冬天也不好过，没有集中供暖。集中供暖一直是城里人的事。我不串门，不知道村子里其他人是如何度过冬天的，但我在租住的小屋里用C城人的方式取暖：一个两根导热管的电炉子（我一般只开一根），上面加一个木头架子，架子上铺块小棉被，棉被上搁块木板（可以当桌子用）。没活干的时候我整天坐在炉子边，将小棉被盖到大腿上，看电视，上网，或是听窗外寒风呼啸。傍晚时分，我会顺着村里那条新铺的水泥街道，到海边李照耀家的小酒馆去喝一壶。

那天傍晚，我走进李照耀家的小酒馆时，秦后来正坐在临窗的一张桌子那喝酒。连续两个晚上，我走进酒馆时他都在那，桌上两碟小菜一瓶酒，一个人坐在窗边吃着喝着。

"一盘白菜海蛎肉饺子，一壶老酒。"我走到他对面的一张桌子边坐了下来，对坐在柜台后玩手机的李照耀喊话。

酒馆里没什么客人，安静得很，只有空调嗡嗡的轰鸣声。天气冷，不是双休日，也不是节假日，这海边除了鸟，难得见到几个人。我朝秦后来看了看，碰巧他也抬眼看我，我就掉转目光，看窗外。防波堤上的冰壳子比昨天又高了不少，海水已退得老远，露出一大片黑黝黝的泥滩，一群海鸥嘎嘎叫着，在泥滩上飞来飞去。据说，它们中的常住居民很少，大部分都是从西伯利亚飞来过冬的。

"这样的冷天对它们来说也许不算什么。"我望着窗外，想。

十多年前，岛城的海鸥只有几千只，现在已达数万只。"海鸥通人性，岛城市民为挽留海鸥做出的努力肯定是被海鸥们记住了，所以每年它们都会带着它们的后代来这儿过冬。"岛城的鸟类专家曾在电视上这样说。专家这样说过后，去栈桥、音乐广场喂海鸥的居民越来越多了，鸟食也越来越讲究。我来岛城郊外这个叫雕龙嘴的渔村也有十来年了，与海鸥不同的是，没人为挽留我做过努力，我也还没有后代。

李照耀的老婆把热气腾腾的饺子和酒放到了我面前。她掉转臀部离去的一刻，我照例闻到了一股子热乎乎的带着些酸味的气息，像是发过头的面食的味儿，这股气息打着旋儿从我鼻尖前掠过。天寒地冻的，女人身上的这股子热气有些让人馋。

"明天，也许我可以去趟蓝泉墅，宁兰芬家的那棵粉茶不知道怎么样了。"

这么想着，我为自己倒了杯酒，剥了颗大蒜。来这后我学会了吃生蒜，不过我从不在去蓝泉墅的那天吃。李照耀家的饺子不错，酒是加红枣、枸杞、姜片煮过的即墨老酒，这样冷的天，热乎乎的老酒和女人一样不可或缺。我打小跟着我老娘喝米酒，冬天用带盖小壶煮米酒喝，几杯下肚，便可驱尽一天户外劳作所受的风寒。来这后我开始喝老酒，即墨老酒加姜片、红枣和枸杞煮过后，与C城米酒的味道非常相似。记得我刚来的那年，找李照耀要这酒时，李照耀笑话过我。他露出黑黑的牙根，笑道："怎么天天这酒？跟个娘儿们似的！"现在他早不笑话我了。凡事都是习惯了就好。就像我，离开C城多年后我已习惯了成为另外一个人，我把一个真实的自己留在了C城。

秦后来不时看看我，几番欲言又止。终于，他站起来，满脸堆笑地问我道："请问这位朋友，你是不是C城人？"

我马上意识到我的口音出卖了我。我们C城人说"一壶老酒"时，会把"壶"发成"浮"音。离开C城的最初几年，我说话很注意，毕竟不把"壶"啊"湖"什么的说成"浮"也不是什么太难的事。这些年来我有些懈怠了，随着时间的流逝，我渐渐觉得即便把"壶"啊"湖"什么的说成"浮"好像也不是什么大不了的事。

酒馆的空调不太好，秦后来穿着羽绒服，前襟大开，露出里面满是口袋的摄影背心。近年来，来岛城拍海鸥的摄影爱好者越来越多，他们大多去栈桥、音乐广场拍摄，也大多选择气候宜人的时候来，很少有人来雕龙嘴一带的海域，更不用说在大冬天里来。不过，在冬天里来雕龙嘴以及附近的会场村、黄山村拍海鸥的摄影家我也碰到过几个。他们都是些厉害的家伙，多半善饮、健谈，有那么一两个甚至还相当有趣。我把酒杯放下，点头答道："没错。"

秦后来很兴奋，他指了指他桌子上的东西，又指了指我的桌子，意思是可不可以坐过来。有什么不可以？同是天涯沦落人，相逢何必曾相识。我做了个请的手势。秦后来把他桌上的一盘驴肉、一盘葱拌八带端过来，他喝的是小瓶的七十度琅琊台原浆，这种酒喝下去时就像喝了一把剃刀。

"我叫秦后来——"他说着，两只手就去身上各个口袋里摸，摸了一阵后，他有些歉疚地看着我，说："抱歉，忘了带名片。"听口音他不是C城人。

"叫我小赵好了。"我从未有过名片。我伸手过去，他握了一握。

"秦是秦始皇的秦，后来嘛——"他说着，拿起茶杯往桌上倒了些茶水，然后噌噌在桌上写了两个字。对于一个摄影家来说，他的手指白了些。

我对他的名字没什么兴趣，不过等他写完我还是伸长脖颈看了看。

"你去过C城?"我问。

"我刚从那过来,"秦后来很兴奋地说,"好个漂亮的小城!"

是的,C城。我端起酒杯向他示意,然后一口干了。这样寒冷的天,在异乡,能听一个陌生人谈谈故乡也是件不错的事情。

"你是来旅游还是——"秦后来又问。

"我在这工作,是个园艺师。"这是真的,我替附近各园艺场工作,帮他们打理卖出去的杜鹃花树、茶花树和桂花树。因为我,园艺场的老板们在卖这些南方花木时可以理直气壮地打包票:包活。我问秦后来:"你呢?来干什么?"

"家里有点事,回家路过这,你知道的,城里的宾馆实在是太贵了。"秦后来苦笑了下,问我,"来这多久了?"

"有些年头了。"我夹了一筷子驴肉塞进嘴里,问:"去C城拍什么?"

"国庆的时候,C城有个网友给我打电话,说他们那里新开了座火电厂后,他们有两个月没见到太阳了,那时我正在凤凰,想着也近便,就过去了。"

"是个女网友吧?"我笑问。秦后来点点头,也笑了。

C城附近有家很大的水电站,当年它竣工的时候,报纸上说它发的电可以满足十个C城之用。十多年过去了,现在C城又需要一座火电厂了?

我给自己把酒杯满上,敬了秦后来一杯。

"C城人真的两个月没见太阳?"我偶尔也上网搜搜C城,从未见过什么俩月不见太阳的消息。不过,雾霾嘛,岛城这样的海滨城市也时不时有雾霾的,C城有,又有什么可奇怪的?

"差不多吧,你知道的,C城地形南北高,中间低,有西北风顺沅水河道刮来时,雾霾才能散,没风确实不好办。"说着秦后来停下来看着我,"很久没有回去了么?"

"是啊。"我说。双亲都已埋在了山岗,在C城我没什么亲人了。"哪里有钱赚,哪里就是家。"我问秦后来,"去拍烟囱?"我曾遇到过一个摄影家,特别喜欢拍古力井盖。

"嗯,烟囱。"秦后来直接用酒瓶跟我碰了碰杯,他的心思明显不在烟囱上。果然,他喝了一口酒后,看着我问道:

"〇四年你在 C 城么？"

"我〇六年才来这。"

我不喜欢撒谎，有时候我几乎要把我所有的智慧都用在说实话上。我确实是在〇六年来这的，但〇四年夏天我也还在 C 城。

"啥时候方便，让我看看你拍的 C 城烟囱嘛。"喝着酒，我开起玩笑来。但这话说完我自己都有些恶心了，听上去像是我和他有多熟似的。

"现在就可以。"秦后来竖起一根白白长长的手指，指着天花板说，"我就住在楼上。"

我对 C 城烟囱不感兴趣，当然不会真的跑到楼上去看什么烟囱的照片。喝着酒，秦后来跟我聊到了〇四年发生在 C 城的一件怪事。一辆黑色的帕萨特轿车在沅水大桥桥头小广场停了许多天无人问津，直到车身上积满灰尘才引起人们的注意。这辆车的主人是尔雅音乐学校的校长木歌。车在人不见，自此无人知道木歌去了哪里。

"这件事我也听说了。"我淡淡道。

时隔多年，突然听人提到这桩陈年旧事，让我颇不习惯。木歌失踪案发生时全城沸腾，众说纷纭……〇六年底我打电话给柳明天，委托他帮我卖我们家那套位于丝瓜井民主巷园艺公司职工宿舍区的房子（我没打算再回 C 城）。两年过去了，人们还在谈论木歌的失踪。不过，相比案发时的情形，人们谈论这件事的语气已变得十分肯定，众口一词，大家认定木歌是因为一个女人，被人装进麻袋，扔到沅江里去了。"色字头上一把刀，牡丹花下死翘翘。要问木歌何处寻，麻袋一装到洞庭。"小孩子们甚至编出了这样的童谣。柳明天跟我说到这些时我就只有呵呵。

"我下了火车见到网友。她先带我去吃了一碗牛肉米粉，安排我住下后，带我去诗墙公园转，我们从渔夫阁、武陵阁、春申阁一直走到排云阁，一路树木成林，桂子飘香，左手江水右手诗，真是个好地方！"秦后来声情并茂地说道。

我不置可否，埋头吃菜喝酒。他说的这些我都再熟悉不过了。从我家所在的丝瓜井出来，穿过箭道巷，过了步行街，就是诗墙公园的武陵阁。从前 C 城并没有什么诗墙公园，那里只是一道防洪大堤，堤下是船家和附近市民竞相开垦的菜地。我老娘也曾在那搞了个小菜园，种些萝卜青菜苦瓜豆角之类的。从前，我常常在游完泳后扯一把青菜回家烧晚饭，一年四季几乎不用买什么蔬菜吃。诗墙公园不过是后来的事。大约是在木歌失踪的前两年，政府拿出一大笔钱，请了些有名的书法家誊写历朝历代文豪和外国诗人的好诗，镌刻在青石板上，再将青石板镶嵌在大堤上的一堵带檐砖墙上。那是那几年C城最出名的一件事，创造了一项全新的吉尼斯世界纪录：世界上最长的诗、书、画三绝艺术墙。从前我去江里游泳，将衣服脱了卷起来用石头压在江边一棵樟树下，防洪大堤变成诗墙公园后，我将衣服卷起来用石头压在一首外国人写的诗下。"我触碰什么／什么就破碎／服丧之年已过去／鸟的翅膀奄拉下垂／月儿裸露在清冷的夜里／杏与橄榄皆熟透／岁月的善举。"我没来由地喜欢这首诗。诗墙公园有那么多诗，我喜欢的就只有这首，刻着这首诗的石板端端正正地对着那棵大樟树，字也写得很板正，比其他青石板上的好认。要是不离开C城，没准现在我去游泳还是会将衣服压在这首诗下。有可能我会这样干一辈子。仔细想想，真要这样干一辈子的话，那也是蛮有趣的一件事。

秦后来的网友为何会带一个对烟囱感兴趣的家伙去诗墙公园？这个问题让我一时很有些困惑。但有一点我很清楚，排云阁再往前走，就是沅水大桥了，顺着河边石阶上去，就到了桥头小广场。木歌的那辆帕萨特，就停在小广场那儿，最靠江边的位置，视野非常好。十多年前，有私家车的C城人并不多，有些先富起来的家伙喜欢在夜晚开车去江边打野炮，沅水大桥桥头小广场是个不错的地方，临江空旷地，地势高而平坦，有片小树林将之与马路隔开。木歌办音乐培训学校，赶上了一个人人都怕孩子输在起跑线上的时代，他也算是C城先富起来的人之一。那时候好像还没有什么车载定位系统，木歌老婆在他失踪两天后就报了案，可找到车，却是在他失踪二十多天后的事了。

秦后来喝着酒，问我："那件失踪案，你怎么看？"

我没什么特别的看法。C城人对这件事早有定论：有个晚上，木歌开车带着他学校一位教古筝的女老师去桥头小广场，被女老师的男友抓了个现行。女老师的男友和他的几个哥们直接将木歌用麻袋装了，扔进了沅江。木歌失踪后，警方做过大量调查，寻找目击证人，约谈嫌疑人，在沅江下游拦网，还租船在江里捞了好几天……白忙一场。尸体没找到，什么都没找到。当然，C城市民对警方为何什么都没找到，也有自己的看法：古筝老师的那位男友，是市委副书记的儿子。

秦后来点了点头，道："我听到的也是这样，可是——"他转动着手里的酒瓶，"什么都没找到，这是很不正常的。"

"木歌失踪了，因为搞女人。警方什么都没找到，因为女人的男友是市委副书记的儿子。"这些话听上去毫无逻辑，也全是无凭口说，可全城人都信。在有些事情上，舆论的想象比证据的真实更能深入人心。其实唯一可以确定的是，确实没人知道木歌去了哪里。古筝老师受不了人们的指点议论，后来也离开了C城，当然，也没人知道她去了哪里。

木歌这家伙我不陌生，他比我略大几岁，家住黄金台，距民主巷一步之遥。不过我和他没什么交集。我们是不同的两种人，他一出生就手握一把好牌，只不过后来他打得有些烂。我跟着我老娘在马路绿化带上种草种花时，不止一次见木歌搂着妹子路过——这点他结婚后也没什么改变。妹子们大都年轻，长得好看。木歌办培训学校有钱后才有的大肚子，曾经也是好看的，像他老娘，眉眼清秀。其实我老娘和他老娘还是小学同学，我师专中文系毕业后，我老娘异想天开想让我留校，听信木歌老娘和某位大领导相好的传言，拎了两条芙蓉王就去找木歌老娘托关系，被木歌老娘骂了个狗血喷头，大耳刮子扇出门，我事未成。我老娘是园林工人，木歌老娘是C城曲艺团唱丝弦的，台柱子，两人小学毕业后就无来往。也不知我老娘中了什么邪。这件事后我老娘嗜酒日甚，夜夜把自己灌得烂醉，没多久就得肝癌去世了。我老娘过世后，我买了张黄牛票去C城大剧院看木歌老娘唱《宝玉哭灵》，只见她头戴嵌宝束发带，身穿白底竹纹排穗褂，脚蹬青缎粉底小朝靴，一句一跺脚："妹妹呀，我来迟哒，我来迟哒……"聚光灯下，声情并茂，光彩照人。木歌老婆坐在舞台一侧拉胡琴，一身黑衣裳，头发低垂，全程面无表情。木歌是省音乐学院钢琴系毕业，听说会唱丝弦会拉胡琴，我没见过木歌唱丝弦，也没见过他弹钢琴拉胡琴，但见过他唱歌。诗墙公园还是道防洪大堤的时候，我见过他在河边练声，长身玉立，声音婉转嘹亮，引来一大群妹子围观。我精赤条条从水里钻出来时也没这么多妹子看过我。"疯子，该死的疯子！"有时候她们还会骂我，朝我吐口水。在女人一事上木歌可谓得天独厚，C城人说他死于男女之事，也不全是空穴来风。据说那位古筝老师也非凡品，她在C城一度名头很响，裙下之臣众多。坊间传她有天生的奇趣。记得我第一次听人这样说古筝老师时，一时震惊无语，只觉一股热气从丹田直冲脑门，半截身子都硬了。那会儿我还年轻，见过多少世面呢？其实古筝老师在床上并不像传说的那样神乎，不过，她什么都愿意做，这倒是真的。她长得也不怎么好看，就是身材棒，肤色好，胸大臀宽，脸白圆如汤团——这些我当然不会和秦后来说。韶光逝如水，迢迢不可追。如今在这海边寒冷的冬夜想起那些陈年旧事，我只有兴喝酒，已无兴谈论。

第二天，我去了蓝泉墅。蓝泉墅小区里有七百多棵一人高的山茶树，都是我在维护。入冬前，我带领蓝泉墅的园林工人把它们用草席包了起来。在这场寒流到来之前，我又指导他们在草席上裹了层塑料薄膜，想来那些山茶树应无大碍。那晚和秦后来喝过酒后，回到小屋我很快就睡着了。可半夜里我忽地惊醒，心里突然就觉得不好了。我摸过手机百度秦后来，秦后来——确实是搞摄影的，生于二十世纪六十年代初，是东北某市摄影家协会副理事长，获得过摄影家协会德艺双馨优秀会员称号，什么题材都拍，并非只对烟囱有兴趣。我稍稍松了一口气。最大的成就是拍到过一只早已被认定灭绝的鸟——白耳夜鹭，一种稀有鸟类，没有亚种分化——也就是说，跟我一样孤独，连个表亲都没有——不喜群居，白天深藏于密林，夜晚独自出行，飞翔时无声无息，宛如幽灵。存世时数目就极少，多年前就上了世界灭绝动物名录的，居然还给秦后来拍到一只……这世界上尽是些没个准头的事。我再也无法睡着了。屋子冷，身子更冷，一肚子热酒也无济于事，末了我只好又从被窝里钻出来，把电暖炉打开，趴在桌上熬过了一夜。早上醒来，窗外寒风呼啸，惨白的太阳光从窗外斜斜地刺入，更觉长日寒苦难挨。在这度过十多个年头了，头一回有了待不下去的感觉。我起身熬了点小米粥喝了，又上了会儿网，网上屁事没有，也可以说都是屁事，无聊得叫人难以忍受。

在网上游荡了一阵后，我想了想，摸过手机给宁兰芬发微信：

"宁老板，今天我要去小区做养护，你家茶花需要养护么？"

过了约莫一顿饭的工夫，宁兰芬回复我道："急需养护！！"

我笑了。"操，女人！"我在心里骂。

我换了双干净袜子后，从冰箱里拿出一袋湾仔码头速冻水饺煮来吃了。吃完饭我收拾好工具，又把半袋磷酸二氢钾混入一袋鸡粪中，和一袋砂土拌匀，拿只麻袋装上，开着我那辆长安面包去了蓝泉墅。来去多次，我和保安都很熟了，一路畅通无阻。我开着车在小区里转悠，不时停下来看看那些裹得严严实实的茶花树。这别墅小区里种的都是红茶，物以稀为贵，宁兰芬家那棵粉茶的价格是红茶的十倍。查看的结果令我满意，蓝泉墅的园艺工人还是尽职的，浇水适时，情况不错，来年三月，想必是一片嫣红。

到宁兰芬家门口时，入院的电子门已打开，虚掩着，她家的保姆想必又被她支使出去遛狗了。我把鞋脱在门外，自己开门进去，穿过宽大的金碧辉煌的门厅和长长的走廊后，我在宁兰芬家的阳光房里找到了她。宁兰芬衣衫轻薄，坐在那棵粉茶下的一张贵妃椅上等我。像往常一样，我对她笑笑，把工具和半袋肥料放下，拍拍手上身上的灰，一句客套话都没多说。我们一向如此。宁兰芬年过四十，虽然青春不再，但浑身充满北方女人特有的柔韧力道，像团发得恰到好处的筋道十足的面团。而且，跟小妹子相比，她还有一样特别的好处，就是懂事知味，一旦飞身上马，你就只管快马加鞭，卯足劲儿往前冲，她铁定回回都能跟上你，一步都不落的，就有这么好。

完事后，宁兰芬将一张红扑扑汗涔涔的脸从我肩膀下探出来。她喘了几口气，用尖利的指甲挠着我的后背说：

"疯子！你真是个疯子！"

我忍着痛，笑而不语。我翻身躺到她边上，看着头顶上那一片枝繁叶茂，那些小小的花蕾像星星一样散布在绿叶中，花蕾上细细的一线杏红十分肉感、诱人。

"什么都没找到，这很不正常……"秦后来的话在我耳边回荡。这到底是个什么人？

宁兰芬拿起我的一只手把玩，嗤嗤笑道："真是一把好手！"我把手抽出来，女人坏起来男人可真招架不住。

"疯子，说说看，怎样才能杀了她？"

宁兰芬家的暖气太热了，阳光房里的温度也不低，我出了一身大汗。我爬起来擦汗，漫不经心地应道："那还不是小菜一碟！"我以为她说的是她老公，这段时间她想杀的基本上都是她老公。跟木歌一样，她老公也是个大块头。我嘴上应付着，心里却在盘算如果来真的，也只能巧取，真要硬生生放倒那么个大个子可不是件容易的事。

"那婊子太可恶了，过年都不放他回来，现在我撕碎这婊子的心都有！"宁兰芬坐起来，伸手拂了拂头顶的山茶树叶，愤愤地道。

我这才明白这回她想杀的是她老公的小三。现在的汉语就是这点不好，说起来"她""他"不分。"伊底眼变成忧愁的引火线／不然，何以伊一盯着我／我就沉溺在愁海里了呢？"瞧，伊，好听吧？而且谁也不会把"伊"想成个男人。

我去宁兰芬家一楼的卫生间冲澡，宁兰芬上楼到自己房间收拾去了。我穿上衣服后就成了宁兰芬的花匠。洗完澡后我们都神清气爽的，宁兰芬的怒气也消了许多。我给那株粉茶上肥时她就坐在边上跟我说话，一肚子的不甘心。宁兰芬的老公有两个家，平时跟小三住，逢年过节回宁兰芬这儿。宁兰芬生的是儿子，在北京上大学，往年不管怎样男人都会回家陪宁兰芬和儿子过年。那小三前面生的是女儿，今年也生了个儿子，于是得寸进尺，不想让男人回宁兰芬这儿过年了。

"哎呀你是不知道这个贱货，她还给他定规矩，说就是回来也不能跟我睡一张床！"宁兰芬气得要死。这些年来，屈辱和憎恨像个牢笼，把她变成了困兽。

宁兰芬说归说，我就听一听，一个整天怒气冲冲的人其实是安全的，干不出什么出格的事。再说了，她和她老公的事我也帮不上什么忙，没人能帮上忙。宁兰芬也可怜，看上去锦衣玉食，可一个人和一个老妈妈、两条狗守着栋三层高、七百多平方米的大房子，日子又能好到哪里去？可惜我只能让她高兴一阵儿。

"疯子，说说吧，怎样才能干掉那婊子？"

宁兰芬其实大部分时候想干掉那女人，偶尔才想干掉她老公。

"那还不容易。"我又开始哄她高兴，杀掉那么个娇滴滴的女人少说也有一百种方法。我说，"最简单最经济的办法，就是制造一起车祸，喱一下——"我从网上看到，全国每年有二十多万人死于交通事故，平均每天六百多人，车祸撞死人再正常不过，都不用跑路。那女人还是农村户口，撞死她后赔的钱也不会比一个城里人花在一辆代步车上的钱更多。说着说着我挥起了手中的花铲，谈论这样的事我偶尔也会兴奋起来。

"别开玩笑。"宁兰芬皱着眉看着我，"你好好想想！"

她如此认真，让我有些不自在起来。她凭什么认为我干得了这种事？我就把她的话当玩笑，冲她笑笑，起身干活，尽起我作为花匠的本分来。

"一个人不可能凭空消失，总要留下点什么。"秦后来喝着酒，说。

这晚我和秦后来很自然地又坐到了一起，只不过我把老酒换成了琅琊台原浆。秦后来一个劲劝我喝原浆，就像当年李照耀嘲笑我那样，秦后来也说："怎么跟个娘儿们一样！"

"这么多年了，是时候恰到好处地醉一次了。"我这么想着，就招呼李照耀上原浆。"出息了嗬！"李照耀拿酒过来时取笑我。我就笑，没接他话茬儿。

"调查了三个多月，C城警方居然一无所获。"秦后来直摇头。

他的语气里还透出股与他的年龄、阅历不相称的天真。他为何对这个案子如此感兴趣？一个摄影师而已。但很快我就理解了他，也许跟他的职业有关，想想吧，手端相机拍照，大都举到眼睛的高度，视角长期没什么变化，就这样，还得坚信自己能发现、抓住与众不同的东西……摄影师应该都是迷恋这种坚信的人。

"马航飞机那么大，不也什么都没找到？"我说。凡事无绝对，我不喜欢太较真的人。

"怎么一样嘛！"秦后来道，"在一个有限的时间内，飞机能去的地方多了去了，不过……"秦后来若有所思地说，"历史上倒有这么个人，早期电影之父路易斯·普林斯，你知道这个人吗？"

"没听说过。"

"他用十六个镜头的照相机拍摄了世界上最早的电影，《朗德海花园》，才两秒钟，记录了他老婆在花园里的一转身，了不起的两秒钟。一八九〇年九月十六日，他在第戎搭乘下午两点四十二分的火车回巴黎，准备到巴黎与朋友会合回英国，他的朋友没有等到他。他在火车上失踪了，连他的行李也不见了。后来有人怀疑是大发明家爱迪生找人干掉了他。当时普林斯正在英国申请电影放映机的专利，成功的话爱迪生的申请就要泡汤了。警察搜寻了火车站和铁路沿线，也是没找到尸体，什么都没找到。"秦后来摊开双手，做了个无可奈何的表情。

爱迪生我倒是知道的，不过，一八九〇年的事了，当年高考前背历史口诀，"一八九八，戊戌变法"，比戊戌变法还早了八年呢。一百多年前的失踪案经秦后来之口说出来仿佛发生在昨日。

窗外夜色深沉，隐隐传来"哗——哗——"的海浪声。

"这个案子，你怎么这么有兴趣？"我有些不耐烦了，干脆单刀直入。我是一个总是往前看的人，不喜欢谈论过去的事情。过去没有意义。申公豹有几千年道行，就因为他老往后看，所以最后只能填填海眼。

"我那个网友……"秦后来说着，停下来，有些不好意思地笑了。

"是个女网友？"

秦后来点点头，两手在腿上蹭来蹭去。看来秦后来去C城，与其说冲烟囱去的，不如说是冲女网友去的。我喝了口酒，和秦后来耍笑起来：

"怎么样，女网友？"

"你这小老弟！"秦后来用一根手指指点我，"不错，不错的。"他搓着手，想说点什么，他想了一阵子后，简单重复道，"不错的。"他的表情都近乎羞涩了，看来也是个老实人。

我给自己和秦后来都满上一杯。沉水水好，C城就没有难看的女人。我问秦后来："你在C城住哪家酒店？"

"住什么酒店！"秦后来挥了挥手道，"网友有套房子，是她老公的。"秦后来看着我，一只眼微微眯起来，就好像他眼前有只隐形照相机，"说来你可能不信，她老公就是你们C城那个失踪了的人。"

"操！"我十分意外，但还是装出一副特别兴奋的样子，"难怪你……"我笑着摇摇头，欠身隔桌捣了他一拳。说实在的，这些年来，没人提起过木歌老婆，我自己也几乎忘了他曾有过一个老婆，她长什么样，我竟一点都想不起来了。

"她老公出事后她就搬回了娘家，这房子一直空着。"秦后来满脸笑容，道，"那几天我就住在那空房子里。"

"操！"我笑，不停点头，装出一副羡慕嫉妒恨的样子。

"房子在江边，很大很空，啥也没有，不过，有样好东西。"秦后来脸上露出向往的神情。

"什么好东西？"

"一台老钢琴！"

"哦？"

"琴盖上刻着外国字，是什么牌子来着？"秦后来看着我，奋力思考着，一脸期待我能帮他想出来的样子。

我看着他，不语。古筝老师曾跟我提到过，那是台德产老钢琴，伊巴赫，产于一九〇四年，花梨木琴身，象牙键。低音透明稳定，中音醇厚温润，高音清脆明亮，应该是Ｃ城最好的钢琴了。"论权，他没有。论本事，"有次古筝老师偎在我怀里，淘气地拨弄我，"他比不上你咻……论钱，他也就那台钢琴值点钱，比他荷包鼓的人能从武陵大道北排到武陵大道南。"古筝老师摸着我的脸，愤愤不平道，"他也就敢欺负你！"这倒是的，跟古筝老师相好的男人那么多，可他也就打了我。

"你信吗？那钢琴的琴身……"秦后来探过身子往我这边凑了凑，压低声音道，"是花梨木的！"显然，秦后来不懂钢琴，但应该懂木头。说到花梨木，他的眼睛都红了。

"她不相信她老公死了。"说着，秦后来喝了一大口酒，不小心呛到了，像遇到猝不及防的一击，他的脸一下扭曲起来。一阵猛烈的咳嗽过后，他抹了一下脸，道，"妈呀这酒！"

我不动声色地吃菜喝酒，暗地里十分吃惊。整个Ｃ城，恐怕只有这个女人不相信木歌死了。

"十多年了，她每天都在等他回来……"

我的胸口一下被什么东西堵住了。窗外漆黑一片，没有月亮，大海与黑夜完全交融在了一起，墙一样矗立在灯光所不及的地方。

"不过……"秦后来咧嘴一笑，意味深长地道，"我觉得她也不是那种认死理的人。"

我喝了口酒顺了顺，问秦后来："你是看上钢琴了，还是看上人了？"

"钢琴好，女人也好。"秦后来厚颜无耻地笑。

一条想吃屎都没胆的狗。我不无讥诮地道："你想把那钢琴搞到手，是吧？"我盯着秦后来的眼睛，道，"我看还是算了吧，这女人够可怜的了，再说，万一她老公没死，哪天回来了呢？毕竟就像你说的，什么都没找到嘛。再说，一台钢琴啊，那么大个东西，真要追查起来可不难。"

秦后来两手撑在腿上，有些羞惭而茫然地看着我。他抹了下嘴，有些苦恼地道："实不相瞒啊老弟，摄影可真他妈烧钱啊！"

这一次我喝多了，怎么回到小屋的后来我一点都想不起来了。接下来的两天我就像生了一场大病，醉酒的感觉可真是糟糕透了。人在这种时候会变得脆弱，我在窗口一站半天，看着窗外顺坡而下的村舍和远远的那一片海发呆。我觉得有些受够这样的日子了，开始想念起C城来。这么多年来，我还是头一回想到木歌老婆，她在C城也算得上是个名女人，有大把粉丝，她是个出色的琴师。听说她十三岁起就给木歌老娘拉胡琴了，与木歌老娘是绝配，都说她是嫁给木歌老娘的，不是嫁给木歌的。我隐约记得在街上也碰到过她几次的，回回都是一身黑西装，一头清水短发半遮面，目不斜视，低首疾行。现在我连她长什么样是一点都想不起来了。

我从床底下拉出一只旅行箱，当年我拖着它来到了这，十多年后，如果离开，我能带走的还是只有它。我把箱子踢回到床底下。

我上网搜了搜路易斯·普林斯，一百多年了，他依然是个鲜活的存在。

我决定再去一趟宁兰芬家。我把院子里剩下的花肥都装上车，找了张纸仔细写上隔多久浇水施肥，什么时候整形修剪。当然，宁兰芬可能都懒得看，找个花匠又花得了几个钱呢？

这一回是保姆开的门，两条金毛跟在她后边。见是我，她笑着把门拉到一边让我进去，什么也没说，两条狗也没吭声。我分几趟把花肥、工具都扛进了宁兰芬家的阳光房。宁兰芬大约是听到动静，脸上贴着张面膜，从楼上下来了。

我看着宁兰芬，她也默默看着我。

"怎么，你还是决定回家过年?"宁兰芬问。

这些年来，每到春节，我就出门逛几天，美其名曰"回家过年"。今年宁兰芬情况特殊，她对我说过，如果她老公不回来过年的话，"那你就留下来过年吧。"

"是啊，回家过年。"我说着拍拍身上的灰，"这些花肥，够用到春上。"

"逢姐，给赵师傅泡杯茶。"宁兰芬扭头吩咐保姆道。

"昨天我跟你说的事，你考虑得怎么样?"她坐下后，剔着指甲问我道。

我不知道她到底了解我多少。我想了想，把手里的活放下，坐到了宁兰芬脚边的地板上，"有件事，我才在酒馆里听来的，有个叫普林斯的家伙，你听说过这个人吗?"

宁兰芬摇摇头，"是个什么人?"

"是个外国人，发明家。"

"他撞死人了?"

"没。有一天，他在法国第戎搭火车去巴黎，准备到巴黎与朋友会合回英国，他的朋友没有等到他。他在火车上失踪了，连他的行李也不见了。警察搜寻了火车、火车站和铁路沿线，没找到尸体，什么都没找到。"

"怎么可能? 一个大活人，飞了不成?"

"这人在法国出生，在他父亲朋友的照相馆长大，学过绘画，大学学的是化学。大学毕业后，他应一个同学的邀请去英国利兹工作，两年后他娶了他同学的妹妹，这女孩是个出色的画家，夫妻俩开办了一所美术学校。他们还发明了一种将彩色照片印在金属器皿和陶器上的技术，这让他们有了名，还有了很多的钱……"

"男人有钱就变坏，对不对?"宁兰芬的语气听上去非常忧伤。

"他可能有过一段为时短暂的婚外恋，和他办公室的一个年轻女雇员。"

宁兰芬咬着牙，道:"哪个时代都不缺贱货啊!"

"他最后露面是在第戎火车站，有人看到他上了下午两点四十二分去巴黎的火车，后来再没人见过他。"

"可能他故意让认得他的人看见他上火车，或者故意碰掉一个陌生人的行李，然后捡拾，道歉，聊两句有的没的，好让人记住他，然后在火车开动前偷偷溜掉，回到利兹，去见那个婊子。"宁兰芬撇着嘴，一脸的不屑，"他们私奔了，对吧？"

不得不承认，女人的直觉和想象力都不一般。

逄姐一脸微笑地把茶端给我，又一脸微笑地出去了。等她走后，我接着说道："普林斯失踪一个月后，人们发现那位女雇员在利兹郊区一家度假旅馆的房间里服毒自杀了，之所以说她是自杀，是因为她自杀前从利兹给她在伦敦的家人拍了一份电报，说自己做下了不名誉的事情，生无可恋。"

"哈哈！渣男干的，是不是？她要很多的钱，逼他离婚娶她，威胁他，男人受不了她了，想彻底摆脱她。"宁兰芬一下兴奋起来，"贱人能有什么好下场?!"

听闻此言，我不由佩服起宁兰芬来。看来，伤害会让人变得疯狂，也会让人变得敏感。

"当时可没人这么想，过了一百多年后，才有个喜欢钻故纸堆的家伙勉强把普林斯的失踪与那女孩的死联系起来。"不能不佩服这个叫普林斯的家伙，做下的事，过了一百年才有人看出一点端倪。说着我都有些嫉妒他了。

"当时大家都认为普林斯遇到了不测，因为在普林斯失踪前，巴黎警方刚破获了一起火车谋杀案，所以……"我笑着摇了摇头，这种运气真是可遇不可求的。一个失踪了的人，或是被推定死亡的人杀了人是不需要担心被怀疑的，因为他已经不存在了。百度百科关于普林斯的介绍中有句话是这样说的：他的性情极其温和敦厚，任何事都激怒不了他。当时看到这句话时，我的心怦怦地跳起来。没来由的，我认定这个历史谜团的答案，就藏在这句话里。

宁兰芬的眼睛闪亮起来，她兴奋地道："这招真是高明啊！那份电报不是那女人拍的，一定不是！"她看着我，"哈，如果……"宁兰芬难掩兴奋，她站起来，两臂环抱，嘴里咬着一根手指在屋内走来走去。她停下来，两眼直直地看着我说："假如……"

以前我会为许多事发疯，现在能让我发疯的事已屈指可数。我笑着，迅速打断她道："我可不行！"我耐心地等着宁兰芬眼里疯狂的火苗一点点黯淡下来后，用了心平气和的语气对她说道："普林斯，他在照相馆长大，会画画，懂化妆术。他还是个化学硕士，一定懂得怎么配制毒药。他智商很高，发明家嘛，史书上还说他心细如发，考虑事情非常周到，不是一般人。"我摊开双手，再次笑着对她说，"我只是个花匠。"杀死一个人很容易，但要干净抽身，让人不怀疑到自己，而且还让人相信那是别人干的，那就难了。人不可能两次踏进同一条河流，再说，凡事还得看看大环境，讲究个审时度势。陈胜吴广时代，你在鱼肚子里塞块布条，上书"陈胜王"几个字，会有成千上万的人追随你。现在你试试？人们只会拿你当个神经病。这些事跟一个女人怎么说得清？

宁兰芬沉默了，表情看上去相当沮丧。

"其实普林斯也没赚到什么。如果那女人真是他杀的，那同时他也杀死了他自己，从此世上再无普林斯，他要忘记与自己有关的一切，彻底成为另外一个人。"我看着宁兰芬，无比真诚地道，"相信我，这可不是什么好玩的事，划不来嘛！"

"我就是咽不下这口气。"宁兰芬叹了一口气，幽幽道，"我们本来过得好好的，这贱人跑来不择手段勾引他，先是对他说爱他，不会破坏他的家庭，结果呢？该死的贱人！渣男也该死，最初被我发现后，各种求饶啊，对我说什么只进入她的身体，不进入她的生活，要我看开点。可现在你看，他彻底跟这贱人搞在了一起！"宁兰芬骂着骂着眼睛突然又一亮，目光像刷子一样将我从头到脚扫了两遍后，她说，"不如，你想个办法，先睡了她再说，恶心恶心这对贱人，让我也出口恶气。"

我起身干活，没接她这个话。我认识宁兰芬时她还是个单纯的家庭主妇，才几年工夫，她就变成了这样。

宁兰芬走过来，轻轻捅了捅我腰眼，"事成后给你一百万。"

又是一百万。宁兰芬常常对我说："疯子，替我杀了她吧，给你一百万。"有时她也说，"杀了他也行，杀一个一百万，杀两个两百万。"屁！什么世道，有钱就这么任性？

"好嘛。"我忙着手里的活，说，"等年前我去园艺场赊它一车子花，摆她家小区门口卖……"

"赊啥呀，我给你钱！"

"好嘛。"我说，"君子兰郁金香蝴蝶兰仙客来风信子，什么好看我卖什么。要过年了，她总归要买点什么的吧？她又不缺钱——"虽然我看到宁兰芬半边脸都抽搐起来，但还是狠心问道，"你男人喜欢什么花？"

"粉茶。"

"那就卖粉茶！"我把那几袋花肥堆到墙角后，拿起剪子去剪那株粉茶上多余而羸弱的枝丫。我一边干活，一边说道："你男人喜欢，她肯定要买，买了就会让我送到家里去，买了就需要养护……"说到这，我停下来，看了宁兰芬一眼，宁兰芬却毫不在意，伸手在我肩上猛击了一掌，道："就这么定了！我先去网上买个针孔摄像头。"说着她就扭身出去了。

我手里拿着花剪，看着宁兰芬丰腴婀娜的背影，一时有些发愣。她真打算这么干？钱谁不想赚？可我只是个花匠。其实，睡了那女人杀了那女人都不算什么好办法，最好的办法是宁兰芬和她老公离婚，财产平分，然后她和我结婚，她老公和那女人结婚，家庭重组，财富再分配，共同富裕，利国利民，皆大欢喜。可惜宁兰芬她从来都不这么想。

那株粉茶倒是不错的，满树花蕾，含苞待放。宁兰芬原本想让它不早不晚地赶在春节开，一直让我控制着它的生长速度，掐着日子施肥，浇水。但现在她已不关心它什么时候开了。

从宁兰芬家出来，天色尚早，我就开车直接去了李照耀家的小酒馆。李照耀两口子赶晚集去了，都不在酒馆里，只有村里两个经常来打短工的体格粗壮的大婶在。她们面对面坐在一张桌子边包饺子，一见我，就开起玩笑来。渔村的女人都糙得像海边的礁石，她们嘿嘿笑着，问我为什么不找个老婆过日子，是不是有什么毛病。她们总这样，有好几次还当众提醒我，憋久了家伙就不好用了云云，引得酒馆里掀起一阵巨浪般的大笑。"好不好用试试不就知道了嘛。"以往我都这样说。

"傻子才养老婆！"这一回我这样回答她们。我指了指楼上，问大婶们："那位拍照片的秦先生在不在？"

"你找那个二尾子做什么？"

我只是笑。谁也别指望从她们嘴里说出什么好的来。

"过午见他往园艺场方向去了。"她们不依不饶地问，"你找他做什么？"

看来这他妈的摄影师对什么都好奇。我一下也真说不出找他做什么。我懒得再跟大婶们费口舌，就来到屋外钻到车里抽烟。抽着抽着，我突然就点着火，启动了车子，挂到二挡，我让车子靠边慢慢动着。通向园艺场的是一条双向四车道的马路，但是不直，歪歪扭扭地往前延伸。我不时左右看着，路上的闲人真不多，偶尔一两个，都显得有点怪异。往前开三公里，就是一大片园艺场，再往西开两公里，就到了蓝泉墅……作为一个花匠，这条路我来回走过多少趟了，没什么好看的，摄影师……摄影师又能有什么新发现？一个喜欢拍烟囱的摄影师，最大的成就却是拍到了一只灭绝的鸟，这事有点好玩。

不久，我又回到了原地，重新点燃了一支烟。

我看着前面的海，海水倒比昨天退得更远，坐在车里能闻到海滩淤泥咸腥的腐臭味儿。夕阳冷而昏黄的余晖洒在远处灰白的海面上，防波堤上的冰壳子在黯淡的暮色里泛着幽蓝的光。一大群海鸥收拢翅膀，安静地栖息在一艘搁浅在泥滩的旧船上。十多年了，木歌坟上——如果他有——他坟上长出的青草都能喂大一群马了，可C城还有个女人惦记着他，还会跟一个陌生人谈起。这让我委实有些烦恼。

天快黑的时候，李照耀两口子拎着一兜兜的蔬菜、海鲜回来了。我跟着他们进屋，翻看李照耀袋子里的海鲜，海蛎壳上结着冰碴子，可肉又肥又新鲜。

"来个韭黄炒蛎子。"我说。我有种预感，有天我会非常想念这一口。

我从腋窝底下掏出一瓶极品琅琊台立在柜台上，对李照耀说："换箱老酒喝。"这酒是宁兰芬从她家地窖里拿给我的。宁兰芬说她家地窖里的酒能淹死一头鲸鱼，都是她老公收藏的。现在他都不怎么回来了，她一个人几辈子也喝不完，所以她时不时会拿一瓶给我。那个蠢男人丢掉的好东西可真不少。

"成！"李照耀高兴地说，"昨儿个，你可是喝多了啊，被老秦那家伙灌得！"李照耀又开始打趣我。

"切！多什么多！"

"你可别不认账！见谁都胡咧咧。"李照耀摇晃着身子，拍着我的肩膀道，"朋、朋友，你若去C城……翻来覆去就这半句话，你抱着我门前那石礅子，也这么咧咧，哈、哈哈！头一回见你这样，怪不得你这家伙只喝老酒，白酒你一碰就醉啊！"

一个人酒后还能说出什么正儿八经的事情来？不过是胡咧咧。"朋友，你若去 C 城……"我也不明白为何我会在酒后冒出这半句话来，到底什么意思？我摇摇头，笑着，当胸捣了李照耀一拳。

"来壶老酒。"我对李照耀说。

这一回我把字咬得准准的，毕竟不把"壶"说成"浮"也不是什么太难的事。

（原载《收获》2017年第2期）

街上的耳朵

◎钟求是

有人对式其说："你的酒量矮了不少，即使踮一踮脚，也够不着以前的一半了。"式其咧咧嘴不吭声，但心里认下了这个算术说法。这么些年过去，昆城一点点变大了，他的酒量一点点变小了。由于这种退步，以前的他一定瞧不起现在的他。

不过酒量的退步不等于酒兴的下滑。事实上，他对酒桌仍保持着亲近的态度。每周少说两次或三次，式其会出现在某个吃店的包厢里——不是生意饭局而是朋友聚酒。他坐下后并不造势，只是简单地敬酒或迎酒，说话的声音温和并且节约。但他显然又是受重视的，每一只酒杯与他对喝时都不会潦草。

在这种场合嘴巴们总是忙碌的，因为除了吃喝，还要讲镇子上形形色色的闲话。闲话时，式其也会淡淡地搭上几嘴，因说得少，话语就显着几分劲道。当酒桌上的热闹收尾时，式其便起身去一趟洗手间，顺便把账单刷了卡。等别人气壮地出门买单，女服务员会柔声说："那位长头发的老板已经买过了。"

式其是昆城为数不多的长发者，一头没有杂色的黑发披挂下来直达脖子，把一张脸比得瘦了一些，看上去有点艺术又有点怪异。谁也不知道他啥时开始蓄此长发，反正在记忆中，他就是这么另类的从时间远处走来，走过镇子的一个个年头。也有人打听过，式其年轻时练过拳脚，又喜欢酒，那么他的披发也许是从《醉拳》里成龙的发型演变而来。这种猜测传到少数知情者耳中，自然被一笑弃之。知情者没有忘记，式其的长发遮着一个私密，一个关于耳朵的私密。这个私密其实并不稀奇，像式其这一类有过拳头史的人，年轻时免不了掐架斗狠，身上也就容易收藏一些刀疤拳痕。夏天若亮一亮身子，多少也显着一种荣光。但式其不一样，他不愿意走漏这种荣光。

因为这个原因，许多年里镇子上几乎无人见过式其的耳朵。随着时间的推移，即使知情者也失去了保留记忆的兴趣。一只伤残的耳朵，伴着一个男人渐渐老去，这有什么好惦记的呢。

当然，式其日子里也不是没意外的。大约三年前，一个愣头愣脑的理发师给式其修发后一时起兴，以神秘状向别人描述自己见到的耳朵。两天后他的发廊被砸，一只垃圾桶像导弹一样扑入店内，腐烂的气味久久不散。自此以后，式其的理发师换成一个懂得默契的人，他的习惯是不问女客的年龄，或者不提某个男客的隐物。

　　这天傍晚，式其照例到一家吃店凑一个休闲饭局。饭桌上十来个人，他坐定身子，眼睛一扫先看到一圈熟脸，再一扫多出一胖一瘦两个年轻女人。这也平常，为了搞点气氛，总有人喜欢往饭局里引进花花草草。

　　饭桌先是稳着，一双双筷子挺讲秩序地伸向端上来的海鲜和面食。随后酒杯们活跃起来，此起彼伏地在空中举来举去。由于酒液滋润了思维，不久便进入闲话阶段。一个声音起点很高，从国际大势讲到恐怖组织，认为世界各地的枪声有点多。另一个声音阻止了这种担忧，指出中东的枪声再多，也射不到昆城来。于是话题顺势回到镇子上，从某个楼盘的房价说到某家超市的被盗，从河边的钓鱼说到不爽的天气。有人说："这几天一会儿晴一会儿雨，像女人例假期里的情绪。"有人便把话语引向一胖一瘦两个年轻女人，说："包厢里没有下雨，你们的脸上为什么看不到高兴？"胖女做一个笑脸说："有吃有喝的，我有啥不高兴的？不高兴的是她！"她的嘴巴努向旁边瘦女。瘦女耸一下肩说："我干掉好几杯酒把脸喝红了，还是没藏住不高兴。"有人说："有啥不高兴的，说说看。"瘦女说："那我得再喝一口啤酒。"她端起杯子吞下一大口，然后说："今天上午有一女友发我微信，问坡南街上讣告说的是你吗？你不回答我会流泪。我回复两个字：傻×！接着又有人小心地给我老公发短信，意思是节哀什么的。"有人稀奇地说："哈，被死亡呀，什么情况？"瘦女说："我打听了一下，才知道坡南街的确死了一个女人，跟我的名字撞了脸……这乌龙闹得好晦气呀！"有声音问："啥叫名字撞了脸？"瘦女说："她叫王静芸，跟我的名字王静云是不是特别像？但再像也挨不着呀，按年龄她差不多可以做我母亲。"又有声音问："那王静芸怎么死的？"瘦女说："一个字的病呗，听说是胃癌晚期，从发现到闭眼不过一个月。"有人"噢"了一声说："这么一说，我知道王静芸是谁了，她在坡南街开一文具店，她的老公叫叶公路。"叶公路这名字有点奇范，让两三个人点了脑袋，表示听说过此人。

式其瞧着瘦女，慢慢地说："你叫王静云，这名字不错。"瘦女一笑说："夸我名字不如夸我脸蛋，女人嘛爱听这个。"式其绕过玩笑，说："我细问一句，那位王静芸是哪天走的？"瘦女说："不是昨天就是今天一早呗，我想是这样。"式其又问："这个病……她怎么才活了一个月？"瘦女说："我又不是她家亲戚，没知道那么多。不过听说她去上海上了手术台，打开肚皮一看立马缝上就回来了……昆城人嘛总愿意回昆城的。"式其不言语了，旁边有人接上说："归根到底是运气的事，按她的岁数，至少得再活二十年。"又有人说："二十年能活出一大堆内容呢，酒局、旅游、麻将还有性事，可以玩多少回呀。"马上有声音反对说："上了岁数的二十年，过的是尾巴日子，哪有这么痛快。"那个胖女说："所以好年纪的时候，得使劲活出一把味道来。"有人说："你现在就是好年纪，酒局旅游麻将还有性事，样样都挺使劲的吧？"胖女一撇嘴说："废话！女人不使劲能尝到那种快活味道吗？"一群笑声响起。

笑声中式其起身去了洗手间，出来后拐到总台埋单刷卡。刷完卡他仍静着身子，似乎在脑子里找什么主意，想了一想，原来自己不打算回包厢了。是的，他觉得那儿人有点多，话语和笑声也有点多。

他出了餐馆，慢着脚步往街上走。此时是喧闹时间，街道两旁的灯光有点亢奋。他走过一溜儿商店，拐入旁边一条小巷。穿过狭长巷子，走过一条马路，便是一处街心公园，他找到一张椅子坐下。

这个街心公园许多年前是人民广场，广场内有灯光篮球场，旁边有昆城唯一的电影院，电影院门口每天上演着热闹。此时静一静心，他的脑子里仿佛挂起一块银幕，远去的时光像是被一只手提住，重新投放到了幕布上。

现在他明白了，自己找到这里是为了反刍一件往事。

往事的背景有些旧，点一点指头，是三十二年前的夏天。那时的他留着板寸头，身上攒着一块一块力气，整天游手好闲。一个闷热无趣的晚上，他从家里出来，先逛到电影院跟前，见没有可看的片子，就走进人民广场。广场内也没啥好玩的，只能站到篮球场边看热闹。他看到场子上一群人满头大汗地跑来跑去，一只篮球也憋着劲儿从这头跑到那头，又从那头跑到这头。

正是在此时，一个身子蹭了他一下。他没在意，但还是看了对方一眼——一个黑皮肤的小个子。小个子淡着脸说："你是那个……式其吧？"式其说："你谁呀？我不识得你！"小个子说："我找你两天啦，咱们旁边扯话！"小个子用手坚定地指向一边。式其心里奇怪着，随着小个子走开几步，站在暗色里。小个子说："我找你要个说法……你得对你说过的话……"式其说："我说过什么话啦？妈的，我又不认识你！"小个子说："前天晚上，你说做了一个梦。"

式其一下子记起来了。前天晚上有一个酒聚，他先喝白酒后喝啤酒，把自己喝澎湃了。澎湃之中，他嬉笑着拿出前一天夜里的一个梦。在梦里他搂住一个年轻女人谈心，似乎说些连哄带骗的话，然后把该办的事给办了。旁边的人就问，你说些什么连哄带骗的话呀？他说梦里的话哪能记得住，反正那女人听得高兴。旁边的人又问，那你办事都做了哪些动作？他说梦里的动作哪能记得住，反正衣服是一件一件脱下来的。旁边的人起哄地说，那女人的脸总记得吧，是不是镇子里的谁？他不能老说记不住，便顺着问话说了一个名字。

现在，这个酒后才肯说出的梦飘过镇子里的街道，传到小个子耳中并让他有了愤怒。暗色中，小个子的脸似乎发着烫，一双不大的眼睛则露着冷光。式其几乎要笑起来。他说："我的梦跟你有啥关系？"小个子恨恨地说："你梦中的女人是我女朋友。"式其心里一愣，上下打量对方一遍，说："我是说了一个名字，名字谁都可以用，你偏拿去塞给自己。"小个子说："你不光说了名字，还说了长相，还说了一米长的辫子……你说过的话想收也收不回去啦！"式其迷茫了一下——酒后说了多少放肆的话，他实在有些吃不准。不过他马上发现自己并不需要躲让，他说："老子说什么也是在梦中，梦中的事你管得着吗？"小个子说："我管得着，女朋友的事我管得着！"式其说："那你怎么管？说说看！"小个子沉着脸不言语。式其说："你找老子两天，想要一个什么说法？说说看嘛！"小个子仍不吭声，身子一动不动。式其说："要不下次你也做一个梦，梦里老子剥你女朋友衣裳时，你冲上来拦住老子……"

话未说完，暗色中猛地蹿来一道影子，小个子的身子已缠住他的身子。式其没有慌乱，一只手顺势钳住小个子的手腕，另一只手掐向他的脖子，这一招叫"封手抄喉"，能把对方单薄的身体抻开并锁住。但对方还剩着另一只手，那只手在空中冲动地划过，让他的身体一痛——这一痛比预想的有劲道，原来对方手里攥着一块石头。式其只好撤回掐脖子的手，劈向对方的胳膊，一块石头应声掉落在地。式其借势搂住对方拔离地面，一发力举到头顶，这一招叫"经天落鸟"，能把对方托在空中转一圈再甩出去。就在他蹲好马步、按照招式将空中的身子做一个旋转时，耳朵又猛地一痛。这一痛太尖锐了，尖锐得有些麻木。他吼叫一声将手中的身子丢了出去。

式其抬手捂住耳朵，看见小个子从地上爬起，嘴里叼着一块东西。式其有点发蒙，愣愣地盯着小个子。小个子似乎笑了一下，往地上"噗"地吐出东西。那块东西湿软软地躺在地上，即使在暗色中也显得醒目。小个子跨前一步，一提脚将那块东西踢了出去。式其明白过来，纵身扑向小个子。小个子一闪身子便跑。

在那个夏日的夜色中，两个身子一前一后在镇子街道上快速穿行。路人们不知道发生了什么，纷纷停步观看。在他们的目光中，两个身子一会儿挨近，一会儿拉远，像两匹失控的野马闯进了街道。他们有一种预感，如果两个身子追到一起，会演出一场好看的惨烈搏斗。在镇子上，这样的搏斗越来越少见到了。

但搏斗没有发生。小个子在奔跑中临时生智，一拐弯再一冲刺，跑进了解放街口的派出所。这是他认为的紧急自保的不错方法。一分钟后，式其气喘吁吁地站在派出所门口，耳朵上的血把半张脸淌湿了。

现在，式其坐在三十二年前的相斗地方，仍能觉出右边耳朵的疼痛。这种疼痛躲在记忆里，遇到机会便溜出来，证明着他的青春日子有一块补丁。

从记忆里溜出来的，还有两个名字。那个咬掉他半只耳朵的人个子瘦小，却有一个粗犷的名号叫叶公路。叶公路护着的年轻女人，叫王静芸。

第二天式其一个人待在家里。

这么些年，他做一个装修公司，渐渐做得无趣了，便交给儿子。儿子忙着公司，又生了孩子，便招去母亲。他成了日子边上的人。

一天里他花不少时间躺在床上，这样可以攒些体力。下午的时候，有人来电话邀酒，被他挡住了。他说自己晚上有点事儿。

吃过晚饭，又看一会儿电视，他才穿上一身黑色衣裳出门。他要办的事有些特别：他让自己去坡南街，给那个叫王静芸的女人守个夜。火葬普及后，昆城有了新的习俗，人死后先火化肉身，再在灵堂守护三天，今晚应是相对安静的一夜。

走过一条短街一条长街，上了一段坡道，再顺势下去，便是旧色旧味的坡南老街。他问了一问，拐进一条小巷，见到前方一团灯光。走近了看，是一个不小的院子。院子里搁着不少花圈，一些人影和哀乐缠在一起。

式其走进厅堂。这是哀乐最浓的地方，一只红布包裹的骨灰盒躺在方桌之上，后面木壁上挂着遗像，跟前香炉里燃着一炷香。式其端正身子鞠躬了三次，然后细瞧木壁上的遗像。这是一张微胖的脸，五官平静不乱，不乱中又有些辛苦，跟镇子上的平常妇人没啥不一样。式其暗叹一声收回目光，扫一眼左右，没人留意自己。再给出几眼，没见着叶公路的身影。

院子天井里摆着两张临时餐桌，几个年轻男女边吃边聊，好像在讨论网上购物的事情。边廊上也有两张桌子，一桌在玩扑克一桌在打麻将。式其不能一个人待着，便踱到麻将桌边。桌上也有一位脸熟的，冲式其点头。过了片刻打完一局牌，有人接起手机喂呀了几声，说自己得走开一会儿，让式其替一下。这差不多是救场，式其只好坐了下来。

牌局继续。式其不是麻将的熟手，此时心里又有些不定，打起牌来便显得冒失，一会儿吃错牌，一会儿放出不该放的牌，让警惕他的人很快松了心。那位脸熟的说："我知道你是城西的，公司老板。"式其说："现在不是啦，公司的活儿交给儿子了。"脸熟的又问："你是静芸的亲戚还是公路的朋友？以前很少在坡南街这边见到你。"式其打出一张牌，说："人走了总得来送送……公路呢？怎么不见他？"脸熟的说："在呀，他不是在那儿烧纸钱嘛。"式其扭头看一眼，厅堂边旁果然蹲着一个人，只是身影粗胖得有些陌生。

式其正有些走神，原先走开的人回来了。算了输数，式其掏出几张票子起身离开。他慢慢走向那只粗胖身子，在蹲着火苗的脸盆旁站住。粗胖身子扭动一下，抬起一张严肃的圆脸看他。他蹲了下去，跟圆脸挨得很近。圆脸不介意地说："你也烧几张吧，送送她。"式其从地上捡起一沓钱纸，认真地一张一张往火苗里放。火苗起起伏伏，像是神秘的舞蹈。式其瞧着火苗，突然说："我叫式其。"圆脸没有听懂，不吭声。式其说："我是城西的式其。"圆脸愣了一下，身子挺直一些，目光很硬地递过来，又慢慢地收回去，说："要是在街上走，我认不得你了。"式其说："现在你蹲我跟前，我都认不得你了。"

看来，从瘦小身子到粗胖身段之间，只需要填进许多的时间。

多年前的那个夏天，叶公路在奔逃之中躲过了他的暴打，却没躲开命运的敲打。叶公路没能想到，跑进派出所是机灵的也是蠢傻的，把蠢傻减去机灵，剩下的恰是现场拘留。半只耳朵加上一脸血迹，让派出所和法庭获得了故意伤害的确凿证据，叶公路被判有期徒刑两年六个月。无法知道那两年半叶公路是怎样的心境，王静芸又是怎样的心思，反正式其心里很懊丧，身上的力气也泄掉不少，他唯一想努力的，就是让发型变成披头士。过了两年半，他听到叶公路出狱的消息。又过一些时间，他听到叶公路和王静芸结婚的消息。到了这时候，他内心才安定下来，觉得这件事终于了结。了结之后，他的日子便敞亮了许多。以后的年月，昆城渐渐欢闹，各种新事在镇子上生长，他不需要记着不快活的事情。不过偶尔经过坡南街时，他也会留意瞧一瞧街道两旁的商店，因为他听说王静芸开了一间不大的文具店。有那么一两回，他似乎在街边看到了王静芸。她手里牵着一个男孩，神情动作已是一位熟练的母亲。但他也不能确定就是王静芸，毕竟做了母亲的她和记忆中的她是不一样的。至于叶公路，在人来人往的街道上，式其再没见过他的瘦小身影。现在式其知道了，自己的眼睛为什么这么多年遇不到他。

眼前的火团渐渐软下去，变成了暗燃。叶公路盯着火堆，说："你来干什么？"式其说："人走了，我来道声别。"叶公路说："你道得着吗？"式其说："别这么说，死者为大，我的心意不是假的。"叶公路默了脸，过了半晌，他站起身说："那边坐。"他走向院子的另一侧边廊，那里摆着几张空椅子，显得安静一些。

式其跟着走过去，坐到一张椅子上，与叶公路斜对。他们之间有一张方凳，上面搁着一包烟和一只烟缸。叶公路取了一支烟，将烟盒推给式其。式其摆摆手——一年前他遇着咳嗽，便将烟戒了。叶公路自己点上。

沉默了一会儿，叶公路说："静芸没跟你有啥来往，她一直这么说。"式其说："她说得没错。"叶公路说："她以前不认识你，死的时候还不认识你。"式其说："嗯，是这样的。"叶公路说："一个不认识的人，把我们的日子捅了一个窟窿。"式其慢一下嘴巴，说："这个时候，最好……别提不痛快的事。"叶公路不吭声了。式其说："今天晚上我来，就想说几句存了许多年的话。如果你乐意，我说给你听。如果你不乐意，我说给自己听。"叶公路猛吸一口烟，说："你说吧……我听着静芸也在听着。"

式其说："王静芸说不认识我，可我认识王静芸……我记得那是一个下午，有点小雨的下午，然后是一条巷子加上一个身影。"式其这么说的时候，脑子里现出三十二年前的一条小巷。那天下午，他和几个弟兄因为某一次不爽的口角，跟另一伙小子约了一架，地点就在小巷口。他身上藏着一根笛子长的铁尺，与弟兄们抢先来到约架地，躲在巷口周边墙角，等候对手的出现。此时是春日，天空却不开朗，撑一会儿没撑住，下起了细雨。他使劲盯着巷子，胳膊上的肉一跳一跳的，心里等得都有点不耐烦了。就在这时，一个身影从小巷深处慢慢走出。

式其吸一口气，说："以前说这个事儿，我的嘴巴一定会有点难为情，但今天晚上我觉得不会。"叶公路说："啥个身影你说。"式其说："那是一位身条不错的姑娘，二十出头吧，穿的是花布上衣黑色长裙，打着一把黄纸雨伞，脚步很轻，样子挺纯的。雨丝从上方落下来，让巷子显得有点静，也让她的身影变得有味道。当时我有些发愣，眼睛都舍不得眨，就觉得那身子好看。那姑娘一脚一脚靠近，从我跟前走过，露出了后背的辫子。那辫子呢足有一米长，很有趣地一晃一晃。"式其不好意思似的一笑，又说，"怎么说合适呢？那场景真的有点像电影里的一个镜头：在细雨中，一个年轻女人撑着纸伞从巷子里慢慢走出，一步步向巷口走近。"叶公路轻咳一声说："你说的是课本里的东西吧……那女人能是静芸？"式其说："我开始不知道是谁，只觉得心里被雨水洗了一把，挺舒坦。当时我还有一感觉，就是不想打那场架了，至少认为那会儿打架挺没意思的。事实上那场架也没打成，对方不知怂了还是耍啥花招，反正一直没露头。撤出来后，我们几个找了一家小店喝酒，喝着喝着我又想起在巷子里走着的纸伞姑娘。第二天，我找人打听那姑娘的名字，巷子的位置跟一米长的辫子一提供，很快让我知道了她叫王静芸。"叶公路取了一支烟替下上一支烟，问："你是说……你一眼看上了静芸？"式其说："当时年轻，不会分析自己，只觉得心里使劲晃动了一下，但似乎也不是你说的那种一眼看上。"叶公路又咳了一声，未接话。式其说："这么些年过去，我才想明白了，我不是喜欢上巷子里的人，而是喜欢上了巷子里的那种情景。那一会儿呀，王静芸只是情景里的一个人物。"

叶公路用劲吸一口烟慢慢吐出，说："我吃不准你这个人，也吃不准你的话，但有一点得说给你，静芸不是一个招眼的女人。她不漂亮，也不活络。"式其说："她……不漂亮吗？我不知道该怎么说……可她一定是个好人，那两年她没有丢下你。"叶公路点点头说："我出了事，两个人反而缠住分不开了。但不管怎么说，我和她都是不怎么出息的人。因为日子过得不透亮，我的脾气又不好，我们也时常吵嘴……"式其说："日子怎么不透亮了？"叶公路说："还不是开店挣不到钱啦，孩子读书成绩不好啦，我出去打几场麻将她就唠叨啦……都是些杂碎的事儿。"式其说："咱们镇子上的人过日子，谁不这样。"叶公路沉默一下又取一根烟接上，说："跟镇子上的人比，她这辈子过得不算好也不算差，只是最后得了这病，比别人苦了些。"顿一顿又说，"不过这也是命，是命就得接着。"

两个人收了声音。哀乐明显起来，安魂的气息像雾一样散布在空气中。过了片刻，式其试探着说："你说她不漂亮……年轻时候？可在我脑子里存着的，是一张好看的脸。你……能让我看几张她年轻时的照片吗？"叶公路认真看式其一眼，默默吸几口烟，然后摁灭手中的烟蒂，起身去了不远处的房间。不一会儿，他回来了，双手在胖肚上护着一本相册。

叶公路将相册搁在凳子上，又把凳子往光亮的方向拖了拖。式其坐到凳子前打开相册，这是一家人的合集，但王静芸的照片多一些。他的目光盯住王静芸，一张一张往后翻，先是中年王静芸，体态已胖，神情有些累也有些愣，然后是少妇王静芸，手牵孩子，脸上搁着一点儿笑。再翻两页，见到了年轻的王静芸，一张是一个人站在某个景点里，一张与两个女伴坐在照相馆的椅子上，还有一张为黑白半身像。那时候的王静芸安静懵懂，养着一条长的辫子，那张半身像还将辫子甩到胸前，算是添了清纯的味道。不过可以认定的是，姑娘时的王静芸并不漂亮，气质也平常，身上和脸上都找不出抢目的东西。

叶公路坐在旁边，默着脸一口一口抽烟。他似乎等待式其说点儿什么。式其的眼睛没离开相册，目光却看向了许多年前的小巷和小巷内走出的年轻女子。是的，那位有味道的漂亮女子和相册里的平常女人是同一个人，这多少让人有些跌心。不过他也明白，这么多年过去，自己记着的那个女子和生活里的王静芸其实不是一个人了。

再细想一下，谁的身上都可能有妙处呢。用一句雅的话说，一个人在对的时间地点和对的欣赏目光里，能冒出一种叫气韵的东西。这一点，恐怕王静芸自己也从没料到。她无法想象在日常生活里的某一天，她曾经是别人眼中最好看的女人。

式其突然觉得，自己不应该沮丧。

他合上相册，找着话说："看着照片我就想到，时间溜得挺快，时间像钞票一样花了出去。"叶公路说："这不一样，钞票花了可以赚，时间花出去拿不回来啦。"式其说："能拿回孩子呀，孩子一天天大了，成家立业又生了新的小孩，日子嘛就是这样。"这种说法让叶公路嘴角翘了一下。他低了脑袋静几秒钟，突然抬头说："有件事静芸问我好几次，现在我问给你。"式其说："你讲吧。"叶公路说："静芸问，当时你咬下的那半只耳朵呢？"式其愣了一下，叶公路说："我说我哪里知道，那会儿我可顾不上。"式其点点头说："我们两个人都跑开了，那半只耳朵丢在地上。"叶公路说："你没回去找？"式其说："想起来找已经是第二天上午了，没找到。"叶公路说："静芸觉得，当时把半只耳朵找到再接上，事情会好很多。"式其嗓子僵了一下，一时不知道怎么接话，只好在心里轻叹一声。

叶公路身子静着，嘴巴动一动，没出来声音。式其说："你要说什么？"叶公路脸上紧一紧，还是摇了头。

式其想一下，似乎也没有新的话要说。夜已经深了，院子里人影少了一些。叶公路说自己再烧几张纸钱，起身去了。不一会儿，那边的地上又亮起一团火苗。

式其有些困了。他不能睡着，但允许自己闭上眼睛养一养神。

眼睛一闭上，哀乐响了一些，有点单调地在耳边游走。过一会儿，他的脑子有些撑不住，似乎变轻变远了。朦胧中，他看见有什么东西飘来。飘近了，是一张很大的黑白照片。照片中有镇子里的街道，街道上出现一个男人。那个男人留着短发，露出右边的半只耳朵。半只耳朵的男人走过闹市拐进一条小街，然后等在一条小巷跟前。小巷深处空空的，一时没有内容，于是男人抬起脑袋，去看雨丝有没有落下……

正在这时，他的身子被碰了一下。小巷和男人一起隐去，像电影镜头遇到了停电。式其弹开眼睛，看见叶公路的圆脸。他醒一醒神儿，听见叶公路说："我还有话要说。"式其点点头说："你说吧。"叶公路认真着脸说："我刚才琢磨过了，咱们这会儿见面，得让静芸知道。"式其眨眨眼，挺直了身子。叶公路又说："你这么来了，我不能什么都不做。"式其说："你想怎么做？"叶公路一摆头，示意到那边去。

式其随着叶公路走过廊道，来到厅堂跟前。周围已安静下来，哀乐也明显调低了一些。叶公路指着方桌上的骨灰盒，说："静芸在这里……她现在一定睡不着，留意着咱们俩呢。"式其"嗯"了一声说："你说吧，要做点儿什么？"叶公路说："我想了，咱们还得打一架。"式其心里跟跄一下，说："今晚上我来错啦？"叶公路硬着口气说："今晚上不说对错，既然咱们见了面，就还得打一架！"式其说："你的主意挺稀奇，我不明白。"叶公路说："再跟你打一架，才能把事情了掉！不过这回跟上回不同，咱们只用嘴巴打架，跟下盲棋一个样。"又补一句说，"得让静芸听见。"式其默一默脸，心里明白了。

两个人调动脚步摆好身子，相对瞅着对方。叶公路说："我这辈子打两回架，都是为了一个女人。"式其说："我老了很多，但也不怕这种事儿，你出招吧。"叶公路说："我个子矮，先攻你的下盘。我突然抢前一步，双手去搂你的双腿！"式其说："你这还是老套路，很粗糙的打法。"叶公路说："虽然粗糙，但一用力能把你翻倒。"式其说："那好吧，我还是一挪脚步，一只手扣住你的手腕另一只手掐你的脖子，这一招叫封手抄喉！"叶公路说："我也有两只手——你捏住的是我一只手，我另一只手正好打你的腰！"式其说："你这只手我确实大意了，我不知道你手里藏着东西……这一回是石头还是尖刀？"叶公路说："我过去不用刀，现在也不用，一块石头也挺不错！"式其说："疼痛让我发力，我一抽手劈掉你握着的石头，再攥住你的身体往上一提，你到了空中再飞出去，这一招叫经天落鸟！"

"等一等！"叶公路说："你还用这一招？你怎么还敢用这一招？"式其说："我不会再犯傻，这次我省去头顶旋转的动作，不让你的嘴巴靠近我的耳朵……我直接把你的身子举起来往旁边一丢!"叶公路沉一下脸说:"看来你还觉得能轻松赢我。"式其说:"我的力气的确没以前大,不过你的力气也变小了。"叶公路说:"可有一样东西你没算计对!"式其说:"什么东西?"叶公路说:"虽然我的力气小了,但我的肉盘大了。我现在的身子你能举得动吗?"

式其微微一愣,盯住对方的身形,盯了几秒钟,嘿嘿笑了。他一笑,叶公路的脸也慢慢松掉,像卸下了一层累。

两个人面对面久久站着,似乎忘了此时已是午夜。

(原载《收获》2017年第3期)

十三姨

◎陈永和

1

我也老了。老到已经看见死。于是，有些事，慢慢变得模糊，另一些事，却慢慢变得清晰。模糊下去的，都是些大事。清晰起来的，都是些小事。比如，我答应过十三姨，给她打一件毛衣，但到现在还没打好。十三姨已经死了，她不会穿毛衣了，但这些日子我老是想起那件毛衣。

我翻箱倒柜，想把那件没有打完的毛衣找出来。我记得我把她压在樟木箱底层，但怎么也找不到。她跑到哪里了？对，我把毛衣看成她，而不是它。我知道我又在犯糊涂。我把身边所有东西都看成她。女人的她。这让我感觉还生活在女人当中。十三姨老说我头脑比别人少了一根筋，最重要的一根筋，能把东西区分开的那根筋。但到现在我还是区分不开。她跟它非要区分开，能区分开吗？我想毛衣就是想十三姨，想十三姨就是想毛衣。二者在我脑海里就是这样混在一起的。

十三姨则相反，她好像能在头脑中画出许多格子，把所有跟她有关的东西装进去。每一件东西储存在哪个格子都有规矩，帽子应放在衣柜，饭碗应放在碗橱。错了不行，错了她就烦躁，非调整不可。在她眼里，把帽子放在碗橱就是犯罪。这怎么可以！她声音尖细，小小的身体几乎颤抖起来。

现在我可以想象她那时候的身体了，尖细声音和颤抖身体里面的感觉。几十年帽子都放在衣柜，有一天打开却突然看到蛇。帽子呢？在碗橱里了。那种震惊、慌乱、身体的异样感，世界乱套了……

从不能想象到可以想象经历了几十年。这几十年，我的身体渐渐枯竭，老去，所有器官都已经像古董，虽然老朽却依然外表完整地摆在那里。在时间隧道中，我正在经历跟十三姨一样老去。我感觉我正在穿越她的身体。她的身体像洋葱，被时光一层一层剥落。

我终于可以看到她，没有身体，只有灵魂的她。

但那时候，我只感觉到害怕，我听到她发出尖细声音就害怕。我不知道做错了什么，只知道我做错了。但怎样才能做好我不知道。

所以我在她眼里一直是个罪人。我永远会犯把帽子放在碗橱甚至挂在天井的错误。我知道自己不可救药，整天小心翼翼，想做到让她满意。但完全没用。我看不见衣柜和碗橱在哪里。我头脑里没有衣柜和碗橱。我头脑里只有一个天井，我会把所有的东西往那里丢。

你跟你妈妈一样，没有一件事能做清楚……她摇头，先是气愤，而后悲哀，声音渐渐低沉下去。

我妈妈，她亲妹妹，已经死了。

她大约是想起她来了。所以她骂我总是骂到一半就没了下文。我让她想起我妈，想起我妈总使她伤心。

但我没有想起妈妈。她在骂我的时候我一次也没有想起妈妈。我总是在她的声音中把妈妈忘记。

妈妈只有在夜里才到我身边，让我看到她。我看到妈妈用悲哀的眼睛看我，光看我，跟她在临死前最后看我的眼光一样。一句话也没有。哥哥、弟弟、爸爸、十三姨全在她身边，但妈妈最后一眼就看我。

我觉得妈妈想跟我说什么，但哥哥、弟弟、爸爸和十三姨的目光把她的话封住了。

妈妈走后奶奶从莆田老家住到我们家。奶奶叫我洗菜洗衣服洗被子洗碗。吃饭的时候，奶奶掌管饭勺。哥哥、弟弟、爸爸先上饭桌吃饭。我们在厨房洗涮等着。等他们都吃完奶奶跟我才能吃。我们上饭桌时，碗里的菜差不多全没了。

十三姨差不多每星期都会来我们家。她来了，就跟哥哥、弟弟、爸爸一起上桌吃饭。有一次她对爸爸说，怎么不叫丝一起来吃？爸爸没吭气。话被饭噎住了。

丝是我的小名。妈妈起的。家里人都跟着妈妈叫我丝丝。但十三姨不，她从来叫我丝。就一个单字。丝。我开头觉得怪怪的，但后来习惯了，想，也好，这样就把妈妈跟她划清了。我在她那里，是丝。我在妈妈那里，是丝丝。她永远成不了我的妈妈。

十三姨来时总会提一包吃的东西来。每次里面都有猪油糕。十三姨知道妈妈和我都爱吃猪油糕。

奶奶把十三姨带来的东西锁在抽屉里，钥匙挂在身上。我每天经过桌子前，都要看一眼挂着锁的抽屉，只看一眼。抽屉永远锁着，发出猪油糕的香味。香味上把守着奶奶的眼睛。

我不在的时候他们把十三姨带来的食物，包括猪油糕统统都吃光了，把猪油糕的香味留下让我想。我看着上锁的抽屉就想象是我在吃猪油糕。没有了猪油糕的抽屉锁上没有奶奶的眼睛。我想象我吃得津津有味。我真的吃得津津有味。

爸爸为妈妈做了七个七。一天晚上，我已经躺到床上，还没有睡着，听到爸爸跟十三姨在厅里说话。

同事给我介绍了一个女人……爸爸瓮声瓮气，声音像压在缸底下闷出来的。

你打算什么时候娶她？十三姨打断爸爸的话问。

我想越快越好。家里都乱了……

那把丝给我。十三姨说。

爸爸没回答。没说好，也没说不好。但我立刻明白爸爸的意思了。

我一下对爸爸感到心冷。我不想跟十三姨走。虽然冬天水太冰，我不情愿洗鱼洗被子，但我更不愿意跟十三姨走。十三姨的眼睛比冬天的水更冷。

后来我才知道，奶奶也不愿意我跟十三姨走。她觉得女孩子应该留在家里帮忙做家务。女孩不读书也可以，但不可以不做家务。不做家务的女孩长大成不了女人。

但十三姨，觉得女孩就是做不成女人也不能不读书。

就这样，我跟着十三姨到了她家。

十三姨提着一个包袱，我背着一个书包。我十岁，她四十岁。她的岁数刚好是我的四倍。四是个好数字。我的好数字。

那天，十三姨给我买了五块猪油糕。我坐在房间里，五块猪油糕摊在一张纸上，纸上渗着油渍。十三姨坐在我对面，眼睛不看猪油糕光看我。我一口气把五块猪油糕都吃光了。我打了几个饱嗝。她长长叹了一口气。

以后好长一段时间，我再也想不起猪油糕。我感觉我已经把世界上的猪油糕都吃光了。

好吃的东西原来也是可以吃光的。我后来想，我是把好吃的感觉吃光了。好吃的感觉吃光后，好吃的东西也就没了。

桌子上撒了几点猪油糕碎粉，我用手指拈起来，想放进嘴里。十三姨一个巴掌打了过来，厉声说，没规矩。这么脏的东西怎么能吃？

我盯着被十三姨打在地上的猪油糕碎粉，有一颗黑色的芝麻夹在白色的碎粉之中。我很心疼，心想，怎么让这颗芝麻掉了呢？

那颗芝麻在我心里存放了几年才逐渐淡化。于是，我也就记住了十三姨打我手的痛感。

2

我是跟隔壁张嫂学打毛衣的。那时候谁家的女人都会打毛衣。张嫂的四个女儿都会打毛衣。但十三姨不会。十三姨不会打毛衣也不会烧菜。张嫂说十三姨是享福之人，所以不会打毛衣。为什么享福的女人就不会打毛衣？我没多想。但我不愿意做不会打毛衣的女人。做一个女人就得会打毛衣。那时候，我就是这样想的。

我从学织袜子开始。张嫂说学织毛衣必须从学织袜子开始。我每天放学回家就坐在饭厅里织袜子。十三姨下班回家，经过我身边，从不看我一眼，好像不知道我在干什么。我放在房间里的织毛衣针线，她也从来不碰。她脸上的表情既不轻视也不赞赏，总之什么也不是。但我总是不安。她经过我时，我一定会偷偷去看她。虽然我知道每次看的结果都会一样，但就是做不到不去看，看了才安心。好像她有几张脸，脸下面藏着脸，随时会翻页似的。

什么是享福呢？有次我问十三姨。

享福就是做饭给喜欢的男人，看他吃。十三姨想了一会儿，很认真地说。

我吓了一跳。她的表情把她说的话的重量翻了十倍。这不是我期望的回答。

很微妙。十三姨觉得做饭跟看男人吃是享福，张嫂认为十三姨不会织毛衣和做饭是享福。到底什么是享福呢？

所以，十三姨并不像张嫂说的是个享福之人。十三姨一定觉得张嫂才是享福之人。张嫂每天做饭给她老公，并看着他吃。

这样，十三姨的这句话就被我记住了。一记几十年。几十年中，我慢慢咀嚼着这句话的味道。

十三姨为什么不结婚？她有过男人吗？这两句话我是听别人说的，但是慢慢沉淀在了我的心里。恰巧这时，我不知从哪里听来"老处女"这个词，很新鲜，立刻记住，很恶意地记住了，而且一下把十三姨跟所有女人区分开来了。老处女不是女人。十三姨不是女人。这个想法不知为什么，很让我释怀，好像我已经是女人，不，将来一定会是女人，而十三姨不是，永远不可能是，她怎么努力也成不了女人了。

我多了许多玄想，不无恶意。

那些年，我一直丰富自己心目中老处女的形象。怪癖，孤独，变态，我把所有我对十三姨的反抗都归纳到这个形象上，然后拔出箭来射她。这让我得到满足。很奇怪，我没想到我心里藏着那么多箭，拔出一根又长出一根，最糟糕的时候，有很长一段时间，看到十三姨的脸我心里就长出一根箭来，看不见地朝她射去。

好多年以后，十三姨已经去世了，我在南门兜偶然遇见了张嫂。我们聊起十三姨。她告诉我十三姨曾经拜托她教我织毛衣，并不让她把这话告诉我。

这怎么可能？十三姨让我学织毛衣？这怎么可能！有几天我被这句话压扁了。我不断地咀嚼，不断地想去否认它，但越否认它就越强烈地反弹上来纠缠我。我开始怀疑，怀疑自己这么多年到底看到了什么。

难道十三姨希望我变成女人？我变成了她希望我变成的女人吗？我突然长出一双十三姨看我的眼睛。

我猛然一惊。我被十三姨蒙蔽了，被她尖细的声音、颤抖的身体蒙蔽了，蒙蔽了几十年。我把尖细的声音、颤抖的身体当成了她。

3

张嫂烧菜之好在航运局上杭宿舍里是出了名的。

航运局上杭宿舍是一个商家宅院改造的。上下杭这种宅院很多，高墙，门不大，院子很深，进去是个大空间，屋顶很高。过去的仓库改成了食堂。又一道门后是天井，连着大厅。厅两边是十二间厢房。厢房里住着七八户人家。每家炉灶都摆在家门口。只有十三姨家门口没有炉灶。我们家永远吃食堂，自己不烧菜。

我织袜子时，张嫂总是围着炉灶忙碌。我没事找事过去问张嫂几句，找借口去看她烧什么菜。我已经开始发育，逐渐被我的胃控制，对食物有着无从抗拒的强烈欲望。那时，在我眼里，所有绘画音乐、鲜花山水，都抵不上张嫂的红烧肉诱人。葱爆油锅炒肉，加入酱油、红糖，焖久了，散发出的肉香，弥漫在大厅里，经久不散。

十三姨不准我站在炉灶边看人烧菜，也不准我站在饭桌前看别家人吃饭，说是看相不好。

十三姨讲究"相"。吃有吃相，站有站相，坐有坐相，走有走相……父亲有父亲相，母亲有母亲相，妻子有妻子相，丈夫有丈夫相……住家有住家相，店铺有店铺相，总之万物有相，偏离了相，一个人就完了。

所以十三姨家，用木板隔成的房间，只有十来平方米，但家具物什各居其位，错落有致，无一丝灰尘，像她梳的头发一样。

我后来想，一个人，把自己收拾得这样干净，把每件东西收拾得这样整齐，日子一定很难过。她一定也想去整齐人生。可是，看得见的东西可以整齐，看不见的东西呢？

香味是会飘动的。

宿舍里所有人家都在大厅里吃饭。

我们家吃饭比别家早。饭桌上，困难时期那二三年不算，永远只孤零零地

239

摆着食堂买来的两碗菜，一碗青菜，一碗鱼或肉。这时候，谁家烧菜，大厅里就充满了谁家菜的味道。有时几家同时烧菜，这家味跟那家味呛在一起，甜酸辣咸鱼肉蛋菜味就在大厅里飘来荡去。我们家的饭桌上永远飘着别人家的香味。这使那两碗菜在我眼里显得更加丑陋寒酸。我跟十三姨不说话。十三姨目不斜视，脸上永远没有表情。我不知道她在想什么。我那时觉得她吃饭跟吃药一样，不知道自己吞下去的是什么。

我吃饭时也目不斜视。我不能看，想看而不能看，我得保持一种吃相，十三姨的眼睛正正盯着我呢。我吸气，深深吸气。她能管我眼睛但管不到我吸别人家香气。边吸我边在头脑里描绘别人家饭桌上的菜。日久天长，不用看，我就能知道谁家今天吃什么，谁家饭桌上摆着一盘什么好吃的菜。我能在许多味道中，分辨出这家空心菜炒咸了，那家鱼炖淡了。

我吃了十几年食堂，从十岁吃到二十多岁。

吃到我发疯。

那种饥饿感，吃饱饭的饥饿感，想象中的饥饿感，我后来花了大半辈子去填满，但怎么填也填不满。我认为我这辈子的贪吃好吃，就是那十几年每天闻别人家菜香吃食堂饭养成的。它刺激了我的胃，引发了我胃的欲望却不让它得到满足。我的胃因此变得贪得无厌。

我管不住我的胃。我的胃肉眼看不见，就算是十三姨也管不住它。任何好吃的东西都能诱惑我。一讲到吃我就眉飞色舞。有几十年，我不能控制自己不停地去找吃的。我的鼻子极敏感，它能闻到天空中飘过的最轻微的一丝香味。我不能不跟着香味走。我胃最强壮的那段时间，甚至一个男人，只要他请我去吃几顿馆子，我立刻会对他产生好感，觉得他是世界上最值得交往的人，就算知道事后一定后悔，我还是无法做到拒绝美食。

我一直佩服十三姨对美食的决绝。她怎么能做到呢？为什么我不能像她，对别人家的美食无动于衷呢？我尝试过，努力向她学习过，但越学越糟。憋了这一餐，下一餐我会变得更加贪婪。

我现在才懂，十三姨面对红烧肉的香味能那么坚定地不受诱惑，是因为她有。她身体里储藏着红烧肉的香味。吃美味佳肴长大的人不受美味佳肴的诱惑，就像有钱人不受钱诱惑一样。

我是在我的胃衰退以后，才逐渐获得自由的。所以我不害怕衰老，只有衰老才能不被胃控制，从胃的统治下摆脱出来。只有摆脱胃我才能有许多新想法，才能逐渐看清自己，看清十三姨。

4

十三姨觉得妈妈临死前最后一眼看的是她。她跟我说过好几次，妈妈看了我一眼，又看了她一眼，最后看了她一眼，把我托付给她。

我没有去反驳十三姨。我觉得妈妈最后一眼看的是我。最后一眼对我很重要。我不愿意妈妈最后一眼看的是十三姨。

但我现在已经明白，妈妈的最后一眼，对十三姨也很重要。也许正因为这一眼，她才把我领到她家去。

妈妈的这一眼，把我跟十三姨都改变了。

我一直想不通，为什么很长一段时间，有几年吧，几乎每个星期天，十三姨都要带我到她三姐夫家去。一去就是一整天。

每次去之前，我们都要先拐到中亭街的德余京粿店去买包点心，多是糯米糕一类的松软点心，然后乘一路公交车到东街口。三姐夫家住在靠近东街口的安民巷。一个福州式宅院，两天井三进厢房，一个花厅。一进二进房一九五几年被政府改造，搬进来几户人家。三姐夫跟大儿子一家住在花厅跟三进房。

三姐夫的儿媳碧也管十三姨叫十三姨。十三姨的四姐，是碧的母亲。三姐夫的妻子三姐跟碧的母亲是姐妹，跟我妈妈也是姐妹。我妈妈是她们小妹。

十三姨说的三姐夫我要叫三姨父。三姨父的儿媳碧我要叫表姐。

三姨很早就去世了。三姨父一九四九年从汉口离职以后，就一直跟大儿子，也就是碧表姐的丈夫一家住。三姨父每天的生活很单调，看点报纸读点书写点毛笔字。我印象最深的就是他好吟诗。不管房间里有没有人，他手里抓着一本线装书，书半卷着，上半身陷在藤椅里，摇头晃脑地发出一种类似念经的声音。

三姨父年轻时候长得很帅。我见过他过去的一张照片，穿一件白色衬衣，眉清目秀，高鼻梁，眉宇间有股书卷气。

十三姨到了三姨父家，就坐在三姨父房间里，跟碧表姐闲聊。三姨父要不看报，要不看书，间或他们也说几句，都是些无关紧要的话。到了做饭时间，我就跟着碧表姐，进厨房洗菜提水帮点忙。十三姨从来不进厨房。一整天从进门到出门她一直待在三姨父房间里，有时候好久两个人各干各的，一句话不说。到傍晚五点，碧表姐就会早早做好饭，让我们吃了去赶车回家。

碧表姐比十三姨小六七岁。她们小时候常常在一个院子里玩。我知道十三姨过去的一些事都是从碧表姐那里听说的。

后来听碧表姐说，亲戚们都觉得十三姨跟三姨父很合适，曾经跟十三姨提议过，让她搬过来跟三姨父同住。但不知为什么，是十三姨不情愿，还是在等三姨父表态，或别的什么，总之，这件事就这么拖着，到最后不了了之。

我大吃一惊，没想到这么老的两个人居然也有机会跟"结婚"这两个字连在一起，就多了一个心眼儿，留意十三姨跟三姨父在一起的样子。

什么也看不出来。

我实在想不通，既然十三姨并没有想跟三姨父结婚，那她为什么要这么经常到三姨父家，一坐就是一天。这么没话的两个人怎么能这样坐在一起。喜欢嘛，就一定有话；不喜欢嘛，就不会坐在一起。

我只好解释为十三姨不懂得怎样追男人，三姨父也不懂得追女人。大约两个当事人都并不怎么想结婚，只是旁边人看着，觉得他们还在可以结婚的年龄。

我那时候不知道人可以像空气，可以既存在又不存在。两个不相互喜欢的人也可以坐在一起，各想各的心事，各干各的，却并不相互妨碍，也不觉得尴尬。

后来碧表姐告诉我，十三姨有很长一段时间不知道该怎样面对我。她不知道我在想什么，不知道该怎样跟我说话。她不习惯身边睡着另一个人，另一个人的呼吸经常让她半夜会醒来，醒来后再也无法入睡。

我又是一惊。

我永远没想到一个大人面对孩子，也会像一个孩子面对大人一样不知所措。

我突然明白了。

星期天有那么长，有二十四小时，十三姨一定是没法面对我。她非得带我到另一个地方，一个可以不用一直面对我的地方。这个地方就是三姨父家。

十三姨可以一直面对三姨夫，连话也不用说。十三姨却无法一直面对我，连说话也救不了她。

四十岁的处女第一次面对一个十岁女孩，一个对她心怀恶意的女孩，她要有多大的勇气才能把我领回家？

为什么我要到老了才能体悟这一切？

5

我从来没有把十三姨当作女人。她的身材跟她每天接触的数字一样，又硬又直。

几岁孩子看三十几岁女人都老，老得不成样子。印象中的十三姨一直是老太婆。

后来，我才觉得奇怪，她怎么一张照片都没有。年轻的，中年的，年老的，反正什么照片都没有。所有亲戚家里的照片也都没有她。

难道她从来不照相？不喜欢照相？难道她从小开始对自己的相貌就完全没有信心？这跟她一辈子不结婚有关系吗？

碧表姐说十三姨年轻的时候就不漂亮。她什么都小，个子小，脸小，鼻子小，嘴巴小。她不温柔，没有女人气，长年穿一套蓝色的列宁装，头发剪得短短的，一副不要男人的样子。

小时候她就想一辈子不结婚吗？有次我问碧表姐。

恐怕没有。她订过婚。碧表姐说，后来被退亲了。

退亲了？

退亲。男方退亲了。

男方是谁？

姓潘的。

碧表姐一副不想往下说的样子。我也就没往下问，再也没问，甚至没往下想，一直到碧表姐也走了。

我并不怎么想知道男方是谁，是谁还不都一样，空位上曾经是谁又有什么区别？

我没想到，以后，这会成为遗憾，一辈子都无法弥补的遗憾。

十三姨年轻时曾经得过肺病。她专科毕业后，在师院当会计，得肺病以后辞掉工作。碧表姐说她不知道自己是否能活下去，在鼓山上的尼姑庵住了好长一段时间。尼姑庵是一个朋友介绍她去的。她告诉家里人她到福安去工作，不让朋友告诉任何人她住在庵里。

哪个尼姑庵？鼓山上有尼姑庵吗？我问碧表姐。我有一段时间对尼姑庵很感兴趣。

有。听说在白云洞附近。碧表姐说。

尼姑庵就这样走到我心里，但总没有机会去，总有许多看上去比尼姑庵重要得多的事情要做。有一天，我忽然去了鼓山找尼姑庵，离十三姨过世已经二十多年了。

我在山上转了好久，慢慢走，不急着找尼姑庵。那是春天，阳光明媚，山上的树郁郁葱葱，翠绿的新叶闪着光。

据说十三姨去尼姑庵时也是春天。

从涌泉寺往山顶公路走，约半小时多，穿过射击场继续往前，看到岔路往左，走到兰花圃，看到一座尼姑庵废墟。

就是这里了。我对自己说。我走到几堵石头墙中间，沉默着，跟它们一起沐浴着阳光。

周围是树，传过几声鸟鸣。

没来由地，我想到这几声鸟鸣是十三姨传递过来的。就在这明媚的阳光里，我打了一个寒战，浑身起了一层鸡皮疙瘩。

6

我是在碧表姐家里认识生表哥的。生表哥是碧表姐她丈夫的小弟。北京的大学毕业后分配在东北工作。他每年都会回家探亲半个多月。他个子高，长得很帅，很像当时的电影明星达式常。那个星期天，我跟十三姨到三姨大家，看到天井里一个年轻男子，拿着照相机正在给几个孩子照相。孩子们簇拥着他，我来我来，争先恐后地叫着。他满脸堆笑，嘴里不停地说慢慢来慢慢来。那时候有照相机是很稀罕的事。

他叫过十三姨，扬了一下手里的照相机，笑着问我，要不要来一张？

我不知道说什么好，就笑了笑。十三姨推了我一把说，去吧去吧，生很会拍照。

要不你们两个一起来一张？生表哥笑嘻嘻地问十三姨。

多少年以后，那张笑脸，无邪，充满孩子气的笑脸，总让我想起夜晚天空上的星星。小时候，福州夜晚的天空中布满了星星，现在很少看到了。

那张照片至今我还保留着。我把它单独夹在一本笔记本里。笔记本是生表哥送给我的，很普通的一本笔记本，上面印有字样。生表哥唯一送给我的礼物。

那是一九六八年，生表哥在家里待了很长时间，我们学校也停课，我几乎天天往碧表姐家跑，有时就干脆在她家住。生表哥家几乎每天都有客人，同学呀朋友呀。我们大家在一起听音乐看书高谈阔论。没有客人的时候，生表哥就跟我讲他小时候的事，大学生活，有时候也讲哲学，讲马克思黑格尔爱因斯坦。生表哥爱好哲学。

我深深被生表哥的世界吸引了。我感觉他慢慢覆盖过来，铺满我的整个身体。那是一个崭新的世界。生表哥临走前几天，我几乎天天都跟他黏在一起，一刻也不愿意离开他。

我知道我是爱上生表哥了。我知道他也爱我。我从他的眼睛里看得出来。我们依依不舍。临走的前一天，我们俩第一次单独出门，去爬了乌山。我们挨得很近坐在石头上，我感觉生表哥身上传过来的热气。生表哥抱了抱我。这是我第一次被男人抱。我想我已经是他的人，这一辈子属于他了。但这话，我当然没有对生表哥说。

十三姨什么也没说，好像什么事情都没发生的样子。我那时以为这纯属迟钝，想她一辈子没有爱过什么人，当然也就不知道什么叫爱了。

生表哥走了。走的第一天起我就在等他的信。我知道他一定会给我写信。但等了十多天没有收到他的信，我心急如焚，想他会不会出什么事了，跑到碧表姐家，碧表姐说有收到生寄来的平安信。

我几乎快要崩溃了。我给他写了很多封信，几乎每天都写，写了就拿到邮局去寄。

但就这样，也还是没有收到生表哥的回信。我只能解释生表哥变心了。他把我忘了。听碧表姐讲，生表哥曾经喜欢单位里的一个女同事，应该是他们好上了。于是，我也就不再给他写信。后来，听碧表姐说，生表哥出事了，被关进学习班了，好几年音信全无。

我死心了。十三姨提早退休，把她的位置让给我。二十世纪七十年代中期找工作极不容易。我心怀感激。以后十三姨就到处托人给我介绍对象。我想我再也不会爱上什么人了，那嫁给谁还不一样。我就跟德结婚了。十三姨相中的女婿，大学生，技术员，家也住在上杭路，距离我们家走路只要三分钟。

三分钟，是十三姨相女婿的心理距离。

以后我有了孩子，过着平平淡淡的日子。十三姨跟我婆婆相处不好。婆婆嫌十三姨不会做饭带孙子。十三姨嫌我婆婆三姑六婆、家庭妇女。两个人处不到一块儿，三分钟的距离就嫌近了。后来航运局分配宿舍，十三姨分到一套单元，在三角井，她就一个人搬过去住了。

十三姨去世后，很快老公就生病住院，不到一年也跟着走了。以后忙忙乱乱的日子，一直到几年后我才定下心来去整理十三姨的皮箱，翻出来一沓信。扎得整整齐齐的一沓信，用红绸带打成十字，结成蝴蝶结扎好。我解开蝴蝶结，看到信封上写着我的名字。我的头开始发晕。

信是生表哥写给我的，有三十来封，都没有拆封。我打开，第一句话就是：我想念的丝。

看完信我大哭了一场。这么多年过去，我的心早成荒草，那一下，像被一把火点燃，烧成灰烬，喷出黑烟。泪水中，我恨不得把十三姨咬死。

我反反复复地想着要是我跟生表哥生活会是怎样的不同，想到我撕心裂肺。四十多岁女人的撕心裂肺是一种绝望，走到路尽头看到深渊的绝望。

后来，又是七八年过去，有一天，我突然想，为什么十三姨要把生表哥给我的信保存下来？为什么还要郑重地把信用红绸带扎成蝴蝶结？她可以烧掉，可以永远不让我知道。她是为了让我看到才把信留下来的。她知道这些信对我很重要，即使在我老去以后。

她不会想不到，我看到这些信会有怎样的反应。

她不可能不知道，她一生为我做的一切都可能在这一沓信中化为灰烬。感激之意会荡然无存，而且我会恨她。

她宁可让我恨她也要让我看到那些信。

为什么？

这是为什么？

那一叠信，不仅是生表哥给我的礼物，也是十三姨给我的礼物。我一生中两个最爱的人给我的礼物。

7

十三姨过世前自己提出要搬到三角井去住。三角井那时候是郊外，四处是田野，沙土路，孤零零的一座厂房，几座民居，中间一栋航管局宿舍。附近不通公交车，从上杭路骑自行车去要四十多分钟，去一趟很不方便。搬过去的时候十三姨七十多岁。

我有点生她的气，觉得她不为我着想。我要上班，小的儿子还在小学念书。如果加上跑三角井照顾她，就太累了。我想她是跟我婆婆赌气。我婆婆说她不会当外婆伤害了她。我对她说，不要去理婆婆的碎嘴，还是住在上杭路算了。但她执意要搬。我只好让步了。我骑自行车一个星期到三角井两次，带吃的给她，帮她做点杂事。她依旧像住在上杭路宿舍一样，把房间收拾得干干净净，两三件旧家具和一些杂物，也摆得整整齐齐。

她开头还能下楼，到附近的小杂货店去买点什么，但越来越少，到最后连楼也不下了。

每次去，我都很悲哀。我觉得她这是在等死，孤零零地在等死。我不知道每天二十四小时她是怎么度过的。我突然发现，原来，二十四小时，对人，会是多么漫长。人，一天怎么度过二十四小时，其实是最重要的一件事。但她，没有对我说过一句抱怨的话。房间里有一台小小的黑白电视机，每次去，电视都开着，里面传出说话声或音乐声。

见到我，她总是高高兴兴从铁罐里拿出猪油糕来给我吃，说我累了，先吃点东西。她把我当作十岁的女孩，跟我刚到她家那天一样。

这使我难过。

我接过猪油糕吃了，做出很好吃、很爱吃的样子让她高兴。但其实，我已经不爱吃猪油糕了。市面上，有许许多多比猪油糕好吃得多的东西了。但她，却不懂，也不去吃。她只吃猪油糕。自从我到她家，她跟着我吃猪油糕，吃习惯了。

有一次去，她生病了，躺在床上，身体包在被子里，缩成小小的一团。她咳嗽，拼命咳，好久停不下来。我担心她的肺是不是又出问题了，劝她到医院去看，但怎么说她就是不去。

碧表姐来看过她，说她不会活太久了。

我想，这样子活，真还不如死了的好。

我搬到三角井陪了她几天。她叫我走，说我家里有孩子老公，她一个人很好。

临走的前一天，我刚好在她身边。

她差不多一直在昏睡。我坐在她旁边的椅子上，久久看她。

她脸色死白，眼睛闭着，两块锁骨凸起，脸颊凹陷，嘴巴半张着。她变得这样陌生，与张开眼睛时判若两人，要不是听到轻微的呼吸声，我会当她死了。

我从来没有这样仔细看她。当我仔细看她时，她就要死了。

突然，她睁开眼睛，伸出骷髅似的手抓住我的胳臂，像不认识似的死死盯着我，两眼放光，发出尖细的声音，潘qiwu在哪里？他也没有结婚吗？

我颤抖了一下。

潘qiwu是谁？我问。

她又昏迷过去了，没有回答我的问题。

到第三天清晨，十三姨走了。

潘qiwu在哪里？他也没有结婚吗？这成了她的临终遗言。

不需要答案的临终遗言。

我印象中，十三姨从来没说过一句犯迷糊的话，丁是丁，卯是卯，清晰得像数字。这是她唯一一次失相。

但是，我也没有多想，看着她躺在灵柩里，身体像孩子一样瘦小，记起她说过享福是做饭跟看男人吃的话，只觉得，张嫂说得不对，她不是一个享福的人。

她可能一辈子没享过一天的福。

（原载《收获》2017年第1期）

暮 色

◎葛　亮

外面响起了敲门声，节奏轻缓。我知道，是柯本太太。我听见她拿起钥匙的声音。钥匙彼此碰撞，窸窸窣窣。柯本太太掩上了门，然后会将钥匙放在门口的牛奶箱里。我听见她的高跟鞋，在木楼梯上碰击，一级一级，像鼓点，像玩累的孩子手中的拨浪鼓，有气无力。远了，消失在楼下的大门口。我听得见。我老了，可是不聋。

如果没有猜错的话，厨房里应该摆着一盘切好的火鸡片，一些洋葱圈。或许还有小半瓶的雪利酒。那是昨天喝剩下的，柯本太太不允许家里有宿醉的男人。但是，她总是对我格外开恩。好吧，我应该起来。用这些尽可能地填饱肚子。最近有些胃气，消化总还是需要一段时间。不能吃得太晚，否则午夜时会很难受。

我用手杖将卧室的门支开，打了个喷嚏，玫瑰花的味道。柯本太太很爱这种味道浓烈的空气清新剂。我揉揉鼻子。走进厨房，除了吃的，餐台上还有一份晚报。炉子上坐着汤，有热气。

坐下吃了一会儿，几杯酒下肚。觉得身体暖和起来了。我倒了另一杯，半满，放在对面。盯着那杯酒。酒里有残余的气泡，很小的那种，冒上来。我愣了愣神，目光还是落在了那只包裹上。

黑色的，用塑胶纸包得严严实实的包裹。在那里已经摆放了一个星期。柯本太太说，当你愿意的时候，再打开。

我吸一口气，闭上眼，很久后睁开了。我摸索着，打开了近旁的抽屉，拿出一把裁纸刀。

包裹并不重，塑胶纸触手的凉。贴着淡蓝色回函签，陌生的字，我的名字和地址。尤金·路德。字体已经很少见了，copperplate。落款地址的末尾，写着"香港"。

我只觉得眼角发涩，是酒劲儿上来了吧。我取下花镜，在太阳穴上按了一按。觉得好些的时候，终于慢慢举起刀，戳进了包裹的缝隙里。

里面是一只木头盒子。

并不是邮政局的那种原木盒子。盒盖上包裹着一层丝织物，摸上去轻薄柔软。有图案，灰扑扑的看不清。我将盒子放在桌子上，灯底下，错落着星星点点的光。

嘴唇发干，我舔一舔，掀开了盒盖。

半个小时后，我翻到那本笔记本，觉出手指略微不听使唤。座钟响了一声。提醒我吃药的时间到了。

做完了应该做的事，似乎重新有了气力。我轻轻解开笔记本上的绳结，封面上是很粗糙的牛皮，在指甲的摩擦下发出沙沙的声音。在绳结松弛的刹那，笔记本的纸页间有东西次第落下来。

我愣一愣神，将这些东西捡起来。两张照片，是他母亲和外甥的；一张门票，已经折了角，时间标识着1992年。上面印着一座巍峨的宫殿，金顶红墙。颜色艳丽得过分，有些失真。

我打开了封面，扉页上是他的名字，多恩·路德。

合上了笔记本。望向窗户外头，天黑透了。路灯的光很微弱，也很远。

我将手指，顺着那名字的笔画一笔一笔地描画过去。写得很坚硬，好像他沉默时候的下巴轮廓。

就在这时候，我看到了那个电邮地址。

这个邮件地址孤零零地悬在下一页上。纸页沾过水，上面有焦褐色的氤氲的痕迹，或许是红茶的茶渍。受了潮，纸页背面的字迹，也洇出来。我翻过一页去，密密麻麻地写着我不认识的方块字。这是中国字，多恩写的。我看不懂，但并不觉得他写的十分好。因为笔画上的弯曲和迟疑。多恩从小就是个果断的孩子，这会反映在他的笔迹上。然而，这些字写得不够自信。我一页页地翻过去，每一页都是这样的字，还有一些图案。其中一张，虽然是粗略的示意图，还是可以辨认出是一台很大的机器。我未见过的，结构繁复的机器，和它部分零件的标注。

最后的几页，他的中文字渐渐流利了。仍然方头方脑，但是有力坚定，如同写自己的名字。

我翻回去，目光在那个邮件地址上停驻。

我开始发愣，眼前浮现出多恩的脸。尽管有些模糊。但是，浓重的眉目是我们家的遗传。灰色的眼睛来自他母亲，是我所不满意的地方。因为这样的眼睛，看上去优柔而不稳定。好在他的下巴弥补了这个缺憾。

字迹是他的，孤零零地悬在一页上。没有任何旁注，名字，日期，地点。

想到这里，我觉出自己额头，微微泛起热度。这热度在太阳穴鼓动了一下，很突兀地击打了我的眉骨。我感到双眼一阵发酸，潮湿模糊。

在一个小时后，我打开电脑，输入了这个地址，开始写一封邮件。

亲爱的S：

请允许我这样称呼您。很抱歉，没有称您为先生或者女士，因为我无法确认您的性别。

我在多恩的遗物里，发现了一本笔记本，上面有您的电邮地址。

冒昧地写这封信，是想了解他在中国这几年的生活。说来惭愧，我竟然对此一无所知。我想，或许可以获得您的帮助。请放心，我并非在痛苦里无法自拔的人。我是个军人，看了太多的生死。不用担心您任何的言辞会触痛我。

最后请原谅，我并不会中文，希望我的信没有给您的阅读造成困扰。

等待您的回复。

您的忠实的

尤金·路德

我检查了语法，叹一口气，然后点下了发送键。

第二天，在吃晚饭的时候，我告诉了柯本太太我所做的事。她似乎不以为意。她站起来对我说，她在一本烹饪书上看到，烩牛尾接近炖烂时，可以尽可能放更多的红酒，对防治心脑血管硬化有好的效果，她决定试一试。

我不知道，期待对于人的意义。即使像我这样老的人，似乎应该云淡风轻。在以下的一个星期里，每当电脑提示有新的邮件，我都会在不经意间迅速地打开。这些邮件，多半是房地产商的广告，煤气费的月结单通知，或者在附近大学举办的保健讲座告示。也有一些是詹姆士发来的，这家伙是同胞里最不知道疲倦的人。总是发给我们各种笑话和网络上搜集来的视频。有些视频有小小的色情意味，对于我们这些老家伙，至多意会，心有余而力不足。

然而，我发出的那封邮件，没有回复。在后来的一个月里，我又精心地挑选时间，陆续发过几次。是的，挑选时间，我甚至考虑到了时差。我想，没有谁乐意在凌晨被一个讨厌的老头叨扰，如果对方也有新邮件的自动提示。然而，我没有得到回复。

或许，我应该换一个信箱。

我打开那个许久没有用过的信箱。这个信箱，最后一封寄出的邮件，是在退休的最后一天，我发给公司和同事们的感谢信。感谢他们为我举办了一个体面的欢送派对。我禁不住浏览了以往收到的信件，包括那些干巴巴的公文。揣度自己当时行文的语气和节奏。我不知道退休是否是一条分水岭，但在此之前，我的确未意识到自己的年纪，看电视时，已经需要裹条毛毯在膝盖上。那些坏日子，好日子，时好时坏的日子，都是有了年纪之前的事。这些事情，与现时的我仿佛已关联淡薄。回想起来，像是在远远地看别人的生活。

我开了一个新邮件界面，输入地址，将之前写的邮件粘贴到上面。

在我将要发出去之前，我想起了这个邮箱的某个功能。我先点下了一个按钮。

第二天，我收到了一封系统提醒邮件。显示我的信，已经被对方打开并阅读。

我笑一笑，长舒一口气。

黄昏的时候，我将在退休派对上穿的那身西装找出来，在不错的阳光底下拍打一番，又仔细熨烫了一下。柯本太太看我拿着熨斗的样子有些气喘，提出要帮忙。但被我谢绝了。她嘟嘟囔囔地说，我儿子的婚礼在两个月之后，您不用这么早就准备好。

我将西装挂好，眯着眼睛看一看。这套藏青色的毛料西装，现在穿起来恐怕不是很合适，因为我瘦了许多。不过它是出自好裁缝的手，维拉街上大概只有平克顿先生一个人还能做这种样式庄重的款式。不过他已经在去年脑溢血去世，比我先走一步。好手艺也给他带到坟墓去了。

晚上，我在沙发上小睡了一觉。醒来精神头很好，于是打开电脑，开始写另一封信。

亲爱的S：

这封信，也许比之前的更为唐突。因为，我想您已经读到了我的信，但是出于某种考虑，没有回复。我一如既往地写给您，希望您不会介意。在我这个年纪，做一件事情之前，多半会比很多人想得更多。自以为深思熟虑的结果，依然是去做。因为，我很清楚，如果现在不做，或许就没有了机会。

就像我过去的大半生，很多事，总觉得将来有太多时间去做。但是一拖再拖，岁月蹉跎。现如今再想去弥补，已经不敢奢望了。

我不知道你是谁。即时最初好奇，现在已经不重要了。我的儿子以及他的事情，如果成为我们彼此不想触碰的部分。那么他的父亲，便更是无关紧要。

我想，或许无关紧要，会让我们的关系，变得轻松一点。那么，我的邮件，可视为一份广告。或者，那些随意发到你信箱的不知来源的东西。当然，我寄出的不是病毒，虽然它可能并不比一封垃圾邮件高明。我只想说，它真的不重要。

这些铺垫，无非是因为我想说说我自己的事情。我叫尤金，一个足够老的老头。你可以暂时忘记我的姓氏，如果它会引起和我儿子有关的联想。活到这把年纪，我其实很想找个人，说说我过去的事情。你知道，对于熟人，我总是羞于开口。怕引起不耐烦和怜悯。然而你不同，咱们彻底不认识。不是吗？

所以，我想说说这些。尽管我要冒个风险，因为自己的无趣和啰嗦，而被你拉进黑名单。而在这之前，我还是想要说说。

那么，让我想想，从哪儿说起。人们常说，往事历历在目，对我可远远谈不上。我的记性很有限，那么就从我最记得的部分开始。

让我从1947年开始说起吧。那一年我加入了皇家海军。这是个不错的时间点。围绕它我可以回忆起不少前后的事。

我还清楚记得征兵时的场景，所有的年轻人，都聚集在位于肯特郡的市政厅隔壁的招募大厅里。皇家海军已经有了几百年的历史，在我生活的小县城，每年的招募都是盛事。对大多数普通家庭而言，即使海军水手赚得不多，也足以糊口。我当时才15岁。站在我旁边的男孩叫凯，他脚下垫了四本书，才勉强够了招募的身高线，居然被录取了。我自然也被录取，从此开始了长达36年的海军生涯。

我是家里的独子。入伍那天早晨，我跟父母亲告了个别。父亲当时44岁，母亲41岁。我们住在我祖父母的房子里。这幢简陋的房子建在山边，房子后部靠山处有三层，前面却只有两层，房间都很小，而且没有浴室。

靠山还有另一幢房子，已经空了。关于这一年，其实没有什么好说的。如果有，就是我们的邻居查理大爷死了。他的老狗汉斯也不知道跑去了哪里。查理是冻死的。那一年整个欧洲，都冷得像冰窖。二战后的第二个冬天。德国有很多烂棉絮一样的城市，暖气、水、电什么都没有。寒潮来了，老人们只有等死。我还记得，最冷的一月份，零下20摄氏度，他妈的。原谅我，在表示心情方面，脏话总是言简意赅。我们这里也未好到哪里去。香港也会这么冷吗，或许会，从纬度上来说，原谅我对你住的地方实在不太了解。我祖母说，上次欧洲这么冷的时候，她还是个姑娘。在我的记忆里，那年不停地下雪，雪下到六七米厚。马路和铁路都被封锁，对，我有印象，是那种发射热空气的大炮，用来清理铁路上的积雪。经常大面积地停电，蜡烛和煤气灯变得很抢手。停电的日子里，一到晚上，没有别的可做，只有全家依偎在一块睡觉。老查理，就是睡死过去的。几天后才被发现，听说嘴唇冻得青紫。

如果说还有什么事，或许就是整个世界的寒潮。冷战是那年开始的。

好吧，我在冷战那年离开了家。在此之前，我似乎没有过少年时代。

或者说，从童年一下子就跨越到了青年。除了战争的消息，那些年过得太千篇一律了，包括我的童年，似是而非，也没有什么特别不愉快的记忆。现在想起来，我其实缺乏军人的基因，小时候很胆小羞涩，还常被我的舅舅山姆嘲弄。

至于我的家庭，也说不上什么特别难忘的。1931年的大萧条到1939年的二战期间，我父母的生活很简单。父亲在大萧条中失业了，母亲节衣缩食，勤俭持家。

二战开始后，一切才都变了。父亲立刻被征召入伍，尽管以他的年纪，上前线的确太老了。我记得一开始他就把牙都拔了，这就是那时我们国家的健康状况。他加入了皇家空军，由于之前在好几个工程里做过工，算是有些经验，他被派去建设机场，一直追随盟军，从法国到德国。

拜他老人家所赐，我的母亲开始有了一点钱花。我们常常下午去看电影，尽管看什么总是她说的算。不夸张的说，慧云李是我第一个梦中情人，猫一样的绿眼睛。听我一个老伙计说，她在香港也有些名气，是真的吗？

我们还住在自己的宅子里，不过因为害怕德国人空袭，后来被疏散到乡下。没什么值得抱怨的。那里的空气清新，我的学上得也不错，学费还很便宜。

回到镇上，我参加了十一年级的考试，以决定我是参加皇家空军或者海军，还是成为造船厂的技工。我被挑选为加入海军，或者说，其实受了影响决定加入海军。我这么说，是因为我舅舅是海军的一个小军官，在家里已经算是个人物了，备受尊重。不幸的是，有次他喝醉了酒，在教堂的公墓上撒尿，把自己的好名声给毁了。可怜的老山姆，自作孽。尽管如此，他还是从海军领到了退休金，并随后加入了退役军官办公室。

我穿着父亲交给我的新雨衣和棕色鞋登上了列车，奔赴入伍之程。

对不起，S，人老了总是啰嗦些。连我都惊异于自己的滔滔不绝。其实，又有谁会关心这些流水账呢。我曾尝试过，说给多恩听。这小子，总是一脸的不耐烦。可是，我知道他背着我问过她妈妈。我们的父子关系，的确谈不上亲密。还好有海伦向我通风报信。我才知道这孩子是怎么长大的。我的海伦，估计现在正在天堂里弹竖琴。过些年，我就会站在身边念十四行诗了。这是我能想到最浪漫的场景了。抱歉，我又说起了多恩。我不说了，不说了。

你的忠实的

老尤金

二〇〇六年十二月十二日

（原载《香港文学》2017年第1期）

下一站是天堂

◎叶 弥

凌晨楼梯响

世上有一种鬼，是自己内心的某些因素引来的。这种鬼可以让你毁灭，也可以让你新生，当然毁灭的居多，很少有人从这种鬼爪之下逃生，我是幸运的一个。

美院快毕业的那年春天，我独自一人去了安徽的山区，我听说洼村的桃花山风景奇美，但无法开车进去，需要在山区里步行两小时到达桃花山。我在连绵的山边下了车，背着背包，顺着一条土路进了山。

到达桃花山时是傍晚，山上有一条窄窄的老街，只能容一人行走，街道两旁各有两列高高的木楼房，所有的房屋后面都是陡坡或悬崖。

木楼房都很陈旧。大部分的木楼都当了旅馆。

住一夜是二十块钱，包括提供一日三餐。睡的是大通铺，男女全在一个炕上。

有许多搞摄影的，到处支着摄影架。来此写生的也不少，只不过天一暗，搞摄影的还在外面拍夜景，写生的全回屋子了。吃饭的地方就是睡觉的地方，我找了一个空桌子，要了一瓶啤酒，一个人喝起来。我从不喝酒，刚喝了一杯，就抽泣了起来。

一个中年妇女走过来坐在我边上，穿着一件缀满口袋的衣服。她是搞摄影的。

她说，夜里千万不要哭，哭了会把鬼引来。这里有一个传说，夜里哭的人会有鬼缠。

我马上擦干眼泪。

中年妇女笑着说，哈哈，我骗你哪。你真是个纯洁的孩子，好骗。

我们是这屋子里仅有的两位女性，很快就热络起来。她叫潘雪。她让我叫她老潘。老潘耐心地听了我的遭遇，我的事情全世界都知道，家庭不幸福，后妈刻薄，大学里的男友扔了我，与我的闺蜜同居了。老潘听了，不作任何评价，陪我喝干了一瓶啤酒，然后建议我和她一起上床安睡，明早她要一大早出门摄影。

床上已有几位男士躺着了，有两位鼾声如雷。老潘朝他们中间一躺，把薄被子拉到下颌。

我打着饱嗝去找房东，我，出名的冰清玉洁的人儿，怎么可以躺在一大堆陌生男人中间？

房东是位年轻女孩，看上去还没结婚。她看了我一眼，把我领到对面的一幢两层木楼里，告诉我，这是她家里人住的。我一看这木楼里冷冰冰的，气息不祥，不像有人住的样子。问她，她说家里人都出门去了。然后她草率地说，没关系，她夜里就睡在楼下的沙发上。二楼有什么动静她都听得到。

我不依不饶地说，你房子看上去可不大好呢，你一定要睡过来哦。

女孩说，你这个人，怎么这样？我们山里人就不爱多想，多想的人，引楼梯鬼。

我问她，什么叫楼梯鬼？

她说，心里不开心，就会引楼梯鬼。我们这边人都这么说。

二楼有四个房间，我选了靠南的一个房间，这房间临街，里面有一张支着蚊帐的小木床，脸盆架上放着一只脸盆，门后有一只木马桶。我正在心中忐忑时，老潘过来找我了，说她不放心我一个人，其实男女混在一起睡挺好。她躺到我的另一头睡下，说，做人要经得起苦，提得起放得下。

我十分疲乏，睡得无比地沉香。不知过了多长时间，忽然，我被楼梯上一种巨响惊醒过来。确切地说，是我的身体被惊醒了，随后才是我的真正的听觉，我醒来的一刹那，正好听见沉重的脚步声从一楼楼梯上响起。

这时候的我，还没有完全清醒。我听见这脚步声一层一层地上楼，沉重、僵硬，但是坚决而稳定。

我第一个念头就是：那小房东不是睡在一楼的沙发上了？这么响的声音，她居然听不见。

我想，这肯定是小偷了。

我完全清醒过来，侧耳凝神细听。

僵硬的脚步一步一步地走完二十几级木楼梯，上了二楼，脚步声仍然僵硬沉重，但步子明显加快了。

我抓起放在枕头边的挎包，准备应战。老潘在那头打着鼾，还在做梦呢。她真是个有福之人，天大的事也能忽略过去。现在叫醒她也来不及了，我决定只等小偷进门的瞬间袭击他。

脚步声来到木房门前站住了，我是睡在房门这边的，我坐在床上等着。

外面悄无声息，好像也在等着什么？两下里僵持不动。我悄悄地看了一下手机，是凌晨一点十分。过了一阵，我再看看手机，是一点二十五分，外面还是一声不吭。

我浑身的汗毛就在这时突然根根直竖，它们一刹那间变得坚硬，好像有了生命的迹象，要脱离肌肤逃生，我的肌肤上掠过一阵冷风。

这是鬼！是楼梯鬼！

过了很久，远处一声公鸡啼鸣，房门口有物窸窣一声，隔壁人家的狗狂叫一声，追着什么远去。我赶紧冲到窗边。只见街上空无一人，那条狗在空荡荡的街上追着无形之物，边追边吠。

现在是两点多，凌晨，有淡薄的曙光透到这条山上的老街。我听说过，公鸡一啼，鬼物遁形。

写于2016年6月17—18日

深夜玫瑰

我首次去兰城，吃了一惊。人情冷漠，街上有贼抢一老妇钱包，老妇狂呼求助，居然无人上前阻拦。

我找到了金银花小区，这是一个高档小区，门禁森严。可惜也是败絮其中，人的脸上都无笑容，问路，不睬你，只顾自己的事，走自己的路，投过来的眼神，阴暗晦涩，无温暖，无探究，不像是人的眼神。

我心中不快。

半个月前，我与大学同学阿乐约好，来兰城找他玩，他家是别墅，有游泳池，家里人都出国玩去了。我走进他家时，另外四个同学也都从各地来了。连我一共六人，三男三女。

别墅是三层楼，上了三楼一看，小区外面全是密密麻麻的住宅区，一个连着一个，简直是住宅森林。

从别墅后面看，有一片四四方方的铺着青砖的小空地，空地被三面墙围着，两边各开一扇月洞门，连着两条巷子。空地四个角种着四棵参天大树，空地北面连接一座宅子，里面亭台楼阁，假山池塘。问了阿乐，阿乐说这是一个明代的小园林。密密的住宅区里竟有这么一块仙境，真是奇迹。

我到的时候已是傍晚，阿乐家里的佣工早就备下酒菜，入夜，灯光四起，我们的别墅内更是灯火通明。灯光是人类文明的重要标志，它把黑夜变成白昼。灯光灿烂之下，我忘记了白天的不快。

但我没忘记那个空寂的明代小园林。我们喝酒说话到了十一点整，我提议去那座小园林外面转一转。

大家都同意，因为吃得很饱，睡前需要消食。

问题来了。阿乐说，这园林闹鬼，就在那个四四方方的小空地上。

不管真假，这是一个有趣的事情。

经过一番讨论，我们决定每个人单独去一趟空地，看看会碰到什么。幸运的是，我们当中谁都没有空地恐惧症。

抽签。抽到第一的狂呼。我抽到了最后一个。

然后我们去了阁楼，阁楼外面做了阳台，可以在阳台上看到那个小空地。

规则是不准带手机，不准带防卫工具。

一个一个地去，去一趟来回二十多分钟，都是连喘带笑跑回来的。都说没事，只有阿乐说看到东南角的树上有个吊死鬼，但一经我们拷问，他就投降，说了真话，说是骗我们的。轮到我时，我看了看手机，是一点十分。走到小空地上，我估计是二十分钟左右。我站在空地上朝南边的住宅区望去，看不见那帮家伙，但我知道他们看得见我。

我正要走时，从另一扇月洞门走出来一个人，是一位样子普通的大叔，穿着睡衣裤，手里拎着一个水洒。他见了我吓一跳，歪头看我，半偏身，想走。我见他这样，倒笑了起来，说，大叔，不要害怕。我是人。大叔说，这么晚了来这里干什么？我说，听说这里有鬼，咱几个朋友打赌，各自过来走一回。大叔走到东南角那棵大树旁边，朝里面浇着什么。我好奇心起，过去看了看，树边有一个小花坛，花坛上长满杂草，里面有一株小小的花。

这位大叔说，我是外地人，我在老家时就喜欢种花，这里的人不爱种花。这花坛空荡荡的，也没人关心一下。我就住在这边上，每次看到花坛垂头丧气的样子不忍心，就把我家里的一棵玫瑰花移过来了。

我问他，哪有半夜三更出来浇花的？

大叔说，我睡不着，这个城市里的人都有失眠症，我道行浅，也被他们传染了。

我说，他们说这个空地上闹鬼，有没有呢？

大叔说，这件事，你要去问一个人，她一百零三岁了，还不肯死。你要去找她的话，到双王庙巷一百零三号去找她。

这场奇遇让我心中充满愉快，我想，兰城还是可爱的，并不像我见到的那样无趣可怖。

我一回到别墅里，就迫不及待地告诉他们这件事。他们面面相觑，听到后来都面色惨白。阿乐说，我们真的没有见到空地上有另外的人。

我汗毛直竖。第二天上午我又去了那个空地，我看到大叔浇花的地方，只有一棵早就死掉的玫瑰花，倒伏在杂草丛里，枝头上顶着一朵枯萎玫瑰。

然后，我就去找双王庙巷一百零三号。

我找了半天也没找到，晚上八点多，我依照别人给我提供的线索，找到一位住公寓一楼的土生土长的老妇，她说双王庙巷早就拆了，里面原先有一座小庙叫双王庙，周围的人都去供奉的。以前这里可不是这般模样。这老妇说着走进屋去，拿出一张图纸给我看，说是她凭小时候的记忆画出来的。我仔细一看，上面画着一些巷子，巷子里有桥、牌坊、小戏台、小河，人家尽枕河，小河边杨柳依依……

一阵风来，吹走了我手中的画，我连忙去追，那图纸三转两转就不见了。我只好原路返回老妇家，只见家门紧闭，我敲了半天的门也没人应声，期间有好几个邻居走过，我问这家人家怎么没有人？他们全都露出不耐烦的神色，没有一个人回答我的问题。

放眼望去，公寓林立。公寓里住满了人，灯光照亮每一扇窗户，但是，人和人，都是不相通的，荒凉犹如坟地。

夜里，我们六个人围坐而谈，最后，大家做了一个决定，在阿乐家的花园里挖了一棵玫瑰，连夜种到了大叔浇花的地方。种好花是凌晨一点十分，大家回到家，听到狗在花园里凄惨地哼哼，我们一起走到花园口，只见一位大叔拿着花洒，在挖去玫瑰的地方浇水……

2015年5月23日—5月24日写于聊聊斋

顽皮鬼

2010年，我儿子得了急性白血病。同病房的一位孩子没过多久就去世了。悲伤的妈妈特意给我发了一个长长的微信，告诉我，浙江某山区某山村，风景美妙，里面有一座无名神庙，供着一对夫妻和一个儿子，大凡人家有男孩碰到厄运，都去求拜。这庙有一点与众不同，灵验者是一半，不灵也是一半，不多不少。灵者管他什么病灾，立马转危为安，不灵者也是立刻堕入人生深渊。她是求过的，不幸没有成为幸运的那一半，孩子很快死了。

我是不相信这些东西的。过了半天我才回她道，既然知道是一半一半，那么人力就可操控，譬如前一个没灵验，那么我就在后面进去求。

这个没有了孩子的妈妈发了一个冷笑给我，说，人要是能操控神，还不张扬到天上去？神给我们一半对一半，给谁不给谁，怎么算，只有神心里有数。

我就不再理会她。

这天傍晚，一位小护士好心地对我说，你家儿子会好起来的。好起来以后，你可以带他出去旅游。

自从儿子住院以后，我就在他的小床边放了一只帆布躺椅，夜里我就睡在上面照顾他。这天夜里，我们母子像往常一样互握着手，我问他，他想去什么地方旅游？儿子说，哇，我能出去旅游了？快让我想想。他想了一会儿说，喜

263

欢高山。我不知为什么想起那个死去儿子的母亲，她说的，浙江某山区某山村，风景美妙……

我是幸运的，我终于能带着儿子出去旅游了，但我们并没有去浙江某山区某山村，我不相信我不知道的东西。我们选了本省与浙江交界处的一座山，跟着旅行团，傍晚时分到达山脚下，先进了一个饭店吃晚饭。说是饭店，其实也就是一个用竹子搭起来的大棚子，里面密密地摆了二十几桌。

导游是个二十几岁的小伙子，他对我们喊叫着说，大家不要走散，一个小时吃完饭，在门口的大合欢树下集合，再去旅馆住下，明天一早六点起床吃早饭……大家千万不要走散了，我不是吓唬你们，这地方有点邪门。

我吃了几口饭，一抬头，儿子不见了。我在饭棚里找了一圈，没有发现他，赶紧出门寻找。我看见他小小的身影正在攀爬左边的一座山脉，这是一座陡峭的无路之山。我来不及多想，跑到山脚下大喊大叫，儿子恍若未闻。我急疯了，看见山脚边垂着一些藤蔓，不要命地拉着朝上爬。

儿子消失在我前面。

我爬上了一块巨石顶，发现巨石边上是一片草滩，草滩里有一条小路，小路上杂草倒伏，应是我儿子走过的痕迹。我沿着小路走了大约二十几分钟，突然见到路中间横跨一座小庙，小庙的前后门开在路当中。

我走进去时，儿子在里面看泥塑的神像，三尊，一位中年男人和一位中年美妇，两人中间有一位男孩，三个人都是古代装束，男人头上有王冠，女人是凤冠霞帔。中间的男孩穿着锦绣肚兜，手里拿着一枝菊花，吐舌而笑，一脸顽皮。

儿子突然朝前跑了，我叫着他的名字，一路追随。前方豁然开朗，一个村子出现在眼前。儿子跑进村子里不见了。

村子里冷冷清清，一个人也没有，宽阔的石板路两边，一幢一幢房子矗立在黑暗里，全村只有一户人家亮着灯，这户人家的屋门前是一大片广场，广场上搭着一个戏台，戏台后面有一条山路，通向另一座山。

这时候吹起了黄风，风挟着尘土四处旋转。我看不见儿子，只得上前敲门。门开了，我走进去，只见所有的窗上遮着厚重的窗帘，一屋子的人，围着一盏昏暗的汽油灯，静悄悄地坐着，他们心事重重，对我这个来客并不关注。

我挤进去坐着，看我身边的一位老爷爷面目和善，就问了他一些问题。他也回答了。

他说，这屋子里坐着的人来自各地，每一年的今天，他们都从各地来到这里，等着见他们的儿子。话说山那边，自古有一个游牧民族，他们的王爷和王后很大年纪才生下一子，不幸的是孩子太顽皮，一个人走进大山里跌落悬崖而死。

这孩子死后成了顽皮鬼，到处收罗与他一般年纪的男孩，每年今天的夜里，带着一大帮顽皮鬼，到此地胡闹狂欢。王爷和王后也会赶来与儿子相见。

老爷爷看了一眼屋中诸人，这些人都惨白着脸，老爷爷说，他们的儿子，都是被那小王子收去当玩伴的。

我听得浑身颤抖。我的儿子，我不敢想象没有你的生活。

正说着，窗外一阵阵狂风，树枝应声而断。十来分钟，狂风戛然而止，漫山遍野响起孩子的呐喊欢呼，声音渐近，很快响遍整个村子，戏台上有孩子稚气地唱戏。我不顾一切地撩开窗帘，满街的男孩啊，一色地穿着肚兜，手里拿一枝时令菊花，全都在欢呼戏耍。正在这时，屋里几个父母打开屋门冲了出去，我看见他们在孩子中间穿梭，有人找到了儿子，着急地朝屋里拉。

我也冲到大街上，因为我看见了我的儿子，我上前一把拉住了他。儿子朝我露出妩媚灿烂的笑容，我好久没有见到他这样的笑容了，不禁流下幸福的眼泪。

儿子把他手上的菊花插进我的鬓发里。

远处传来开道锣鼓，无数旌旗招展，一大群武士和仆役围着两顶轿子腾云而来。飞快地来到村子里，落下，轿子里坐着王爷和王后，他们与我一样，是来找儿子的。

我的身后出现了老爷爷，他拉住我说，你不要命了？快回屋里去，王爷和王后与儿子见面的时候，凡人必须回避，不然就死。

我抬眼一望，四周只有两顶轿子和那一帮顽皮鬼，那些寻儿子的父母们忽然都不见了。

小王子被一帮顽皮鬼前呼后拥着过来了。他与我在那座庙里看到的一模一样。

老爷爷对我说，快走！

我拉着儿子就要进屋。

忽然两手空空，儿子滑走了，他蹦跳着就要淹没在顽皮鬼当中。我拿下发边菊花，用力掷向儿子，凄厉地喊叫，这朵花，就是我们母子再见的信物。

我看见他回身拿起菊花，放在胸前，对我一笑。

老爷爷用力推了我一把，我跌倒在地。

我感到心疼难忍。

忽然睁眼，知道这是一个梦。儿子静悄悄地睡在黑暗中，我伸手摸了摸他，他浑身冰凉。我探探他的鼻息，气息已断。

他双手放在胸前，手里捏着一朵菊花。

2016年6月23—27日

钥匙鬼

很久以前，妙雨巷里有一小小的尼庵。某一天，老尼突然暴毙，小尼就闹着去了别的庵。巷里的善男信女只得从别的地方又请来一尼，没想到新来的尼姑才来了一天，半夜里就跑了，也没多说什么，只说，说了你们也不信。

当时有一位秀才对这件事发生了兴趣，到处打听，半年后写了一本书，叫《妙雨笔记》，里面说的事骇人听闻。书中说，尼庵的前身是一位富商所建的私人小园林，富商的老婆本是穷人出身，成天担心富贵不长久，家里的柜、箱全部上锁，头颈上日夜挂着一大把钥匙。有一天夜里，不知怎么的，那一大把钥匙竟把她勒死了。她死后，鬼魂不散，变成了钥匙鬼，专去吓唬那些穷女人。她的忠心的一位女仆，在她死后也用一根白带子上吊自杀。

不说这秀才的书，单说这庵从此荒芜，杂草丛生，墙壁坍塌，完全看不出寺庙的模样，然后被流浪者搭起了窝棚，渐渐地被富户蚕食，成为豪宅的一部分。几经变迁，到我住进去的时候，曾经的寺庙，已是一幢高楼。

我住一楼，其实是二楼，下面一层是车库。

我搬家那天正好下着小雨，白天如黄昏。搬好家是下午，我靠着小床睡了片刻，突然听到有人叫我名字，声音尖锐凄惨，一下子吓醒。起身做晚饭，丈夫在外地，即使他不在家，我独自也能搬个家，因为我们的东西实在太少了。他是个小职员，我是个穷作家。

晚上，在淅沥雨声中我上床休息，我临睡前有看书习惯，看书前我扫视了一下新家，嘀咕了一声："唉，家徒四壁啊！"

就在这时，我听见房门外有一大串钥匙掉落在地。这声音在寂静的雨夜格外刺耳。我一愣，还没回过神来，钥匙声从门外掉到了门里，房门是紧闭的，地上也没有钥匙。

我想，是我的听觉出了问题吧。

于是继续看书。

突然钥匙声又响起来，"哐啷啷"一大串无形的钥匙，以笔直的路径，十秒左右的间隔时间，从我的床前一直朝后窗方向掉过去。我的地面是瓷砖，掉落的声音在寂静雨夜里分外刺耳。

作家都是好奇的。我用食指敲敲脸颊，听到的是正常的手指弹击皮肤声，迅速确定我的听觉没有出问题，然后我光着脚，俯下身来，跟在钥匙声后面。

我用手摸钥匙掉过的地方，平坦光滑，没有丝毫异常，我很想拦在钥匙掉下的前方，看它会不会拐弯，但我不敢这么做。

后窗关着，钥匙掉到这里停住了。

我开窗。只听一声杂乱的响声，钥匙跳到了窗台上，过了片刻，它掉在后面人家的院子里。

后面这家人家，是一所老宅子，还没被拆迁改造。园子里整洁干净，有一条石板路从门口通到我的后窗下。这把钥匙就掉在石板路上，它沿着石板路向前。这时候，门开了，一位蓬头老妇恭恭敬敬地站在门边，眼睛看着石板路，一动不动，就像迎接主人一样，迎接这一大把钥匙前来。

她关门时抬头看见了我，忽地朝我笑了一笑，门就关上了。一根白带子在门外一飘。

2016年6月16日写于聊聊斋

（原载《莽原》2017年第5期）

敬 告

由于编选时间仓促、工作量大，未及与所选作者一一取得联系，请见谅。

现仍有部分作者地址不详，为及时奉上稿酬和样书，请有关作者与责任编辑赵维宁联系。

地址：沈阳市和平区十一纬路25号

邮编：110003

电话：024—23284306

E-mail：249972579@qq.com

微信号：zhaoweining10

辽宁人民出版社

2018年1月